반야

1

반야

제1부 | 그 별들의 내력

송 은 일 대하소설

문이당

작가의 말

나는 이야기가 좋다. 이야기 짓는 게 재미있다. 작가가 설정한 허구의 세계를 통해 있을 법한 현실을 그린다는 소설의 속성, 혹은 명제는 내가 무한히 꺼내 쓸 수 있는 보물단지와 같다.

비현실을 현실인 듯 그리며 산다는 의미에서 나는 몹시 비현실적인 사람인지도 모르겠다. 그래서였나. 당신 소설의 주인공들은 어째 한결같이 아름답고 멋있냐는 질문을 몇 번 받았다. 주인공들의 외형만이 아니라 그들의 삶의 방식에 대한 의문이었다. 내 소설들이 현실적이지 못하다는 비판이기도 했다.

내가 내 소설 속 인물들을 한결같이 그렇게 그렸던 것 같지는 않다. 선악, 미추, 명암, 흑백 등의 이항대립적인 인물들이 아니라 인물 각자가 지닌 다양한 면들을 표현하려 애썼다. 그렇지만 독자한테 그런 의문이 들게 했다면 그건 작가인 내 문제이며 한계일 수 있으리라고, 겉으로 애써 수긍하면서 내심 반발했다. 소설이 현실과 현실의 나를 반영하는 거울이라 해도 거울을 비추는 각도에 따라 그

안의 것이 달라 보이는 것 아냐? 그게 무한대의 이야기가 만들어지는 이유 아니냐고!

사실 나는 소설 속에서라도 씩씩하게 사는 사람들과 그들의 삶을 아름답게 그리고 싶은 성향이 강하기는 하다. 특히 여성들의 삶의 방식에 대해 그렇다. 나는 내 소망을 그들에 투영하여 그들이 어려운 현실을 힘 있게, 비범하게 헤쳐 나가기 바란다. 그게 수시로 과도한 표현으로 나타나 내 소설의 약점으로 작용한다 하더라도 어쩔 수 없다 여기는 것이다. 이제 전근대를 배경으로 신통神通한 무녀를 주인공으로 삼기까지 했으니 더한 비판을 받게 될지도 모르겠다. 게다가 수천 년의 시간을 오르내리기까지 하니, 비현실적이라는 것을 넘어 허황하다는 소리를 듣게 될지도.

누구나 다 알 듯 신분 질서가 엄혹하던 조선에서, 무당은 최하층 천민이었다. 누구든 부르면 가야 하고, 무엇이든 하라면 해야 하는 아무 힘없는 백성이었다. 그때 반야는 뛰어난 신기神氣를 지닌 무녀로 태어났다. 그러나 무녀 반야의 신출한 예지력은 상층 신분 사람들을 위한 도구로 쓰이기 십상이다. 그들의 요구를 거절하고도 살 수 있는 현실의 힘이 없으니 무녀로서의 뛰어남이 반야에겐 악재로 작용하기 일쑤다. 타고난 능력이 축복이든 저주이든 반야는 사람들, 특히 양반들을 위해 자신을 쓰고 싶지 않다. 그들의 목숨, 그들의 미래를 살펴 주기가 한사코 싫은 것이다. 타인을 위한 삶이 무녀의 본분이며 소임이고 스스로 천생 무녀임에도 반야가 굿을 하지 않는 것도 그 때문이다. 몹시 눈 밝은 점쟁이로 양반들의 주머니 속이나 우려내면서 살 수밖에.

그렇게 살던 반야가 만나게 된 세상이 '사신계四神界'다. 현실에 살면서도 현실 밖에 존재하는 사람들로 이루어진 세계.

　사신계는 먼 옛날부터 존재해 온 세상 속의 다른 세계다. 하늘 아래 모든 목숨의 값이 같은 세계요, 그와 같은 세상을 추구하는 사람들이 모여 움직이는 조직이다. 사신계는 사람들의 고통이 모여 짠 그물이고 꿈으로 잣은 비단이다. 장구한 세월 따라 숱한 시행착오를 거치면서 존재 양상이 변해 온 사신계는 신화시대로 거슬러 올라갈 수 있을 만큼 긴 연원을 지녔다. 사신계가 그처럼 오랜 세월 지속될 수 있었던 까닭은 사람살이의 핍진함에 있었다. 역사에 기록되지 못하는 숱한 사람들의 곤고함이 사신계의 자양분이다. 유사 이래 무당이 존재했고 존재해야 할 이유와 같다. 사신계를 만남으로 반야는 비로소 자신이 특별한 능력을 타고난 이유를 깨닫게 된다. 신과 인간의 매개자로서 사람들의 맺힘을 풀고 고통을 덜어주는, 진정한 의미의 무녀로 다시 태어난다. 사신계 사람으로 사는 일이 반야에겐 곧 한바탕 굿판이기 때문이다.

　고통이 있는 곳에 꿈과 현실이 어우러진, 눈물과 웃음이 한 장단을 타고 쏟아지는 해원解寃과 비원悲願의 굿판이 벌어진다. 현실과 비현실이 상통하는 굿판처럼 『반야』도 두 세계를 경계 없이 드나든다. 『반야』는 현실과 현실의 꿈이 빚은 신화이면서 신화에서 비롯된 오늘의 이야기다. 그래서 『반야』의 주인공은 반야가 아니라 사신계 사람들이다. 아니, 사신계와 같은 은밀한 세상을 만들어 존속시키는 인간들의 응집된 고통이 주인공이다.

　사전적 의미로서의 반야般若는 깨달음에 의해 얻은 지혜를 뜻한다. 금강석처럼 견고하며 날카롭고 빛나는 지혜로 탐욕과 분노와 어리석음을 제거하여 온갖 고통과 어둠을 쓸어낸다는 의미로서 불경佛經인『반야심경』에서 비롯된 낱말이다. 반야는 소설『반야』의 주인공인 무녀의 이름이며, 반야적인 삶을 꿈꾸는 사람들의 대명사이기도 하다.

『반야』는 소설이다. 늘 안팎의 억압에 찌들려 살았던 우리 땅 백성들, 우리 선조들의 삶에 태생의 한계를 넘어설 수 있는 평등과 자유를 인생의 지표로 삼고 움직였던 사람들이 존재했더라면 재미있지 않을까. 혹은 어딘가에 그런 사람들이 살았다는 기록이 남아 있지 않을까. 그런 기대를 바탕으로 빚은 이야기꾼의 이야기다. 조선 왕조의 한 시기를 배경으로 삼고 실재했다는 역사의 일화들과 인물들이 다수 포함돼 있기는 해도『반야』는 역사가 아니라 자신의 삶을 치열하게 사는, 그래서 스스로 아름다워지는 사람들의 이야기다.

그들의 이야기를 만들기 위해 신화의 요소를 군데군데 썼다. 주인공인 반야가 무녀인 까닭도 우리 신화를 바탕으로 하기 위함이다. 조선 오천 년을 아우를 수 있는 정신이 토속 신앙인 천신天神, 혹은 천신千神 사상이라 여겼고 그 전통을 찾을 수 있는 데가 무속이라 불리는 전통 신앙에 있다고 생각했기 때문이다. 널리 사람을 이롭게 하라. 모든 종교의 기본, 사람 세상의 궁극이 그 안에 함축돼 있지 않나 싶어서. 오천 년을 거슬러 올라가 '웅녀熊女'와 '호녀虎女'에서 비롯한 고조선 개천 신화를 고쳐 썼다. 우리의 개천 신화부터 아름답게 확장하고픈 욕심과 열망 때문이었다.

우리나라를 장엄莊嚴하게 하고 싶은 그 생각은 돌아가신 내 아버지로부터 물려받았다. 아버지는『백범 일지』를 즐겨 읽으셨고 그 가운데서도 「내가 원하는 우리나라」 편을 좋아하셨다. 나도 그렇다. 특히 '나는 우리나라가 세계에서 가장 아름다운 나라가 되기를 원한다.'는 대목을 좋아한다. 나는 우리나라를 애초부터 널리 사람을 이롭게 하는 아름다운 나라로 표현하고 싶었다.

신화를 바탕으로 삼은 또 다른 이유는 신화가 내포한 명제 때문이다. 누군가 말하기를 신화의 현재적 의미는, '아닌 것'을 향해 그건 '아니'라고 말할 수 있는 것에 있다고 했다. 신화는 현실에서 벌어지는 너무 많은 아닌 것들을 향해서 그거 아니라고, 그러면 안 된다는 말을 하고 있다고도 했다. 현실을 사는 작가로서 할 수 있는 '아니오'가 소설로 풀어내는 것뿐이라 할 때, 내가 신화를 차용한 까닭도 아닌 것을 향해 '아니'라고 말하기 위함인 것이다.

내가 있는 곳이 고조선인지 조선인지 대한민국인지, 낮인지 밤인지, 여름인지 겨울인지 무디게 느낄 만치 『반야』에 매달려 지내는 와중에 〈세월호〉가 가라앉았다. 배가 약간 기울긴 했으나 저쯤이야! 당연히 금방 배 안에 있는 사람을 다 구하겠지! 그렇게 쳐다보는 온 국민의 눈앞에서 속절없이, 수백 명을 담아 안은 채 가라앉아 버렸다. 참말이지 어이없게! 그리고 〈세월호〉가 그렇게 가라앉을 수밖에 없었던 온갖 내용들이 밝혀졌다. 〈세월호〉의 가라앉음은 인간이 부릴 수 있는 모든 탐욕과 어리석음이 조합된, 치명적인 결과였다. 그 어떤 미사여구로도 덮을 수 없는. 그로 인해 작가인 내가 왜 이처럼 할 말이 많은지 새삼스레 깨닫게 됐다.

그래서 나는 아직 할 이야기가 많다. 이 『반야』도 마찬가지다. 이 이야기를 어디까지 끌고 가서 멈출 것인가. 알 수 없다. 언제 다시 시작하게 될지도 모른다. 다시 10년쯤 지난 뒤 어느 날일지. 오늘 밤부터일지. 분명한 건 작가인 내게 이야기가 있다는 것이며 그건 아니라고 말해야 할 현실들이 늘 벌어진다는 것뿐이다. 오천 년 전부터 지금까지 끊임없이, 불가해하게도 점점 더 많이.

　오래 걸려 이 소설을 쓰는 동안 숱한 사람의 도움을 받았다. 일일이 열거하기도 어려울 만치 많은 사람이 나와 놀아 주고, 내 말을 들어주고 자신의 생각을 들려주었다. 그 시간들을 통해 얻은 힘으로 책상 앞에서의 기나긴 시간이 어떤 식으로든 만만했다. 고맙고 고맙다. 이 험한 세상에서 모두 최선을 다해 행복하기를! 다른 모든 분들도 그러하시길!

2017년 겨울, 무등산 아래서

송은일

차례

작가의 말

말하지 마라
아무 말도 하지 마라
이 나무도 생각이 있어 여기 이렇게
자라고 있을 것이다

—『장자莊子』, 인간세 편

미완의 푸닥거리

무녀 동매는 어릴 때부터 목청이 좋았다. 특히 제석굿과 오구굿을 잘해 사흘이 멀다 하고 굿판에 불려 다니면서 마당 가득 들어찬 아낙들을 웃기고 울렸다. 머나먼 전라도 땅에서 한양까지 올라오게 된 것도 목청이 좋아 소리를 잘했던 덕분이었다. 스물한 살 때였다. 광주 태봉산 밑 마을에서 굿판이 열렸다. 참봉 집이 벌인 씻김굿이었다. 동매가 조무助巫로 제석굿 사설을 풀고 있던 그 굿판에 한 여인이 들어섰다. 서늘한 영기靈氣를 지닌 그이가 들어서매 동매의 노래가 부끄러움에 떨렸다. 한편 신명도 높아졌다. 여인은 만신 달도지였다. 그이는 무등산에서 기도를 하고 내려오던 참에 그 굿판을 발견하고 들른 것이었다. 동매는 달도지를 스승으로 모시게 되었고 그를 따르게 되었다.

한양 와서 보니 스승은 뒷문으로나마 대궐을 출입하는 만신이었다. 스승에 묻어 들어간 대궐 안 취선당에서 장희빈을 뵈었던 게 스물세 살 봄이었다. 폐위되었다가 복위되셨던 곤전께서 중환을 앓고 계신 즈음이었다. 희빈은 다시 곤위壼位에 오를 거라는 야무진 꿈에 부풀어 남모르게 달도지를 불러들인 것이다. 무녀로서는 최상의 출세였다. 하지만 언제쯤 국상이 날 것인지를 묻는 희빈 말씀에 달도지는 기가 허약해져 앞을 볼 수 없노라고 아뢰었다. 취선당 내에 신단을 만들어 자신의 곤전 복위를 기원하라는 명에도 영기가 미약해 할 수 없다고 머리를 조아렸다.

곤위에서 내려앉아 빈이 되었을망정 희빈은 엄연한 세자의 모후였다. 아직 나는 새도 떨어뜨릴 수 있는 권력 앞에서 한낱 무녀의 목숨쯤은 하루살이와 다를 바 없었다. 목숨을 내놓은 불복이었다. 곤전 복위를 꿈꾸는 마당에 시끄러우면 안 되겠다 싶었던지 희빈은 납작 엎드린 달도지와 동매를 물러나게 해주었다. 궐을 나가는 길로 한양에서도 떠나되 내 살아 있는 동안은 한양 바닥에 발 딛지 말라. 그리 분부하던 희빈의 눈빛에는 서슬 푸른 증오가 어려 있었다.

그때로부터 스물여덟 해. 동매는 스승을 모시는 대신 권속을 거느리고 다시 대궐에 들어왔다. 희빈 소생이셨던 선왕께서 등극한 지 네 해 만에 승하하시고 세제이셨던 금상께서 등극하신 지 네 해째인데, 세자께옵서 명재경각이셨다. 대궐 굿판 준비를 하라는 은밀한 연통이 돈 것은 어제 오후 신시 참이었다. 세검정 동매 만신이 제석굿을 맡으라는 통문이었다. 술시가 되기 전에 사대문 근방으로 다 모여들었을 각 만신들이 조무들과 판수와 재비들을 거느리고 곳곳에서 밤새 무꾸리를 준비했을 터였다.

하지만 새 나라님이 등극하시면서 도성 내의 무꾸리에 대한 규제가 심해졌다. 도성 안에서 벌이지 못한 굿판들이 문밖으로 나가 산속으로 숨어드는 즈음이었다. 그런 판에 아무리 하늘같은 중전마마

이신들 나라님이 금하시는 굿판을 궐 안에서 벌이실 수 있을까. 대궐 안에서 굿을 할 수 있을지는 아무도 장담할 수 없었다. 더구나 무인들의 대궐 출입이 호사가 될 수 없는 시절이었다. 궐내의 누군가가 부르면 입궐할 수밖에 없고 그중 누군가를 거스르면 단매에 죽을 수도 있는 게 천하디천한 무인巫人들이었다.

사십오 년 전 숙종대왕 시절, 대비마마의 총애를 받으며 궐을 출입하던 무녀 막례는 천행두天行痘 귀신에 붙들리신 젊은 임금의 삼재살을 풀어 역귀를 쫓고 액막이를 하던 중 대궐 문 앞에서 수문장한테 맞아 죽었다. 막례의 가산은 몰수당하고 그의 권속은 뿔뿔이 흩어져 달아났다. 막례가 죽은 직후 그를 옹호하던 대비께서 급작스레 돌아가셨다. 그 일은 수십 년이 지났지만 무인들 사이에 아직 생생하게 살아 떠돌았다. 아무에게도 말할 수 없어 누구도 모르지만 그때의 막례는 무계로 따지면 동매의 조모였다. 막례는 동매의 스승 달도지의 신모神母였던 것이다.

무신년戊申年 초겨울 저녁, 동궁의 거처인 저승전의 뜰이 대낮처럼 밝다. 뜰 곳곳에 장대를 세우고 줄을 엮어 매단 등롱燈籠이 셀 수도 없을 만치 많다. 시시때때로 울리는 장구와 북, 징과 피리와 젓대와 호적과 해금 등의 소리와 사람들의 소란으로 나뭇잎이 마구 떨어져 흩날렸다. 찬바람에 치맛자락처럼 나부끼는 흰 천막 안으로 바깥의 불빛이 비쳐들어 아련하다. 지붕 없는 휘장 안에서 동매는 남색 치마와 흰 저고리 위에다 백색 장삼을 걸쳐 입고 고름을 매었다. 수양딸 유을해가 붉은 대대를 받쳐 들고 제석거리를 준비하는 동매를 수발했다. 대대 자락 끝에 섬세하게 수놓인 흰 모란 꽃송이들이 화사하면서도 애잔하다. 유을해의 솜씨였다.

"차리기는 한다마는 제석님을 모셔 올 수 있을지는……."

동매는 말을 마치지 않고 유을해가 둘러 주는 대대를 가슴께에서 여민다. 유을해도 동매가 마치지 못한 말이 무엇인지 알았다. 푸닥거리를 벌이겠노라는 곤전의 명이 전해지지도 않았던 어제 아침, 동매와 유을해가 신당에서 새벽 불공을 마쳤을 때였다. 예불 와중에도 끄떡없이 자던 딸아이 반야가 일어나 중얼거렸다.

"제석님도 못 보고 쫓겨날 건데 대궐 가면 뭐하우?"

유을해는 어린 딸의 난데없는 입방정에 낯빛이 핼쑥해질 정도로 놀랐다. 유을해가 아이를 신당 밖으로 끌어내리려는데 동매가 말렸다. 그러고는 잠에서 갓 깨어난 아이를 무릎에 앉히고 말을 시켰다.

"아가, 대궐에서 부름이 오고, 굿판이 벌어지긴 하는데, 그 중간에 어찌된다고?"

동매의 물음에 아이가 하품을 하고 나서 다시 종알댔다.

"제석님이 대궐 말고 딴 데 가신댔어. 세자님은 칠성님이 데려가신대."

이어 종알대는 아이의 입을 동매가 틀어막았다. 겨우 아홉 살 나신 세자마마가 돌아가실 거라니. 무업巫業으로 이어가는 자신의 권속은 물론이고 팔도 무격의 씨가 마를 소리였다. 결국 궐내 푸닥거리에 관한 연통이 돌았고 입궐했다. 어린 반야의 공수가 한 치 틀림없이 맞아떨어졌으니 치병굿을 끝내지 못할 것이라는 예시도 들어맞을 것이었다.

"나가자꾸나."

무복 단장을 마친 동매가 혼잣말인 듯 뇌까린다. 열두 거리 굿판 사설을 맺힘 없이 풀어 온 지 서른 해가 되어 가는데 지금은 머릿속이 텅 빈 듯하다. 어린 반야가 무병조차 앓지 않고 공수를 내뱉기 시작하면서 동매의 영기는 가문 날 새싹 고드러지듯 잦아들었다. 그나마 버티고 있는 것은 지난 서른 해 동안 쌓아 온 이름과 뼛골마다 새겨진 경험 덕분이다. 검은 하늘에서 반짝이는 북두칠성을 한 차례 우러른 동매가 될 대로 되렸다, 뇌까린 뒤 천막을 나선다.

대감거리가 마무리되어 가는 굿판으로 동매의 고깔이며 방울과 염주를 들고 따라나서는 유을해의 속내가 캄캄한 이유는 따로 있다. 어조당이라 불린다는 대비전은 어느 쪽일까. 아우 순정이 대비전 나인이었다.

유을해의 원래 이름은 채정이었다. 채정이 열한 살 때 당시 전국을 휩쓸었던 역질疫疾로 부모가 함께 돌아갔다. 양주가 선산을 둘러보러 나갔다가 몸살이 들었는가 싶더니 불처럼 끓는 신열을 이기지 못하고 사나흘 상관으로 세상을 떠나 버렸다. 채정의 집으로 숙부 식구가 이사를 왔다. 조모가 계셨으나 자매는 졸지에 더부살이 신세가 되었다. 나날이 서럽던 채정과 달리 순정은 명랑하게 자랐다. 어릴 때부터 제 앞길을 스스로 선택할 만큼 영민했고 용감했다. 궁녀가 되겠다는 생각을 어떻게 해냈는지 그 시험에 필요한 사항들을 미리 준비하더니 제 열두 살에 당당하게 궁으로 들어갔다.

순정이 입궁할 당시 채정은 열다섯 살이었다. 그동안 부모 없이 자라면서 변변한 옷 한 벌 제대로 얻어 입지 못했다. 숙모는 조카딸한테 서답으로 쓸 소청 한 자락도 선선히 내주지 않을 만큼 인색했다. 자존을 지키는 방법은 홀로 도사리는 수밖에 없던 시절이었다. 어른들의 무관심 덕에 집 밖 출입은 자유로워 스스로 만든 향낭이나 노리개 따위의 장신구를 시전이나 칠패 거리에 내다 팔곤 했다.

그 무렵 한 도령이 있었다. 이름은커녕 어느 댁 도령인지도 모르나 대문 앞에서 몇 번이나 마주쳤던 그이. 대문 밖을 나설 때면 으레 푸른 쾌자를 펄럭일 그를 찾아 두리번거렸다. 보이지 않으면 서운했다. 보이면 수줍었다. 처지가 아니 되어 차마 마음에도 들이지 못했으나 그와 마주치면 어찌할 바를 모르고 도망치곤 했다. 총총 달아날 때는 땅에 발을 딛고 있는 것 같지 않았다. 저이한테 시집가면 좋으리라, 하였다. 그렇게 가을 가고 겨울 지나 봄이 왔다. 도령과는 여전히 서로 못 본 듯 먼발치로만 연모하면서도 마음은 우물처럼 깊어졌다.

열여섯 살이 된 채정은 마흔 몇 살 벼슬아치의 후실로 시집가라는 숙부의 명을 받았다. 아무 근심 없이 영감의 귀염 받으면서 호사롭게 살리라. 초시 급제도 못해 봤으면서 벼슬을 하고 싶었던 숙부는 자신보다 나이 많은 늙은이에게 조카를 내주기로 했다면서 그리 호언했다. 고대광실인들 담장 밖으로 한 걸음 내딛기도 어려울 감옥일 게 뻔했다. 도령과의 인연은 접어야 할망정 늙은 담장 안에 갇혀 살고 싶지는 않았다. 백방으로 궁리해도 시집가지 않을 도리가 없는데 아무리 마음을 다잡아도 숙부를 위해 시집가고 싶지는 않았다. 혼인날을 사흘 앞둔 밤, 채정은 짐을 챙겼다. 천지가 잠든 축시 무렵, 날이 흐려 한 치 앞 사물이 분간되지 않았다. 대문 소리를 저어해 담을 넘었다. 마침내 집을 나선 것이다. 고관대작이 나온 집안은 아니었지만 양반집 맏딸로 살아온 열여섯 살 규수는 그러나 갈 곳이 없었다.

그렇게 세검정 무녀 동매의 수양딸이 된 지 열두 해가 지났다. 오늘 아침을 먹기 전 유을해가 딸아이 소세를 시키는데 반야가 「신묘장구대다라니神妙章句大陀羅尼를 노래처럼 부르다 말고 물었다.

"엄마, 이모가 대궐에서 쥐 잡는대?"

아이의 요령부득한 그 말을 유을해는 처음에 알아듣지 못했다. 십수 번의 질문 끝에야 젊디젊으신 대비마마의 원한이 저주가 되어 동궁한테 쏟아지고 있음을 깨쳤다. 선왕이 금상에게 독살됐다는 소문은 소문으로만 듣기에는 사뭇 공공연했다. 궐 밖 백성들이 그리 알고 있으니 궐 안에서는 오죽하랴. 대비가 동궁을 저주할 만하고 그 수족 노릇을 순정이 하고 있는 것이었다. 쥐잡기라니. 동궁이 드시는 음식에 약을 넣을 모양인 방법까지 구체적이지 않은가. 멀쩡하시던 동궁께서 급작스레 바람 앞의 촛불 같아졌다면, 하여 궐내 푸닥거리가 벌어지게 된 것이라면 순정과 그의 웃전이신 대비께서 무슨 일인가를 저질렀단 의미였다. 눈앞이 노래지는 두려움에 스승이자 양모인 동매한테도 차마 아이 말을 전하지 못했다.

반야가 제 이모를 알게 된 것은 순정이 다녀갔기 때문이었다. 궁 밖 나들이가 제한된 궁녀 순정이 한 달여 전, 독한 고뿔을 칭병하고 세검정의 유을해를 찾아왔다. 어쩌다 한번씩 궐 밖 그늘진 곳에서 잠깐씩 마주보기는 했지만 며칠 묵어가겠다는 아우 말에 유을해는 놀란 얼굴조차 못하고 주변을 살폈다. 세검정에서 나흘을 묵는 동안 순정은 유을해의 평복을 입고 의원들을 찾아다녔다. 갇히다시피 사시는 제 웃전께서 남 앞에 내놓으실 수 없는 병을 홀로 앓고 계신지라 그 약을 찾아다니는 거라고 했다. 미심쩍음이 아주 없었던 것은 아니었으나 그런가 보다 했다. 한 부모 자식으로 태어났지만 궁인이 된 순정과 집안에 먹칠을 하고 도망 나와 무녀의 딸이 된 유을해의 신분은 하늘과 땅만큼이나 달랐다. 유을해는 고작해야 일 년에 한 번이나, 그것도 남모르게 얼굴 보는 아우 하는 일에 간섭할 수 있는 입장이 아니었다. 그랬건만 조기 두름 엮이듯 한 줄에 꿰이게 될수도 있는 사태에 직면했다. 바람 앞의 촛불은 동궁마마만이 아니라 어조당의 대비마마와 그의 나인인 순정이었고 더불어 유을해 자신과 딸 반야, 양어머니 동매였다.

지난 삼월, 역란이 일어났을 때도 대비가 연루되었으리란 소문이 파다했다. 대비전이 역당의 주모자들한테 비밀 교서를 내려 역란을 부추겼다는 것이었다. 대비로서는 그럴 법하다는 은밀한 동정도 항간에 흘러 다녔다. 역란의 기세가 사뭇 드셌으나 수천 명이 죽으면서 토평되었다고 했다. 그때도 유을해는 죽었다 살아난 셈이었다. 반야의 생부, 스승의 명으로 씨를 받기 위해 모셨던 이씨 성의 양반이 그 난리판의 주동으로 잡혀 멸문지화를 당했다. 그 사람은 다시 못 보았다. 그 부인의 머리통이 시구문 장대 위에 효시된 것을 보았을 뿐이다. 유을해는 자신과 딸아이한테 화가 미칠 것을 저어해 드센 봄볕에 살이 문드러져 내리는 부인의 머리통을 먼빛으로만 보고 돌아섰다.

역적과의 사흘 밤으로 생겨난 아이가 반야였다. 첫 사내였고 아마도 마지막일 사내였다. 아이를 위하여 아이 아비를 잊었다. 그런데 일곱 달여 만에 반야가 다시 하루살이 신세가 되고 말았다. 반야가 역적 이인좌의 숨겨진 딸임을 세상이 모른다 해도, 순정이 진장방 함 진사 집 딸이라는 것과 가마골을 다녀간 사실은 엄연했다. 반야가 살기 위해선 이 푸닥거리를 통해 동궁께서 기필코 회생하셔야 했다.

곤전께서는 저승전이라 쓰인 편액 밑에 궁인들을 거느리고 좌정하셨다. 감히 우러를 수도 없는 지엄하신 분인지라 유을해는 고개를 수그린 채 제석상이 차려진 차일 밑에서 동매 옆에 선다. 차일 주변엔 삼현 육각을 연주하는 재비들이 앉아 대감거리판의 마무리 음악을 연주했다. 유을해가 들고 있던 주머니에서 칠성방울을 꺼내 동매에게 건네는 찰나 두 사람의 눈길이 마주친다. '제석님께 맡기자꾸나.' 동매가 눈가에 깊은 주름을 만들며 애써 짧게 웃음 짓는다. '예, 어머니.' 유을해도 보일 듯 말 듯 애써 화답한다.

짤랑짤랑짤랑. 동매가 손에 든 칠성방울을 흔든다. 하염없이 이어질 것 같던 삼현 육각 연주가 뚝 그치고 동매가 흔드는 낭랑한 방울 소리가 뜰 안의 모든 소리를 흡수하며 울렸다. 이백여 명 남짓할 사람 소리는 물론이고 바람 소리조차 들리지 않는다. 순간 방울 소리가 그치면서 나이를 거꾸로 먹은 듯 맑고 힘찬 동매의 목소리가 차랑차랑 울린다.

"여보시오, 고수!"

북재비 박 판수가 "예." 하며 응수한다. 동매가 흔드는 방울 소리가 짧게 나다 그친다.

"무신년 동짓달에 대궐에 들어와 요리조리 척척 둘러보니, 경자생 우리 세자님, 올해 아홉에 삼재가 드셨구먼, 응?"

"예."

"어떻게 우리 세자님께옵서 종묘에다 공들이고 사직에다 공들이고 좌우 명당에다 공을 들여 오셔서 생죽음이 안 나셨네?"

"그렇지요."

"만약에 그리하시지 않았으면 심장이 벌렁벌렁 사대육신 육천 마디, 헛정신을 집어넣어 술 잡수신 듯, 뜰로 못으로 온 장안을 끌고다니셔 구덕 팔수가 딱 일어날 터인데, 어떻게 공을 들이셨는가 이리 막고 저리 막고 피약피약 다아 막아 노셨구먼."

"예에."

"허지만, 이리 운이 나쁠 때는 조상 잔치를 해드려야 우리 세자님께서 무병하시고 장수하시고 장차 성군이 되신단 말이지. 그래서 오늘 조상 잔치를 하시는데, 좌우 명당 법당 초당 싹 둘러보니 청수업도 바쳐 놓고, 제물 푼푼히 차려 놓고 공을 만만찮이 들이셨어."

"암, 그렇지."

"사직을 똘똘 짊어지신 우리 세자님 궁주께서 명당에 공들이고 나셨으니, 우리 천황 잠깐 모셔서 천금 같으신 우리 세자님 길이 가실 앞날을."

"예."

"아무아무 사고 없이 길이길이 무병하시고 장수하셔서 먼 날에 성군되시라고."

"아무렴, 그렇지."

"재수가 대통하시고 운수가 대통하시라고 천황 제석을 잠시 잠깐 풀어 보십시다."

"예에, 그리하십시다."

젓대 소리와 해금 소리가 울리는 사이에 유을해가 동매한테 염주를 걸어 주고 고깔을 씌운다. 지금 같으면 굿판이 중단될 까닭은 없어 보인다. 제석풀이 사설로 들어가기 전, 판을 설명하는 동매의 연행이 무리 없이 진행되고 있지 않은가. 들을 때마다 흠씬 젖어 들게 되는 동매의 목청도 여전하다. 동매의 고깔 끈을 묶어 준 유을해는 미리 마련해 뒀던 물 한 대접을 동매에게 권한다. 다른 이들에겐 그저 새벽에 긴 옥수로만 보일 테지만 유을해가 집에서 내린 소주를 삼할 정도 섞은 물이다. 반야가 공수를 하게 된 뒤부터 동매는 굿판에 나설 때면 그 물을 마셔야만 신명이 올랐다.

동매가 대접을 단숨에 비운 뒤 칠성방울을 흔든다. 재비들이 일제히 소리를 낸다. 중모리 장단이다. 덩 덕쿵 덕더더덕. 먼지를 재우는 빗발처럼 한 차례 울리고 나면 제설풀이 사설에 맞춰 동살풀이 장단으로 변할 연주다. 동매가 다시 칠성방울을 흔든다. 연주가 뚝 그치면서 동매가 신명난 소리를 목청껏 냈다.

"어화 신아, 제석이야."

"제석님 본을 받고 제석님 안철 받자. 제석님 근본은 게 어디가 본이더냐. 서산대사 지량이 제석님네 본이더라. 제석님 아버지는 정반왕씨 아니신가? 제석님 어머니 홍덕 부인이라 하옵시고 제석님네 딸 아기 매화 부인이라 하옵시더라!"

강물처럼 흘러갈 듯했던 동매의 유장한 사설풀이가 뚝 끊긴다. 동매의 소리를 뚫고 울려 퍼진 입직 내관의 외침 때문이다.

"주상전하 납시오!"

아닌 밤중에 홍두깨요, 마른하늘에 날벼락 같은 그 한마디에 저승전 남문 뜰 쪽의 사람들부터 거꾸러지듯 땅에 엎드리기 시작한다. 저승전 편액 밑에 좌정하신 채 뜰아래를 굽어보고 계시던 곤전께서 벌떡 일어서신 순간 장내가 된서리 맞은 풀밭처럼 고요해진다. 동매는 물론이거니와 유을해도 방향조차 정하지 못한 채 납작 엎드린다. 들리는 소리는 오직 곤전마마의 목소리뿐이다.

"상감마마, 어인 거둥이시니이까?"

"곤전, 이 무슨 망동이시오? 한갓 무격_{巫覡} 따위들이 무엇을 알리라고 이 법석을 벌이셨단 말입니까?"

"마마, 세자가 귀신에 씌어 명재경각이온데 그 어미된 자로서 어찌 가만있겠사옵니까? 종일 의식을 잃고 헤매는 세자가 저대로 세상이라도 뜨면 어쩌시게요? 세자일 뿐만 아니라 둘도 없는 왕자입니다. 소신은 무슨 짓이라도 할 텝니다."

"궐 안에 약방이 있는 것은 그런 병을 보살피기 위해섭니다. 병이 나면 의원에게 맡겨야지 푸닥거리가 웬 말씀이십니까? 무격들이 세자 병을 어찌 고친다고요? 더구나 국법이 지엄합니다. 곤전께서는 조정 대신들이며 백성들 보기가 부끄럽지 않습니까?"

"약이 듣는다면 무엇하러 푸닥거리를 하겠습니까. 소신은 티끌만치도 부끄럽지 않습니다. 지난 반역의 귀신들한테서 세자를 구하기 위함인데 제가 누구 눈치를 볼 것이며 뭘 부끄러워하겠습니까."

"허, 곤전! 답답하십니다. 국법이 지엄하거늘, 무격들을 불러 궐 안에서 푸닥거리를 벌이면 백성들이 왕실을 어찌 볼 것이며 왕실 체면은 어찌 되겠습니까?"

"하오나 마마, 세자의 병이 위중……."

"허어! 우리는 임금이며 국모입니다. 하고 싶은 일 마음대로 할 수 있는 사람들이 아니라 이 말씀입니다. 당장 걷으세요. 세자를 끔찍이 여기는 곤전의 뜻을 과인이 어찌 모르겠습니까? 허나 국법을 어기며 무격들을 입궐시켜 푸닥거리를 하다니. 백성들 앞에서 임금과 국모의 체면을 어찌 세우시려는 겝니까? 과인은 용납 못합니다. 곤전께서도 체통을 지키세요. 당장 이 판을 걷으시라 이 말씀입니다."

그리 말씀하신 임금께서 동궁전에서 물러나시는지 뜰이 소리 없이 들썩였다가 가라앉는다. 저승전 전각 아래에 내려와 계시던 곤전께서 홀로 마당을 바장이신다. 내관을 통해 말씀만 전해 오셨더라도 걸어야 할 판에 몸소 거둥하시어 내린 분부를 곤전이신들 어찌 거역하시랴. 무격들은 물론이거니와 궁인들도 숨을 죽이고 마당에 이마를 조아린 채였다. 이윽고 내관의 목소리가 울린다.

"무격들은 모두 소리 없이 궐에서 물러나 각기 동궁저하의 쾌유를 성심껏 기원하라. 동궁저하의 환후가 오래가실 시 이 자리에 모인 너희들 목숨은 보전키 어려우리라."

늦가을 밤바람보다 더 싸늘한 분부가 맨땅에 엎드린 무격들 위로 떨어졌다. 곤전께서 전각 안으로 듭신 뒤 무인들이 몸을 일으킨다. 굿판을 차릴 때보다 빠르게 판이 걷혔다. 일백수십 명이 동시에 움직임에도 소리는 거의 나지 않았다.

걷히기 전 천막 안으로 들어온 동매는 유을해에게 칠성방울을 건네고 고깔을 벗고 대대를 푼다. 무업을 걷을 때가 되었다. 오늘 일은 그에 대한 제석님의 계시다. 스승 달도지께서 무업을 접으실 때 급작스럽다 여겼는데 당신으로서는 자연스러운 일이었던 것이다. 살면서 맺어 온 숱한 인연들도 정리할 때가 되었다.

동매는 북두칠성을 찾아 고개를 두리번거린다. 그새 날이 흐려진 탓에 별이 보이지 않는다. 각기의 빛으로 살아 빛나는 그 일곱 별을 오래도록 섬겼다. 그 별들을 섬기면서 무녀로, 사람으로 아름다이 살 수 있었다. 그만하면 잘살았다. 이제 반야를 키울 때이다. 제 전생을 기억해 내면서, 때 없이 무시무시한 공수를 쏟아 내는 다섯 살배기. 방책 없이 쏟아 내는 공수는 제일 먼저 무격 자신의 목숨을 위태롭게 만드는 법이다. 아이가 방책을 익히려면 한참을 더 기다리며 커야 한다. 사람을 상대로 말하는 법을 익혀야 하고 무꾸리를 수련해야 한다. 제가 기억해 낼 전생의 업을 스스로 다스릴 줄 알아야 하고 무엇보다 사람 맘을 헤아려 보살필 줄 알아야만 한다. 방책은 그다음이다. 현재로서는 온 집안을 결딴 내고도 남을 그 아이를 가마골 웃실 초가에다 문 꼭꼭 여미 가두고 아곱 할배한테 맡겨 놓고 대궐로 들어온 참이다.

동짓달이다. 동매의 한살이는 벌써 섣달에 들어 있었다.

점점홍, 점점홍

"지금 사는 집이 좁아 이사를 하려는데 집터가 어떻겠느냐?"

여인의 말을 가만 듣던 반야가 박속같이 흰 낯을 왈칵 찌푸린다. 고개를 야멸치게 흔들더니 상 위에 놓인 정주를 집어 마구 뒤흔든다. 쨍강쨍강쨍강. 우매한 마음이 깨쳐지고 사악한 마음이 없어진다 하여 무녀들이 쓰는 사발 모양의 종이 소스라치다가 반야가 턱 엎으니 조용해진다.

"집 운세 봐 달라시면서, 집을 새로 지어 간다는 말씀은 어찌 아니하시는 거예요? 지금 내 신당에서 나를 떠보시는 거예요? 나를 시험하시겠다?"

나란히 앉은 두 아낙은 점쟁이를 시험하느냐는 말보다 느닷없는 꽃각시 보살의 노성에 더 놀란다. 제가 신당에 앉아 있고 그로 인해 이름을 얻었다곤 해도 상것도 못 되는 천것이었다. 게다가 솜털도 덜 가셔 보일 만큼 젊은 계집 아닌가. 서너 고을 건너 합덕현에서 꼬박 하루 걸려 왔다는 여인들은 주종 간으로 비단 옷을 입은 약간 덜 늙은 쪽이 상전이다.

"이사에 의미를 두느라 새집 말을 빠뜨린 게지, 자네를 떠볼 양으로 이 아침에 예 앉아 있겠는가? 노여워 말고 말해 보게나. 새로 지어 이사할 집에 동티가 안 나겠는지?"

반야와 마주앉았을 때부터 어디 네가 얼마나 잘 맞추는지 보자고 계량 하던 마님 얼굴이 금세 구순해졌다, 뿐만 아니라 꽃각시 보살을 달래느라 말투까지 달라졌다. 어쨌든 지금 칼자루는 꽃각시 보살이 쥐고 있는 것이다.

"꼭 집을 짓고 싶으시면, 새집 들어설 땅의 값을 주인한테 제대로 쳐주고 일을 시작하셔야겠습니다. 여러 목숨 탯자리를 어찌 날로 잡수려 드시어요? 가뜩이나 그 집 가장, 몸이 불편해 달리 살 마련도 없는데 그냥 내쫓으면 그 식구 어쩌라고요? 그리 날로 잡수신 데에다 고대광실을 앉히면 그 땅, 그 집이 순순히 마님 댁 게 된답니까?"

"치를 만치 치르고, 그 집 식구가 집 비워 줄 때를 기다리고 있기까지 한데 날로 먹다니, 그 무슨 무정한 소리야?"

"왜 그리 뵈는지는 소인도 모르겠으니 마님 바깥나리께 여쭤보시어요. 그 집터 앞산이 문필봉인 모양이라 자식 벼슬시키고 싶어 한사코 거길 얻으신 것 같은데, 자식 출세로 집안을 키우고 싶으시매 맘보를 그리 쓰면 아니 되시죠. 그 식구는 지난 흉년에 마님 댁에서 양식 가져다 먹으면서 집을 잡힌 거 같은데, 가장이 성치 않으니 못 갚았겠지요. 헌데요, 마님. 그 집자리에 귀신들이 풀포기만큼 많습니다. 그 귀신들은 쫓겨나게 생긴 식구들하고 잘 지내 왔고요. 그 식구들이 딴 데로 가면 귀신들도 따라가야 하는데, 식구들이 맨몸으로 나가면 얻어먹을 게 없지 않습니까? 못 따라가죠. 허면, 뜬것들이 돼 버린 그 귀신들이 어디에 들러붙겠습니까. 그다음엔 어쩔 것 같고요?"

"해코지를 해올 거라고?"

"당연하지요. 귀신들은 사람보다 백배, 천배 질기거니와 사람처럼 쉬이 맘을 바꾸지도 않습니다. 줄이 줄줄 마님 댁 식구들한테 들러붙어 말려 먹으려 들 팁니다. 제가 아픈 사람 잘 본다는 소문은 듣고 오셨겠지요? 사실 아픈 사람을 낫게 하기보다 왜 아픈지를 보는 것입니다. 제 눈에는 사람 몸에 든 귀신이 보이기 때문이죠. 그러니 이사를 아니 하신다면 모를까 정히 그쪽에 성주하여 옮겨 가시겠다면 절차를 잘 따르셔야 합니다. 어쨌든 제 눈에 뵈는 건 이만큼이니 말씀 다 드렸사와요. 아! 복채를 더 내신다면 제가 마님께 몇 말씀 더 해드릴 수 있습니다만."

반야가 눈을 반쯤 감으며 딴청을 부리자 마님이 치마 속에 매달린 붉은 주머니에서 은전 한 냥을 꺼내 놓았다. 반야가 시답잖다는 눈으로 주머니에 수놓인 복福 자와 상 위에 놓인 돈을 훑어보자 마님이 두 냥을 더 꺼내 상에 놓는다.

"뭔데 그러나? 말해 보게."

"가세가 불일 듯 일어 흡족하신 마님께선 요새 장성하신 두 아드님 공부 게으르신 것만 근심이실 테지만, 마님 왼쪽 젖가슴 안쪽에서 혹이 자라고 있음은 알고 계시어요?"

"무어?"

"치맛말기를 푸신 뒤 왼팔을 치켜드시고 오른손으로 한번 더듬어 보사이다. 그리하신 뒤 반대쪽을 만져 보시고 다시 왼 젖을 만져 보시어요. 속에서 밤톨만한 혹이 느껴지질 터입니다."

여인이 터무니없다는 듯 쳐다보다 치맛말기를 풀고는 반야가 시키는 대로 한다. 혼자 해보는 게 미심쩍은지 시비로 쫓아온 아낙한테 제 양쪽 젖을 번갈아 내주며 더듬어 보게도 한다. 여인들이 조심스레 수선을 피우는 동안 반야는 점상 위에 놓은 사발 속을 들여다보며 딴전을 피운다. 사발에 담긴 물에 끝물인 치자 꽃 한 송이가 떠 있다. 왼손 새끼손톱 끝으로 꽃잎을 살짝 밀자 꽃송이가 맴을 돌며 부드럽고 달콤한 향를 피운다. 사발에 꽃을 띄우고 들여다보는 건 이런 시간의 무료를 달래기 위한 방편이다. 손님들은 꽃각시 보살이 사발 속 꽃잎들을 들여다볼 때 점괘를 읽는 것으로 오해하지만 반야는 그들의 오해를 불식시키지 않았다. 두 여인이 마침내 혹이 있음을 인정했는지 옷을 추슬렀다.

　"이 혹이 무엇이야? 내가 죽을병에 걸린 것인가?"

　"쉬이 돌아가실 운이 아니시니 그런 병도 아닐 것입니다만, 무슨 병이든 방치하면 심각해지기 마련이지요. 귀가하시면 즉시 용한 의원을 찾으시어 혹을 다스리십시오."

　"의원한테 젖을 내보여 주물러 보게 하라 그 말인가? 반가의 아낙한테 그게 가당한 소리야?"

　"반가의 마님 아니시라 곤전마마시라 하여도 병이 나면 의원의 진찰을 받으셔야지요."

　"하늘같으신 곤전마마야 궐내의 여의女醫들이 살펴 주실 터이지만 우리 같은 아낙들이 여의 구경하기가 쉬운가?"

　"죽을망정 외간 사내인 의원한테 젖을 내보이기 어려우시다면 여의를 수소문해 보시어요. 내의원에서 매년 의원 취재 시험을 치루매 그때마다 여들도 뽑는다는데 그들이 모두 궐 안이나 도성에서만 살 리는 없고, 우리 근방 어딘가에도 있겠지요."

"내 마흔 평생 여의는 꼴도 못 봤네. 이보게, 별님이. 자네한테 약사 보살이 내리셔서 환자들을 돌봐 준다고 들었는데, 하여서 내 혹도 찾아낸 것일 텐데, 어찌 수선스럽게 먼 데서 찾으라고 하는 것인가. 아래채 손님방에 아픈 아낙이 셋이나 누워 있더구먼. 예서 치료받고 돌아갈 거라던데. 그들처럼 내 병도 자네가 다스려 주면 되지 않아?"

꽃각시 보살 반야는 뜬것들이 침범하여 일으킨 병을 고쳐줄 수 있을 뿐이다. 울화나 심화나 열도 다스릴 수 있긴 했다. 하지만 반야는 보이고 내키면 알려 줄 뿐 애써 고쳐 주겠다 나서지 않는다. 자신의 기력을 써야 하는 일은 곧 마음을 써야 하는 것인데 보는 것만으로도 벅차 마음 쓸 여력이 없었다. 돈이 없어 갈 데 없고 돈이 있어도 신분이 천하여 의원 만나기 어려운 목숨들이 찾아들 때만 어머니와 더불어 돌볼 뿐이다.

"어린 날 제게 약사 보살이 드신 것은 사실이나 소문이라는 게 원래 그렇듯 부풀려진 것입니다. 제 집에 찾아오는 아픈 사람들의 병은 대개 귀신이 들렸거나, 두통이나 설사 등 가벼운 증세를 가진 사람들이라 제 어미가 간단한 환약이나 탕약을 주어 다스리시지요. 의원 노릇을 하는 게 아니라요. 어미나 제가 나라에서 인정받은 의원이 아닌바 돈을 받고 환자를 치료했다면 벌써 관가에 끌려가 치도곤을 당했을 것입니다. 제 집에 오는 이들은 그저 점사 손님들이실 뿐인 거지요. 어쨌든요, 마님 젖가슴의 혹은 소인이 다스릴 수 있는 게 아닙니다. 하오니 마님께선 마님 몸에 쓰실 돈을 아까워 마시고 용한 의원을 찾으십시오. 처방을 받으시면 나으실 텝니다. 그건 그렇고, 마님 병보다 더 심각한 일이 있나이다."

"자네 쳐다보기가 무섭네그려. 또 무엇인가?"

"바깥나리께서 그 이웃 동네 젊은 과부하고 정분이 나셨습니다."

"이날 이때껏 딴 계집 모르고 살아오신 양반한테 그 무슨 턱없는 소리야?"

"예전에는 그러셨을지 몰라도 지난 설 무렵부터는 아니십니다. 그저 건드리신 게 아니라 정분나신 게 틀림없고 머지않아 태기도 생기겠지요."

반야의 단언에 말을 못 찾던 마님이 고개를 수그린다. 거친 숨을 다스리느라 아예 숨을 멈춰 버렸는지 어깨가 돌부처처럼 가만하다. 옥색 치마 위에서 마주잡은 두 손은 핏기가 가셔 하얗다. 한참 뒤에야 마님이 고개를 들었다. 그새 눈이 벌겋게 변해 있지만 눈물 흘리지 않을 정도의 체면치레는 한다.

"남정네가 열 계집 마다한다는 소릴 들은 바 없으니 내 팔자거니 해야지 어쩌겠는가. 팔자는 독에 들어가서도 못 피한다고, 내 평생 시앗 한 번 안 보고 갈 팔자는 아니었던 게지. 그건 어쩔 수 없고 꽃각시 보살, 집은, 지금 사는 식구들한테 살 마련을 해주면 우리 집안에 동티 안 나겠는가?"

"꼭 그 자리에다 새집을 얹어 이사를 하시고 싶다면 그리하셔도 무방할 것입니다. 그 식구들한테 넉넉히 주어 내보낸 뒤 헌 집 헐기 전에 성주걷기, 새집을 지은 다음에 성주받이를 하신다면 차후 자손들한테 좋은 일도 생길 텝니다만, 마님."

"더 해줄 말이 있으면 하게."

"새집에서는 두 살림을 하시게 될 터이어요. 지금 댁은 좁은지라 소실 들어올 자리가 없지만 새집은 넉넉할 테니까요."

"그러면, 지금 집에서 그대로 살면 내가 시앗 꼴을 안 봐도 된다 그 말인가?"

"시앗이야 벌써 보셨지요. 다만 행랑 빌려 들어 안방 차지하겠다고 나설 법한 계집을 한 울에 끼고 살 일이 만만치 않으실 터이니 맘 다져 잡수시라 드리는 말씀입니다. 누군들 속에 불덩이 하나 없겠습니까마는 마님께서도 체면 속에 감추고 사시는 그게 작지는 않으실 테죠."

"법도가 엄연한데 그리야 되겠는가만, 형편이 어쩔 수 없다면 별수 없이 맘을 다지든 비우든 하겠지."

"그러하시다니 다행이시다. 자손들을 위하여 덕 쌓는 셈이십니다. 옴 살바 못자 모지 사다야 사바하."

빈정거리고 나서 「참회진언懺悔眞言」을 외는 반야의 어투는 천연덕스럽다 못해 뻔뻔하다. 마님이라고 그걸 느끼지 못하랴. 그의 얼굴이 시래기처럼 일그러졌다.

"허면, 이사도 하고 한집에서 시앗 끼고 사는 꼴을 당하지 않을 방책은 뭔가? 내 스무 해 전에 시집오면서 지니고 온 것들을 다 내놓고라도 어디 한번 들어 봄세. 부적을 만들면 되겠는가? 허수아비를 만들어? 아니면 굿을 할까?"

여인이 열거하는 것들은 하나같이 너 죽고 나 살자는 방법들이다. 그 과수와 바깥양반이 자초한 일이거니와 여인으로서는 당연한 것이다. 반야는 여인이 어떤 방법을 강구하든 상관없었다. 다만 자신이 나서고 싶지 않을 뿐이다. 맘이 가지도, 맘이 쓰이지도 않는 손님들한테는 그저, 이미 일어났으나 그들이 모르는 일과 미구에 일어날 일을 보이는 대로 알려 주는 것으로 소임을 끝냈다.

"꼭이 수땜이 필요하시고, 그 방책을 무격한테서 얻고자 하신다면 마님 댁 가까이 사는 무녀와 의논하시어요. 저는 굿을 못하는 점쟁이라는 걸 알고 오셨지 않나이까?"

"그리 듣긴 하였네만, 말 튼 김에 자네하고 의논하세. 또 어디 가서 이런 얘길 시시콜콜 하겠어. 무슨 자랑스러운 일이라고."

"마님으로 비롯된 일들이 아닌데 마님께서 부끄러울 건 없으시죠. 이리 앉아서 제게 오시는 마님들을 뵙자면 흔히들 그러시더이다. 부덕의 소치니, 팔자가 그러하여 가문에 죄를 짓느니……. 하루 두 끼니 입에 풀칠하기도 어려운 아낙들보다 부귀한 마님들께서 팔자타령을 어찌나들 하시는지, 소인 받잡기 민망할 때가 많습니다."

"계집 팔자가 원래 그런 것을 어째? 계집으로 난 것을 한할 뿐이지."

"그리 생각들을 하신다면 그리 사실 수밖에 없지요. 하지만 팔자는 길들이기로 간다는 말도 있지 않습니까? 사람 아랫것인 저 같으면, 가령 말씀입니다. 도저히 시앗 꼴을 보고 싶지 않다면, 방금 저한테 방책 값으로 내놓으시겠다던 재물을 나리께서 보신 과수한테 싸다 주고, 멀리 떠나라 사정하겠습니다. 요새 말 한 필 값이면 엔간한 첩실 앉는 자리가 마련된다고 들었습니다. 그 여인도 먹고살기 힘들어 첩실이 되고자 하는 것일 텐데, 두 필 값 주시면 되지 않겠습니까? 그래도 과수가 말씀을 들어먹지 않으면 보쌈을 해다가 주리를 틀어 놓지요. 그도 안 되면 나리마님을 꽁꽁 묶어 나들이 못 하시게 하고요."

마님의 나리를 묶어 버리라는, 속내로는 다리라도 부러뜨려 주저앉혀 버리라는 말을 내뱉고 나서 반야는 태연히 「정구업진언淨口業眞言」을 세 번 왼다. '수리수리 마하수리 수수리 사바하.' 놀랐으나 반야가 진언을 외는 바람에 가만하던 마님이 떨리는 목소리로 물었다.

"나리를 묶어 놓으라는 게 무슨 뜻인가?"

"시앗 보신 마님들이나 아낙들이 한결같이 힘없는 시앗만 탓하는 모습이 민망한지라, 성미 못된 저 같으면 그리할 것 같다고 때때로 지껄여 보는 소립니다. 엄밀히 따지면, 마님을 힘들게 할 사람은 과수댁이 아니라 바깥나리이시지 않습니까? 과수만 탓하심은 썩은 들보 내버려두고 이끼 낀 서까래 나무라는 격이지요. 하오나 힘없는 사람이 더 힘없는 쪽에다 분풀이를 하는 것도 인지상정일 터입니다. 철없는 계집이 그저 종알댄 소리니 괘념치 마시어요."

"혹 떼러 왔다가 혹을 열 개나 붙인 셈이네. 별님이 자네, 올해 몇 살인가?"

"열여덟입니다."

"자네, 머리 올리고, 열여덟 살이면 나이들 만큼 들었구먼. 같은 아낙으로서 내가 가엽지 않은가?"

"미천한 소인과 귀하신 마님께오서 어찌 같은 아낙이리까. 예산 큰 장거리에서 머잖은 배다리골에 고깔 무녀라는 이가 있사와요. 그이가 굿을 아주 잘 하더이다. 굿 잘 하는 무녀들이 신기도 높게 마련이지요. 여하간에 마님, 오늘 제가 드릴 수 있는 말씀은 다 드렸습니다. 먼 길 살펴 가사이다."

말을 마친 반야는 정주를 들어 몇 차례 흔들고 나서 앉은 채로 절을 한다. 마님이 하는 수 없이 일어섰다. 어멈이 먼저 일어나 문을 열었다. 마님이 밖으로 나서자 어멈이 반야를 향해 인사인 듯 여운이 남은 눈길을 보낸다. 어멈은 아까 신당에 들어설 때 보랏빛 쑥부쟁이 꽃을 한아름 안고 들어왔다. 아침에 도착해 꽃각시 보살 만날 차례를 기다리는 동안 그이가 뒷산에서 꺾어 왔다는 꽃은 신단 한쪽 꽃병에 소복이 꽂혀 있다. 복채를 대신하는 꽃 무더기였던 것이다. 상대에게 가장 절실한 사항부터 반야의 눈에 보이게 마련이었다. 반야가 눈살을 찌푸리며 입을 연다.

"아주머니, 그 하나 있는 딸자식 이름이 뭐예요?"

"내 딸 이름? 달내네."

나가려던 달내 어멈이 털퍼덕 주저앉았다. 밖에서 마님이 기다리는 것도 잊은 듯 한숨을 쉬다 반야한테 다가앉는다.

"꽃으로 복채를 받았으니 달내 어머니, 한 말씀 드릴게요. 시집간 달내가 자식을 못 낳아 근심하는 모양인데, 잘 알겠지만 달내 시어미란 늙은 계집 심보가 여간 아니지 않아요? 손끝 야무져 일 잘 하겠다, 맘 착하고 순해, 복덩이 데려간 줄 모르고 달내가 자식 못 낳는다고 볶아 먹고 있죠?"

"하이고, 어찌 그리 잘 보시는가. 우리 달내가 그리 살고 있다네. 제발 덕분에 태기가 언제 들어서겠는가? 내 자식이 언제 그 고생을 면하겠어?"

"안됐지만 달내가 그 집에서 자식 보기는 틀렸습니다. 하마 지아비 되는 위인한테 무자식일밖에 없는 연유가 있을 텝니다."

"무어? 서방이 자식 못 볼 팔자라고?"

상심하여 우는 얼굴이 된 달내 어멈이 주섬주섬 치맛자락을 헤집더니 말기에 매달린 무명 주머니를 훌렁 뒤집어 엽전 세 닢을 꺼내 놓는다.

"이게 내가 시방 가진 전부네. 별님이 보살, 내 딸년을 어찌 살려야 쓰겠나. 방도를 알려 주게."

반야가 상 위에 놓인 동전 세 닢을 아낙 쪽으로 밀어냈다.

"나한테 방도가 없으니 안 받을 테요. 마님한테도 같은 식으로 말씀드렸지만 내가 달내 엄마라면 나는 내 딸을 그 집구석에서 데리고 나올 것 같소. 달내 어머니, 문서에 박힌 종 노릇을 하는 게 아니라 새경 받는 사람 아니오?"

"그런 것까지 보이는가?"

"그런 정도는 저 아니래도 누구나 볼 수 있지요. 그 몹쓸 집구석에서 몸이 부서져라 일하는 것이나, 남의 집에서 상전 모시고 일하는 것이나 힘들기는 매일반. 나 같으면 달내 데리고 나와서 같이 밥 벌어먹겠소. 나와 살다 보면 자식 낳을 일도 생길 것 같고."

"서방 있는 계집한테 어림이나 있는 소린가. 팔자 고치기가 그리 쉽다면 어느 계집이 앙앙 불며 살겠어. 안 그런가?"

"어렵지요. 하니 누구도 대신 살아 줄 수 없는 것이고요. 알아서 하시구려."

"내 딸이 평생 자식도 못 낳고 살 거라는 무서운 소리를 들려주고, 알아서 하라면 나는 어찌한단 말인가. 가진 거라곤 몸뚱이에 맘뿐인 어미가 어찌해? 내, 자네 집에 와서 허드렛일이라도 해주면서 평생 몸으로 닦겠네. 부디 방책을 가르쳐 주게."

"부처님 앞에서 그런 말씀 쉽게 하시면 아니 되시죠. 그리고 딸내미가 그 꼴로 사는 걸 정이 못 보시겠다면 그리 무거운 약조를 하시는 대신 머리를 조금 쓰십시오."

"법도가 얼마나 무서운데 나 같은 아낙이 무슨 머리를 쓴단 말인

가. 쓸 머리가 있기나 하고?"

"제가 아주머니의 딸 달내이고 제 어머니가 달내 어머니라면, 제 어머니는 아마 이러실 겁니다."

"어떻게?"

"저를 그 집에서 몰래 끄집고 나와서 죽은 척 만들어 놓고 모녀가 함께 도망을 치셨을 겁니다."

"아이고, 그 무서운 일을 어떻게 한단 말인가."

"죽었다 살아나기가 쉬운지, 지금 꼴로 평생을 살 일이 쉬운지, 생각을 해보고 선택을 하셔야지요. 또 달내가 끝끝내 그 집에 살면서 멀건 물도 못 얻어먹을 그 집 귀신이 되겠다 하면 별수 없고요. 제 팔자는 제가 만드는 거예요. 내 할 말은 다 했소. 마님 기다리시는데 어여 나가 보시어요. 성정이 만만찮으시잖아요?"

동전 세 닢을 들어 쥐어주려 하자 달내 어멈이 손사래를 치면서 컴컴해진 낯빛으로 서둘러 나간다. 반야는 내다보지 않는다. 오늘의 마지막 손님들이었는지라 어머니가 신당 마당에 나와 있었던지 그들을 배웅하는 기척이 느껴진다. 사립 앞에서 허리가 땅에 닿게 인사를 할 터이다.

'옴 사바바바 수다살바 달마 사바바바 수도함.'

「정삼업진언淨三業眞言」을 세 번 외는 것으로 반야는 꼭두새벽부터 지금까지 지은 업을 덜어 내고 돈을 챙긴다. 마님이 내고 나간 은자들은 단지에 넣는다. 어머니가 챙기실 거였다. 달내 어멈이 내고 나간 엽전 세 푼은 제 주머니에 집어넣는다. 자주색 생명주에 검은 무명을 안감으로 댄 주머니였다. 할머니가 쓰시던 주머니를 물려받아 쓰다가 너무 낡아 어머니한테 똑같은 모양의 주머니를 다시 만들어 달라 했다. 주머니 겉에 검은 비단실로 수놓인 '중中' 자 때문이었다. 자주색 주머니는 흔하지만 중자가 쓰인 주머니는 구경한 바 없으므로 할머니 유품이라는 사실 이외에도 희귀한 주머니였다.

날이 흐려 문살 그림자를 볼 수 없으나 사시巳時가 반나마 지났을 것이다. 새벽 불공이 끝난 인시寅時 초부터 지금까지 내도록 사람을 만났다. 일일이 세어 보지 않았으나 서른 명은 될 것이다. 보름 즈음엔 유난히 손님이 많았다. 흐린 눈앞에 별이 반짝인다. 어지럼증이다. 기진한 심신이 구정물처럼 탁해져 있다. 탁해진 심신을 맑히기 위해 할 수 있는 일은 보통 두 가지다. 씻고 책을 읽다 자거나 옷을 갈아입고 밖으로 나가거나.

오늘은 집에 있고 싶지 않다. 반야는 정주를 들고 챙강챙강 흔들며 신묘장구대다라니를 왼다. '나모라 다나다라 야야 나막알약 바로기제 새바라야 모지 사다바야……' 한두 시진 뒤 사립 안으로 들어설 소란한 기운이 이쪽으로 뻗쳐 오는 중이다. 꽃각시 보살을 저희들 쪽으로 데려가 점사를 보려는 양반 나부랭이들의 기세다. 양반 체면 차리느라 직접 오지 않고 드센 집사나 하인들을 보내 위압하는 알량한 족속들.

일 년에 몇 차례는 그런 반갑잖은 손님들이 왔다. 거절하면 양반 댁 명을 거스른 발칙한 년이 되어 된서리를 맞아야 한다. 끌려가서 본 점사는 저퀴에 들려 거의 죽은 목숨이거나 도저히 가망 없는 양반네의 앞날이기 일쑤였다. 저퀴 정도야 어렵잖게 물리칠 수 있지만 그리 해주기가 싫은 게 문제였다. 싫은 일을 억지로 할 수 없고 안 할 수도 없어 때때로 다른 무녀를 보내 굿판을 벌이게 해왔다. 그나마도 뒤 해 전부터는 그런 일들을 미리 피해 다녔다. 신기 떨어져 기도하러 가고 없다는 무녀를 저희들이 어쩔 것인가. 어머니가 고단하시겠지만 하는 수 없는 일. 지금은 달아날 때이다. 기지개를 켜며 일어선 반야는 뒤돌아서 제단에 모신 불상을 향해 세 번 합장하고 탱화로 걸린 칠성님과 제석님과 오방장상들을 향해 고루 합장을 바친다.

　초가을 땡볕 쏟아질 하늘이 오늘은 맞춤하게 흐려 걷기에 알맞다. 반야가 행장을 차리는 새에 깨금네가 갈아입혔는지 강수는 깃에다 색동을 넣은 감색 적삼과 고의를 입고 대님과 행전을 차고 반야의 칠성방울 하나 달랑 든 바랑을 멨다. 아이가 움직일 때마다 종이에 싸서 바랑 속에 넣은 칠성방울이 짧게 딸랑거린다. 반야 뒤에서 걷는 동마로는 새로 푸새한 무명 적삼과 고의에 검은 쾌자를 걸쳤다. 미장가이면서도 지난 설 무렵에 슬그머니 머리를 감아올려 상투를 틀어 버리더니 나들이 때면 꼭 전립을 썼다. 집에서는 곧잘 비단옷을 입는 반야도 나들이 때는 무명옷을 입어 평민의 얌전한 아낙처럼 보였다. 쓰개치마는 계집들의 나들이 법도가 무서워서라기보다 이목의 번잡함을 피하기 위해 챙겨 썼다. 만수사滿邃寺를 거쳐 지름길을 따라 봉수산 재를 넘는 지금은 이목이 없으므로 쓰개치마를 팔에 걸친 채 강수 손을 잡고 옛날이야기를 해주며 걷는다.
　"옛날 신라라는 나라에 순정공이라는 사또님하고 수로라는 마님이 계셨대."
　"큰언니처럼 어여쁜 마님이셨지?"
　강수가 끼어들어 종알대는 바람에 반야가 소리 내 웃는다.

"사또님하고 수로 마님이 수하들을 거느리고 길을 가다 경치가 멋진 바닷가에 머무르게 됐대. 깎아지른 것처럼 높은 바위가 병풍처럼 쳐져 아주 아름다운 바닷가였는데, 천지에 꽃이 핀 봄이었나 봐. 마님이 까마득히 높은 절벽을 올려다보고는 슬픈 표정을 지으셨다는구나."

"왜요?"

우뚝 멈춰서 올려다보는 아이 손을 끌며 반야는 걸음을 옮긴다.

"어찌 저러시나, 수하들이 보니 절벽 위에 빨간 꽃 몇 송이가 피어 있었어. 바닷가에도 꽃이 많이 피어 손만 뻗으면 꺾을 수 있는데 마님은 웬일로 절벽 위에 있어서 아무도 꺾어 올 수 없는 그 꽃이 갖고 싶으셨던 게지."

"왜요?"

"사람은 어쩌다 보면 그렇게, 할 수 없고 하면 아니 되는 일을 하고 싶을 때가 있어. 자기가 가질 수 없는 것, 욕심내면 안 되는 것을 갖고 싶어서 슬픈 경우도 있고. 아마 그 마님도 그러셨던가 봐. 그러면 안 되는 줄 알면서도 간절히 갖고 싶으니 수로 마님은 아랫사람들한테 그 꽃을 꺾어 달라고 했어. 당연히 아무도 나서지 않았지. 그냥 높은 산도 아니고 깎아 세운 것 같은 절벽에 핀 꽃을, 새도 아니고, 누가 꺾어 올 수 있겠어?"

"마님이 앙앙, 꽃님이처럼 우셨대요?"

강수 물음에 반야가 하하 웃고는 응, 했다.

"어른이라 꽃님이처럼 큰 소리로는 못 울고 흐느끼고 있는데, 수염이 허연 한 할아버지가 소를 끌고 그 바닷가에 나타났어."

"할아버지가 나타났어요? 소랑 같이?"

"음. 할아버지가 울고 있는 수로 마님 앞으로 와서 절벽에 있는 꽃을 꺾어 드리랴느냐고 여쭈었어. 수로 마님이 고개를 끄덕이시니 할아버지가 암소를 마님 곁에 두고는 병풍바위로 올라갔어. 사람들이 모두 손에 땀을 쥐고 쳐다보는데 할아버지는 수염에 땀이 흐를 만큼 힘겨워하면서도 그 바위로 올라가 꽃을 꺾어 내려왔어. 그러곤 마님께 꽃을 바치면서 노래를 불렀대. '자줏빛 바윗가에 암소 놓아두게 하시고, 나를 부끄러이 아니 여기시니 꽃을 꺾어 바치나이다.' 노래를 다 부르고 난 할아버지는 다시 암소를 타고 가던 길을 갔지."

"마님이 할아버지한테 상은 안 주셨대요?"

강수 질문에 반야가 또 웃었다.

"할아버지도 상을 받았지. 마님이 활짝 핀 꽃처럼 웃으셨거든. 사람이 사람한테 웃는 게 상이 될 수도 있다는 거, 너도 알지?"

반야 말에 "네." 한 강수가 고개를 두리번거리더니 손을 놓고는 길을 벗어나 숲으로 다람쥐처럼 스며들었다. 방울소리를 쫓아가려는 반야의 소맷부리를 동마로가 잡았다.

"금세 돌아올 테니 그냥 두십시오."

동마로의 존대는 반야가 머리 올린 직후부터 시작됐다. 그때로부터 다섯 해가 지났음에도 반야는 아직도 그의 존대가 이따금 낯설다. 언니라 부르던 호칭도 없어졌다. 그즈음부터 동마로한테 딴 사람 혼이 들어앉은 것 같았다. 이렇게 뒤를 따라다니는 것 외에는 말도 붙여 오지 않거니와 부르지 않으면 종일 꼴 보기조차 어렵다. 게다가 아침에 집을 나가 새벽에 도둑놈처럼 들어오기 일쑤인 나날이 벌써 여러 해째다. 저는 공세포 선창가의 선주 집에서 일하며 글공부도 한다지만 무슨 주인이 일꾼 편할 때만 일을 시킬 것이며 공부를 시켜 주랴. 제가 소상히 말하지 않거니와 도둑질하러 다니는 게 아닌 정도는 알므로 반야도 묻지 않았다. 그만큼 어려워진 것이다. 지금도 내가 알던 사람인가 싶어 쳐다보자 동마로는 강수 놈 들어간 나무 사이를 쳐다보며 딴청을 부린다.

　한양에서 은새미로 온 뒤 할머니 동매는 근동에서 적원赤苑 무녀라거나 적원 할매라고 불렸다. 할머니는 날마다 반야한테 굿거리를 가르치려 드셨다. 일곱 살 반야는 그 공부를 하고 싶지 않았다. 늦봄이었고 뻐꾸기가 놀자고 신당 밖에서 자꾸만 부르는 듯했다. 할머니가 소피보러 나간 뒤 괭이처럼 집을 나섰다. 뒷산 만수사에 가려고 사립을 나왔는데 걸음이 엉뚱하게 재너머 마을인 감밭골 쪽으로 걸어졌다. 그 지난겨울 만수사에서 따라 내려와 식구가 된 나무(南無)가 뒤에서 느릿느릿 따라오는 걸 알았지만 내버려두었다. 나무는 키만 큰 바보였다. 아기 때 절 앞에 버려졌다는 나무는 아무리 큰 소리로 불러도 듣지 못하고 말도 못했다. 걸어만 다닐 뿐이지 정말 나무와 똑같았다.

　재를 넘고 감밭골을 지나쳐 들판을 지나고 어느 산 밑까지 갔다. 어디가 어딘지 구분도 할 수 없는 그 산자락에 거적이 들씌워진 움막이 있었고 그 안에 버려진 사내아이가 있었다. 온몸에 열꽃이 피어 퉁퉁 부었음에도 너댓새는 굶었을 것처럼 파리해 보이는 아이였다. 숨결이 거의 느껴지지 않았다. 나무와 함께 산속에 들어가 금세 물을 찾아냈고 그 물을 칡 이파리에 받아다 아이한테 먹였다. 칡 잎 새순을 씹어 아이 입에 흘려 넣었다. 씹고 남은 건더기는 아이 얼굴에 붙었다. 숲 속에서 손에 잡히는 풀잎들을 뜯어다 씹어 그 즙을 계속 밀어 넣었다. 병보다 기갈이 깊었던 아이는 반야가 제 입에 머금고 전해 주는 것들을 한 방울도 흘리지 않고 받아 삼켰다. 나무는 나무처럼 두 아이 곁에서 지켜만 보다가 반야가 움직이면 함께 움직이고 반야가 잠들면 저도 잠들었다. 셋이서 이틀 밤을 그렇게 지낸 뒤 아이 열이 내렸다. 풀을 씹어 붙였던 얼굴에 풀물이 든 데다 영감처럼 쭈글쭈글해진 아이가 눈을 떴다. 아침이었다. 아이는 일어나 나무한테 업혔고 반야를 따라 집으로 와 첩첩 산처럼 오래 살라는 뜻의 동마로가 되었다.

"꽃이에요."

상기된 얼굴로 자랑스레 내미는 강수 손에 자줏빛 각시취 꽃이 잔뜩 들렸다. 놈이 반야한테 꽃가지를 내밀며 노래를 부른다.

"자줏빛 바윗가에 암소 놓아 두게 하시고 나를 부끄러이 아니 여기시니 꽃을 꺾어 바치나이다."

한 소절도 틀림이 없이 읊어대는 놈의 맹랑한 짓에 반야가 깔깔대며 꽃가지를 받고는 아이를 그러안는다. 반야의 품에 안긴 자그만 몸이 노래를 부르는 듯 환희에 넘친다. 어떻게 이리 귀여울까. 자신의 일곱 살 즈음을 떠올려 보면 조리에 닿지 않게 느껴질 정도다. 그즈음부터 반야가 점사를 보게 된 터라 귀염은커녕 요물이나 저승사자 취급을 받았다. 젊건 늙건, 사내건 계집이건, 지체가 높건 낮건, 속이 빤히 들여다보이는 사람들이 반야한테는 죄 한심하거나 어려 보였다.

끌어안고 희희낙락인 강수와 반야를 쳐다보던 동마로는 고개를 돌리며 쓰게 웃는다. 반야가 옛날이야기를 빙자해 강수한테 들려준 말은 곧 동마로한테 한 말이었다. 동마로는 어릴 때 「헌화가」를 부르던 노인이 검님, 신령이었노라고 들었다. 수로 부인이 꽃을 갖고 싶었던 것은 무녀가 되고 싶은 소망을 뜻하고, 수로 부인이 받은 꽃은 마침내 무녀가 되었다는 의미라고. 「헌화가」 장면에 이어 길을 계속 가던 수로 부인은 여러 차례 용에게 잡혀가거나 신물神物들에게 이끌려 가는데 그때마다 사람들의 입을 모은 노래로 현실로 돌아온다. 그건 무녀를 가운데 둔 인간들과 검님들의 다툼이며 현실과 비현실을 조화시켜야 할 무녀의 수련 과정을 의미한다. 어린 날 반야와 더불어 할머니께 들은 이야기였다.

지금 반야는 그때와 다른 뜻으로 동마로에게 무녀인 자신을 마음에 들이지 말라고, 앞날을 보통 사내처럼 살라 말한 것이다. 그리하기가 글렀음을 동마로는, 열세 살 반야가 검님께 시집간다는 의미로 머리를 올리고 작두를 탈 때 벌써 깨달았다. 그때 그 꽃맞이굿판에서 마마신에 들려 사경을 헤매던 어린 날처럼 마음을 앓았다. 혹독했으나 병은 어렵잖게 나았다. 반야보다 먼저 죽지 않으면 된다는 것을 깨달았기 때문이었다. 그냥 반야 살아 있는 동안 옆에 있으면 되는 것이었다. 그 간단한 깨달음은 그렇지만 새 지옥의 시작이었다. 처음 만난 날부터 반야는 동마로의 하늘이었다. 땅이었다. 햇빛이었고 바람이었고 밥이었다. 세상천지 단 한 사람이었다. 단 한 사람이었으므로 서로 만지고 어르고 놀며 함께 컸다. 그 한 사람이 어느 날 불현듯 만질 수 없는 존재가 되어 버렸다. 여전히 함께 걸어 숱한 절을 찾아다니고 한방에서 묵어도, 언제나 숨소리가 들리는 눈앞에 있는데도 그 존재는 연기인 듯 신령인 듯 만질 수가 없었다. 동마로는 제 손목을 자르고 싶었다.

손목을 자르는 대신 심신을 단련할 기회가 생긴 건 그 즈음이었다. 아직 어렸음에도 동마로는 머리 올린 반야를 견딜 수 없어 집을 벗어나곤 했다. 더 이상 걸을 수 없을 지경이 되면 떠날 수 없음을 느끼고 돌아오던 즈음이었다. 그날도 종일 헤매다가 해 질 녘에 공세포 바닷가에 도착했다. 한 무리의 사내들이 놀고 있는 것을 보게 되었다. 바닷물 속에서 노는 것 같은데 그들은 노는 게 아니라 일정한 규칙에 따른 절도 있는 동작으로 움직였다. 그들은 허리에 닿는 물속에서 누군가를 겨누고 차거나 밀거나 엎어뜨리고 메치길 반복했다. 물속에서 대여섯 자는 될 만치 솟구쳐 오르기도 했다. 동마로한테 그들의 움직임은 반야만큼이나 눈부셨다. 그들에 홀렸다. 그들이 바다를 나와 산속으로 들어갔다. 동마로는 꽃에 홀린 벌처럼 그들을 뒤따라갔다. 해지는 바다가 훤히 내려다보이는 산마루에 듬성듬성한 초막 몇 채가 반원 형태로 앉아 있었다. 그중 규모가 있는 가운데 집 처마에 현무암玄武庵이라 쓰인 편액이 걸린 걸 보았다.

그곳은 공세포 현무암, 기실은 온양 현무 선원이었다. 글을 읽고 쓸 수 있는 자만이 선원에 들 수 있다 했다. 그들처럼 무술을 배우기 위해 동마로는 한 달간의 예비 수련 기간을 거쳤다. 일 년이나 이 년, 길게는 삼 년이 걸리기도 한다는 예비 기간이 한 달에 그쳤던 건 동마로가 글을 읽고 쓸 수 있었기 때문이었다. 예비 기간이 끝난 뒤에는 문답 과정을 치렀다.

'하늘 아래 모든 사람은 동등하다, 마땅하냐?'

첫 질문을 받았을 때 열두 살 동마로는 너무 놀라 입을 벌렸다. 동등이라니! 천민과 평민이, 천민과 중인이, 천민과 양반이, 천민과 임금이 어찌 동등할 수 있단 말인가. 팔천八賤에 속하는 무격 집 아이한테, 동등이라는 단어를 입에 올리기는커녕 들어 본 적도 없는 아이한테 그 말은 불가해한 것이었다. 그래도 "예." 했던 것은 그 문답 과정을 통과해야 무술을 배울 수 있다 하였기 때문이었다.

'하늘 아래 억울한 사람이 없어야 한다, 응당하냐?'

'하늘 아래 모든 사람은 타인에게 해를 입히지 않아야 한다, 수긍하느냐?'

'모든 사람은 스스로 자유로워야 한다, 가당하냐?'

'모든 사람은 스스로의 의지로 제 삶을 가꿀 권리가 있다, 이해하느냐?'

응당하지도, 가당하지도, 수긍하지도, 이해하지도 못했으나 "예." 했다. 예, 하여야 그 어려운 말들의 뜻을 알게 될 것임을 느꼈기 때문인데 신통하게도 예, 라는 대답을 거듭하는 동안 단어들의 실체를 모르고도 그 모든 것들이 그럴 법해졌다.

문답 과정 뒤에는 천도재를 지내듯 사십구 일간의 묵언 수련을 치렀다. 아무도 감시하지 않았다. 벙어리 노릇은 그저 홀로 하는 것이었다. 유을해가 말을 하지 않는 동마로의 이마를 날마다 짚으며 눈을 들여다보았다.

"애야, 어찌 이러는 게냐? 아가, 왜 말을 않니?"

그러다 반야를 돌아보며 묻기도 하였다.

"큰애야, 이 아이가 왜 실어를 앓는 게냐? 뜬것이 든 것 같으냐?"

반야가 뜬것에 든 것도 병이 든 것도 아니니 내버려두라고 해도 유을해는 동마로의 묵언 기간 내내 안절부절못하였다. 그렇게 과정을 거치고 선원생의 자격이 갖춰졌을 때 동마로는 비로소 사신계四神界에 대해 들었다.

'모든 인간은 동등하고 자유로우며 스스로의 의지로 자신의 삶을 가꿀 권리가 있다. 범인유동등자유이이기지凡人有同等自而以己志 향생저권리享生底權利.' 그런 불가해한 강령을 가진 사신계의 수장은 사신총四神總이다. 사신총이 누군지는 그의 명령을 직접 받는 사신경四神卿만 안다. 사신경은 청룡, 백호, 주작, 현무, 칠성 등 다섯 부의 수장인 오령五靈을 거느리고 오령들은 각 부의 무진武辰들을 지휘한다. 그 무진들은 자기 휘하 사신계원들을 이끈다.

공세포 현무암은 청룡, 백호, 주작, 칠성 부部와 더불어 전국에 걸쳐 있다는 사신계 현무부 선원의 하나였다. 사신계 입계入界 의식을 치르며 동마로는 두 가지를 맹세했다. '불문여하경우不問如何境愚 당절대침묵어사신계當絕對沈默於四神界 불문여하경우不問如何境遇 당절대순종어사신총령當絕對順從於四神總聆. 어떠한 경우에도 사신계에 대해 침묵하고, 어떠한 경우에도 사신총령에 따르겠다.'는 서원이었다.

낮에 일하고 밤에 수련하는 사신계에서는 몸담은 사람의 신분을 묻지 않았다. 각자 하는 일의 수련 정도에 따라 일곱 단계의 품급을 부여했다. 입계하며 일품이 되고 수련이 쌓여가면서 품계가 칠품까지 높아졌다. 청룡, 백호, 주작, 현무, 칠성 등의 각 부의 품계들에는 별이름을 딴 명칭들이 붙어 있었다. 현무부의 품계 명칭은 북쪽 하늘 일곱 별을 상징하는 두斗, 우牛, 여女, 허虛, 위危, 실室, 벽壁으로 이루어졌다. 품과 품 사이를 거치는 기간은 사람마다 다르고 품급이 높을수록 오래 걸리거니와 승품 시험은 일 년에 한 번 치를 수 있었다. 그렇게 일품에서 사품까지의 단계를 지나 오품을 넘어선 계원 중에 무술을 특기로 한 자들을 따로 무절武節이라 칭한다.

동마로는 작년 동짓달 보름에 현무부 오급인 위품을 받고 무절이 되었다. 나이가 어린 데다 매인 일이 적어 그만큼 수련할 시간이 많았으므로 승품도 빨랐던 셈이다. 실품과 벽품을 거치고 나면 무진武

辰이 될 수도 있는데 무진은 하나의 선원을 운영하며 사신계의 조직 운영에 참여하게 된다. 위품 무절이 된 지 일 년이 못된 동마로에게 무진이란 아직 하늘의 별처럼 높았다.

현재 현무부 온양 선원의 무진은 옥종이었고 그의 휘하 계원은 쉰 명 가량이었다. 누가 어떤 목적으로 사람을 모으고 가르치는지, 언제 사신총의 소용품으로 쓰일지 몰랐으나 동마로는 아무래도 상관없었다. 동마로가 선원에 드나든 여섯 해 동안 공세포 계원한테 내린 사신총령은 두 번이었다. 그때 공세포 선원에서 실품과 벽품이 두 명씩 불려 갔는데 그들은 돌아오지 않았다. 그들이 어디로 갔는지는 옥종 무진만 알았다. 그들이 무과에 급제하여 어느 군영으로 들어갔을 거라는 속삭임이 계원들 사이에 없지 않았지만 생사 여부조차 모른다. 돌아오지 않는 그들 때문에 갈등하는 수련생은 없었다. 그저 자신의 본업을 하면서 제 몫의 수련들을 할 뿐이었다. 동마로도 오늘처럼 반야를 뒤따르는 날을 제외하고는 빠지지 않고 선원에 다녔다. 그러는 동안 은샘에서 공세포까지의 오십여 리 길을 두 식경이면 가로지를 수 있을 만치 몸이 기민해졌다.

"어느 쪽으로 가시려고요?"

봉수산 잿등에 올라서서 동마로가 물었다. 반야는 아래로 뻗은 길을 내려다보며 글쎄, 한다. 산을 내려가면 팔방으로 길이 나 있었다. 동쪽으로 향하면 아산, 천안이고 북쪽으로 향하면 평택, 안성 쪽이다. 한양에서 도고로 와 앉은 이래 도 경계를 넘어서 본 일은 고작해야 열 번이나 될까. 가장 멀리 간 데가 백두산 천지였다. 작년 봄, 동마로와 둘이 가는 데만 달포가 걸렸다. 걷고, 걷고 또 걷는 길. 마침내 천지에 이르렀을 때 그 무한 속에서 공포를 느꼈다. 공空이었고 무無였다. 나란 존재, 사람이란 족속은 아무것도 아니었다. 눈을 감을 수밖에 없었다. 눈을 감고「신묘장구대다라니」를 읊었다. 세 번을 읊고 나서야 눈을 뜨고 백팔배를 했다. 백팔배로 정신을 수습하고 걷기 시작했다. 천지를 도는 데 나흘이 걸렸다. 백두산을 내려올 때 집으로 오고 싶지 않았다. 더 넓은 세상으로 가고 싶었다. 그곳이 어딘지 알 수 없으니 집으로 돌아올 수밖에 없었다. 그 광활한 산하를 보고 돌아온 뒤로는 더 자주 갑갑했다. 스스로에 쫓기듯 자꾸 집을 나와 걸을 수밖에 없었다. 오늘도 그래서 나온 참이다.

천안쯤 가면 재미지면서도 슬픈 구경을 할 수도 있을 것 같다. 무슨 인연이 있는지, 요즘 춤추는 계집아이의 환영이 눈앞에 자꾸 드리워졌다. 추고 또 추다 기진하고, 일어나면 또 출 수밖에 없을 춤. 내림굿을 받아야 멈출 수 있을 춤인데 가엽게도 계집은 담장 안에 갇혀 있는 듯하였다. 얼마나 허기지려나, 그 아이. 알지 못할 그 아이처럼 반야도 허기가 진다.

"천안으로 갈 거야. 그 전에 여기서 밥을 먹자. 강수야, 앉을 만한 데 좀 찾아 보련?"

반야 말에 강수가 주변을 방울 단 강아지처럼 뛰어다닌다. 동마로가 큰 키를 구부정하게 접고 나무 밑을 살피다 편편한 풀밭을 찾아내고는 등짐을 풀었다. 그가 등짐 속에서 꺼낸 천 뭉치를 펼쳐 나무 그늘에 자리를 만드는데 그의 몸에서 푸른 기운이 별빛처럼 파르라니 배어난다. 무수한 날 이렇게 함께 다녔고 먼 길에서는 예사로 한방에 묵으며 자라 왔지만 처음 보는 기운이다. 선 채로 동마로를 쳐다보던 반야는 부르르 진저리를 친다. 동마로의 몸에서 솟아 나온 기운이 흩어지지 않고 곧장 자신에게 이어져 발화한 듯하다. 손끝에서 시작되어 어깨를 타고 머리통 속으로 스며든 기운이 온몸으로 거센 물살처럼 퍼진다. 퍼진 기운들이 스러지지 않고 다시 치올라 손목이나 무릎에서, 허벅지나 젖가슴, 아랫배 밑에서 함부로 뭉쳐 난동했다. 난데없는 몸의 난동에 놀란 반야가 풀썩 넘어졌다. 기름종이에 싼 주먹밥을 꺼내 상을 차리던 동마로가 놀라 반야를 끌어안았다. 놀란 강수도 뛰어와 두 사람한테 엉겨붙었다.

도고 관아 이방이 나졸들을 달고 샘골 지나 은새미의 꽃각시 보살네로 올라올 때는 속셈이 뻔했다. 몇 돈씩 건네 바치는 뒷돈 때문이려니와 꽃각시 보살 어미를 희롱하는 재미에 들려 있는 것이다. 이방이 올 즈음 반야는 대개 집에 없기 마련이어서 유을해가 상대해야 했다. 오늘도 이방은 집 안을 한 바퀴 돌며 술 냄새가 나지 않는지 코를 대고 다니더니 흔적을 찾지 못하자 신당 마당으로 돌아온다. 특별히 간악하거나 뒤틀린 사람은 아니다. 그저 제 권세로 누릴 수 있는 잔재미를 보려는 보통 위인일 뿐이다. 어제 반야가 나간 뒤 들이닥친 오산의 최 아무개라는 양반집 나부랭이들에 댈까. 아예 반야를 붙들어 가려 했던지 마름과 종놈 둘이 왔는데 놈들의 위세가 그대로 제들 주인인 양반이었다. 그자들은 어젯밤 이경이 지날 때까지 식객 노릇을 하며 반야를 기다리다, 반야가 제 발로 오산으로 찾아와야 할 것이라는 엄포를 놓고 떠났다.

"네 집에 술이 넘친다는 소리를 분명히 들었는데 그 흔적을 잘도 숨겨 놓았구나. 잘 했다. 눈에 안 띄게 해놓은 터, 내가 새삼 네 뜰을 뒤집을 필요야 있겠느냐."

지엄하신 어명으로 술이 금지된 지 팔 년여. 술 마신 게 발각돼 목 잘린 사람들이 여럿이라 했다. 술 빚은 게 들통나기만 해도 큰일 나는 판이라 술에 취한 사람 구경 못한 지가 까마득했다. 그렇다고 아무도 술을 빚지 않는 건 아니다. 누가 알아챌세라 숨을 죽이면서도 술은 빚어졌고 심지어는 밀매도 되었다. 유을해도 빚었다. 탁주는 필요할 때마다, 소주는 한 달에 한 번 그믐에 빚었다. 스승 동매께서 살아 계시는 동안 하루 한 잔씩은 꼭 드셨으므로 그 습관이 남은 데다 반야도 신단에 맑은 술 올리길 원하기 때문이다.

"내 오늘은 술 때문에 온 게 아니고 네 여식을 보러 왔는데, 오늘도 별님이가 집에 없는 모양이지?"

"예, 나리. 아침 점사 뒤 기도하러 절에 갔사옵니다."

"하면 현령께는 뭐라 아뢴다? 새로 오신 현령께서 그 아이를 찾으시는데?"

"새 현령이 오시었나이까? 언제요?"

"허, 백성이 되어 사또가 새로 오신 지 한 달이나 되신 것도 몰랐단 말이냐."

"쇤네처럼 천한 것이 어찌 관아 안에서 벌어지는 일을 알 수 있겠나이까?"

"네 말말이 천하다 한다마는 우리 관내 천것들 중에서 네 집만큼 가세 든든한 집이 또 있겠느냐?"

"외람되오나 나리, 갓 부임하신 현령께오서 천한 쇤네의 여식을 찾으시는 까닭이 따로 있으신지요?"

"원님이 찾으시면 찾아뵙는 것이지 천한 것들이 까닭은 알아 무얼해? 차치하고, 그 아이가 언제 돌아오겠느냐?"

"원래 철이 없고 방자한 아이라 나간 시각은 알아도 돌아올 때를 모르옵니다. 나리, 부디 헤아려 주십시오."

"이번엔 내가 헤아려 줄 일이 아닌 듯하니 별님이가 돌아오면 관아로 들어와 나를 찾으라 일러라. 아! 네, 혹 만파식적萬波息笛이나 자명고自鳴鼓라고 아느냐?"

먼 옛날 신라에 있었다는 피리와 고구려 속현에 있었다는 북을 이방이 왜 거론하는지 몰라 유을해는 멀뚱히 그를 바라보다 대답한다.

"먼 옛날에 바다를 끓게 하여 외적을 물리쳤다는 신비한 피리 이야기를 들은 적이 있나이다. 외적이 침입하면 저절로 울려 백성들을 구했다는 자명고 이야기도 들은 적 있삽고요."

"허면 만파식령萬波息鈴은 아느냐? 그게 자명령自鳴鈴이라고도 불린다는데?"

그가 무격들 사이에 전설로 내려오는 방울까지 정확하게 불러대는 것도 뜻밖이다. 겉모양은 정주처럼 생겼고 속 모양은 칠성방울처럼 생겼다는 만파식령은 세상 모든 무격들의 꿈이었다. 어딘가에 묻혀 있을 그 방울을 갖게 되면 온 세상을 다스릴 만큼 신기가 높아진다 하였다. 하지만 만파식적이 전설이듯 만파식령이나 자명령으로 불리는 그 방울 또한 무인들이 지어낸 이야기로 떠도는 허황한 꿈일 뿐이다.

"만파식령은 처음 듣사옵니다. 그게 무엇이옵니까?"

"그러면 혹시 만단사萬旦嗣라고는 들어봤느냐?"

사뭇 목소리를 낮춰 묻는 사품이 참 수상하다. 만단사는 유을해의 사십 평생에 정말 처음 듣는 말이었다.

"그건 또 무엇입니까? 어느 절 이름이옵니까?"

"무격인 네가 모르는데 나라고 알겠느냐. 되었다. 어쨌든 내 오늘은 이만 물러간다만 어쩐지 장차 너희들 신세가 불편케 된 듯하구나."

오리무중의 말을 한 이방은 유을해를 흘깃 건너다보고 그냥 돌아선다. 옛날이야기까지 들먹이며 을러대기는 해도 짐짓 부리는 위세이지 무던하게 넘어갈 수 있을 듯하다. 유을해는 이방 꽁무니에 붙은 나졸한테 은전 석 냥을 쥐어 준다. 보통 무녀의 일 년치 고정 무세巫稅가 베 한 필이고 관아에서 신당퇴미세神堂退米稅니, 신포세神布稅니 하여 뜯어가는 돈이 또 그만했다. 유을해와 별님 등 무녀 둘이 깃대를 꽂고 있는 꽃각시 보살 집에서는 보통 무녀의 다섯 배에 해당하는 무세를 낸다. 손님이 많다고 소문이 나자 관아에서 그리 통고해 온 게 여섯 해 전 반야가 꽃맞이굿을 한 뒤였다.

지금 이방한테 건너간 돈 석 냥은 꽃각시 보살네서 일 년 내는 세금의 절반이나 되는 거금이다. 나라님이 술을 금하시매 살판난 자들은 팔도 각 고을의 서리들이었다. 뇌물의 양이 해마다 늘었다. 뇌물을 받아 챙긴 이방이 말에 오르고 나졸들이 고삐를 잡고 의젓하니 샘골로 내려간다. 짧은 가을 해가 어느새 뉘엿거리기 시작한다.

그나저나 이 아이들은 오늘도 아니 돌아오려는가. 돌아오지 않는다면 반야가 기어이 천안까지 갔다는 뜻이다. 거기 한 가여운 목숨이 있어 자꾸 저를 부르는 것 같다고 했다. 신기 들린 처자인 듯하다고. 어느 집 처자일지 모른 채 제 발로 찾아들 집이 어떤 집인지 반야가 모르고 떠났듯 유을해도 모른다. 남은 것은 근심뿐이다. 혹여 무슨 봉변이라도 당하지 않을는지. 그곳이 혹시 양반집이라면, 중인이거나 상민의 집이라 해도 다르지 않다. 저희들이 부르지도 않았는데 찾아든 맹랑한 무녀를 누가 반기랴.

유을해가 사립 밖으로 나서 샘골로 굽어 내린 길을 하염없이 바라보는데 끝애가 꽃님이를 업고 팽나무 저쪽 숲에서 나왔다. 그 뒤에 키만 껑충한 나무가 엉겅퀴며 쑥부쟁이들이 설렁하게 든 소쿠리를 엉성하게 들고 따라왔다.

"관헌들은 갔어요, 어머니?"

끝애 물음에 유을해는 고개를 끄덕이고 잠든 꽃님이를 받아 안는다. 한 시진 정도 햇볕을 쬐었다고 다섯 살배기 얼굴이 발갛게 익었다. 관헌들을 피하느라 아이들을 집 밖으로 내몰았던 참이다.

"오냐."

"별님 언니는 오늘 안 돌아올까요?"

별님은 반야의 별칭이다. 반야라는 이름의 뜻이 계집아이한테 너무 커서 별님으로 부르기 시작했는데 그 이름도 커서 함부로 부르기가 어렵다.

"안 돌아오지 싶다. 들어들 가자꾸나."

세 자식이 나들이를 가고 세 자식이 곁에 있었다. 열여섯 살이 된 끝애가 유을해 품으로 들어온 지 여섯 해째였다. 시집보낼 나이가 되어 간다. 시키면 시키는 대로 하는 아이였으나 손끝이 야물지는 못했다. 그렇게나 호되게 바느질을 가르쳐도 적삼은커녕 잠방이 한 장, 고쟁이 한 겹조차 맵시 있게 지어 내지 못했다. 그 때문에 나무나 강수가 입는 옷들이 아이들 몸에 다붙지 못하고 노상 엉성했다. 음식 솜씨라도 좋으면 다행일 터인데 그 손끝도 허술했다. 뭘 배우려 드는 근기도 약했다.

동마로는 과묵하면서도 재빨랐다. 집 안팎을 여무지게 돌볼 줄 알

앉다. 어릴 때부터 총명해 반야가 읽는 글들을 죄 따라 읽었다. 그런 동마로를 무녀 아들 노릇 시키는 게 가여워 안성 유기 공장에 보냈던 게 제 열 살 때였다. 한 달 만에 상거지 꼴로 되돌아온 아이가 소리도 내지 않고 눈물을 뚝뚝 흘렸다.

"그럼 영영 내 아들로 살려니?"

유을해가 물었을 때 아이가 엉엉, 큰 소리로 섧게 울었다. 나무는 만수사에서 데리고 내려왔고, 강수는 동마로가 파장난 온양 큰장터에서 주워왔다. 꽃님이는 핏덩이 때 업둥이로 들어왔다. 아이들이 집에 들어오는 대로 죄 아들딸을 삼았다.

작금에 이르러 자식이 여섯이나 되지만 다른 아이들 때문에 속 끓일 일은 없다. 문제는 언제나 꽃각시 보살, 별님이, 반야였다. 점쟁이로 얻은 이름이라고는 하나 천한 신분의 계집아이치고는 명성이 지나치게 높았다. 사람은 나잇값을 해야 하듯 이름값도 해야 한다. 이름값이란 결국 사람을 헤아려 보살피기였다. 열여덟 살의 반야는 아직 이름값을 할 수 있는 나이가 못 되거니와 성정도 그렇지 못했다. 사람 마음 살필 줄 모르는 반야는 날아다니는 불이었다. 아직까지는 저 혼자 날아다니지만 언제 주변을 불바다로 만들어 버릴지 알 수 없었다. 유을해는 그런 딸을 얌전하게 들어앉힐 능력이 없는 어미였다.

사월의 넋들

　사립 밖 팽나무 그늘에 앉아 미투리를 엮고 있다가 말 타고 들어선 이한신을 보고는 놀라 안으로 달아난 마흔 살 남짓한 위인은 부실해 보였다. 또 한 놈은 스물댓 살은 돼 뵈는데 부실도 모자라 천치인지 손님을 보고도 반응조차 없다. 무연한 눈으로 이한신을 쳐다보다 제 하던 일로 돌아간다.

　난생 처음 받아 본 대접이라 이한신은 허허, 웃고는 사립 안으로 들어와 아래채 마루에 앉는다. 무녀의 집이란 자고로 울긋불긋한 천 조각이 나부끼고 소란한 소리가 들릴 거라 여겼더니 산자락 가운데 넓은 터에 홀로 자리한 이 집은 절 같다. 세 채의 초가가 각기 오붓하고 울타리는 있으나마나 해도 집 안팎에 꽃나무가 많아 화사하다. 꽃각시 보살이라는 이름이 나올 법한 풍경이다.

　놀라 달아난 위인이 그래도 기별을 넣긴 했는가, 주인인 성싶은 여인이 나온다. 붉은 기미가 도는 연보라색 치마에 살굿빛 저고리를 받쳐 입었는데 무르익은 봄볕 속에서 한 무더기 꽃 같다. 천천히 걸어오는 그가 이한신과 눈이 마주치자 허리를 숙여 인사했다. 여인이 고개를 들었을 때 한신은 눈을 크게 뜬다. 어디선가 만난 적이 있는 여인 같아서다. 다가오는 여인을 자세히 보느라 걸터앉았던 마루에서 몸을 일으킨다. 어디서 마주쳤던 여인인지 기억나지 않음에도 웬일로 두근대는 가슴을 다스리며 한신이 애써 점잖게 입을 연다.

"나는 태화산 밑, 용문골에서 왔습니다. 댁네가 꽃각시 보살이오?"

"아니옵고, 쇤네 여식이 점사를 보옵는데 아이가 먼 산 절에 기도하러 가느라 집을 비웠나이다."

송구한 마음에 허리를 숙이는 유을해의 심장이 도둑질을 하는 듯 마구 뛴다. 어른 아이 할 것 없이 세상 모든 사람들이 하대를 해오기 일반인데 손님은 유을해를 사람 취급 하고 있거니와 나이 대접까지 해주지 않는가. 속 내용이 겉모양을 만든다지만 겉모양은 속 내용을 지배하기 마련이었다. 사람 아랫것인 천민으로 살아온 이십여 년 동안 유을해는 자신이 사람이라는 사실까지도 때로 잊었다.

"소문 듣자 하니 꽃각시 보살은 누가 불러도 꿈쩍도 아니한다던데, 맞습니까?"

"황송하옵니다."

"나는 꽃각시 보살을 꼭 데려오라는 분부 받잡고 왔는데, 어찌하리까? 내가 기다렸다가 부탁하고, 또 모친인 댁네가 부탁해도 아이가 움직이지 않겠소이까?"

어처구니없을 만큼 정중한 말투에 유을해는 비로소 조심스럽게 손님을 바로 본다. 마흔 살 안팎일 듯하고 풍채는 보통인데 눈길이 깊다. 사대부 집안의 장주가 무녀 집엘 몸소 찾아올 턱이 없으니 그

동네 어느 대가의 집사나 청지기일 텐데 그리 보기에는 풍기는 기품이 예사롭지 않다. 그리고 기이하게도 낮이 익다. 오래도록 잊어버린 그리움 같은 것을 간질여 일으키는 낮익음이라고나 할까. 손님이 올 거라는 예고를 남긴 반야가 달아나 버린 지 두 시진도 넘었다. 나가면서 다른 때와 달리 오늘은 어머니가 손님 대접 잘 하시라는 뜬금없는 소리를 남기기는 했다.

"황송하여이다, 나리."

"내가 그 아이 돌아올 때까지 기다린다고 가정했을 때, 아이 모친께서는 내가 어찌했으면 좋겠습니까? 아니지, 이런 경우 그 아이 찾아오는 이들이 어찌하는지를 물어야 하려나?"

"이런 일이 드문지라……. 장날이면 장에 내려가 시간을 때우거나 예서 그저 기다리거나 하더이다. 더러는 이웃한 신창의 무녀한테로 가옵고요."

신창 산성 아랫마을에 사는 을순 무녀는 곧잘 반야가 보낸 손님들의 굿을 했다. 을순 무녀한테 달린 판수며 재비 등의 권속이 많아 그가 벌이는 굿판은 자못 화사했다. 하지만 말년의 동매가 그랬듯 신기가 떨어져 점사는 그의 조무며 판수가 대신 보는 일이 많은 듯했다.

"나는 아무 무녀가 아니라 꽃각시 보살을 만나러 왔으니 예서 그 아이를 기다려야하겠습니다. 한나절일지, 한 식경일지 알 수 없으나 그동안 내가 들어 있을 만한 방이 있겠습니까?"

"요새 역병이 사뭇 드세어 여간해서는 사람들이 남의 집에 가지 않는다고 하는데, 귀하신 분께옵서 이 누추한 곳에 잠시나마 드시겠나이까?"

지난달 하순부터 팔도에서 호열자와 문둥병이 돌아치고 있었다. 저자거리에 멀쩡한 사람이 드문 대신 나자빠진 주검들만 널리는 참이었다. 뿐인가. 처처에서 도적 떼도 날뛰고 있다고 했다.

"댁에도 환자가 있습니까?"

"쇤네 집에는 없습니다만."

"근동에는 환자가 많이 발생한 것 같습니까?"

"쇤네가 잘 모르오나 아이한테 점사를 보러 오는 손님이 푹 줄었나이다. 모두들 극도로 조심하고 있는 게 아니겠는지요."

"헌데 댁의 아이는 돌림병 와중에 원행을 나갔습니까?"

반야는 산 사람을 피할 수 있고 주검이 있는 곳도 피해 다닐 수 있지만 유을해가 손님한테 그런 사실까지 말할 수 없다. 반야 스스로도 제 눈에 보이는 것의 반도 드러내지 않고 사는데, 어미로서 딸아이의 유별남을 말할 수는 없었다. 대꾸를 못하고 숙이는 유을해의 얼굴에 열기가 몰린다. 햇볕 탓만은 아닌 것 같다. 유을해가 말을 못하고 있으니 손님이 말을 잇는다.

"아이가 그리 나간 건 그 아이가 신령들의 가호를 받는다는 것일 테고, 그 아이가 사는 이 집도 그렇다는 뜻이 아니겠습니까? 나는 아이가 돌아올 때까지 이 댁에서 기다리렵니다. 말을 그늘에 들여놔야겠는데 어디가 좋겠소?"

"하오시면 말을 매 두시고, 손을 좀 씻으소서."

"씻으라는 뜻은 알겠소만 어디서 씻으라는 겝니까?"

"저 아이, 나무가 계곡으로 모실 겁니다."

여인이 나무한테 말을 뒷마당에다 매 놓고, 손님을 계곡으로 모시라 한 뒤 방을 살피러 들어간다. 푼수처럼 뵈는 나무가 사립 앞에서 말을 어떻게 다뤄야 할지 몰라 쩔쩔맨다. 그 모습을 지켜보던 한신은 하릴없이 웃고는 일어났다. 말을 끌어다 놈이 가리키는 아래채 뒤편의 오동나무에다 맨다. 큼지막한 오동나무 바깥 널찍한 밭에 남새들이 파랗게 자라 올랐다.

여인의 아들은 아니게 보이거니와 종자도 아닌 게 분명한 나무를 따라 다다른 곳은 집 옆으로 흐르는 계곡이다. 계곡에 징검다리를 놓았는데 징검다리 저편의 한 귀퉁이를 움푹 파서 둠벙을 만들어 놓았다. 둠벙에서 수증기가 피어난다. 징검다리에 무릎을 접고 앉아 둠벙에 손을 넣어 보니 사뭇 더운 물이다.

"애야, 예서 더운 물이 솟는 게냐? 여기 온천이 있었어?"

이한신이 저편에 서 있는 나무에게 물으니 놈이 천연스레 고개를 끄덕인다.

"너 혹시, 말을 못하는 게냐? 듣지도 못하고?"

놈이 또 고개를 끄덕 하고는 두 손바닥으로 입과 귀를 가리는 시늉을 해보이며 어설피 웃는다.

"네 놈의 버르장머리가 어디서 난 건가 하여 그냥 해본 소린데, 참말이야?"

놈이 또 고개를 끄덕인다. 벙어리에 귀머거리인 놈한테 물은 것이나 그런 놈이 하는 대답이나 다 어이가 없어서 한신은 웃는다. 건너오라고 손짓하자 놈이 건너온다. 한신은 갓과 도포를 벗어 징검다리를 건너온 놈에게 척척 안겨 주고는 더운 물에 손을 씻고 입을 헹구고 세수를 한다. 이 산골이 은새미라 불리는 이유가 이 더운물 때문일 것이고 이 집 사람들이며 근동 사람들이 돌림병을 피해 가고 있는 까닭일 것이었다. 모종의 약 성분이 섞인 물인 것이다.

세수를 마치고 돌아오니 여인이 기다리고 있다가 방을 가리킨다. 여인이 가리킨 대청 왼쪽 방은 먼지 한 톨 없이 깔끔하다. 그새 펴놓고 나왔는지 아랫목에 방석과 목침이 놓여 있다.

"점심때이온데 요기를 하셨는지요. 아니 하셨다면 거친 소찬이나마 올리겠습니다."

"신세를 지겠소. 허고, 혹여 나간 아이가 글을 읽소? 정음이라도 말이오."

소일거리를 찾는 것이기도 하지만 여인을 떠보느라 부러 물었다. 아무래도 낯이 익은 여인을 보는 동안 스물 몇 해 전의 그 규수가 자꾸 떠오르지 않는가. 얼굴도 기억나지 않을 만큼 오래전에 홀로 사모했던 규수였다. 하지만 그 규수는 그즈음에 이 세상 사람이 아니게 되었다고 들었다.

"미천하고 미욱한 아이한테 어찌 그런 하문을 하시나이까?"

"아직 어리달 수 있는 아이가 우리 집 어른 귀에까지 울린 이름을 얻었을 때, 설마 타고난 것으로만 이루어졌겠소? 필히 글을 읽을 터입니다. 하니 댁 안에 아무러한 책이나, 지필묵이 있다면 청하려고 말이오. 부끄럽지만 내 이 방 안에서 묵연히 도를 닦기에는 심히 심란한 탓입니다."

"손님께오서 읽으실 변변한 책은 없사옵고 지필묵은 내드리겠나이다."

마주한 동마로 방에 책들이 제법 있을 터이나 유을해는 그냥 안채로 들어왔다. 요즘 동마로가 읽는 책이 무엇인지 모르거니와 무격 집안의 젊은 사내한테 식자 들었음이 알려져 좋을 까닭이 없기 때문이다.

깨금네와 끝애한테 새로 밥을 짓게 한 유을해는 자신의 방으로 들어선다. 무꾸리에 관해 보고 들으며 정음 문체로 기록했던 것들을 정리해 두 권의 책으로 엮기까지 다섯 해가 걸렸다. 책 이름을 『성신말법동매무가星神抹法冬梅巫哥』라 붙여 반야에게 읽힌 이후에는 일기를 써왔다. 일기가 월기 된 지 오래였다. 쓴 지 한 달이 넘은 벼루와 붓은 바싹 말라 있고 연적은 비었다. 바쁘다기보다 적고 싶은 말이 줄어들었다. 늙은 탓이기도 할 터였다. 그런데 이미 다 늙었다 여긴 가슴이 자꾸 두근거리면서 신열이 나는 듯하다. 유을해는 거친 손바닥으로 얼굴을 몇 번이나 감싸 열기를 재운다.

반야보다 먼저 저녁 손님들이 찾아들었다. 돌림병을 소문으로만 듣고 조심하며 사는 인근 동리 아낙들이다. 한 됫박 남짓 든 곡식 자루를 이거나 든 아낙들이 손님용의 아래채는 아랑곳하지 않고 은샘으로 가서 세수와 양치를 한 뒤 서슴없이 안채로 들어선다. 아낙들은 유을해가 보름 저녁 신당에 차리기 위해 메를 준비하는 것을 도우며 수다를 떨었고 신당에 촛불을 켜자 들어와 예를 올렸다. 유을해가 독경을 하는 사이 아낙들 여럿이 더 들어와 절을 하며 저녁 예불에 끼어들었다. 초사흗날과 보름이면 절에 예불 드리러 가듯 꽃각시 보살의 신당을 찾아오는 반야의 신도들이다. 그들은 반야가 대중없이 자리를 비운다는 걸 익히 알거니와 그걸 반야의 특출난 신기로 여기는 터수라 그러려니 여겼다. 더구나 이번 돌림병을 예시한 반야가 신도들에게 한껏 주의하라고 알려 준 덕에 예불에 더 정성이었다.

언니들이 저만 빼고 소풍 갔다고 종일 칭얼대던 꽃님이를 재우고 나니 한가해진다. 나무와 깨금 아비는 저녁밥만 먹으면 곯아떨어지는 사람들이고 깨금네는 부엌에서 손님들 주전부리를 준비하느라 바쁜데 유을해는 홀로 심란하다. 밤이 깊어 가고 있지 않은가. 아무래도 반야가 오늘 밤에 돌아올 것 같지 않고 아래채 손님도 떠날 것 같지 않다. 유을해는 끝애한테 이부자리며 자리끼를 내보냈다. 아래채에 나갔다가 돌아온 끝애가 상기된 얼굴로 손님 정황을 전한다.

"이부자리 깔아 드리려니까 나리가 한다고 그냥 두라 하시대요. 어머니가 진짜 어머니냐고 물으시고요. 별님 언니만 어머니 친자식이라고 말했더니 별님이가 누구냐고 하시잖아요? 꽃각시 보살 이름이 별님이라고 했지요. 그랬더니 뜬금없이, 네 어머니 함자가 어찌 되시냐고 묻네요? 몰라서 대답을 못했어요. 함자가 이름하고 같은 말이지요, 어머니? 근데 엄마, 엄마 이름이 뭐예요?"

천민으로 살아오면서 어지간히 익숙해졌다 싶다가도 말법에 심히 어긋나는 아이들 말을 듣노라면 유을해는 이중으로 한숨이 났다. 아직도 자신의 어린 날을 기준으로 말법을 따지는 스스로를 느끼는 탓이다.

"나는 유월 을해 날에 태어났다고 하여 유을해다. 담부터 어느 분이라도 혹여 엄마 이름 물으시거든 똑똑히 여쭈려무나."

"그럴게요. 근데 엄마, 아래채 손님, 되게 점잖은 분인 거 같은데 어찌 그리 무서 뵐까요? 끓여 식힌 물을 주는 까닭이 열병과 문둥병을 예방하는 네 어머니의 행사시냐, 하시기에 그렇다고 했죠. 혹시 별님이가 돌림병을 예시했더냐, 물으시기에 그런 것 같다고 했더니 으하하, 큰 소리로 웃으시는데, 얼마나 무서웠다고요. 그게 사람 무섭게 웃을 일인가요? 아무튼요, 아래채 손님이 차 좀 내달라시는데 어머니가 내오셨으면 좋겠대요. 하실 말씀이 있다고요."

반야가 돌림병을 예시할 수 있던 까닭은 귀신들이 날뛰기 시작했기 때문이었다. 반야에 따르면 산 사람에게 일어나는 대환란에 귀신들이 먼저 날뛰는 까닭은 제들이 얻어먹을 것이 없어짐을 감지하기 때문이라 했다. 돌림병으로 많은 사람이 죽으면 그들이 모조리 귀신이 되는바 이왕의 귀신들이 겁을 먹고 우왕좌왕 한다는 것이다. 유을해는 알 수 없는 귀신들 세상의 일이었으나 반야의 예시대로 돌림병이 시작되었고 헤아릴 수 없는 사람들이 죽어나간다는 소문으로 세상이 흉흉해졌다.

"알았다. 내가 나가 볼 테니 너는 마을 내려가서 놀 생각 말고 얌전히 자거라. 돌림병 지나갈 때까지는 함부로 나돌아 다니면 아니 된다고 했지?"

"네에, 귀에 못이 꽉 박혔어요."

끝애가 제 방으로 가고 아낙들한테 군입 다실거리를 내주니 아낙들 말소리가 금세 나지막해진다. 지짐이와 함께 내놓은 탁주 때문이다. 음주가 얼마나 큰 죄인지 잘 아는 신도들은 꽃각시 보살 집에서 술을 만나면 소리부터 낮춘다. 그렇다고 물리치는 아낙도 없다. 그들이 꽃각시네를 자주 찾는 이유 중 하나가 몰래 술 마시는 재미였다. 유을해가 상당량의 술을 빚는 까닭도 신도들 때문이었다.

아낙들에게 밤참을 들여 보낸 유을해는 찻상과 술상을 따로 차려 술상을 깨금네한테 들리고 아래채로 나온다. 소쩍새 우는 소리가 보채듯 울린다. 마루에 술상을 내려놓게 하고 깨금네를 안채로 들여보낸 뒤 방 앞에서 기척을 냈다. 손님이 민갓인 채로 내다본다.

"차를 내달라 하셨다 하기에 왔나이다."

"폐가 많습니다."

이한신은 여인이 들어오도록 방문 한쪽으로 비켜선다. 오후 내내
꽃각시라는 아이를 기다린 게 아니라 이 시간을 기다린 듯했다. 찻
상을 내려놓은 여인이 한신이 정음으로 써놓은 시구에 눈길을 주고
있다.

> 그 옛날 봄꽃 같던 그대 강물 따라 흘러갔다 하더이다.
>
> 그 강물 흐르고 흘러 은샘으로 솟아나고 있었구려.
>
> 그대 정녕 그대의 느릅나무 밑을 서성이던
>
> 푸른 옷의 소년을 몰라보겠소?

글을 읽는 사람만이 글귀에 눈길을 주는 법이다. 여인은 글을 읽
을뿐더러 글의 근거까지 아는 듯 시구에서 눈을 떼지 못한다.

"별님이 모친께서도 글을 읽으시는구려."

손님의 단정에도 유을해는 울컥 치밀어 오른 감정을 쉽게 수습하
지 못한다. 까마득히 먼 옛날이 떠올라 아득하다. 일순간에 부모를
잃고 더부살이를 하다 도망나와 강물에 뛰어든 듯 꾸민 뒤 무녀 딸
이 되었고 현재는 무녀의 어미로 살고 있지 않은가. 그 중간에 단 한
번 몸에 들이고 마음에 들였던 남정네가 역적이 되어 멸문지화를 당
하는 꼴을 목격했다. 그 두 해 뒤에는 단 하나의 피붙이 순정이, 혀
를 깨물고 사지가 찢긴 채 내던져진 걸 남몰래 수습했다. 대비전이
금상을 독살하려 했다는 죄를 쓰고 연금되었으매 그 나인들이 능지
처참을 당한 것이었다.

그때도 반야가 이모가 죽을 거라고 공수하여 홀로 닷새를 걸어 한양에 닿았다. 나달나달 찢긴 순정은 이미 내버려져 있었다. 대비전의 모든 궁인들이 전옥서典獄署가 아닌 삼청동 옥청에 목숨은 붙어 갇혔다는데 순정과 또 한 나인만 참혹하게 죽었다. 유을해는 차마 혼자서도 원한을 품지는 못했지만 의혹조차 없었던 것은 아니었다. 당시의 대비전을 얽어매고 그 수족을 끊어 놓기 위해 억지로 만든 죄는 아니었을까. 나인들이 그렇게 죽은 뒤 대비전에 갇혔던 젊은 대비께서는 몇 달 뒤 홀로 굶어 죽었다고 했다. 전 세자가 죽을 때부터 순정이 무슨 짓을 벌였으리라 여겨 도망부터 쳤으면서도 이따금 그런 억지를 부렸던 것은 자매의 살이가 그만큼 힘난하고 서러웠기 때문이었다.

그 세월을 지나서 우연인지 필연인지 그대 강물 따라갔다 하더이다, 하는 사람이 찾아왔다. 그 옛날 진장방 집 대문 앞에서 숱해 마주쳤지만 말 한 마디 나누지 못했던 그 도령이. 이한신이라는 이름을 시 밑에 적어 놓은 사람. 열대여섯 살, 그를 연모하던 무렵에 그의 이름을 알게 되었다면 어땠을까. 그를 더 오래 기억하였을지도 모른다. 가슴이 더 오래 아팠을지도. 헌데 이제 와 어찌 그를 아는 체하랴.

유을해는 몇 년 만인지도 모르게 차오르는 눈물을 삼키며 반쯤 돌아앉은 채, 다관에 찻잎을 넣고 물을 부었다. 그의 시를 읽지 못한 듯 심상하게 입을 연다.

"혹여 내일 아침에도 별님이가 돌아오지 않으면, 가실 때 용문골 어느 댁을 찾으면 될지 일러 주십시오. 아이를 설득해 찾아뵙도록 해보겠나이다."

"그 아이 고집이 세다면서 가능하겠습니까?"

"실은 지난 아침에 별님이 집을 나가면서 오늘 귀하신 손님이 오실 거라 하더이다. 무슨 일로 찾아오실 손님이라고는 말하지 않았지만 제 스스로는 벌써 알고 있을 것입니다. 그러면서도 절로 가 버린 것은 아이가 반가에서 찾아오는 손님들에 워낙 데인 탓이옵니다."

"반가 사람들 횡포가 심합니까?"

"관아에서도 그렇고 반가에서도 그렇고. 자주라 할 수는 없지만 잊지 않을 만하게는 찾아와 별님이를 데려가려 하옵니다. 반야, 별님이는 한사코 피해 다니고요."

"아이가 나를 그들처럼 여겨 달아났다 해도 내가 할 말이 없는 처지구려."

"아니옵니다. 별님이가 오늘처럼 손님이 오실 거라는 말이나마 이르고 나간 것은 처음이었나이다. 그러니 돌아오면 나리를 따라나설지도 모르겠습니다. 어찌 되든 이 험한 자리에 내일까지 계시겠습니까?"

"험하다니요. 몹시 편치 않은 심사로 들어왔는데 내가 어디 있는지도 잊을 만큼 내내 편안했어요. 덕분에 모처럼 쉬었고. 고맙습니다."

"당치 않으십니다. 쇤네는 이만 물러가오니 편히 쉬소서."

"별님이 그리 맘을 먹어 줄 것 같다니 다행이고, 쉬이 잠이 올 것 같지도 않은데 잠시 더 말벗이 돼 주지 않으시려오? 종일 이 안에서 혼자 편했소만 말은 몇 마디 못 했잖소. 사내라고 있던 두 위인은 꼴 보기가 어렵고, 밥상 들고 드나드는 아이는 호구 앞에 놓인 토끼처럼 떨기만 하고. 내가 그리 무서운 위인인가? 별님 모친께서도 내가 무섭소이까?"

"무섭지는 않으오나 쇤네가 어찌 나리의 말벗이 되오리까. 송구합니다."

"말벗이란 말이 되면 되는 것이지 무슨 자격이 따로 있으려고요. 아무려나, 그 눈 한번 보려다 고개가 아플 지경인데, 일단 좀 돌아앉으세요. 꽃각시 보살 별님의 어미 말고, 당신 이름이 무엇입니까?"

이름을 묻는 사람, 사람 대접 해주는 사람, 스무 해 전 반야의 생부 이후 처음이다. 그때 사흘 받은 꼼으로 나머지 나날을 사내에 대한 유다른 그리움 없이 살아왔다. 보통이라면 손자를 보아도 여럿 봤을 만큼 늙어 버린 지금에 이다지도 가슴이 뜨겁게 뛸 수 있다는 게 놀랍다. 가슴이 뜨거워지니 그와 더불어 치민 욕심이 온몸을 보름달처럼 채워 온다. 이한신을 첫정이라 할 수 있는지는 알 수 없다. 다만 이렇게 만난 이한신의 씨를 받아 아이를 배고 싶다. 또 하나의 반야. 어떤 반야가 아니라 그저 아이를 낳고 싶다. 오늘이 아니면 두 번 다시 기회가 없을 것이다. 다달이 달거리마다 이번이 마지막 아닌가 여기는 즈음이 아닌가.

"세상에 나면서 양친께 받은 당신 이름이 무엇이냐고 묻지 않습니까?"

용기 있는 자가 미인을 얻는다 하였다. 그 말이 사내들한테만 해당하는 것이랴. 유을해는 이한신을 바라보다 돌아앉아 그가 써둔 시를 한쪽에 놓고 그 밑에 놓인 종이를 마주한다. 평생 스스로의 문장이 좋은지 나쁜지 가늠해 볼 기회는 없었다. 그렇다고 글 몇 줄 못 쓰겠는가. 더구나 쉬운 한글로 쓰인 시에 화답하는 것임에랴. 유을해는 이한신이 써 놓은 시를 다시 읽고는 붓을 든다. 한글은 누구라도 쉽게 배우며 무엇이든 표현할 수 있는 조선만의 글자다. 정음正音

이라 높이 불리든, 언문諺文이라 낮춰 불리든, 큰 뜻을 가진 큰글이라 불리든, 한글은 속말까지 속속들이 표현할 수 있다.

> 그 옛날 느릅나무 밑을 서성이던 푸른 옷자락을 보았더이다.
> 지나는 바람인 줄로 알아 차마 잡지 못하고 얼굴만 붉혔지요.
> 그 푸른 바람 이 은샘에 다시 부니
> 어느새 잎 진 느릅나무 수줍어 떱니다.

시를 써 놓고 글귀 밑에다 이름자를 쓰는 유을해의 손이 떨린다. 이십여 년 만에 되새겨 본 본명이다. 비단무늬 채綵 밝을 정晶. 비단의 무늬처럼 아름답고 밝게 살라고 부모가 지어 주셨던 이름이었다.

한신은 이 집에 들어서는 순간부터 예감했던 해후가 맞아떨어진 것에 전율한다. 함채정. 대문 옆 담장 앞에 커다란 느릅나무가 있던 함 진사 댁의 규수, 그 사람이었다. 한양 삼청골 아래 진장방에 숙부 댁이 있었다. 한신은 열다섯 살 무렵에 공부하느라 숙부 댁에 머물렀다. 책을 보다 지치면 이따금 북악산을 타거나 진장방에서 경복궁에 이르는 골목들을 걸어 다녔다. 열다섯 살 가을, 한가위가 머지 않아 본가로 가야 할지를 궁리하며 그 느릅나무 집 앞을 지나다 규수를 보았다. 시비도 없이 혼자 살그머니 대문을 나오던 규수는 손에 자그만 보퉁이 하나를 들고 주변을 쓱 둘러보고는 쓰개치마를 두르더니 총총히 걸어갔다. 체면이 있어 그때 차마 뒤쫓지는 못했지만 쓰개치마 두르기 전에 벌써 다 봐 버리고 말았다. 심장이 쿵쿵 뛸 만큼 아리땁고 활달한 규수였다. 이후 늘 비슷한 시각에 집을 나섰다가 돌아오는 그 규수와 숱하게 부딪쳤다. 두어 차례는 뒤를 따라 보기도 했다. 그 규수는 맹문이인 듯 제가 그리워 제 앞을 하염없이, 반년도 넘게 어정이는 도령을 한 번도 돌아봐 주지 않았다.

한신이 도저히 참을 수가 없게 된 게 이듬해 봄이었다. 느릅나무에 싹이 푸르게 돋았을 무렵인데 규수가 보이지 않았다. 며칠에 한 번씩이라도 보던 이가 안 보이니 제정신이 아니게 되었다. 규수한테 장가를 들어야겠다고 작정했다. 집안이 누대로 스물 넘어 늦장가를 드는 관행이 있어 다행히 아직 정혼자도 없었다. 숙부께 느릅나무 집 규수한테 장가들고 싶다고, 부모께 말씀드려 주고 규수의 부모한테도 거래를 넣어 달라고 청했다. 숙부가 놀라 되물으셨다.

"함 진사 댁 큰아이 말이냐? 그 아이가 서강 언덕 바위에 유서와 신 벗어 놓고 강으로 뛰어들었다는 소식이 온 동네에 파다한데 무슨 소리를 하는 게야?"

어찌나 허망하고 아팠던지 몇 날인가를 서강 나루에서 지냈다. 그때 강물이 어찌나 유장하던지. 또한 그 유장함이 얼마나 싫었던지. 헌데 그 사람이 살아 있었다. 살아 이렇게 만나게 되었을 뿐더러 그때 푸른 옷의 소년을 기억한다고 하지 않은가. 두 사람은 순식간에 이십여 년을 거슬러 올라가 서로를 마주본다. 부끄러우면서도 반갑고 눈물겨워 할 말을 쉬이 찾지 못한다. 멀잖은 데서 봄밤을 뒤치는 두견새 소리가 울렸다. 어디에선가 진작 이경 종이 울렸을 것이다. 해시亥時가 여물어 가는 임술년 사월 초사흘 밤.

날짜며 시각을 가늠하던 유을해가 풋, 웃음을 터트린다. 유을해의 웃음으로 금제에서 풀려난 듯 한신도 덩달아 객쩍게 웃으며 묻는다.

"왜 웃습니까?"

"최소한 나리 앞에서는 천민 노릇을 아니해도 되리라 싶으니 좋아서요."

"천민 노릇 아니하시겠다면서 나리는 또 뭡니까?"

"달리 할 지칭을 모르겠으니 이리 할 밖에요."

"제 호가, 삼가 향기롭게 생각하라는 뜻의 사온재思醞齋입니다."

"몹시 겸손하신 호이십니다. 듣기도 부르기도 좋겠고요. 사온재 나리, 혹 곡차 생각이 계시어요?"

"곡차라니, 술 말이오? 술이 있습니까?"

놀란 그가 체면을 잃고 주변을 살피는 게 우스운 유을해는 고개를 수그리며 웃음을 삼킨다.

"술이 있습니다. 날마다 신단을 받드는데 반야가 맑은 술 올리길 원하는지라, 제가 매달 소주를 내립니다."

"반야라니요? 별님의 별칭이 반야입니까?"

"반야의 별칭이 별님이고, 꽃각시 보살이지요. 아이 하는 짓이 워낙 별난지라 이름 하나로 감당이 안 될 듯하여, 아이 어린 날부터 별칭을 불러왔습니다. 별난 아이 별님이, 하늘의 별 같은 별님이. 반야는 저만 부르는 이름입니다. 계집아이 이름으로는 뜻이 너무 커서 남들한테 내놓기가 무서워서요. 여하간에 반야가 신단에 올리고 남은 술은 땅에 묻었다가 오늘 밤처럼 아낙들이 머무는 밤이면 한 모금씩 내주기도 한답니다. 안채에 있는 아낙들은 지금 제가 내준 곡차를 마시고 버선을 깁고 있지요. 다 알면서도 아무도 모르는 게 이 집에서 일어나는 일입니다. 혹 나리께서 원하시면……."

"비밀을 공유하자? 은근히 무섭구려. 해도 아낙들이 즐긴다는데 어찌 거절하겠소. 안에 있는 저들이 마시고 남은 게 있다면 나도 한 잔 주세요."

"설마, 아낙들 먹고 남은 걸 나리께 드리겠사와요?"

유을해는 자신의 목소리에 배인 교태를 느끼고는 어처구니가 없다. 이 나이에 이 무슨 망발인가. 내심 부끄러움에 몸서리를 치면서도 모처럼 계집이 되고 한 사내의 지어미가 된 듯 안온해졌다.

마루에 두었던 상을 들여와 내려놓는 유을해를 보고 한신이 하하 웃음을 터트렸다. 젊어지다 못해 어려진 기분이다. 사십 평생, 노상 할 일이 많고 등에 지워진 짐은 높았다. 아무 생각 없이 그저 즐거워 웃은 게 언제쯤이었을까. 아마도 자신의 아이들이 자그마했던 십수 년 전이었을 터이다. 그나마도 바깥살이 하느라 아이들 성장을 제대로 지켜보지도 못했다.

"스물 몇 해 전에 말이오, 내 홀로 연모했던 그 규수가 나이 들면 당신 같으리다. 활달하고 재바르고 귀여웠지. 지금 당신은 용감하기까지 하십니다."

"제가 지금 얼마나 부끄럽고 떨리는지, 아니 보이시어요?"

"보입니다. 잘 보여요. 그래도 재밌기만 합니다. 내가 어디 있는지, 왜 예 왔는지 다 잊을 지경이에요."

"예까지 오시게 된 연유를 말씀해 주시렵니까?"

유을해가 술잔을 채워 내밀며 물었다. 한신은 단숨에 들이켜고 빈 잔에다 술을 따라 유을해한테 내밀었다.

"어머님이 자식 둘을 잃으신 뒤 나를 낳으시고 세 해 뒤에 아우를 낳으셨어요. 그리고 한참 생산을 못 하시다 늦둥이로 고명딸을 보셨더랬소. 그 아이 이름이 영신이오. 온 집안이 그 아이를 유리로 빚은 항아리인 양 귀애하며 키웠소. 멀리 보내기 아까워 이웃 마을 온주로 시집보냈을 정도예요. 영신이 시어른이 연전까지 이조 참의를 지내시다 낙향하신 분이오. 어쨌든 시집간 지 삼 년 만에 아들 둘을 낳고 귀염받으면서 잘 사는가 싶더니 둘째 아이 백일 무렵에 아이 아범이 열병에 들려 세상을 떠 버렸소. 영신이 과부가 되어 팔 년째. 가엽기는 했지만 위로 어른들 모시고, 아이들 키우고, 아랫사람들 다스리면서 잘 살아 주는 것 같아 안심하고 있던 중이오."

유을해가 여러 모금에 걸쳐 비워 낸 잔에다 술을 따라 한신 앞에 놓고 영신의 나이가 어찌 되는지를 물었다.

"올해 스물아홉이오. 지난 삼월 열이레 날이 모친 생신이라 영신이 다녀가기로 돼 있었어요. 원래 생신 전날 오는데 아니 오는 게요. 어른들 모시는 처지니 이번엔 미리 못 올 사연이 있는 게라고, 당일에 오겠거니 기다렸소. 이튿날, 영신의 시댁에서 모친 생신 축하 떡을 시루째 청지기 편에 보내왔습디다. 사돈 댁 청지기한테 아씨는 못 오실 사정이 생긴 거냐고 물었더니, 어제 친정으로 가셨는데 와 계시지 않냐고 되묻는 게요. 마른하늘에 날벼락이 친대도 그리 놀라지는 않았을 텝니다. 한 철에 한 번 정도 친정 나들이 하는 거 외에는 집 밖에 나갈 일도 없던 사람 아니겠소. 전날 영신이가 수선스럽다며 가마도 마다하고 시비 하나 달랑 데리고 모친 그리워 먼저 가겠다고 했던 모양이오. 대낮인 데다, 나이도 들 만치 들었으니 휑하니 걸어가 보련다고, 주종이 함께 어린 계집아이들처럼 들떠서 나갔다는 것이오. 어머님 생신 때면 이따금 그랬던 사람인 데다 겨우 시오리 길이라 그쪽에서도 하고 싶은 대로 하라 했답디다. 대낮에, 한 시진이면 닿을 만한 거리니 무슨 근심을 했겠소. 헌데 한 시진 거리가 사람을 찾으려고 드니 백 리, 천 리만큼 먼 거요. 지난 보름 동안 구석구석 찾았음에도 그 아이들을 목격했다는 사람이 없거니와 도

무지 아무런 자취가 없어요. 모친께서 몸져 누우셨는데 당장 아이를 찾아내지 않으면 초상을 치러야 할 지경입니다."

술잔을 주고받으면서도 귀 기울여 듣는 유을해의 안색이 근심으로 흐렸다.

"그 와중에 어머님이 어디서 들으셨는지, 어젯밤에, 도고산 속 은새미의 꽃각시 보살이 점사 잘 보기로 이름이 높다더라 하시면서 날더러 가서 살살 구슬려 데려오라 하시는 거요. 누가 불러도 꿈쩍도 않는 무녀로 소문이 났으니 종복들 백날 보내 봐야 소용없을 거라고. 해서 내가 온 거요. 채정, 당신 짐작에 영신이가 어디로 갔을 것 같습니까? 혹여 그간 맘 준 사내가 있어서 도망을 쳤을까요? 아니면 어느 먼 절에 가서 머리를 깎았을까?"

귀염 받으며 자라 시집가서 귀염 받으며 아들을 둘이나 낳은 귀한 아씨가 도망칠 까닭이 없었다. 일 년에 몇 차례라도 친정 나들이가 자유로웠던 과부살이라면 머리를 왜 깎으랴. 유을해는 차마 그 아씨가 이미 저세상 사람일 것 같다는 말을 입 밖에 내지 못한다.

"혹, 근동 이름 없는 암자 같은 데에 잠시 기도하시러 올랐다가 몸이 편찮아지신 건 아닐까요? 그 즈음부터 돌림병이 시작되었지 않습니까. 하여 그 즘부터 제 집에서는 조심하고 있고 제 집을 찾아오는 이들에게도 조심시키고 있습니다. 저도 생부 생모를 그로 인해 여읜 터라 증세를 아는데, 그게 열병이라서 걸리면 급작스레 발병하는 데다 일단 발병하면 운신은 고사하고 정신도 놓기 마련이더이다. 다스리지 못하면 숨도 돌아오지 못하고요. 게다가 그 병은 쉬이 옮으니 시비 아이도 같이 앓게 되었고 병을 제대로 다스리지 못하여 오래갈 수도 있겠지요. 암자에서는 아씨가 어느 댁 부인인지 몰라 댁에 알려 오지 못하고요."

"그렇다면 얼마나 좋겠소. 어쨌든 반야가 우리 집 아이를 찾아낼 수 있을 것 같으오?"

"그 아이 서너 살에 말을 텄을 때 벌써 신기가 생겨 있더이다. 헌데 그 신기가 워낙 강한지라 방자하기 이를 데 없습니다. 오늘만 해도 저 싫다고 달아나 버렸지 않았습니까. 성정이 그러하나 신기가 출중하니 필히 아씨를 찾을 수 있을 겁니다."

"그렇다면 다행입니다. 기다려 봅시다. 헌데 이 술 이름이 뭐요? 뭘로 빚었고?"

"왜요, 술 맛이 이상하와요?"

"맛이 좋으니 이름을 묻는 게지요. 오묘하고도 깊고 혀에 남은 여운이 길면서도 담백하오. 제법 내력이 있을 법한 맛이라."

"뭇기巫氣로 대를 이어온 제 집에서 전해온 맛이기는 해도 특별한 비법이 있는 게 아닌 술인데 달리 이름이 있으리까. 말씀하신 김에 밤도 길겠다, 제명이나 해주시든가요."

"밤새 마실 술을 주신다면 내 제명해 드리리다. 아, 우선 이러면 어떨 것 같소? 안채에 든 여인들이며 여기 있는 우리까지 두루 즐기고 있으니 두루 미친다는 뜻으로 미彌 자를 쓰고, 이 밤이 온당하거니와 평온하니 타妥 자를 써서 미타주라 부르는 게?"

열다섯 살 무렵에 함채정이라는 규수를 홀로 사모했노라 수줍게 말한 자신이, 즉석에서 술 이름을 지어 놓고 이쪽의 반응을 기다리는 자신이 얼마나 어여쁜지, 이한신 스스로는 모를 터였다. 그를 안고 싶어 유을해는 진저리를 친다.

"이름이 좀 약하오?"

"약하다니요, 흡족합니다. 미타주, 고운 이름입니다. 헌데, 혹시 어느 새에 반야의 신당을 들여다보시었어요?"

"아니, 왜요? 신당에 인사를 드렸어야 하는 겁니까?"

"나리께서 지으신 술 이름이 공교로워 혹시 신당에 계신 부처님을 보시고 떠올리셨나 했지요. 물론 글자가 다르긴 합니다만, 반야 신당에 계신 부처님이 아미타불이시라서요."

"그거 재미있습니다. 하나, 나는 미륵이니 아미타불이니 하신 부처님들의 형상을 구분치 못하는 몽매한인데 어쩌지요?"

"모르신들 무슨 상관이시리까. 두루 미치어 사람을 평온하게 하는 술. 어여쁩니다. 좋은 이름이 생겼으니 앞으로는 더 공들여 빚어야겠습니다. 제가 못 빚게 될 때를 대비해 가르쳐 놓기도 하고요."

이따금, 일 년에 한 차례쯤이라도 당신이 이름 지은 미타주를 마시러 들러 주겠냐는 말이 하고 싶은 걸 유을해는 간신히 참는다.

"헌데 안채에 있는 저들은 이 방에 누가 든 것으로 아는 겁니까?"

"그저 반야를 찾아온 어려운 손님으로만 알겠지요. 어찌 그걸 물으셔요?"

"당신이 이 방에 머무는 이 순간이 혹여 저들한테 오해를 사지 않을까 저어해서요. 나야 아무려면 어떻겠소만, 집주인이 남정네 방에 오래 있으면 저들이 집주인을 어찌 볼까 싶어서."

"그리 근심하시니 당장 물러가오리다."

"아아니, 그런 뜻이 아니잖습니까?"

짐짓 토라진 듯 일으키는 유을해의 어깨를 한신이 잡아 앉힌다. 이야기를 나누면서 잔 하나로 주고받은 독주가 여러 잔씩이다. 한신은 취기를 느꼈다. 유을해, 아니 채정의 취기도 느껴진다. 제 스스로

의도한 상황임에도 유을해는 느닷없이 어딘가에서 찬바람이라도 들이친 듯 어깨를 떨어댄다. 한신은 떨리는 채정의 어깨를 붙든 채 웃음을 터트린다.

"이거야 원, 성상께서 금하신 술을, 목 달아날 각오로 사내한테 먹이면서 기껏 유혹해 놓고, 이리 떠니 가여워서 보겠습니까."

"제가 유혹한 걸 아시어요?"

"내가 그 정도 바보는 아니거니와 이 밤에 당신한테 차를 청한 내가 먼저 유혹한 거지요. 당신이 넘어와 주지 않았다면 내가 안채로 쳐들어 갔을지도 모릅니다. 유서 써 놓고 살던 세상을 하직한 뒤, 어지간히 풍파 겪으며 사셨을 텐데 여전히 고우십니다. 당신이 이리 곱게 내 앞에 있는 게 얼마나 고마운지 모릅니다. 당신을 알아본 내가 대견할 정도예요."

한신이 채정을 안았다. 서러움이 치미는지 품속의 채정이 운다. 지나온 세월과 지나야 할 세월이 눈물로 뭉쳐 쏟아지는 듯하다. 반가의 규수로 자라나 무녀의 딸과 어미로 살아오는 동안 오죽했으랴. 한신은 채정을 바싹 당겨 안는다. 열다섯 살 때는 상상도 못했던 일이었다. 채정이 그의 목에 팔을 감고 그의 어깨에 얼굴을 묻고는 흐느낀다. 한신은 울고 있는 채정의 얼굴을 들어 눈물을 핥는다.

용문동은 들과 내를 앞에 두고 경사진 산자락 가운데 들어앉은 큰 동네다. 걸음이 걸리는 대로 넓은 고샅을 타고 들어와 보니 그늘 드리운 큼지막한 솟을대문 앞이다. 어제 새벽에 보이기 시작한 그 손님한테 축축하게 젖은 어두운 혼백이 둘이나 매달려 있었다. 그냥 물에 빠진 혼백들도 아니고 습지 속 물풀들 밑에 꽁꽁 묻힌 주검의 그림자들이었다. 그 손님은 그 젖은 혼백들이 어디 있는지를 묻고자 오는 모양인데 반야도 그 주검들이 어느 진창에, 왜 박혀 있는지 감이 잡히지 않았다. 희한한 건, 어제 새벽부터 느꼈던 그 손님의 기운이 낯설지 않다는 사실이었다. 어머니와 모종의 인연이 있을 듯도 했다. 그래서 우선 집을 비우고 나와 간밤을 강당사에서 묵고 혼백의 기운을 쫓아와 보았다.

이처럼 거대한 사대부가에 맺힌 혼백일 줄은 미처 몰랐다. 어제 기운을 느꼈던 손님이 이 집안의 장주라는 사실도 뜻밖이다. 안채의 당호가 홍외헌泓煨軒이다. 큰 골짜기의 깊은 불씨를 간직한 집. 집안의 고요한 번영을 기원하는 의미이자 귀신이 침범치 말라는 벽사辟邪의 뜻이 담긴 당호다. 홍외헌은 아마도 안주인의 호이기도 하리라. 은새미에서 조금 전에 돌아왔다는 나리가 홍외헌 안방에서 부인과 함께 반야를 맞았다.

인사하고 난 반야와 이한신의 눈이 마주쳤다. 뭉클 느껴지는 친밀감에 반야의 속내가 다사로워진다. 아아, 이 분, 어머니와 연분을 맺으셨구나. 오래전에 시작된 인연이 혼백으로 인하여 만나셨어. 꼭 생부를 만난 듯 반야의 가슴이 울렁인다.

혼백을 쫓아왔다는 반야의 말에 한신은 침통하게 고개를 끄덕인다. 영신이 사라질 사람이 아니거니와 살아 있다면 종적을 찾지 못했을 까닭이 없으므로 예감했던 일이었다. 반야는 제 어미 젊을 때보다 선이 가늘지만 젊은 날 채정인 듯 빼닮았다. 저 여린 몸으로 귀신들을 보고 귀신들보다 심란한 사람들 속을 들여다보고 살아야 한다니. 반야를 안쓰러워하면서 한신이 저간의 사정을 설명했다.

"사정이 이러한데, 혼백이 된 그 아이들의 주검을 찾아낼 수 있겠느냐?"

"아씨 혼백이 이끌어 주실 텝니다. 우선 소인을 아씨께서 어린 날 묵으시던 방에 넣어 주십시오. 하오면 아씨 혼백과 대화를 시도해 보겠나이다."

가만히 듣고만 있던 홍외헌 마님이 말리듯 손을 뻗으며 입을 열었다.

"그도 급하다만 얘야, 앓고 계신 노마님께 먼저 아뢰어야 한다. 이 참담한 일을 어찌 아뢰야 할지 걱정이다만, 우리가 어른께 정황을 말씀드리는 동안 아기 너는 우선 요기를 하여라. 점심상을 차리라 할 테니 그사이 먼 길 걸어온 다리를 잠깐 쉬도록 하고."

무녀의 끼니를 먼저 챙기는 홍외헌 마님을 반야는 새삼 바라본다. 십 년 넘게 점사를 보면서 숱한 여인들을 만났고 그중에는 몇 고을을 건너 찾아오는 사대부 집안의 마님들도 더러 있었다. 수십 종복을 거느리며 사는 부인들이라고 해도 인상 자체에서 귀티와 기품이 동시에 느껴지는 여인들은 흔치 않았다. 반대로 천하게 사는 여인들이라고 한결같이 천하지도 않다. 타고난 자리가 달라 사는 게 다를 뿐 마님들이나 주막 드난꾼이나 여인이긴 똑같았다. 그래서 반야는 상대에게서 느껴지는 품성으로 사람 등급을 매겼고 그 등급에 따라 대접했다. 그건 교만이지만 반야는 맘껏 교만을 부리며 그럴 수 있는 자신을 즐겼다. 홍외헌 마님은 드물게 좋은 인상을 가졌다. 천생 귀인상이거니와 사람 그릇이 어그러짐 없이 크다. 광대한 살림과 수많은 사람을 관장할 수 있는 기세가 있음에도 고요하다. 무엇보다 큰 풍파를 겪지 않은 여인다운 온유함이 깊거니와 큰 풍파를 겪는다

해도 쉬이 흔들리지 않을 만큼 강건하다.

　점심을 먹고 난 뒤 반야는 별당으로 건너가 앉았다. 혼백이 혼전에 살았고 시집간 뒤에도 다니러 올 때마다 머물렀다는 방이다.

　혼백의 유모였다는 여인을 방문 쪽에 앉힌 반야는 칠성방울을 흔들어 흩어져 맴도는 혼백의 기를 모아 불러들인다. 비로소 영신 아씨의 생전 형상이 뚜렷이 보이는가 싶을 때 급작스런 공포가 반야를 엄습했다. 겁탈 당할 위기에서 발생한 공포다. 그 공포에 쫓긴 아씨의 혼령을 타고 반야가 방구석으로 자지러들었다. 유모가 놀라 다가와 끌어안으려 하자 밀쳐내면서 쫓겨 다녔다. 더 이상 쫓겨 갈 곳이 없어졌을 때 반야는 정신을 수습하며 칠성방울을 흔들었다. 혼백에 휘둘리면 정신을 놓게 되고 동시에 무녀를 못 믿게 된 혼백이 떠나버리기 때문이다.

　"동방천왕 해원신, 남방천왕 해원신, 서방천왕 해원신, 북방천왕 해원신, 오방지신 해원신, 오방후토 해원신, 가내간신 해원신, 모전모후 해원신. 모두모두 납시어 영신 아씨 살피소사. 산신군왕 해원신, 사전사후 해원신. 빠짐없이 납시사 영신 아씨, 시비 아씨 살피소사."

　다급하게 읊어대는 반야의 해원경 소리가 차츰 가락을 타며 두 넋을 좌정시켰다. 방문을 죄 열어 놓고 시작한 일이라 가솔들이 별당 마당에 그득하니 모여들어 구경했다. 한신도 반야가 홀로 벌이는 굿판을 쳐다만 볼 뿐 다른 사람들처럼 움직이지 못한다. 반야라는 이름 하나로 제 삶을 감당키 어려워 별님이도 되고 꽃각시도 되고 보살도 된 아이. 물가에 내놓은 어린 딸자식처럼 위태롭고 가엽다.

　방울을 흔들며 주문을 외어대던 반야가 이윽고 차분해져서 방 한

가운데 앉는다. 유모를 마주 앉히고 눈물을 뿌리며 무어라 말하는데 소곤거리는지라 밖에까지 들리지는 않는다.

"하이고 아씨. 아이고 이를 어째."

유모의 탄식만 들릴 뿐이다. 수십 명이 포진한 마당에서는 숨소리도 일지 않았다. 마침내 반야가 일어서더니 대청마루로 나와 마당으로 내려섰다. 편찮으시다는 노마님까지 별당 마당에 나와 계셨다. 유모가 넋이 나간 얼굴로 나와 노마님 옆에 섰다.

"혹여 아씨 시댁과 이 댁 사이에 서생들이 공부하는 도량, 서원이 있사옵니까?"

"관가 거리 어름에 온율 향교와 서원이 있느니라."

"그 서원에 연못이 있사옵니까? 연못에 쪽배 하나 드리워 있삽고요?"

주변 산자락들이 끝나는 곳이라 서원과 향교에서 공부하는 서생들의 앞날이 조화롭도록 만들어진 연못이었다. 더불어 근동 논들의 저수지 노릇도 하는 덕스러운 연못이기도 했다.

"서원과 향교 사이 뜰에 연못이 있느니라. 여름이면 서원 사랑채에서 연잎에 비 듣는 소리가 좋지. 지난달에도 향교에서 석전제를 올리고 난 뒤 잠깐 들러 보았다. 헌데 선비들이 공부하는 그곳을 왜?"

"하오면 나리, 석전제를 올리는 날에 서원이 비게 되옵니까?"

"그렇지. 서원이며 향교에 남은 선비가 더러 있을지 몰라도 예로부터 그날은 공부를 쉬는 날이라 제의가 끝나면 대개 귀가하느니라."

"석전제 날 밤에 비가 내렸지요?"

"그랬다. 봄비라 반가우면서도 큰일 치른 뒤에 내려 다행이라 했더니라."

"그날, 서원이 비고 비가 내릴 때 그 서원 연못에 아씨와 아씨의 시비가 묻힌 듯하옵니다."

"무어?"

이한신은 누이가 죽었다는 사실보다 서원 연못에, 그것도 공자께 예를 올리는 날 묻혔다는 사실에 더 놀랐다. 서원이 어떤 곳인가. 선비들의 정신을 닦는 곳이었다. 한 지역의 양반 자제들이 죄 모여들어 공부하는 곳이고 그 양반들의 세력이 뭉쳐 있는 곳이기도 했다. 있을 수 없는 일이거니와 정녕 그렇다면 누이 죽음으로 끝날 수 있는 일이 아니었다.

"별님아, 거긴 백여 년 전부터 수십 명 선비들이 밤낮으로 공부하는 곳이니라. 내 너의 혜안을 의심하는 것은 아니다만 영신이가 어찌 그곳에 들어 있는지, 도시 납득할 수가 없구나. 제 발로 뛰어들었다는 게냐?"

"아씨께서 당신이 그곳으로 끌려든 정황을 정확히 모르사와 소인도 그러하옵니다만, 못된 손을 타신 모양입니다. 친정에 오실 때마다 그러하셨듯 서원 근방 향교 뒤켠 길을 통해 오시던 중에 사나운 무리를 만나 욕을 보시게 된 듯합니다. 아씨께서는 원체 놀라신지라 발버둥을 치다 목을 졸리는 바람에 아무 기억을 못하신다며 소인 머리 위에서 지금도 울고 계십니다. 분명한 건 거기 계신다는 것이고요. 하온데, 나리. 연못 생물들이 돌덩이를 매달고 가라앉은 아씨와 시비 아이 몸을 벌써 반나마 훼손했습니다. 연뿌리들이 아씨와 그 아이 주검 위로 뿌리를 늘이기 시작했고요. 아직 해가 남았으니 나리, 오늘 안에 아씨들을 거두어 주시어요."

반야 말을 듣고 계시던 노마님이 혼절을 하고 안채로 업혀 들어갔다. 그 옆에 있던 유모도 뒤늦게 기절을 하고는 업혀 들어갔다. 이한신이 집사를 불렀다.

"당장 온주동에 재바른 아이를 보내 사장어른께 이 정황을 알려 드리고 그쪽으로 나오시란다고 말씀 올려라. 관아로 가서 사정을 설명하고 내가 서원 연못을 뒤진다 하더라고 전하라. 현령이 현장으로 당장 못 올 시면 형리라도 나와야 할 것이야. 그리고 근동의 손 빠른 화공畵工을 수배하고 검시가 가능한 의원도 찾아라. 동시에 마을에 연통을 돌려 연못 뒤질 수 있는 일꾼들을 죄다 서원으로 보내라. 내 먼저 서원으로 갈 것이다."

집사가 종복 넷을 지휘하며 자리를 떠났다. 이한신이 반야를 돌아 보았다. 아이 낯빛이 몹시 핼쑥해 금세라도 넘어질 것 같다. 혼령과 상대하느라 기진한 것이다. 반야가 아프면 그 어미 채정도 아플 터 이다. 능욕을 당하고 물속에 잠겼다는 영신은 어쩔 수 없지만 남아 있는 여인들이 줄줄이 쓰러질 판이다. 이 터에 집이 세워진 이백여 년 이래 처음 생긴 참극이다.

"별님아, 네 낯빛이 안쓰럽다만 너 없이 아니 되겠으니 뒤따라오 너라. 애야, 너 별님이 데리고 온 놈, 네 이름이 동마로렸다?"

반야 곁에 서 있던 동마로가 허리를 숙인다. 아까 반야를 데리고 들어설 때부터 눈여겨보았던 놈이다. 유을해가 양자로 길렀다는, 반 야를 호위하며 다닌다는 놈은 대번에 눈에 띄었다. 생김새가 헌칠하 려니와 가만히 서 있기만 한 몸짓에서도 무예를 익힌 자의 진중함과 기민함이 엿보였던 것이다.

"말을 내줄 터이니 네가 별님이를 태워 안고 조심히 뒤따라오너 라. 해가 많이 남았으니 서둘 것 없느니라. 그리고 덕구야, 이 아이들한테 무영의 말을, 긴 안장 얹어 내주어라. 나머지는 모두 나를 따르고."

한신이 몸을 돌리자 주변에 포진했던 그의 호위들은 물론이고 집안 사내들이 일제히 그를 따라 별당 마당을 벗어났다. 강수는 진작부터 집안 아이들을 쫓아다니느라 언니들은 뒷전이었다.

반야가 소금에 절인 남새 모양 늘어진 걸음으로 대문간에 이르자 덕구라는, 동마로와 나이 비슷해 보이는 총각이 말고삐를 잡고 기다리고 있었다. 반야가 방에 있는 사이 거대한 집을 둘러보았던 동마로는 집안사람들에게 이 댁 어른이 어떤 분이시냐고 넌지시 물었다. 재작년까지 의정부 사인舍人을 지내시다 낙향하신 나리라 했다. 사인이 정사품에 해당하는 관직임도 들었다. 동마로가 덕구한테 말고삐를 받으며 서원까지 거리가 얼마큼 되느냐고 물었다.

"시오 리쯤 될 거요. 그런데 보살 아씨가 말을 타실 수 있으려나 걱정스럽네. 동마로라 했나? 자네, 말 잘 타나? 서툴면 내가 모시고 가게."

바깥심부름을 주로 하느라 노복들 중에서는 드물게 말을 탈 줄 아는 그였다. 이 집에 몇 필이나 되는지 알 수 없는 말 관리도 제 몫일 터이다. 나름의 위세를 느끼며 사는지, 반야를 바로 쳐다보지도 못하면서 동마로를 향해 집적댄다. 하늘같은 상전들이 귀히 여기는 걸 보고서도 내남 없는 신분이라 만만히 보는 것이다.

"잘 타지는 못하오만 우리 아씨 성정이 어지간히 까다로우니 내가 모셔야 하오."

"허면, 이 연풍은 우리 도련님 말이니 조심히 타오."

"연풍? 무슨 뜻의 연풍이오?"

"바람을 이끈다는 뜻이오. 이끌 연延, 바람風."

"알았소. 고맙소."

동마로가 말고삐를 건네받는다. 반야는 동마로가 언제 말 타기를 배웠는지 어리둥절했다. 엔간한 상황을 그림처럼 볼 수 있어도, 양쪽의 영이 서로를 향해 있을 때만 보이는 것이다. 동마로와 말을 연결해 본 적이 없는 터라 반야는 동마로가 말을 제 수족처럼 부릴 수 있다는 걸 몰랐다. 하여 눈앞에 있는 커다란 짐승에 올라앉을 일이 심히 걱정스럽기만 했다. 동마로 눈이 걱정 말라는 듯 웃으며 반야를 달래고는 제가 먼저 연풍에 번쩍 올라앉아 손을 내민다.

"말 탄다 생각지 마세요. 그냥 제 앞자리로 옮겨 앉는다 여기시고 발걸이에 한 발만 걸치세요."

뭘 따질 계제가 아니거니와 기운도 없어서 반야는 동마로한테 손을 내밀고 발걸이에다 한 발을 올린다. 공중에 잠깐 들린 듯했던 몸이 동마로 품속으로 쏙 들어앉는다. 말 잔등 한 쪽으로 두 다리를 내린 자세라 동마로에게 안기는 품이 되었다. 동마로는 한 팔로 반야를 안은 채 쉿, 이랴 하며 말을 움직였다.

반야한테 말 멀미 같은 건 생기지 않았다. 다그닥다그닥 움직이는 말을 따라 율동을 느꼈고 낯익은 동마로의 심장 소리를 들었다.

"대체 언제 어디서 말 타기를 배웠어? 말이 어디 있어서?"

반야가 속삭이듯 물어도 동마로는 못 들은 체했다. 반야도 굳이 대답을 원한 것은 아닌 모양이다. 금세 졸기 시작한 탓에 동마로의 표정은커녕 주변도 살피지 못했다. 잠든 반야를 안고 말을 모는 동안 동마로는 홀로 열화 지옥에 든 듯한 고통과 희열에 시달렸다. 익숙한 몸내며 숨소리, 저를 온전히 내맡긴 채 졸 수 있는 그 맘까지,

세상천지 어디에 이보다 가까운 사람이 있으랴. 이만큼이 궁극이라 여겨야 하건만 동마로의 온몸 마디마디가 낱낱이, 낱낱의 반야를 원했다. 반야는 그걸 아직 몰랐다. 앞으로도 영원히 그걸 모를 수도 있었다.

온주 관아 거리를 지나 온율 서원이라는 편액이 걸린 대문 앞에 닿는다. 문 앞에 네 필의 말이 매어 있고 담장 안에서 웅성이는 소리가 제법 크게 났다. 얕은 잠을 자는 듯싶던 반야는 온몸을 축 늘인 채 아예 잠들어 있었다. 말이 멈추었고 주변에서 일어나는 갖가지 소란에도 동마로한테 푹 안긴 채 일어날 줄 모른다. 깨우기 위해 반야의 상체를 떼어 내던 동마로는 찰나간에 반야 입술에 제 입술을 댔다가 뗀다. 지금 당장 백 가지 신령들께 백 가지 급살을 맞는다고 해도 어쩔 수 없이 이루어진 행동이다. 그래도 허깨비처럼 눈을 뜨지 못하는 반야의 입술에 동마로의 입술이 다시 닿았다. 윗입술을 살짝 물다 놓고 아랫입술을 스치자 반야의 입술이 저도 모르게 살짝 벌어졌다. 그 틈새로 동마로의 혀가 들어가 윗니를 핥는 찰나 음, 하는 낮은 소리와 함께 반야가 기척을 냈다. 동마로는 재게 물러나 반야의 머리를 끌어안았다 떼어 낸다. 반야가 졸린 눈을 간신히 뜨고 쳐다보는데 동마로의 가슴이 벌 떼처럼 윙윙댔다.

연못은 서원 큰 마당을 지나 동쪽의 사랑채를 두른 담장 밖에 있었다. 연못 저쪽이 향교였다. 논 한 마지기는 될 법한 넓이의 연못에 아직 연잎은 솟기 전이고 개구리밥이며 가래 따위의 부초들만 연둣빛으로 가득한 수면에 어금지금한 붉은 잉어들이 어른거렸다. 연못 가에 자그만 놀잇배가 노를 올려놓은 채 매여 있었다. 사온재를 위시하여 벌써 당도한 이십여 명의 장정들이 묵묵하게 못을 바라보는 참이다. 장정들의 손이며 옆구리에 칠성판만한 판자며 가래며 곡괭이 따위가 들렸고 타래박과 용두레도 나와 있었다. 반야가 나서니 소리 없는 소란이 잠깐 이는 듯했다. 반야가 칠성방울을 흔들며 넋 올리기 사설을 외웠다.

"넋이야 넋이로다. 이 넋이 뉘 넋인가. 왕소군의 넋이던가? 아니 그 넋이 아니로세. 삼천백도 요지원에 서왕모 넋이던가? 아니 아니 그 넋도 아니로세. 인당수 깊은 물에 풍덩실 빠져 죽은 심 낭자 넋이던가? 아니 아니 그 넋도 아니로세. 오호라! 용문동 이씨 댁에서 온 주동 정씨 댁으로 시집가신 영신 아씨 넋이로구나. 넋인 줄을 몰랐더니 이리 보니 넋이로고, 혼인 줄도 몰랐더니 지금 보니 혼이로소이다. 아씨 아씨, 영신 아씨, 이제 올려 드리리다. 처녀 아씨도 울지 마오. 이제 금세 건져 드리리다."

넋 올리기 사설은 막 시작인데 석양 드리운 연못 한가운데 연잎 앞서 떠오른 마름의 근방이 연둣빛 물보라를 일으키며 일렁였다.

아아! 오오!

연못을 둘러섰던 사내들이 낮게 신음했다. 반야는 오른손으로 방울을 연방 흔들며 물이 일렁이는 지점을 왼손으로 가리켰다. 연못 가운데는 꽤나 깊은 듯 나리의 명으로 놀잇배에 오른 두 사람과 판자를 끼고 헤엄치는 두 사람의 몸놀림이 조심스럽다. 며칠 전 내린 비로 수위가 높아진 듯했지만 반야가 가리킨 지점에 당도한 일꾼들은 수부처럼 거침없이 잠수했다. 오래 잠수할 것도 없었던가, 진흙탕과 부초를 잔뜩 둘러쓴 일꾼들이 나와 배를 붙잡더니 한 손으로 제 얼굴을 훑으며 외쳤다.

"여기 계십니다. 옷가지며 형체가 뚜렷이 만져지옵니다. 하온데 나리, 아씨와 계집아이가 돌덩이를 매달고 가라앉은 터라 이대로 인양하올 것 같으면 주검이 많이 상하실 것 같사온데 어찌하오리까?"

집에서는 아무 내색도 하지 않았던 한신이지만 지금은 기가 막혀 허공을 바라본다. 별당 방 안에서 반야가 홀로 굿을 할 때 설마했다. 무녀들이 하는 일이 그러하거니와 영험하기로 소문난 반야의 말이라 해도 믿기 어려웠다. 혼백과의 소통이라니. 설마 영신이 연못에 들어 있으랴, 하였다. 헌데 실상이었다. 모친께서 이 일을 어찌 감당하실꼬. 한신은 눈이 벌게져서 한동안 말문을 닫고 있다가 반야를 쳐다보았다.

"얘야, 어쩌면 좋겠느냐. 저대로 건져내라 하랴?"

"아니오, 나리. 시간이 지체될 수 있겠으나 이 연못의 물을 빼 주시어요. 아씨를 이리 묻은 자들의 흔적이 함께 있을 터입니다. 송구스러우나 지금 소인한테 놈들 기운이 느껴지질 않습니다. 놈들이 일을 벌인 뒤 겁이 나 달아난 듯하와요. 하니 연못 속에서 단 한 가지 근거라도 잡아내야 할 것입니다."

반야의 말이 끝나자마자 한신이 외쳤다.

"여봐라, 연못으로 들어오는 물길들을 막고 나가는 물문을 모조리 터라. 고기가 못 나가게 된 문일 터인즉 무엇도 못 나갈 터이나 혹여 사람 물건이 걸리는지 물문마다 찬찬히 지켜라. 곧 어두워질 것인즉 횃불을 준비하거라. 아씨와 시비 아이는 물을 다 뺀 연후에 인양할 것이니라."

나리 말씀이 떨어지기 바쁘게 예서제서 움직였다. 향교며 서원 안에서 공부하던 선비들도 죄 나와 나리가 벌이는 난리판을 구경했다.

연못 물줄기를 막고 트느라 부산한 새에 온주동 아씨 댁에서 장정들을 거느린 나리의 사장어른이 들어오셨다. 나리보다 연세가 훨씬 높아 뵈는 양반이 침통하고 분노 어린 얼굴로 연못가에 선 나리와 손을 맞잡고 인사를 나누었다. 나리가 사장어른께 반야를 소개하며 그간의 사정을 말씀드렸다. 며느리가 연못 가운데에 묻힌 게 확인됐다는 말에 사장어른이 연못 한편의 선비들 거소를 싸늘한 눈으로 올려다보았다. 서원 사랑채인 청송각의 누마루가 높아 마루에서 내려다보는 선비들이 훤히 보였다.

"반경 이십 리를 이잡듯 뒤지면서도 여기는 꿈에도 생각 못했느니라. 내가 공부했고 사돈께서 공부하셨거니와 먼저 간 우리 아범도 공부했던 곳 아니겠느냐. 꿈엔들 설마, 이곳을 짚지는 못했을 터이다. 어린 네가 찾아냈다니 고맙고도 기특타. 헌데 애야, 저 진창 속에다 우리 어멈과 시비를 묻은 놈들을 어찌 찾아야 한다고?"

일이 너무 커지는 참이다. 두 여인을 욕보이고 교살한 뒤 연못 속에 묻고 위장까지 해놓은 악한 인사들의 기세가 가뭇하게 멀지만 반야는 이 연못 주변 지붕 아래서 묵던 위인들의 만행이었음을 느끼는 차다. 사장어른이 다그친다.

"물속에 증거가 있다고 했느냐?"

"아씨와 아이 주변에 근거가 있을 듯하여 그리 말씀 올렸나이다."

이 서원에서 빠져나간 몇 사람을 찾기는 얼마나 쉬우랴. 은새미 점쟁이가 영신 아씨를 찾아냈다는 사실은 내일 날이 밝기 전에 온 고을에 떠돌 터이다. 거기다 범인들을 적시하고 나면 어찌될까.

같은 말이라도 아 다르고 어 다른 법이다. 네 말본새는 아가, 널, 또 네 식구들을 하루살이로 만들기 십상이다. 제발 애야, 말조심하려무나.

생전 할머니가 하시었고 이후엔 어머니가 수시로 하시는 말씀이다. 범인으로 지목될 위인들도 한결같이 양반 사내들일 게 뻔했다. 그중에는 독자도 있을 터이고 장자도 있을 것이다. 죄 지은 놈이 서발 못 간다지만, 죄는 천 도깨비가 짓고 벼락은 고목이 맞기도 한다. 이래서 어제 아침에 한사코, 닥쳐오는 손님을 피했건만 어쩌자고 스스로 찾아와서. 반야는 고개를 숙이며 짧은 한숨을 내쉰다.

"하옵고 말씀드리기 송구하오나, 좀 전에 소인이 서원 마당을 지나올 적에 몇몇 방에서 아씨들과 닿는 기운을 느꼈사옵니다."

"그게 어인 말인고?"

자신이 벌이는 일에 반야 몸이 떨린다. 주검만 건져내고 나머진 모른다 해도 상관없지 않은가. 혼백 달래기는 다른 무녀를 불러다 진혼굿을 치러도 무방하다. 이대로 물러나면 되련만 반야는 외려 한 발을 더 내딛고 만다.

"그 방들에서 묵던 이들과 연관이 있는 듯하옵니다."

"무어라? 낯선 무뢰배들이 아니라 이 서원에 묵던 자들의 소행이라고? 서생들 짓이란 말이냐?"

반야 양쪽에 서 있던 두 양반이 낯을 심하게 우그러뜨렸다. 못물을 모조리 비워 찾아내려 했던 건 그저 떠도는 무뢰배들의 흔적이었다. 한 다리만 건너면 뻔히 알 집안의 자제들일 줄 몰랐던 것이다. 두 사람이 여전히 낯을 심히 찌푸린 채 서로를 향해 고개를 끄덕였다. 정 참의가 먼저 입을 열었다.

"알겠느니라. 네 낯빛이 심히 창백하니 우선 안으로 들어가 쉬어라. 여봐라, 집사. 이 아이를 예가 잘 내려다보이는 청송각 누마루 방으로 들여 주고 현재 이 서원에 묵는 서생들을 모조리 청송각 아래 모이게 하라."

정 참의는 사인 나리보다 서원에서의 위세가 한층 높은 듯하다. 졸지에 쳐들어와 난리를 벌이는 양반들에 대적할 바를 몰라 안절부절못하던 서원 집사가 정 참의 앞에서 허리를 수그리고 나서 반야한 테 따라오라 눈짓했다. 연못에서 사랑채로 난 문을 통해 안으로 들어간 집사가, 누마루에 선 채 연못의 난리판을 내려다보는 선비들한 테 자리를 비워 달라고 청했다. 선비들이 삼삼오오 누마루에서 내려가 정참의가 지정한 곳으로 향했다.

"참의 영감 분부가 아니셨더라면, 너희가 죽었다 깨어난들 감히 그 방에 들겠느냐만, 들어가거라. 그저 주검들이 예 있다고만 해도 될 것을. 돌림병 때문에 가뜩이나 심란한 판에 기어이 유생들을 지적하여 분란을 키우느냐? 한갓 무녀인 네게 무슨 득이 될 거라고!"

자기 할 말을 다한 서원 집사가 몹시 불편한 기색을 애써 다스리며 돌아섰다. 누마루 안쪽에 방이 있었다. 누마루에서 내려다본 연못 주변에는 오십여 명은 될 법한 사람들이 움직이는 참이었다. 바라보는 사이 어둠이 내리기 시작하면서 모닥불과 횃불이 연이어 밝혀졌다. 해가 되솟은 듯, 연못 속까지 들여다볼 듯 불이 밝았다. 대낮처럼 환해진 연못 주변을 내려다보던 반야가 방을 향해 돌아섰다.

동마로가 먼저 방 안을 살폈다. 가재도구 대신 서안과 책장이 벽에 기대 놓여 있었다. 책장에 수십 권의 책이 쌓여 있다. 반야가 들어서자 동마로가 밖으로 나가 문을 닫으려 했다.

"문 열어 놓아. 무서워."

"무서운 줄 알면서 일을 이리 크게 벌이세요?"

"그럼 거짓부렁을 하란 말이야?"

"거짓부렁과 일을 조금 작게 하거나 미루는 것과는 차이가 있지 않아요?"

"나한테는 그게 그거야."

"아무려나, 말씀해 보세요. 앞으로 우리 식구가 지금까지와 같이 살기는 틀린 거지요?"

"괜찮아."

"얼마 동안이나 괜찮을 것 같은데요?"

"몰라. 지금은 지쳐서 산 사람 일은 하나도 안 보여."

반야의 말투에 맥이 하나도 없다. 동마로는 반야를 안아 재워 주고 싶어 떨리는 손을 꼭 쥐어 감추고는 선 채로 허리를 곧추세웠다. 반야는 제 몸을 내던지듯 방바닥에 주저앉는다.

"하기는, 아씨가 벌인 일이 아닌데 설마 우리한테 무슨 일이야 생기려고요. 우선은 좀 쉬세요. 저 아래서 부르면 깨워 드릴게요."

"어찌 자꾸 아씨래? 원래 부르던 대로 하든지, 아니면 그냥 말아. 별걸 다 가지고 사람을 약올려."

"사람이셨어요? 저는 별님 언니가 사람인 걸 진작 잊어버렸는걸요."

"자꾸 그럴 거면 나가서 연못이나 파."

"그럴 수야 있나요. 알았어요. 저는 가만있을 테니, 잠깐 눈 좀 붙이세요."

"아무 때나 잠이 오나?"

"아까 보니 아무 때나 아무 데서나 잘만 주무시던걸요?"

"아무 때나 아무 데서나? 난 너여서, 너한테서 잔 건데, 넌 아무 때나 아무 계집이나 안아 재워 주는 모양이지?"

반야의 비꼼에 동마로가 화살 맞은 듯 움츠러든다. 어떤 의미를 담아 한 말인지, 그저 길이 있어 걸었다는 것처럼 들어야 할지 감잡을 수가 없다. 그렇다고 다그치랴. 동마로는 굳이 부정하지 않고 웃고 만다. 하지 않아도 좋았을 말을 내뱉고 난 반야는 약이 바짝 올라 동마로를 노려보다가 맨 방바닥에 팔을 베고 눕는다. 동마로는 책장에서 『논어』와 『중용』과 『주역』 등을 들어내 반야의 머리 밑에 넣어 준다. 책들로 베개를 만들어 주고는 아까부터 마음에 걸렸던 것을 묻는다.

"좀 전까지 여기 계시던 선비들 중에서 혹시 눈에 익는다거나 마음이 쓰인다거나 하는 분이 계셨어요?"

스물 서넛쯤 돼 보이는 한 선비가 반야를 사뭇 유심히 보던 게 동마로는 꺼림칙했다. 그저 눈에 띄는 미색을 보는 눈길이 아니라 예전에 본 사람을 확인하며 마음이 쏠리는 시선이었다.

"눈에 익기는커녕 쳐다본 사람도 없어. 지금 산 사람은 안 보인다고 했잖아."

반야는 등 돌리고 누운 채 기운 없이 뇌까렸다. 눈을 감으니 졸음처럼 아씨와 시비 아이 혼령이 살포시 찾아와 반야를 감쌌다. 이미 넋이 건져진지라 아까 용문동 댁에서처럼 울지는 않는다. 고요히, 반야를 다독이듯 자신들을 전해 왔다. 아씨는 어머님과 아드님들이 보시기 전에 다비를 해달라고, 시비는 습한 것이 싫으니 불에 넣어 달라고 여울여울 보챘다. 다비를 하는 동안 씻김굿은 하지 않아도 될 듯하다. 범인들을 잡아 치죄를 하는 것은 남은 사람들의 일일 뿐 두 혼령에게는 원한조차 없다. 주변에서 들고 일어나 풀어 주는 것에 벌써 위안을 받은 것이다.

천안 새터말의 방희는 아마도 바싹 말라 죽어가고 있을 터이다. 작년 가을에 찾아가 본 열두 살의 규수가 주검보다 참담했던 건 그 할아비와 아비 때문이었다. 그들은 가문의 수치를 드러내느니 무병 앓는 딸자식을 가두어 죽이는 쪽을 선택했다. 그들이, 아무 소문도 내지 않았음에도 홀로 찾아든 반야를 방희와 만나게 해준 건 혹여 떨칠 수 있는 무병인지를 확인하기 위한 방편이었을 뿐 방희를 위한 것이 아니었다. 반야가, 도저히 내림굿을 못할 처지라면 병에 걸려 죽은 것으로 하고 아무도 모르게 내치면 아가씨 목숨은 보존할 것이라고, 그러면 자신이 데려다 살리겠노라고 아뢰었을 때도 묵묵부답이던 그 아비는 반야를 몰아냈다. 혹여 이 소문이 돌면 너와 네 식솔이 무사치 못하리라는 살벌한 엄포가 따랐다.

방희가 아직 명을 달리한 것 같지는 않았다. 그렇다고 내쳐지지도 못한 듯했다. 방희는 자신의 전생에서처럼 홀로 죽어가고 있는 것이다. 전생의 그이는 더없이 고귀한 자리에 있었으나 굶어 죽었다. 눈으로 본 듯이 느끼지만 어떻게도 해볼 수 없는 가여운 목숨이었다. 만파식령이나 얻는다면 모를까. 하지만 그런 방울이 세상에 없듯 방희의 목숨을 가두고 있는 담장을 부술 수 있는 무녀도 세상에는 존재하지 않는다. 천지 팔방에 보이는 게 너무 많아 고단한 무녀가 있을 뿐이다. 반야는 세상의 혼탁을 맑히는 전설 속의 방울 소리를 상상해 보다 잠에 빠진다.

사신총령四神總聆

"대체 어딜 가고 싶어서 한 달씩이나 집을 비우겠다는 게냐?"

그동안 동마로 홀로는 길어야 네댓새, 그것도 반야가 허락할 때만 먼 나들이를 해왔다. 그런 동마로가 한 달씩이나 되는 원행을 하겠다지 않는가. 유을해는 느닷없는 일에 놀랍기보다 불안하다. 밖엔 여름비가 사납게 몰아친다. 돌림병이 수그러졌다고는 해도 팔도가 뒤숭숭한 때다. 삼사월에 죽어나간 사람이 너무 많기 때문이다.

"동무들이 금강산에 가 보자 하더이다. 한양에서 사나흘 길이라 하니 넉넉히 잡아 한 달이지 그 안에 돌아올 수 있을 겁니다."

"한양 구경도 아니고, 하늘 아래 온통 산인데 또 산 구경을 가자고 그 먼 길을 떠난다는 말이냐? 너는 백두산이며 태백산 등도 다녀온 터. 지금 너의 처사를 엄마는 도무지 납득치 못하겠구나."

"오는 길에는 동해 구경도 하자 하였습니다. 동해에서는 수평선이라는 게 보인다 합니다. 소자가 보며 사는 서해와는 물빛이 다르다 하고요. 철없는 객기인 줄 아오나 어머니, 동무들과 같이 한번 가 보고 싶습니다. 부디 허락해 주십시오.”

“엄마가 허락하지 않으면 아니 갈 수는 있느냐?”

유을해의 물음에 동마로가 멈칫하는가 싶더니 답한다.

“허락치 않으시면 아니 떠나겠습니다.”

유을해는 허락해야 하는 상황임을 직감한 참이다. 저는 스승이자 주인으로 삼은 공세포 선주 집에서 일하고 공부한다지만 무슨 주인이 일꾼에게 공부를 시켜 줄 것이며 한 달이나 일터를 비우겠다는 일꾼을 봐줄 것인가. 팔천 신분에 지금 든 식자로도 넘치거니와 써먹을 데도 없는 글공부를 하러 다니는 것은 아닐 테고, 젊은 놈들이 모여 무슨 일인가를 꾸미는 게 분명했다. 언제부턴지 너무 커 버린 듯 느껴지던 동마로였다. 아이한테 깃들어 가는 기상과 무게가 천민 집안의 젊은 남정네로 보기엔 심히 넘치거나 깊었다.

“선주께서 허락을 하시더냐?”

“예, 장사란 어차피 세상 보는 눈이라 하시며 세상 구경을 하고 오라 말씀하시었습니다. 오가는 길에 건어물 판로도 모색해 보라는 명이 계셨고요.”

“허면 반야한테는 물어보았니? 네 언니가 뭐라 해?”

“어머니께 허락받은 뒤 말하려 미뤘습니다. 그렇지만 벌써 알고 있겠지요?”

“그건 그렇지 않다, 동마로. 언제라고 식구들 상대로 공수하는 반야냐? 식구는 그저 식구인 것이야. 반야한테 물어라. 엄마는 네 언니가 좋다 하면 허락하련다. 헌데 허락을 받으면 언제 떠나려고?”

“오늘 술시 즈음에요.”

“뭐?”

유을해는 눈을 동그랗게 뜨고 동마로를 건너다본다. 다 죽어가던 아이를 받아들여 십 년 넘게 키운 보람이 겨우 이것인가 싶어 서운한 게 아니라 이 아이가 정말 무슨 일인가를 작심한 듯해 두려운 것이다.

"저 비바람이 오늘 안으로 그칠 것 같지 않은데 떠나겠다는 게야, 기어이?"

"얼마 전부터 장난인 듯 시작했던 논의였는데, 어젯밤에는 당장 행하지 않으면 평생 해보지 못하리라고 결론이 난 탓에, 이리 급하게 되었습니다. 하지만 어머님과 언니가 허락하시지 않으면 저는 빠지겠습니다."

동마로는 짐짓 천연덕스레 말하지만 유을해는 위안이 되지 않는다. 이미 결정난 사항을 통고하고 있거니와 허락받으리란 걸 알면서 청하고 있지 않은가.

동마로도 자신의 청이 강요라는 걸 충분히 알았다. 지금껏 뜻 거슬러 본 적 없는 어머니였다. 거스를 일 자체가 없었다. 하염없이 베풀어 주시는 깊이 모를 우물 같은 분이었다. 한데 동마로도 어쩔 수 없는 상황이 벌어졌다. 어젯밤 날벼락처럼 사신총령이 내렸다. 나흘 후, 유두날 새벽 파루 종이 울릴 때까지 경상도 김천 고을 관아 거리 주막에 당도해 있으라는 명이었다.

동마로가 사신계에 입계한 지 칠 년째고 위품 무절이 된 지 두 해째였다. 자신을 사람으로 키운 분은 어머니였으나 사내로 키워 주는 곳은 사신계였다. 사람 목숨이 하늘에 달렸음을 수긍해야 하는 데가 어머니에 속한 세상이라면 사신계는 사람 목숨이 사람 손에 달렸음을 알게 했다. 자신의 목숨을 스스로 결정할 수 있다는 사실을 깨달게 되었을 때 동마로는 전율했다. 그건 환희였다. 그 사실을 시험하듯 사신총령이 내렸다. 어떠한 경우든지 명을 받들기로 서원했으므로 가야 했다. 어딜 휘돌며 무슨 일을 하게 될지 모르나 가고도 싶었다. 날마다 피가 끓었다. 백두산이나 태백산처럼 말없이 넓기만 한 세상이 아니라 사람들로 이루어진 넓은 세상을 보고 싶고 무사로서의 자신도 시험해 보고 싶었다. 걸리느니 식구들이었다. 어떠한 경우에도 사신총령에 따르겠노라고 맹세할 때 단지 의례요, 요식 행위라 여겼던가. 식구들과 사신총령이 서로를 위반할 수도 있다는 걸 깨달을 새가 없었다. 사신계에 대한 침묵의 명을 천성처럼 받들고 살면서도 설마 총령을 받게 될 날이 오리라고 예상치 못했던 것이다.

"걱정을 아니 할 수는 없게 된 것 같다만 나가서 반야한테 물어보아라. 혹여 반야가 말리거든 까닭이 있을 터이니 너도 맘을 접어 주면 좋겠구나. 그러잖아도 요새 집안에 드리운 근심이 많지 않니?"

눈에 보이는 유다른 일은 없었다. 홍외헌에서 반야에게 준 말 연풍을 제외한다면 식구가 더 는 것도 아니고 아픈 사람도 없다. 그저 어머니 무의식에서 비롯된 불안이 큰 것이다. 지난봄 반야가 온율서원에 다녀온 뒤부터다. 영신 아씨 주검은 차마 쳐다보기 어려웠다. 흙탕물에 붇고 잉어들에 뜯겨 살점이 흐물흐물했다. 눈동자도 없었다. 시비 아이도 마찬가지였다. 젖가슴과 배에 돌을 매단 채 진흙 속에서 나온 주검들에서 물것들의 애벌레들이 꾸역꾸역 미어져 나왔다. 동마로는 반야가 시신들을 못 보게 하고 싶었으나 반야는 그 자리에 있던 수십 명 사내들보다 더 또렷한 눈으로 인양 작업을 지켜보았다. 주검에 돌을 매단 끈들은 양반 사내들이 도포를 묶는 띠였다. 그 띠들로 범인들의 단초를 잡았거니와 반야가 가리킨 방의 주인들이 여행을 빙자하고 서원에 나오지 않은 지가 열흘 넘었음이 밝혀졌다. 시신들은 건져낸 새벽 그날로 다비를 치렀고 사건은 온주 현령의 손을 넘어 온양 군수와 목사한테로 확대되었다. 동마로와 반야는 용문골에서 사흘을 묵으며 거기까지 지켜보다 돌아왔다. 지금쯤은 사건이 충청 감사를 넘어 한양에 이르렀을지도 모르지만 아직까지 반야나 집에 유다른 일이 생기지는 않았다.

"어머니 말씀을 따르겠습니다."

어머니 앞에 허리를 수그리고 방을 나온 동마로는 저만치 가로놓인 신당채를 건너다본다. 반야는 새벽부터 수십 명 손님을 받고 나서 목욕하고 잠이 들었다. 끼니도 거른 채 아직 자는 중이다. 잠든 반야는 원래 아무도 깨울 수 없었다. 억지로 깨워도 일어나지 않지만 일어나서도 기신을 못했다. 헌데 여름날 고기에 쉬파리 끓듯 집에 사람이 끓었다. 그전이라고 단 하루인들 손님 없는 날이 있었을까만 요즘은 숫제 집이 아침저녁으로 벌어지는 장터가 된 듯했다. 온주에 다녀온 뒤로 반야가 아예 깃발처럼 내걸린 탓이었다. 온양 큰 장거리에는 사실보다 더 부푼 소문들이 하염없이 건너다녔다. 최근에는 몇백 리 밖 한양의 대궐 이야기까지 끼어들었다. 임금을 가운데 두고 노론과 소론으로 갈라져 피 터지게 싸우는 벼슬아치들이 영신 아씨를 해한 자들에 대한 벌을 두고 싸운다고 했다. 사인 나리와 참의 영감이 벼슬을 그만둔 것은 요새 조정세력 싸움에서 밀리는 소론파이기 때문인데 우세한 노론파가 범인들을 두둔하고 있다고도 했다. 옷감 가게나 약재상이나 유기전에서 강 건너에 난 불을 구경하듯 재미나게 해대는 이야기를 들을 때마다 동마로는 어지러웠다.

무슨 일이 일어나든 반야는 신당 밖의 상황에 마음 쓰지 않았다.

예전보다 더 자주 씻고 더 많이 잤다. 보고 싶은 만큼 점사를 보았고 보기 싫으면 하루 내내라도 손님들을 기다리게 했다. 꼭 스러지기 전의 마지막 불꽃이 아닌가 싶어 때때로 불안한 와중에 동마로는 집을 비워야 하게 생긴 것이다. 어머니께 말씀드린 대로 한 달 안에 돌아올 수 있을지, 혹은 더 걸릴지도 모르는 상태였다.

"언니, 어머니께 걱정 들었어요?"

안채 마루에서 꽃님이와 놀던 강수가 물었다. 점심상머리에서 어두웠던 동마로의 기색을 녀석도 알아챈 것이다. 비바람 때문에 마루로 날아들었을 잠자리를 잡아 실로 묶고 실 끝을 붙들고 있다. 꼬리를 묶인 채 하릴없이 날아올랐다가 곤두박질하는 잠자리가 여느 날과 달리 마음 쓰인다.

"그런 거 아냐, 강수야. 그리고 그 잠자리 상하지 않게 데리고 놀다가 실 풀어 날려 줘라. 알겠지?"

강수가 고개를 끄덕이는데 꽃님이가 손에 풀각시를 든 채 다가와 안아 달라고 팔을 벌린다. 동마로가 안아 올려 볼을 맞대 문지르자 아이가 자지러진다.

"강수, 꽃님이 울리지 말고 잘 데리고 놀아."

동마로는 아이들을 두고 빗발이 거세게 듣는 안마당을 가로지른다. 신당 옆 참빗나무 가지들이 사정없이 흔들리며 푸른 잎을 날렸다. 주렴이 드리워진 신당 안으로 들어서서 사방을 향하여 각기 삼배씩을 올린 뒤 신단 옆으로 난 쪽문을 통해 반야의 방으로 들어선다. 밖에 폭우가 내리는지 태풍이 부는지 모른 채 반야는 흰 이부자리에서 배꽃처럼 잠들어 있다. 눈 시리게 흰 세모시 옷을 입고 버선을 신은 채 모로 누웠는데 숨을 쉬는가 싶게 창백하다. 역시나 오늘 아침에 만난 손님들이 너무 많은 것이다.

　동마로는 문을 등에 지고 앉는다. 바람 들지 말라고 앞문을 닫아 놓은 탓에 몹시 덥다. 유월 열하루, 비가 아니라면 염천일 날이다. 반야는 더위를 타지 않는다. 혹한에 함께 나들이할 때 추위 타는 것도 못 보았다. 감기도 들지 않고 돌림병은 피해 다닌다. 지난봄 인근 고을에서만도 수천 명이 죽어나갔다는 돌림병이 이 도고산 언저리 마을들에는 침범하지 않았다. 반야의 예시 덕이었는지는 알 수 없지만 어머니가 주변 마을 사람들이 찾아올 때마다, 돌림병이 돌 수도 있으니 조심하자고 신신당부를 했던 건 사실이었다.

　하니 얼마간 집을 비운다 해도 식구들은 까딱없이 살 터이다. 깨금 아저씨와 나무 언니가 부실해도 땔나무 해들이는 일이며 엔간한 일들은 시키는 대로 했다. 더구나 깨금 아저씨는 전에 옹기장이였다. 그는 십여 년 전 돌림병이 돌았을 때 두 딸아이 깨금, 소금과 함께 병에 걸렸다. 그때 두 딸을 놓치고 살아난 그는 반편이가 되었지만 손재주가 남아 집 안팎을 보살필 줄 알았다. 반야의 목욕 시중은 끝애가 할 것이다. 동마로는 스스로를 위안하며 앉은 채 눈을 감는다. 지난밤 인경 즈음에 집에 들어왔으나 한잠도 자지 못했다. 먼 여행에 대한 설렘과 긴장, 식구들에 대한 근심이 뒤엉켜 눈을 붙일 수 없었다. 반야한테 여행 이야기를 꺼낼 틈을 엿보느라 신경이 곤두서기도 했다.

　깜박 잠이 들었던가, 소스라쳐 일어나니 반야는 아직 그대로다. 발이 드리운 그림자를 보니 신시가 가까워 오고 있다. 어젯저녁 받은 나흘 시한에서 벌써 하루를 다 까먹었다. 사흘 뒤라고 해도 새벽까지 도착해야 하니 이틀 남짓 남은 셈이다. 시한을 어기면 총령을

어기는 일이 될 것이다. 총령을 어겼을 때 어찌되는지에 대해서는
들은 바 없다.

동마로는 여행 준비를 마저 해놓기 위해 일어선다. 세 해 전 반야
와 다녀왔던 김천 황악산의 직지사까지는 가는 데만 엿새가 걸렸다.
두리번두리번 구경하고 끼니때는 먹고 어두워지면 주막에 들어 자
가며 걸은 길이었다. 홀로 걸으면 이틀이면 닿을 것이나 오늘 해 지
기 전에 출발해야 한다. 발을 들추고 결연히 문을 밀고 나서던 동마
로는 나가지 못한다. 자신을 밖으로 끌어내는 대신 방문을 닫고 돌
아선다. 아랫목 반야의 이부자리 옆에 주저앉고는 몸을 굽혀 반야의
입술에 자신의 입술을 댄다.

일어나요, 제발.

몸 안에서 폭풍처럼 휘몰아치는 기세를 감당하지 못하고 입술
을 댄 채 반야의 상반신을 일으켜 안는다. 스스로를 주체하지 못하
고 반야의 잇새를 연다. 여니 열린다. 반야의 혀가 나와 동마로를 맞
이하는가 싶더니 어울려 주었다. 혀가 뒤엉킨 채 동마로의 한 손이
반야의 가슴을 더듬었다. 치맛말기에 묻혀 젖이 잡히지 않자 말기
에 맺힌 매듭 끈을 서슴없이 잡아당긴다. 금세 헐거워진 말기 밑에
서 반야의 젖가슴이 자그맣고도 동그랗게 솟아올랐다. 젖가슴을 쓰
다듬던 손이 반야의 배를 지나 샅에 이르렀다. 고쟁이를 끌어내리고
치마를 걷어낸다. 홑겹 속치마 차림이 되고도 반야는 눈을 뜨지 않
는다.

비로소 동마로는 반야가 잠든 체하며 몸을 내맡기고 있음을, 반야
로서는 그럴 수밖에 없음을 깨닫고 울먹해진다. 서러움이 격정을 다
스렸다. 숨넘어갈 듯 성급했던 동마로의 손길이 조심스럽게 움직인

다. 적삼 고름과 속적삼 고리를 풀어 웃옷을 벗기고 속치마를 걷어 내자 반야의 희디흰 알몸이 드러난다. 동마로는 그 몸에 고루 자신의 입술을 대면서 제 몸에 걸린 것들을 벗는다. 사실 어떻게 해야 하는지는 잘 몰랐다. 그저 사내로서의 본능에 따라 움직이는 것이다. 반야의 샅 속으로 들어서서 움직일 때, 잠든 반야가 두 팔로 자신의 목을 휘감고 입술을 찾아 맞댈 때조차도 제정신은 아니다. 마침내 반야의 몸안에서 동마로의 몸이 폭발한다. 죽음의 순간에 맞닥뜨리면 이럴 터이다. 반야도 눈을 감은 채 동마로에 매달려 전율한다. 아찔한 합일이다.

　김천 고을, 쥐죽은 듯 고요한 관아 거리에 도착했을 때는 삼경 중간 즈음이다. 주막들조차 불을 꺼 버리고 잠든 시각, 불 켜진 호롱불 하나가 눈에 띈다. 호롱불 등피에 쓰인 글자가 백白이다. 동마로는 처마에 호롱불 하나를 켜 놓고 사립을 어슴하게 열어 놓은 주막으로 들어갔다. 아마도 백호부에 속한 사신계원이 운영하는 집일 터이다. 집 뒤켠에서 엷은 빛이 느껴져 돌아가 보니 별채 같은 초막에 불이 켜져 있다. 흠, 동마로의 인기척에 문이 열린다. 좁은 방 안에 젊은 사내 다섯이 누워 눈을 붙이고 있다. 동마로한테 문을 열어 준 사내는 체구가 동마로보다 작지만 너덧 살은 많을 듯하다.
　"온양 현무원에서 왔습니다."
　동마로의 속삭임에 사내가 고개를 끄덕이더니 잠깐이나마 눈을 붙이겠냐는 듯 방 안에서 자는 사람들을 향해 턱짓을 했다. 비바람과 무더위를 헤집으며 먼 길 달려온 젊은 사내들의 시큰한 몸내가 문 밖까지 진동했다. 동마로는 한잠 자고 온 길이라고 고개를 저었다. 어제 추풍령을 넘어와 일찌감치 주막에 들었다가 두 시진을 자고 온 참이었다. 세 해 전 사내 복색을 했던 반야와 형제처럼 묵었던 곳이었다. 주막의 안주인이 그때 함께 왔던 어여쁜 아우는 오지 않았냐고 묻는 바람에 동마로는 뜨끔했다. 자신이 은밀한 명을 받아 움직이는 중임을 그네가 상기시켰던 것이다.

사내가 동마로한테 들어오라 하는 대신 밖으로 나와 초막 옆의 와상으로 가 앉더니 손을 내밀며 속삭였다.

"나는 한양 서소문 밖 주작원에서 왔습니다. 병진이라 하오."

주작부는 정井, 귀鬼, 유柳, 성星, 장張, 익翼, 진軫의 품급으로 이루어져 있으니 병진은 오급인 장품이다.

"동마로입니다."

병진이 내민 손을 잡으며 동마로도 속삭였다. 컴컴한 그림자인 듯 두 사람이 차례로 들어왔다. 서로의 소속과 이름만 주고받았을 뿐 대화는 삼갔다. 관아에서 울리는 사경 종소리가 났다. 잠들어 있던 사내들이 일어나 소리 없이 행장을 추스르고 있을 때 주막 안채에서 나지막한 인기척과 함께 두 사람이 초막 쪽으로 돌아왔다. 서른 안팎으로 보이는, 검은 도포의 사내와 잿빛 도포의 사내였다. 잿빛 도포가 사립 어름에서 보초를 서는 사이 검은 도포를 입은 이가 방 안에 모인 사람들을 훑고 나서 입을 열었다.

"이 길로 나가 성포에 닿으면 인왕암이라는 암자가 있습니다. 예서 이십 리 길이고 게가 김천 백호 선원이오. 거기 새로운 호패들이 준비되어 있소. 둘씩 짝지어 움직이되 이목을 끌지 않아야 할 것이고, 모레 진시 전에 김해 고을 대동리 바닷가 현무 선원에 도착하시오. 거기서 다음 명이 내릴 것이며 그 명을 실행한 뒤 다음 명을 받게 될 것이오."

무슨 일을 하게 될지에 대한 언급은 일체 없이 말을 마친 검은 도포가 방을 나갔다. 어느새 짝들이 지어졌던지 방 안의 사신계원들이 소리 없이 사립을 빠져나갔다. 동마로도 병진과 더불어 백호 선원으로 향했다. 동마로 못지않게 병진의 걸음도 빨랐으므로 두어 식경이 지날 즈음 백호 선원에 닿았다. 여명 속에서 가지각색의 호패 하나씩을 받았다. 동마로가 받은 나무 호패는 상민의 것으로 갑진년에 김천에서 태어난 장이감이라 쓰여 있다.

갑진년은 반야가 태어난 해다. 동마로는 실상 자신의 나이가 몇 살인지 몰랐다. 반야를 따라 은새미 집에 들었고 며칠 뒤 어른들이 몇 살이냐 물었을 때 대답을 못했던 것 같았다. 그때 몸피가 반야와 비슷해 같은 나이인 것으로 되었다. 어쨌든 처음 생긴 호패다. 조세와 군역과 부역을 하지 않는 대신 호패도 받지 못하는 종자 중 하나가 동마로였다. 열아홉 살의 장이감.

동마로는 호패를 허리춤에 묶으며 웃는다. 든든하지 않은가. 반야와 더불어 나선 길에서 두 사람은 형제이거나 내외간이었다. 될수록 사람들을 피해 다녔지만 사람들 앞에 나서서도 두 사람이 천것들이어서 곤욕 치를 일은 없었다. 근동 사람들은 반야가 꽃각시 보살임을 알아보았고 먼 동네 사람들은 반야의 자태와 해맑은 영기에 홀려 천것들임을 몰라보았다. 그리고 보면 오랫동안 호패 없이도 반야 그늘에서 평화롭게 살아온 셈이다.

날이 밝은 연후에 병진과 동마로는 주막에 들러 요기를 했다. 국밥을 거의 다 먹었을 즈음 병진이 동마로한테 물었다.

"장생, 혹 장가드셨소?"

김생이 된 병진이 동마로의 새 이름을 장난스레 호칭했다.

"예."

어쩌다 장가들었냐는 질문을 받으면 그렇다고 대답한 지 일 년이 넘었다. 재작년 설에 상투를 틀고 난 뒤부터였다.

"아이는?"

"아직 없습니다. 김생은 어떠십니까?"

"난 아직 미장가요. 아니 상처를 했다고 해야겠군요. 정혼하고 혼인 기다리던 중에 안해 될 사람이 저세상으로 가 버렸어요. 장가도 못 들어 보고 홀아비가 된 셈입니다. 그러고 났더니 영 장가들 엄두가 나지 않았는데, 이번에 길을 떠나오려니 문득 그 미련이 생기더이다. 자식이 있었더라면 연로하신 부모께 저지른 불효를 약간이나마 덜 것을, 싶은."

병진은 알 수 없는 만약의 사태를 떠올린 것이다. 동마로도 아무것도 모르기는 매한가지다. 떠나오던 날 신시가 다 되어 잠에서 깨어난 반야에게 여행을 떠난다고 알렸다. 반야는 아무 말도 하지 않았다. 이후 몇 시간 동안 한 마디를 건네 오지 않고 제 할일만 했다. 다녀오겠노라고 인사하러 들렀을 때도 반야는 물 담긴 사발에다 치자 꽃잎을 띄우고 그것만 들여다보았다. 신당 가득 꽃향기가 차 어지러웠다. 야울야울 떠다니는 꽃잎들에 어떤 말이 담겨 있나. 동마로는 반야의 입이 열리기를 하염없이 기다렸지만 반야는 침묵했다. 하릴없이 동마로가 일어섰을 때 마침내 말소리가 들렸다.

"기다리는 식구가 적잖은 건 알지?"

그 한마디뿐이었으나 동마로는 그것으로 충분했다.

"돌아가 장가들고 아이 낳으시고 효도하시면 되죠. 저는 그럴 참인데요."

"그래야지요?"

병진이 웃더니 뚝배기를 들어 남은 국물을 죄 마시고는 내려놓는다. 주막 드난꾼인 젊은 계집이 아까부터 두 사람을 기웃거리다 요기가 끝나니 잰걸음으로 숭늉을 내왔다. 거리낌없이 동마로한테 눈웃음을 지어 보인다. 병진이 계집을 흘기며 한마디 했다.

"이보오, 처자. 거 눈짓 방향이 틀렸소. 그쪽은 벌써 장가든 몸이라 그 말이오."

"제가 어쨌다고 그러시어요?"

"밥 먹는 내내 어느 젊은 부인의 서방 얼굴이 반나마 닮은 것 같아 하는 말이오. 임자 없는 위인을 그리 봐 주면 적선이나 될 터인데?"

"이 손님한테 자꾸 눈이 가는 걸 어찌하여요?"

"허니 어쩐다? 우린 지금 가야겠는데? 밥값으로 장 서방을 놓고 갈까?"

"부디 그리하시어요."

계집의 거침없는 응대에 두 사람은 시원하게 웃어젖히고 밥값을 치른 뒤 김해로 향한다. 밥값은 동마로가 냈다. 어머니가 연풍과 함께 노자로 내주신 은자가 말 한 필은 살 만큼이었다. 꼭 아들 살림 내보내는 모친 같아 물리려 했을 때 어머니는 동무들과 함께 배곯지 말라며 기어이 주셨다. 연풍은 두고 왔으나 어머니가 주신 노자는 받았다. 무격 집안의 아들로 살면서 자신만큼 호강하며 자유롭게 지내 온 종자는 없을 터였다. 굶거나 헐벗은 적 없거니와 온갖 정을 흠뻑 받았다. 동마로가 되기 이전의 자신에 대한 기억은 백지처럼 비었다. 그 백지에, 달에 비친 음영처럼 드리운 움직임 같은 것이 있기는 했다. 얻어맞고 내던져지고 배고파 울던 어린아이. 그러다 가마니에 싸여 지게에 실린 채 내버려지던 아이. 그 아이의 첫 기억은 반야였다. 죽었다가 살아났던지 처음 태어났던지, 정신을 차려 보니 일곱 살 반야가 입을 맞추고 있었다. 뭔가를 먹여 주던 참이던 반야가 환히 웃으며 외쳤다. "그거 봐, 살았지?" 자신이 그때 앓은 병이 천행두였다는 것을 동마로는 몇 해 뒤에 알았다.

이틀 뒤 새벽에 두 사람은 대동리 바닷가에 도착했다. 내륙 깊숙이 강물처럼 들어온 좁장한 바다에 여명이 드리워지는 참이었다. 대동 현무 선원은 공세포 선원이 그렇듯 바닷가 옆 산마루에 얹혀 있었다. 아직 묘시도 되기 전이었지만 벌써 여러 사람들이 당도해 있었다. 다른 경로를 통해 온 이들도 속속 모여들었다.

땀을 걷고 난 후 아침을 먹고 나자 집합 영이 떨어졌다. 스무 명의 오품들 앞에 어느 읍성인 듯싶은 커다란 그림 여러 장과 초상 넉 장이 펼쳐져 있었다. 동관, 서관이라 명명된 조감도와 내부 구조가 상세히 그려진 그 그림은 부산포 초량의 왜관이라 했다. 그 왜관에 장사치를 가장하고 조선의 정세를 살펴 왜국으로 보내는 간자들이 있는바 그들은 모두 조선인이라는 것이다. 왜국의 간자가 되어 이적질하는 그들이 백성들의 삶에 해악을 끼치고 있다. 더 놔두면 지난 임진란과 같은 양상의 전란을 초래할 수도 있다. 그들이 일 년에 한 차례 왜관에 모이는 시기가 이즈음이니 그들을 제거하라는 게 사신총령의 내용이었다. 그자들을 제거한 뒤 어떤 일이 발생할지에 대한 설명은 없었다. 단, 거사하다 잘못되어 저들 손에 잡히게 될 상황이 발생하면 사신계와의 고리를 끊으라는 명이 덧붙었다. 자진을 하라는 뜻이었다. 첫 임무에 배수진이 쳐진 것이다.

다섯 명씩으로 한 조가 짜였다. 한 조에서도 조장 아래 둘씩 짝이 지어져 손발을 맞췄다. 동마로가 속한 조에서는 승판과 걸석이 짝이었고 동마로의 짝은 민희였다. 스물다섯 살인 민희는 경상도 청송 백호 선원에서 왔다고 했다. 짧게는 수년에서 길게는 십 년 넘게 수련해 온 사내들이지만 훈련은 혹독하게 이루어졌다. 높은 담을 단숨에 뛰어넘을 수 있어야 했다. 직각으로 솟은 담을 맨손으로 타넘을 수도 있어야 했다. 산의 깎아지른 절벽이 훈련장이었다. 그간 갈고 닦은 이십사기二十四技의 무예 중 특기 종목이 무엇인지 시험되었고, 그 한 가지를 집중 수련했다.

동마로의 특기는 검이었다. 장검과 단검, 두 종류를 즐겨 수련해 왔지만 이번에는 단검과 권술을 주 무기로 훈련했다. 다만 사람을 상대로 사용해 보지 못했으므로 살아 있는 것을 베고 찌르고 치는 훈련을 거듭했다. 숲 속에서 눈에 띄는 짐승들 명줄을 단숨에 끊기 위해 몸을 사릴 때면 반야의 눈길이 미치는 것 같아 동마로의 목덜미가 서늘했다. 짝을 상대로 멱따는 연습을 하다 간발의 차이로 물러날 때, 짝이 자신의 멱을 놓고 물러날 때, 스스로의 목을 한 차례 쓰다듬노라면 그리움이 여울같이 몸속에서 요동쳤다. 한 달 안에 돌아가기는 어림없으리라는 게 이미 판명되었지만 살아 돌아갈 자신은 있었다. 긴장은 있어도 두려움은 없었다.

"기다리는 식구들이 적잖은 건 알지?"

반야의 그 말은 동마로가 살아남을 것이라는 뜻이었다.

보름간의 훈련 뒤 왜관 어름으로 들어갔다. 성곽으로 둘러싸인 왜관은 경비가 삼엄했다. 검문이 철저해 변장을 하고도 문으로 들어가기는 쉽지 않았다. 예행도 어려웠다. 워낙 넓고 건물들이 많은 데다 밤 경비는 훨씬 단단했다. 내부 출입이 자유로운 사람이 도와주지 않는다면 표적을 찾기조차 어려웠다. 동관과 서관 사이 숲으로 숨어들어 탐찰만 줄곧 했다. 왜관 출입 상인이 표적들이 머무는 위치를 파악해 알려 온 건 왜관 근방에서 탐색으로 사흘을 보낸 뒤였다. 표적들은 공교롭게도 전부 동관에서 건물 하나씩을 차지하고 묵고 있었다. 위험 부담이 훨씬 컸다. 왜국에서 큰 배가 무리 지어 들어온 이튿날, 계원들은 첫 새벽에 일을 거행하기로 하고 마련해 입은 경비병 복색을 한 채 조별로 흩어졌다.

동마로네 조도 조장을 따라 담을 넘어 잠입한 뒤 담장 밑에서 검은 복면을 썼다. 조별로 맡은 인물을 동시에, 소리 없이 제거하는 게 관건이었다. 건물마다 경비들이 보초를 섰다. 그들을 처치하지 않고는 안으로 들어갈 수 없었다. 조장이 승판과 걸석에게 경비병들을 죽이지 말고 기절시키라 신호했다. 마당에서 하품을 하며 날 밝기를 기다리던 두 경비병이 그림자처럼 다가든 승판과 걸석에게 제압되어 찍소리도 못 내고 넘어졌다. 넘어짐과 동시에 두 사람에게 끌려 축대 그늘 속에 부려졌다. 경비병들을 치운 승판과 걸석이 망을 보기 위해 경비병들 자리에 서는 순간 조장이 동마로와 민희한테 안으로 들어간다고 손짓했다. 문은 잠겨 있지 않았지만 소리가 났다. 그걸 주의할 틈이 없었다.

안으로 들어선 세 사람은 잠시 어둠에 눈이 익기를 기다렸다. 밖에서 비쳐 든 희미한 빛 속에서 위아래 칸으로 나뉜 넓은 방 안쪽 침상에 엉겨붙은 두 사람이 들어왔다. 표적이 계집을 끼고 잠들어 있었다. 조장이 민희한테 계집을, 동마로한테 표적을 맡으라고 신호했다. 계집은 깨지 않는다면 살 것이나 동마로는 선택의 여지가 없었다. 갈등할 필요가 없었으므로 동마로는 즉시 움직였다. 민희도 동시에 다가들었는데, 제들에게 다가온 살기를 계집이 먼저 느꼈던가, 몸을 뒤치는 성싶더니 비명을 질렀다. 하지만 비명이 입 밖으로 채나오기 전 민희의 손에 막혔다. 그 순간 표적의 가슴팍을 타고 앉은 동마로도 왼손으로 잡은 그의 목을 오른손으로 깊숙이 그었다. 피는 튀지 않았다. 때늦게 버둥대는가 싶던 표적이 푹 잦아들었다. 동마로는 단검에 묻은 피를 표적의 가슴에 닦고 일어섰다. 민희도 일어섰다. 문을 열어 놓은 조장이 두 사람을 밖으로 나서게 한 뒤 나와 담장 쪽을 가리켰다. 그림자처럼 엎드려 담장 밑으로 다가간 그들은 한 사람씩 벽을 타고 올라 건너편으로 뛰어내렸다. 동마로가 그중 젊었던지라 맨 나중에 담을 넘었다.

일이 끝나면 최대한의 속도로 빠져나가 대동리 현무 선원으로 모이게 돼 있었다. 동마로 일행은 조장의 지휘 아래 숲 속으로 산짐승들처럼 스며들었고 숲에서 복면을 벗은 뒤 왜관 경비병 복색을 벗어 땅에 묻었다. 산을 내려온 다음에는 흩어졌다. 동마로가 대동리 선원 밑에 당도했을 때 길목 숲에서 민희가 튀어나왔다. 짝이 된 지 스무날 만에 처음으로 둘이 와락 끌어안았다. 비로소 동마로의 몸이 부들부들 떨렸다. 민희도 함께 떨었다. 길목 숲에서 기다리고 있으려니 조장이 왔고 승판과 걸석도 숨이 턱에 차 차례로 왔다. 다 모이니 진시 중간 즈음이었다. 사시 중간 즈음엔 다른 네 조도 모두 돌아왔다. 한 사람도 상하지 않고 일을 마친 것이다.

칠월 초엿새. 동마로가 집을 떠나온 지 이십오 일이 지나 있었다. 이십오 일이 아니라 이십오 년쯤 지난 듯 집이 아스라했다. 하여, 각자 배정받은 선원으로 가서 반년간 수련하되 그동안에 유다른 영이 없으면 반년 뒤 원래 위치로 돌아가라는 새로운 명에 눈앞이 아득해졌다. 전국 계원들이 위치를 바꿔 교류하며 타 지역의 습속을 익혀 안목을 넓히는 것도 수련의 한 길인바 예서 먼 지역은 열흘 내에, 가까운 곳은 닷새 안에 당도하여 안정하라. 동마로에게 지정된 곳은 전라도 창평현 금성산 밑에 있다는 청룡부 선원이었다. 닷새 안에 도착해야 할 곳이었다. 축지법을 쓴다면 모를까 말을 타고도 집에 들렀다 배속지로 갈 말미는 없었다. 그 말미를 미연에 방지하기 위해 주어진 시한이 그렇게 짧은 것이었다. 불만을 가질 수 없거니와 불만도 없었지만 동마로는 어쩔 수 없는 한숨을 깊이 들이쉬었다.

내일이 칠석날이다. 반야의 생일이기도 하다. 내일 새벽 옥수를 긷기 위해 집에서는 지금쯤 우물을 퍼내느라 부산할 것이다. 저녁참에는 시루떡을 지어 우물에 두고 칠성제를 지낼 것이고 밀전병에 고명들을 싸 먹을 것이다. 내일은 반야의 생일상도 차려질 터이다. 반야의 생일은, 생일을 모르는 나무와 동마로와 끝애와 강수와 꽃님의 생일이기도 했다. 몇 생을 살아온 듯 익숙한 집이었다. 여섯 칸짜리 초가 앞에 신당이 세워지고 그 건너에 아래채가 만들어지는 것을 지켜보며 컸다. 나무 언니와 더불어 숱한 꽃나무들을 캐다가 울타리 밑에다 심었다. 안채 옆 장독대와 우물을 지나 사립을 열고 나가면 시내에 닿게 된 집. 심하게 가물 때 이외에는 늘 물이 흐르는 그 내 한컨에는 사철 더운물이 솟는 샘도 있었다. 온양에 온천이 있듯 도고산에도 더운 샘이 있는 것이다. 숨은 우물 은샘이 은샘인 이유였다. 동마로는 반야를 들여앉히기 위해 은샘 계곡에다 자그만 둠벙을 만들었다. 그 둠벙 위에 봄이면 산사나무 꽃송이가 날아들었고 여름이면 자귀꽃이 내려앉아 맴을 돌았다.

생각이 깊어지면 자신의 영이 반야한테 잡힐 것이다. 자신의 몸에 고스란히 배어 있는 살기도 반야한테 가 닿을 것이었다. 동마로는 자신의 살인을 반야한테 들키고 싶지 않았다. 표적의 목을 그을 때 칼날을 타고 전신으로 퍼지던 그 아찔함을 어떻게 형용하랴. 날카롭고도 아득했던 그 촉감을 서둘러 잊어야 할 터였다. 동마로는 집 생각을 털어 내기 위해 도리질을 했다.

병진이 언젠가 또 보자며 앞서 떠났다. 민희는 전주 근방으로 가게 되어 하룻길을 동행할 수 있게 되었다. 새벽일을 마치고 다 모인 지 두 시진도 지나지 않아 대동리 현무 선원에 모였던 한양 이남 오품급 계원들이 모두 흩어졌다. 동마로와 민희는 맨 나중에 그곳을 벗어났다. 비가 오려는지 몹시 무더운 날이었다.

입으로 그린 꽃

수십 년의 무력巫歷을 가지고도 을순 무녀네는 세 칸 넓이의 신당과 다섯 칸짜리 안채가 전부인 허름한 집이었다. 스승 동매도 궐 출입까지 하던 만신이었으나 생전 삶의 양상은 을순과 크게 다르지 않았다. 어지간히 신기가 세어도 그 신기를 자신을 위하여는 쓰지 못하는 게 보통 무격들이었다. 자신을 위하여 쓰는 신기는 이미 탁해져서 더 이상 신기일 수 없게 되는 것이다. 수십 년 전 궐문에서 맞아 죽었다는 만신 막례는 자신의 신기로 재물을 쌓을 수 있는 특출난 무녀였다. 그랬으나 자신의 끝은 알지 못하여 결국엔 맞아 죽었다. 그의 재물이 십만 냥이 넘었다 했지만 쌓은 재물이 무슨 소용이랴. 반야도 그와 비슷했다. 제 생의 끝이 어떤 모습일지는 반야도 모를 터였다. 그래서 유을해는 반야가 벌어들이는 재물을 나누려 애썼다. 그것만이 딸아이를 살리는 길이고 자신도 사는 길이라 여기기 때문이다.

유을해는 땀 흘려 이고 온 곡식을 을순 무녀의 신당에 바치며 정성스럽게 예를 올린다. 한가위 지난 지 나흘째였다. 설밑과 달리 추석 즈음에는 원래 손님이 드물기도 하지만 몇 안 되는 손님들이나마 반야는 칭병하며 밀어내는 참이었다. 반갑잖은 손님들을 미리 보았을 때 흔히 그러는 아이기는 했으나 한가위 직전에 천안 다녀온 여파가 큰 듯했다. 그쪽 새터말이라는 곳에 있다는 규수 때문이었다. 그 어린 규수가 무병이 든 지는 일 년 남짓 되었다. 반가의 규수가 무병을 앓으니 그 자체로 이미 죽은 목숨, 작년 가을에 규수를 찾아보고 왔던 반야는 이번에 가서 갓 몸을 떠난 규수의 혼령을 위로하고 돌아왔다. 딸자식 목숨보다 가문의 체통이 중한 세상 법도에 반야는 새삼 몸서리가 나는 듯했다.

'부디 반야가 무사히 살도록 하소서.'

'반야가 살피는 목숨들이 모두 안녕히 살게 하소서.'

반야의 몸주는 아미타불이시지만 천지간 모든 검님들이 그 아이와 소통했다. 유을해는 그 모든 신들을 다 섬겨야 했다. 하지만 모든 신들을 다 섬긴다고 반야의 미래에 대한 불안이 없는 것은 아니다. 집에 찾아오는 아낙들의 수군거림을 통해 영신 아씨를 해한 무뢰배 다섯이 모두 잡혔고 충청 감영에 있던 그들이 한양으로 이송되었다는 소식을 들었다. 반야를 찾아온 손님들은 꽃각시 보살에 관련된 소문을 벌레 물어들이는 새들처럼 물고 와 전해 주었다. 범인들이 사형을 당할 것이라는 소문에는 범인들 집안에서 억울함을 호소하는 소지를 올렸다는 소식도 들어 있었다. 처음 잡혀 든 자가 벌써 이실직고를 했음에도 나중 잡힌 범인의 집안에서 누명이라 주장한다는 것이었다. 아낙들이 반야나 유을해 앞에서 차마 다 말하지 못하나 한갓 무녀 따위의 말에 따라 반가의 자손을 살인죄인으로 만들

수 있냐는 호소도 있는 듯했다. 그들이 반야를 고이 내버려 둘 성싶지 않았다.

예를 마치고 신당을 막 나온 참이다. 을순 무녀를 뒤따라 안채로 향하는 유을해의 뒷덜미를 잡아채는 소리가 사립에서 났다.

"보십시오, 예에 혹 꽃각시 보살 자당이 계십니까?"

젊은 남정네 목소리다. 을순 무녀가 주인답게 달빛이 아슴하게 드리워진 사립으로 나갔다.

"꽃각시 자당은 여기 계시오만 누구시오? 그 댁이 예 계신 걸 어찌 아시고?"

을순 무녀의 물음에 젊은 남정네가 꽃각시 보살 자당을 직접 뵙고 싶다고 응대했다. 유을해가 떨리는 가슴팍을 손으로 누르며 사립으로 다가든다. 저녁참에 반야한테서 이한신이 오리란 말을 듣는 순간 반야가 그를 만나라고 해주길 바랐다. 그분과 인연이 있으니 순하게 맞으라고 해줄 걸로 여겼다. 지난번 만남이 제 묵연한 부추김 속에 이루어지지 않았던가. 그런데 오늘 밤에는 일고의 여지없이 집을 비우라고 했다. 한신을 만날 수 없다는 사실보다 더 서운한 건 이생에서는 더 이상 생산이 불가능하리라는 것이었다. 그의 씨앗을 받아 몸에 담게 된다 한들 어쩌자는 것인지 마련도 없는 채였다. 무엇보다 사온재를 곤혹스레 만들 일이었다. 그가 흔히 계집질하던 사람이 아닌 건 그 밤에 벌써 알아보았다. 아들 하나에 딸 하나라는 그에게는 서출도 물론 없는 기색이었다. 그런 사람한테 못할 노릇이었다. 그 부인에게 또 무슨 못할 짓일 것이며. 따님을 시집보내고 열여섯 살에 사마시에 급제한 외동 아드님을 성균관으로 보내 놓고 노상 집을 비우는 사온재를 대신해 큰살림을 해내는 부인이라 했다. 홍외헌이라는 당호를 지녔다는 그이. 언감생심 질투를 하랴. 죽은 듯 몸을 숨겨야 마땅했다. 백 번 생각해도 반야가 옳음을 알면서도 젖가슴 하나나 다리 한 쪽이 없어진 듯 허룩하고 어지러웠다.

초립을 쓴 낯선 남정네가 유을해한테 허리를 수그리고 나서 사립 가까이 다가와 낮게 읊조린다.

"저는 사온재를 모시는 설희평이라 합니다. 사온재께서 미타원주님 뵙기를 청하십니다. 저들을 적당히 무마하시고 나오시겠습니까?"

지난봄 사온재가 술 이름으로 지어준 미타주에 기인하여 반야의 신당에다 미타원彌妥園이라는 당호를 붙였다. 미타원주로 불리긴 처음이다. 기껏 사온재를 피하게 한 어미의 행방을 달리할 수도 있었으련만 곧이곧대로 알린 반야의 뜻이 무엇인지도 알 듯하다. 뻔히 보이는 두 갈래 길 앞에서 어디로 갈 것인지, 반야는 어미로 하여금 한 번 더 생각할 기회를 준 것이다. 모르는 것이 없는 반야는 그러나 사내를 연모하게 된 계집의 마음, 단 하나의 길밖에 보이지 않는 계집의 마음을 몰랐다.

"잠시만 기다려 주세요."

유을해는 깨금네와 을순 무녀에게 돌아와 반야 때문에 찾아온 익히 아는 손님이라고, 걱정 말라 말한 뒤 사립을 나선다. 초립의 남정네가 앞서 걸었다. 유을해는 떨리는 몸을 추스르며 뒤를 따랐다. 몇 개의 고샅을 지나 동네 입구 저수지 어름에 닿았을 때 말 세 필이 나타났다. 두 필의 말에 사람이 앉아 있고 곁에 빈 말 한 필이 서 있었다. 유을해를 안내한 설희평이 사온재한테 허리 숙여 인사하더니 빈 말에 올라 다른 한 사내와 함께 총총히 사라졌다. 이한신이 말 위에 앉은 채 말 아래 선 유을해를 내려다보았다. 마주보았으나 눈빛은 보이지 않았다.

"반야한테 당신이 집을 비웠다는 소리를 듣고 그냥 갈까 했어요. 한데, 내가 오는 걸 미리 알고 당신을 피신시켰을 그 아이가 당신이 멀지도 않은 이웃 마을에 있다는 걸 알려 준 까닭은 또 뭔가 싶더이다. 그 아이가 보통 아이라면 내가 이리 여러 번 생각했을 까닭이 없지요. 여하튼 내가 오늘 밤 당신과 보내도 된다는 뜻임을 알게 됐고, 왔어요. 허나 당신이 꺼려하시면 내 이 말에 박차를 가해 당신 앞에서 당장 멀어질 텝니다. 여보, 채정! 내 어찌하오리까?"

그의 말에 담긴 진심이야 유을해도 충분히 느끼지만 어투에 장난기가 뒤범벅이라 흡사 젊은 도령의 농 같다. 이 사람은 나를 통해 자신의 젊은 날을 되새기는 거로구나. 유을해는 자신 안에 감돌아 채워지는 젊음으로 하여 담박에 그를 이해했다. 삽시간에 유을해도 젊어졌다.

"벌써 말 위에 계시는데, 그 말 타고 가신다 한들 제가 무슨 수로 당신을 붙잡으리까? 그냥 가시고 싶으면 가시어요. 귀천 따지지 말자 하시더니 마상馬上과 노상路上이 천지 차입니다. 쇤네 아예 부복하여 머리를 조아리리까?"

말 위의 한신이 하하하, 저수지 수면에 물수제비 뜨듯 큰 소리로 웃었다. 웃는 그가 좋아 유을해도 가만히 웃는다. 한신이 말 위에서 손을 내리뻗었다.

"왜요?"

"당신 손 내게 주고 발걸이에 발 걸면 제가 올려 드릴 텝니다."

"저는 평생 말도 소도 타 본 적이 없습니다. 저더러 어쩌라고 이러시는지 이해하기 어렵습니다."

"우리집에서 제일 좋은 말을 보냈는데 안 타보셨습니까?"

"연풍은, 요새 동마로가 없어서, 아이들 장난감이나 될까!"

한신이 허허 웃는다.

"그렇다면 제가 시키는 대로 하세요. 당신 홀로 말을 타라는 게 아니라 나한테 안기라는 뜻입니다. 둘이 타려 긴 안장까지 준비했는데, 새삼 내외하실 테요?"

"그, 그 짐승이 사람 둘을 태우고도 실제로 걸을 수 있습니까?"

주변 숲에 잠든 새들이 전부 퍼덕이고도 남을 듯한 소리로 한신이 웃는다. 유을해는 웃지 못한다. 말을 타 본 적이 없거니와 아무리 밤이란들 남정네 품에 안겨 길을 가야 할 모양새를 상상하기 어렵다. 그럼에도 다시 뻗어 내려온 한신의 손을 잡고 그가 가리킨 발걸이에 발을 놓고 올라선다. 올라선 순간 겨드랑이로 들어온 팔에 의해 몸이 후끈 들리더니 졸지에 말 위에 앉아 한신의 품에 고스란히 안겨 있다. 말은 꿈쩍도 하지 않았다.

"사람보다 수십 배 빠르고 수십 배 튼튼한 짐승이 말입니다. 아주 고마운 짐승이지요. 무서워 마세요. 아니, 무섭거든 나한테 더 기대면 됩니다."

어디로 가려는지 유을해가 묻기 전에 말이 움직였다. 유을해가 놀라 움찔하자 한신이 유을해를 안은 팔에 힘을 주어 당겼다. 말이 천천히 움직였으므로 큰 두려움은 일지 않는다. 달빛 비치는 길을 따라 말은 하염없이 움직였고 유을해는 말 등과 한신의 품에 적응했다. 하늘이 올려다보였다. 이울어지는 달이 보였고 달보다 반짝이는 별들이 보였다. 바람이 선듯선듯 두 몸 사이를 간질이며 지나다녔다. 하늘보다 높은 그의 얼굴이 바로 앞이었다. 유을해가 갓끈이 묶인 그의 턱 밑을 한 손으로 만졌다. 고물고물 손가락을 움직여 턱도 만졌다. 수염을 기르지 않는 그의 턱이 제법 까칠했다. 볼을 쓰다듬다가 귓불을 만졌더니 그가 진저리를 치며 유을해를 안은 팔에 힘을 주었다. 유을해가 손을 떼어 내며 그의 품에 머리를 묻고 낮게 웃었다.

"나를 아주 옭아매실 참이오?"

"저는 그저 낯을 익힌 것뿐인데 무슨 말씀을 그리하시어요?"

"구미호를 안고 가는 기분입니다. 구미호가 무서운 요물인 줄 알았더니 아닌 줄 알겠고요. 기꺼이 간을 빼어 바치고 싶겠어요."

"간까지는 바라지 않으리다. 어디로 가는지나 알려 주시어요."

"내 집도 당신 집도 못갈 형편이니 온양 객점으로나 갈까 하는데, 차라리 밤새 이러고 다니리까?"

"아무래도 좋습니다만 까칠하신 게 먼 길 다녀온 듯하신걸요?"

"일이 있어 한양에 다녀오는 참입니다."

"명절을 어찌하시고요?"

"명절치레를 워낙 못하고 살아왔어요. 그래서, 집에 갈 때마다 사당 먼저 들러 고하는 것으로 대신하지. 아참, 이번에 간 김에 진장방의 아우네에도 들렀소. 아우 집에 머물다 나오면서 당신 옛집에도 부러 가 봤어요. 집이 아담하면서도 제법 규모가 있더군요. 뜰도 곱고. 계속 말하리까?"

"말씀하시어요."

"대문 앞 느릅나무는 그대로 있습디다. 주인은 함가 성을 가진 이들이 아니라 하고요. 주인이 몇 번 바뀐 듯했고 사랑채는 증축되었다고 합디다. 그 과정에, 잇대어 있던 이웃 초가가 그 집으로 들어

왔는데 까닭이 사랑채가 약간 옮겨 앉아야 집의 기세가 사람을 범치 않으리라는 풍수쟁이 진단 때문이었다 하고요. 그럼에도 집 주인이 여러 차례 바뀐 걸 보면 아무래도 집터가 센 모양이죠. 현재는 박가 성의 초시네가 살고 있다 했어요."

"오래 전부터 숙부 댁이 살고 계시지는 않으리라 짐작했던 참입니다."

십오 년 전쯤, 아우 순정이 당시의 세자를 해한 것으로 몰린 대비전의 나인이었던바 장살당한 뒤 숙부도 끌려가 곤욕을 치렀다고 했다. 순정의 죄는 누명일 게 분명했다. 순정이 진정으로 세자를 해하였다면 숙부가 곤욕만 치르고 말았을 리 없지 않은가. 어쨌든 숙부는 죽지는 않았으나 그 집에서 살 수는 없었다. 집을 내버리다시피 하고 달아난 숙부 식구들이 어찌되었는지 유을해는 궁금해 해본 적이 없었다. 그 무렵 쑥대밭이 되어 비어 있던 집을 한 차례 들여다본 뒤 그 집도 잊고 살았다.

"내가 당신을 처음 봤던 때가 그럼 숙부 댁에 머물고 있던 참이었소?"

"제가 태어나 자란 집이었습니다. 부모가 한꺼번에 세상 뜨신 뒤 숙부 댁에서 들어오셨지요."

"허면, 시집가야 할 나이에 유서는 왜 쓰셨답니까? 물가에 유서와 신 벗어 놓고 자신을 이승 사람이 아니게 만들어 버린 처자 이야기, 당신 말고는 나는 지금껏 듣도 보도 못했소. 어떻게 그리 기막힌 발상이 가능했을까? 왜?"

"철이 없어 시집가기가 싫더이다. 밤도망을 쳤지요."

"허어, 누구와 정혼을 했기에요?"

"제 아버님보다 훨씬 나이 많은 어느 영감의 후취로 가라 하시잖아요. 숙부가 저를 보내 벼슬을 얻고 싶으셨던 게지요. 그 노릇 하기가 죽기보다 싫더이다. 죽는 셈치고 아예 다 내버렸지요."

사경 중간 즈음의 그 짙었던 어둠 속을 걸어 세검정으로 향했던 열여섯 살 봄밤의 캄캄함을 어찌 잊을 수 있으리. 어머니 생전에 한 번 간 적이 있었던 무녀의 집. 그곳으로 향하던 걸음은 돌이킬 수 없는 것이라서 더렸다. 가마골을 지나 웃실 동매 만신의 집에 당도했을 때는 날이 훤히 밝아 있었다. 동매는 자초지종을 듣고 결심이 굳었다면 유서를 쓰라 했다. 유서를 써 놓고 나흘을 앓았던가, 앓고 난 채정은 유을해가 되었고 그사이 물가에 신 벗어 놓고 죽은 사람이 되었다.

"그리고 무녀의 딸이 되었다? 반가의 여인들이 남정네들 벌인 짓에 휘말려 노비가 돼 버린 이야기는 숱하게 들었지만 제 발로 걸어가 무녀가 되었다는 소리는 처음이요. 고생이 자심했을 텐데 후회되지는 않습디까?"

"후회한 적 없사와요. 미천해졌을망정 만신의 딸로, 반야의 어미로 산 덕에 굶지 않고 헐벗지 않았습니다. 무엇보다 자유로웠지요. 제 뜻대로 사는 세상, 어느 사대부가의 안방도 부러워한 적 없습니다. 어떤 남정네의 아낙 노릇도 못하겠고요."

"나 들으라는 소리요? 당신 들여앉힐 생각 말라고?"

"저를 들여앉힐 작정이셨어요?"

"명색이 장부가 제 여인을 들여앉히는 게 마땅하지 않소? 반야가 제 식솔 거느릴 기세가 충분하니 나는 당신한테 한양으로 가지 않겠냐 할 참이었어요. 실인즉슨 진장방에 있는 당신 옛집을 도로 찾을 수 있을 듯해요. 지금 사는 초시네가 살림이 기울어 집을 내놓았다 합디다. 그 집을 손봐서 당신이 옮겨 가면 어떨까 싶소만. 허나, 당신이 정히 반야와 멀리 못 살겠다면 한양 아니래도 당신 원하는 곳에 집을 마련할 수 있어요."

"반야는요 나리, 세상에 나와 지금까지 제 손으로 소세 물 한 번 떠 본 적이 없답니다. 세상 아낙들이 전부 잡고 사는 바늘도 만져 본 적 없지요. 부엌에 들어가 본 일도 없습니다. 신을 모시고 점사 보는 일 외에는 천지 분간이 안 되는 아입니다. 그리 살라고 그렇게 세상에 난 아이고요. 저는 그 아이 어미입니다. 당신 말씀이 황홀하긴 하나, 따를 수 없고 그리하고 싶지도 않습니다. 저는 지금 이대로 살렵니다. 당신 아낙이 아니라 반야와 아이들 어미로서요. 반야를 빼고도 자식이 다섯입니다. 또 아이들이 들어올 터여요. 그 아이들을 보살피는 게 반야를 낳은 제가 이 세상에서 할 노릇입니다."

"그 소임 말란 뜻이 아니지 않아요. 그리 많은 일을 할 수 있는 사람이니 덧붙여 내 사람 노릇이라고 못 하겠습니까? 내게 이리 안겨 있으면서?"

"이러니 되었지 않습니까. 벌써 살 만큼 산 나이에 당신 만나 이리 호강하는 것으로 저는 충분합니다. 저를 유을해 이외의 어떤 모양새로도 만들려 마시어요."

"내가 기어이 당신을 내 사람 모양새로 만들겠다면 어찌하시려오?"

"달아나지요. 제가 얼마나 잘 달아나는지 아시지 않아요?"

"식구가 적잖아 못 달아날 성싶은데? 게다가 반야를 데리고 가겠소? 아니면 두고 가겠소?"

"농이 아닙니다."

"알았어요. 알겠습니다. 지금은 이대로 지내 보십시다. 그리웠어요. 당신이 얼마나 그리웠던지 체모고 일이고 생각할 겨를 없이 온 길이오."

한신이 유을해를 바싹 당겨 안고 속삭였다. 유을해도 그를 그리워했다. 단 한 번의 인연이었거니 하면서도 수시로 그를 떠올리면 안온해졌고 그에게 안겼던 시간을 떠올리며 진저리를 치곤했다. 유을해는 고개를 돌려 그의 턱 밑에다 입을 맞춘다. 한신이 말을 세웠다. 입술이 닿았다. 가만히 서로를 음미하던 두 혀가 뜨겁게 엉켰다. 유을해를 쓰다듬던 한신이 이대로 아니 되겠다 중얼거리곤 말에서 뛰어내려 유을해를 안아 내렸다. 길옆 나무 사이로 들어선 두 사람은 다시 엉킨다. 젊을 때는 젊어서 몰랐다. 나이 들어 만난 정인은 폭포 같고 화염 같았다. 아늑한 동굴 같기도 했다. 한신의 손길이 유을해의 몸에서 허울들을 거침없이 벗겨냈다. 유을해도 그의 몸에 걸쳐진 옷자락들을 모두 걷어냈다. 유을해는 그의 몸 구석구석을 더듬으며 핥고 물고 그렇게 자신의 몸을 내맡겼다. 한신도 느끼는 대로, 소리 나는 대로 아무것도 제어하지 않고 스스로를 바람 같은 몸놀림에 내맡기고 흔들렸다. 약간 이지러진 달빛이 가을바람에 실려 알몸의 두 사람을 살랑이고 다녔다.

달빛이 밝지는 않으나 동마로가 떠난 뒤 계곡을 향한 밤 걸음이 익숙해졌다. 징검다리 저쪽에 둠벙이 있었다. 더운물이 솟아나 흘러내리는 곳에 물이 고이도록 동마로가 야트막한 둑을 쌓아 놓았다.

공기는 선뜻해도 물속은 따뜻하다. 끝애가 치맛자락을 걷어 올리고 둠덩 안으로 들어와 머리를 감겨 준다. 손바닥 가득 녹두 가루를 묻혀 반야의 머리 속을 헤집고 긴 머리카락을 비벼 씻는다. 씻을 때마다 동마로가 떠올랐다. 날이 따뜻할 때면 샘가 저만치서 등지고 선 채 밤 목욕을 지켜 주고 날이 추우면 정제간 목욕통에 물을 채워 주던 그였다. 그 물에 언제나 꽃잎을 띄워 주던 동마로가 가여워 허여했던 교접이었다. 천만뜻밖의 쾌락을 누렸다. 접신 과정조차 없이 신들이 들어와 있음을 깨닫고 자라 왔으므로 그때의 쾌락은 접신의 순간이면 이렇겠거니 했다. 그로 족했다. 더 생각하는 건 욕심이었다. 욕심을 부리는 순간부터 환하던 눈을 뽑힌 것처럼 신기를 잃게 될 것이고 한 식경 뒤에 닥칠 일도 못 보게 될 터였다. 그때가 이 생의 몸을 버리게 될 때였다.

이생을 버린 몸이야 흙으로 돌아가면 그만일 것이나 그 혼령은 갈 곳을 몰라 헤매기 다반사였다. 사지를 묶인 채 제 방에 갇혔다가 끝내 고사한 새터말의 방희 혼령은 제 집 떠나기를 아예 거부했다. 제 집 담장 안에서 집안이 어찌되어 가는지 지켜보겠노라 고집했다. 할아비와 아비, 세상에 대한 원한이 사무쳐 악귀가 되어 버린 것이다. 어찌할 수 없는 그 가여운 혼령을 그대로 둔 채 돌아온 뒤 이따금 울적해지는 반야였다.

"별님 언니, 동마로 언니는 언제 돌아와요?"

다 감긴 머리카락을 한 줄로 말아 놓고 둠벙가에서 수건을 들고 쪼그려 앉던 끝애가 반야한테 물었다. 동마로가 떠난 뒤 처음 묻는 것이다. 달빛이 반야가 들어앉은 샘 안에서 너울거린다. 반야가 그 달을 건지려는 것처럼 물을 쥐어 보다 손을 편다. 하늘에서 약간 이지러진 달은 물속에서 한층 이지러진다. 그가 어디쯤에 있는지, 언제 돌아올지, 가늠 되지 않았다. 우러러본 가을 하늘에 칠성이 걸쳐져 있다. 볼 때마다 설레고 늘 보아도 그리운 별들이다. 할머니는 옛날이야기를 통해 별자리 공부를 시키셨다.

아주 오래전 천추天樞, 천선天璇, 천기天璣, 천권天權, 옥형玉衡, 개양開陽, 요광搖光 등이라 불린 일곱 무녀가 있었더니라. 하늘의 칠성이 일정한 간격으로 떨어져 있듯 그들도 모두 자기 땅에서 제각기 모습으로 사람살이를 돌보면서 살았지. 헌데 자신들이 돌보는 사람들의 살이가 점점 고되어지는 것이야. 더불어 그 자신들 살이도 고되고. 하여 그들은 더 멀리로 눈을 두게 되었어. 눈과 눈들이 마주쳤지. 손을 잡게 되었고, 계를 만들었지. 계라는 건, 같은 생각을 가진 사람들이 손잡고 같은 일을 하자 약조하게 됨을 이르는 말이다. 계를 만드니 힘이 커졌어. 돌볼 수 있는 사람들도 그만큼 늘었고. 돌봄을 받은 이들은 또 다른 사람을 돌보는 이가 되었으니 사람이 늘 수밖에 없었지. 그이들은 하늘 아래 모든 사람의 목숨이 같은 값임을 알았고 그리 되기 위해 애썼더란다. 그이들이 그렇게 살다가 떠난 뒤에도 계는 계속 이어졌지. 시절 따라 세상에 드러나기도 하고 세상 밑으로 가라앉기도 했지만 계는 수백 년을 이어지고 있어. 그 가운데에 여전히 우리 무녀들이 있고. 허니 반야야, 세상을 넓고 깊게 보아야 한다. 무녀로 태어난 이상 너는 일개 사람, 일개 여인이 아니라는 뜻이야.

되새겨 보면 별에 관한 이야기가 아니라 무녀가 살아가는 방법에 대한 추상적인 말씀이었다. 세상을 넓고 깊게 보라. 하나도 어렵지 않은데 이해하기 어려웠다.

아가, 저 북두칠성을 보아라. 국자처럼 생겼지 않느냐? 삼라만상에 생기를 주는 생명수 바가지가 북두칠성이다. 무녀들이 칠성방울을 흔드는 까닭이 그 때문이고. 지혜롭고 밝은 것, 생명을 부르는 것이야. 네 이름 반야에 담긴 뜻도 지혜요, 밝음이다. 어둔 세상을 밝히는 깨달음이라는 뜻이야. 네 이름이 가진 뜻, 네가 남보다 밝은 심안을 지니고 세상에 나온 이유를 늘 생각하면서 살아야 해. 말 한 마디에도 조심해야 하고. 모든 말에는 양면의 날이 있음을 잊으면 안된다. 상대를 향하는 말은 반드시 내게 돌아온다는 걸 명심해야 해.

어린 손녀에게 사람을 상대로 말하는 방법을 가르치면서도 할머니는 그렇게 신중하셨다.

"동마로 언니가 돌아오기는 해요?"

"그건 나도 잘 모른다. 내가 참 많은 사람을 만나지 않니? 그들 말 들으면서 짐작하기로 사내들이란 워낙 떠돌게 돼 있는 모양이야. 그런데 분명한 건 끝애야, 동마로는 네 짝이 못 된다는 것이야. 너하고 부부 연이 없어. 동마로가 오든 안 오든 그냥 두고 시집가려무나. 그러면 자식 많이 낳고 오래 살게 될 거야."

"내가 동마로 언니한테 시집가면요?"

저와 동마로 사이에 부부 인연이 없다는데도 툭 내던지듯 물어오는 끝애의 질문에 반야는 잠깐 말이 막힌다. 저 원하는 대로 종알댈 수 있는 계집애한테 시샘이 나는 것 같기도 하다. 반야는 하릴없이 물을 머리에 끼얹고 나서 얼굴을 훑어 낸다.

"너는 동마로한테 시집 못 간다고 했잖아. 동마로는 저밖에 모르는 위인이야. 그리 오래 지켜보고도 몰라?"

"알아요. 만날 밖으로만 나돌고. 잘난 얼굴 들고 밤마다 천지로 갈고 다니면서 계집질한 거죠?"

"동마로가 잘난 얼굴이냐? 곰보 자국이 여나무 개나 있는걸?"

"곰보자국이 여나무 개 아니고 일곱 개네요. 그래도 잘났죠. 인근 계집애들이 전부 우리 집에 시집오고 싶어 하는걸요?"

"무녀 집으로 시집을 오고 싶어 해? 팔자 그르칠 줄 몰라서?"

"그래도 우리 집이 이 근동에서는 젤 부자잖아요. 말도 있고, 동마로 언니도 잘났고. 손위시뉘 자리인 별님 언니가 쫌 무섭다기는 해도요."

반야는 어처구니가 없어 웃고는 몸을 일으키며 손을 내민다. 끝애가 수건을 건네주었다. 더운물에 잠겼다 나온 터라 밤공기가 한결 서늘하다.

"동마로가 계집질하고 다닌 것까지는 나도 모르겠다만 끝애야, 동마로 잊고 시집을 가려무나. 너 보기에 그 노루목 뱃사공 총각이 어떠하더냐, 예쁘더냐?"

을순 무녀하고 알고 지내는 뱃사공 집에서 끝애를 보았던지 혼담을 넣어왔다. 자식이 다섯이나 달린 뱃사공 집의 맏이라 했고 그 사는 형편이라야 손바닥같이 빤할 터라 끝애는 손사래를 치면서도 아주 싫은 기색은 아니었다. 눈치 봐 하니 먹돌이라는 뱃사공 집 맏이를 장터에서 본 적이 있는 듯했다. 노상 쏘다니기 좋아하는 젊은 애들답게 끝애도 틈만 나면 장터며 인근 마을을 돌아다녔고 가는 데만도 반나절 길인 온양 큰 장에도 가고 싶어 안달했다. 그 와중에 먹돌이와 눈이 맞은 모양이었다.

"예쁘긴요, 새까매 가지고 첨엔 산적 같았어요. 어째 저리 새까만가 했더니 글쎄 이름이 먹돌이래요. 그런 주제에 말을 걸어오는 바람에 얼마나 놀랐다고요."

"놀랐으면서도 네가 어디 사는 누군지 다 알려 준 걸 보면 싫지는 않았던 모양이지?"

"내가 알려 준 게 아니라 봉이 년이 속삭거린 거예요. 헌데요, 봉이 계집애도 동마로 언니 좋아한대요."

봉이는 장터 대장장이 딸년이다. 장날은 물론이고 여느 날에도 밤이면 수시로 끝애를 찾아와 놀고 자다 새벽 불공을 올릴 즈음이면 괭이처럼 빠져나가는 아이다.

"허면 봉이 년을 족쳐야 할 일이로구나. 그런데 정말 먹돌이한테 시집가고 싶지 않아? 네가 정히 내키지 않으면 내, 어머니께 그만두시라고 말씀드리련다. 어머니한테 괜한 고생하시라 할 필요 없잖니. 오늘 밤만 해도 벌써 너 잘되라고 쌀을 한 말이나 이고 나가셨는데, 넌 맘도 없이 어머니한테 왜 그런 고생을 시켜?"

끝애는 감감 말이 없다. 몸이 크면서 동마로를 향해 제 맘을 키워 온 아이였다. 그가 집을 떠난 지 두 달 만에 거론되기 시작하여 결정되어가는 제 혼사가 난처할 터이다. 시집을 가고 싶다고도, 아니 가련다고 말하기도 어려운 처지인 것이다.

"어머니가 정해 주시는 대로 따를래요."

제가 해야 할 선택을 삽시간에 어머니한테 떠넘기는 끝애의 결정에 반야는 잠깐 어지럽다. 오늘 밤 어머니는 어찌 선택하실까. 혹은 사온재 나리는? 나리가 오실 듯한데 어찌하시겠냐 했을 때, 서둘러 신창으로 건너가신 어머니의 그 지극한 마음을 반야도 어느 정도는 느낄 수 있었다. 거기까지는 짐작하고 조정했다. 그 이후의 일은 반야도 어림할 수 없었다. 살아 있는 사람들은 스스로의 의지로 움직이고 그 움직임에 따라 미래를 만들어 가는 것이다. 가야 할 길과 가고 싶은 길 앞에서 사람들은 대개 가고 싶은 길로 움직였다. 누구나 다 제 움직임에 따라 자신이 만들어짐을 알면서도 또한 그 사실을 잊는 것이다.

두 분은 다시 만날 인연이었다. 그럼에도 일단 훼방을 놓았다. 타인이라면 간섭할 까닭이 없는 인연이지만 유을해는 어머니였다. 숱한 여인들이 시앗이라는 악연 때문에 울고 분노하고 고통 받으며 미치는 꼴을 지켜보았다. 세상 습속이 당연하게 여기는 것이라도 남의 일이었을 때만 당연한 법. 당자들은 훼손된 자존을 감내하느라 속으로 피를 철철 흘렸고 피를 흘리다 못해 상대를 죽일 방법을 찾기가 부지기수였다. 지킬 것이 많고 가진 것이 많을수록 그 방법은 극악했다. 반야 스스로 그들을 그렇게 부추기기도 다반사였다. 뻔히 보이는 그 악연의 고리에 어머니를 그저 밀어넣을 수는 없었다.

"큰언니, 언니는 검님이 아니라 사람한테 시집가고 싶지 않아요?"

그런 꿈을 꾸기에는 보이는 게 너무 많았다. 지나치게 많은 것을 지니고 태어난 이유, 자신의 몸에 그 많은 것들이 실린 까닭을 알 수가 없었다. 하여 반야는 자신의 이 생을 덤이자 다음 생으로 난 다리로 여겼다. 이 생에서는 다음 생으로 이어질 인연을 맺지 않아야 했다. 그게 뜻대로 되지 않아 벌써 셀 수도 없는 다음 생의 인연과 업을 지었다. 사람의 한 생이 윤회의 원환圓環에 속해 있으면서도 또 그 자체로 철저히 한 생의 몫임을 깨닫는 즈음이었다.

"네 생각에 나는 누구한테 시집가면 되겠니? 점쟁이인 나를 감당해 줄 사내가 있을 것 같니?"

"동마로 언니요. 동마로 언니는 큰언니를 점쟁이나 검님 각시로 아니 보고 별님이로 보잖아요."

"네가 그걸 어찌 아니?"

"그런 건 숨 쉬거나 밥 먹는 것처럼 그냥 알아요. 알면서도 큰언니는 벌써 검님들께 시집갔으니까 내가 동마로 언니한테 시집가고 싶었어요. 그렇지만 동마로 언니한테 나는 풀이나 나무와 한 가지예요. 사내가 풀이나 나무한테 장가들 리 없잖아요. 가엽기도 해요. 큰언니는 검님들하고만 노는데 동마로 언니는 만날 언니만 쳐다보니까. 그래서 큰언니한테 물어본 거예요. 동마로 언니한테 시집가고 싶지 않은지. 안 그러고 싶으세요? 아니, 그렇게 하면 큰언니, 꽃각시 보살은 어찌되어요?"

"너 시집갈 때 아무것도 못 해주지. 아니 네가 친정이라고 와도 밥 한술 먹을 수가 없게 될 거야."

"예?"

알아듣지 못하는 끝애를 일깨워 주지 않고 반야는 집으로 올라섰다. 그 사이에 제 말 들은 호랑이처럼 봉이가 와 안채 마루에 앉아 있다가 반야를 보고는 발딱 일어난다. 봉이는 평소에도 어쩌다 반야와 마주치면 놀란 자라목처럼 움츠러들었다.

"손님들이 이르게 들 터이니 아래채에 불 꺼지지 않게 단속해 놓아라."

"내일부터 손님 보시게요? 어머니도 아니 계시는데요?"

"어머니 계시면 어머니가 손님 보시니? 불단속 문단속하고 놀다들 자거라."

단속을 해놓고 둘이서 숨죽여 집을 빠져나갈지도 모른다. 밤이면 괭이들처럼 자유로운 아이들이었다. 그들이 사는 세상을 반야는 몰랐다. 누구나 자신이 사는 만큼만 아는 법. 하릴없이 뇌까리며 방으로 들어온 반야는 서안 앞에 앉는다. 요즘 새삼스레『역경』을 다시 펼쳤다. 앞에서부터 차례로 읽지 않고 아무렇게나 넘겨 나타나는 데부터 읽는다. 지금 나타난 대목은「계사하전繫辭下傳」편, 역서의 본질에 관한 것이다.

천·지·인의 도는 쉴 새 없이 변동한다. 여섯 효의 효는 그 변동을 따른다는 뜻이다. 각 효에는 음과 양이 있어서 이 양자가 여러 가지로 짝을 짓는 것으로써 괘 꼴을 정한다. 사람은 괘 꼴을 보고 길흉을 판단한다. 책은 어렵지 않다. 읽고 또 읽다 보면 모르던 것도 알게 된다. 우주의 운행 원리보다 어려운 건 역시 사람이요, 사람의 말과 마음이었다. 아니, 자신의 마음이다. 요즘 반야는 자신의 마음이 어디에 있는지, 어디로 향하고 있는지를 알 수 없었다.

결절結節

동마로가 떠난 지 다섯 달이 다 되었다. 그가 떠난 이후 천안 한 번 다녀온 걸 제외하면 먼 나들이는 꿈도 꾸지 않았다. 그중 먼 길이 이 강당사였다. 숱하게 다닌 길인데 왜 동마로와 함께 다닐 때보다 길이 그리 멀고 다리는 이렇게 아픈지 모를 일이었다.

"오늘은 어째 동마로 처사가 아니 따랐습니다?"

방바닥에 주저앉은 반야가 버선을 벗어 발을 살피는데 차를 들고 들어온 공양주 보살이 객쩍은 소리를 했다. 불공 마치고 나오면서 시주를 했다. 공양주 보살은 따로 할 말이 있어 들어온 것이다.

"먼 데 심부름을 보냈습니다. 보살님, 하실 말씀이 계시어요?"

"산 아래에 문암이라는 촌이 있는데 거기 예전에 부수찬 벼슬을 지내신 사대부 댁이 있지요. 그 댁 서방님이 몇 달 전부터 예 와 공부하고 계신다오. 재작년에도 한 반년 와 계신 적이 있으시고. 이미 초시 급제하시고 대과 준비하시는 분인데……."

"그런데요?"

"그 서방님이 재작년 대보름에 꽃각시 보살이 탑돌이 하는 걸 보셨던 모양이요. 그때 꽃각시가 점사 보는 걸 아셨는지, 좀 전에 나한테 꽃각시를 잠시 볼 수 있겠냐고 거래를 넣어 달라 하십디다."

"제가 절에 올 땐 흐려진 영기를 맑히기 위함인 걸 보살님도 아시잖습니까? 못 뵙는다고 말씀드리세요. 꼭 저한테 점을 보셔야겠다면 차후에 제 집으로 찾아오라 하시고요. 아, 제 집에다 미타원이라는 택호를 붙였답니다. 샘골에서는 미타원을 누구나 알고 있으니 찾아오시기는 어렵지 않으실 터입니다."

"그러시지 말고, 보살님, 절집 살림하는 이 늙은 아낙, 살려 주시는 셈치고 그 서방님을 잠깐 만나 주시구려. 내가 솔직히 말씀드리오만, 조만간 이 절집 석 달치 식량이 그 댁에서 올라올 판이오."

"제가 그 서방님을 만나지 않으면 이 절집 사람들이 석 달간 굶게 된다 그 말씀이세요? 나더러 몸 공양이라도 해달라? 내 시주가 그리 작습니까?"

자신이 괜한 어깃장을 부리고 있음을 반야도 알았다. 끝애를 달고 걷는 길이 불편했던 까닭이다. 걸음이 늦은 아이를 채근해 오면서 자꾸 심술이 돋았다. 돌아올 줄 모르는 동마로 때문이었다. 이따금 동마로 기운이 느껴지거니와 귀신이 되어 찾아오지 않는 걸 보면 그가 살아 있는 건 분명했다. 기가 너무 약할 뿐이다. 그만큼 멀리 있거나 딴 데를 보고 있다는 뜻이었다.

"무슨 그런 말씀을 다 하시오. 그런 서방님이 아니시거니와 나 또한 그런 거래를 넣을 아낙이 아님을 아실 게 아니요. 점사를 보고 싶으신 모양이오. 선비 체면에 미타원까지 어찌 가시겠소? 허니 보살님, 이 절집 사정을 봐주시구려."

부처를 빙자해 먹고사는 절집 사람들 사정이 부처님 사정은 아니므로 공양주 보살의 청을 모른 척해도 무방하다. 그런데 딱 잘라 버리기엔 안쓰럽다. 쉰 살이 넘은 그이는 만 사람 눈치를 다 살피며 사는 어머니와 다를 게 없었다.

"알겠습니다. 그 서방님께 칠성각에서 기다리시라 해주세요."

"그리하리다. 따뜻하게 입고 가시구려."

칠성각은 대웅전에서도 백팔 개의 계단을 올라야 했다. 별빛 한 점 없는 밤하늘에 써늘한 바람만 휘몰려 다닌다. 동짓달 초나흗날이다. 눈이 내릴 것 같기도 하다. 칠성각에는 촛불 두 자루가 환히 밝혀져 있다. 문이 열린 좁장한 방 안에 문암 서방님이라는 젊은 선비가 앉아 있다가 반야를 보고 벌떡 일어난다. 한 사람이 간신히 예참할 수 있는 방이라 방석이 한 장뿐이다. 끝애를 데리고 반야가 들어서자 선비가 반야한테 방석을 내준다. 끝애가 구석에 한껏 붙어 앉으며 선비를 유심히 살핀다. 반야는 방석에 올라서서 삼배를 하며 오방내외안위제신진언五方內外安慰諸神眞言을 세 번 읊는다.

"나무 사만다 못다남 옴 도로도로 지미 사바하."

칠성각에서 보자 한 것이나 젊은 그 앞에서 칠성신을 향한 예를 깍듯이 올린 것이나 짐짓 기세를 잡기 위함이다. 예를 마친 반야가 앉으니 선비도 앉는다. 보통 체구에 보통 인상인 사람이다. 스물네댓 살이나 되었을까. 칠성각에서 보는 그의 넓은 갓이 이색적이긴 하다.

"나는 김근휘라 하오. 내 그대를 세 번째 보는데, 그대는 내가 기억에 없소?"

그의 질문이 별스러울 만치 떠오르는 게 없다. 반족 집안의 젊은 선비가 이미 점쟁이라 알고 있는 계집한테 하대를 하지 않는 것도 별나다. 군이 떠올리자면 그와 닿았던 인연의 실 끝이 잡힐 법도 하겠으나 반야는 기억을 헤집지 않는다.

"날 본 적이 없느냐 묻지 않아요."

"송구하옵니다. 소인은 산 사람보다 귀신들과 지내는 시간이 많은 지라 여느 때는 소경이나 한가집니다."

"재작년 정월에 예서 탑돌이 하던 그대를 보았고 지난봄에 온율 서원에서 그대를 보았고 오늘이오."

근휘가 반야를 처음 보았던 지지난해 대보름밤, 대웅전 마당에서는 젊고 늙은 여인들 몇이 일보일배를 드리며 탑돌이를 하고 있었다. 숨 가쁜 자들이 쳐다보다간 지레 숨이 막혀 죽을 것처럼 느린 여인들 행보였다. 그 행렬 속에 도무지 사람이라 볼 수 없는 젊은 여인이 천연덕스레 끼어 탑을 돌고 있었다. 솜 둔 두루마기며 도톰한 아얌이 죄 흰빛이라 정월 대보름 달빛은 오직 그 여인한테만 머문 듯했다. 흰 달빛이 푸른 햇빛 같았다. 그 햇빛은 오직 그 여인을 위해 존재하듯 그네만 밝혔다.

"이 정도면 아는 체하고 나설 법하지 않소?"

영신 아씨 사건은 아직도 한성 의금부에 계류 중이라 했다. 창창한 두 집안을 잇는 여인이 아니었더라면 두 원혼만 남고 끝났을 사건이 한양까지 가 있는 것이고 나름으로 양반인 집안들이 함께 걸려 있는 것이라 이제껏 결말이 나지 않은 것이었다. 석 달 남짓 폐쇄되었던 온율 서원에는 다시 서생들이 모여 공부를 한다 했는데, 선비는 그즈음에 이 강당사로 들어온 듯했다.

"별님이라 하옵니다. 소인한테 점을 보고자 하시나이까, 선비님?"

"그런 형식을 갖춰야 그대와 마주할 수 있다면 그리합시다."

"하오면 우선 복채를 내셔야지요."

"어, 얼마면 되오?"

복채 내라는 소리가 놀라운지 말까지 더듬는다. 이쯤 되니 반야는 슬그머니 재미가 난다. 사대부 집안의 혈기방장한 남정네가 무녀를 상대로 절절매는 게 신기하지 않은가. 무녀로서의 위세는 짐짓 떨치며 살아온 셈이나 계집으로서의 위세는 부려 본 적 없거니와 기회도 없었다.

"소인은 복채 많이 받기로 이름이 높사옵니다. 아마도 팔도 무격 중 으뜸일 것입니다. 현재 선비님 수중에 지니신 걸 죄 내어 주십시오."

짐짓 정색한 반야의 말에 선비가 반쯤 돌아앉더니 두툼한 도포 안에서 주머니를 끌러내 통째로 반야 앞에 내놓는다. 무두질이 잘된 가죽에 수壽 자가 화인된 연갈색 주머니다.

"든 게 많지는 않을 터이나 현재 내가 가진 전부요."

"전부가 가장 많은 것이겠지요. 되었습니다. 선비님 사주가 어찌 되시옵니까?"

"경자년 칠월 초하루 자시 초경에 났다고 들었소."

"그때 날씨가 어떠했는지 들어보신 적 있으신지요?"

"바람이 심히 불었으나 아직 비가 내리지는 않았다고 합디다."

초가을 밤에 태어난 스물세 살의 사내. 반야는 눈을 감고 사방찬송을 가볍게 읊조린 뒤 선비를 마주보았다. 심장에 묵은 병을 지닌 듯하거니와 아직 자식을 보지 못한 사람이다. 몇 달 남짓 된 태기가 느껴지긴 하지만 몇 달 뒤 태어날 그 아이는 이생에 오래 머물 목숨이 아니었다.

"이제 하문하십시오. 댁에 계신 어머님께서 약간 편찮으신 듯하나 크게 근심치 않으셔도 될 듯하고요, 아씨께서 수태 중이신 듯하와요?"

"과연 그러하오. 헌데, 그런 게 실제로 뵈오? 지난봄 서원에서 그대 하는 양을 보고도 내, 도시 믿기 어려웠어요."

지난봄 서원 사랑채 누마루 밑에서 김근휘가 저를 어떻게 바라보는지 느끼지 못한 듯 고개 숙인 채, 선비들이 자리 비워 주기를 기다리던 별님이었다. 김근휘는 그때 그네의 서방인 듯한 위인을 얼마나 노려보았는지 모른다. 그네한테 서방이 있다는 사실에 자신이 왜 그토록 분노하는지, 가슴이 어찌 그리 아린지 그때는 도무지 까닭을 몰랐다. 오늘은 그놈이 보이지 않았다. 놈이 있었더라면 별님에게 만나 달라 청하지 못했을 것이었다.

"뵈니 무녀 노릇을 하고 있지요. 소인한테 무얼 묻고 싶으신지요. 혹, 언제 급제하실지가 궁금하시어요?"

"짐작이 가능하다면 말씀해 주시오."

"작년 첫봄에 과거가 있었사와요?"

"그렇소. 내 그때 간신히 초시 급제는 하였소만 공부가 얕아 대과에 언제 닿을지는 모르는 처지요."

선비에게는 관모가 보이는 듯 보이지 않았다. 그럴 것이 명운이 길지 못했다. 급사할 것 같지는 않지만 수명이 길지 않은 건 분명했다. 이럴 경우 그의 안해를 본다면 그가 자세히 보일 터이나 선비가 제 앞날 궁금해하는 건 아니므로 반야는 참회진언을 입속말인 듯 읊조렸다.

"옴 살바 못자 모지 사다야 사바하. 서방님, 때로 가슴이 묵직하고 답답한 병이 있으십니까? 가끔 심장 부위가 쑤시는 듯 아픈 증세 같은 것이요."

"내 어릴 때 심장이 약하다는 진단을 받은 바 있소. 심근에 염증이 있다던가, 그랬소. 그대가 말한 그런 증세가 이따금 있으나 앓아 누워 본 적은 없으니 심각하게 여기지는 않고 있어요. 왜요, 내게 그 병이 도질 듯하오?"

"그렇지는 않사오나 그런 병을 앓으신 적이 있으니 몸을 소중히 다루셔야지요. 대과도, 마음 조급히 잡숫지 마시고 준비를 차근히 하십시오. 서방님 벼슬길은 스물 후반은 되셔야 열릴 듯합니다. 물론 스스로 조심하며 매진해야만 되실 일이고요. 운이 제 스스로 옮겨 오지는 아니함을 서방님께서도 아시지 않습니까?"

"공부를 그리 게을리 하면서 서른 안에 길이 열리기만 하여도 다행이겠지요. 어쨌든 벼슬길이 보이기는 한다니 천행입니다."

인간의 복은 하늘이 정한 것과 사람이 만들어 가는 두 가지가 있음은 누구나 안다. 사주는 타고날지라도 스스로 만들어 가는 운세에 따라 팔자가 뒤바뀔 수 있다는 것도 마찬가지였다. 그래서 반야는 때때로 눈에 보이는 상대의 운세에 대해 입을 다물고 스스로 만들어 가는 복에 대해서만 강조했다. 하지만 그 말을 백 번 해야 소용없는 사람들이 태반이었다. 지금 한 거짓말도 운세를 바꾸어 보라는 뜻이지만 선비가 알아들을 턱이 없었다. 반야는 선비가 내민 주머니를 다시 그 앞으로 밀어 보냈다.

"보아 드린 것도, 보아 드릴 것도 없으니 복채는 돌려드리겠습니다. 되돌리기 민망하시다면 내일이라도 이 절의 공양주 보살한테 건

네십시오. 그이가 이 절집의 모자란 살림 꾸려 가느라 맘을 많이 쓰더이다. 하오면 소인이 먼저 일어나리까?"

느닷없이 밀쳐진 것처럼 선비는 황망한 표정이다. 두툼하게 솜 둔 잇꽃 색 도포를 입고도 추운 듯 진저리를 치더니 입을 열었다.

"내 부끄러움을 무릅쓰고 이 자리에 그대를 청한 터인데, 너무 무정하게 굴지 마오. 내가 그대를 다시 본 게 지난 사월이었지요. 내가 이곳으로 온 건 서원이 닫혔던 때문이지만 혹여 그대를 다시 볼 수 있을 거라는 기대 때문이기도 했어요. 서원에서 본 이후 수시로 그대가 떠올라 상사병이 아닌가 의심할 지경이요. 헌데 오늘 마침내 절 안으로 들어서는 그대를 보게 된 거요. 어찌나 반갑고 떨리던지 그 심경을 형언할 수 없소."

순한 인상에 어울리지 않게 자신의 맘을 표현하는 데 주저함이 없다. 포갠 다리 위에서 맞잡은 두 손은 그가 얼마나 부끄러움을 무릅쓰고 있는지를 보여주었다.

"천한 것한테 그리 마음을 쓰셨다니 황송합니다. 하오나 서방님, 소인은 신을 모시는 몸이옵니다. 사람을 섬기지 않기로 서원하였나이다. 제게 드리우신 그 마음을 부디 거두어 가십시오."

"그게 가능했다면 애초에 이런 자리는 만들지도 않았을 터이오. 나를 섬겨 달라고 아니 하리다. 그저 그대를 향한 내 맘을 받아 주오."

"서방님, 혹 제 몸을 품고 싶으시어요? 얼굴 반반한 천것이 만만하고 신기해 만져 보고 싶으십니까? 치마를 들치고 싶으셔요?"

별님의 직설에 당황한 근휘는 벽에 걸린 칠성신들을 올려다본다. 한결같이 눈을 부릅뜬 사나운 형상의 신들이 손마다 제각기 무기를 쥐고 노려보고 있다. 지금까지 비슷한 그림들과 신장 상들을 숱하게 봐왔지만 한 번도 유의하지 않았다. 절에 탑이 있고 나무가 있듯 그저 있는 상징물들이라 여겼다. 그들을 사람한테 영향을 미칠 수 있는 존재로 여긴 적도 없었다. 지금은 자그만 방을 메운 신장들이 무섭다. 반가나 상민의 아낙이었더라면 쳐다보기도 민망했을 여인을 무녀라서 청한 게 사실이었다. 하지만 그게 다가 아니지 않은가.

"나도 잘 모르오. 그저 그대와 이렇게, 혹은 저렇게 정담 나누고 품기도 하고 그리되기를 바라는 것 같소. 지금도 그대하고 이리 있는 게 좋으면서도 그대를 안고 싶어 어쩔 줄 모르겠으니 어지러울 지경이오."

"천것을 천히 취급치 않으시고 이리 정중히 대해 주시는 것이 황송합니다. 안타까운 일은 소인이 신을 모시는 몸임을 차치하더라도 당장은 서방님과 같은 마음이 아니라는 것입니다. 서방님께서는 두 해 전에 저를 보셨다 하오나 저는 이제 막 서방님을 뵈었지 않사와요? 차후 다시 인연이 닿았을 때 제가 서방님을 연모하고 있기를 바라오리다. 오늘은 이쯤에서 소인을 물러나게 해주시어요. 한데 나앉아 있는 터라 춥습니다."

"어, 언제 내려가실 테요?"

"내일 새벽 불공드리고 내려갈까 하옵니다."

"허면 그쯤 길이 어두울 테니 내가 날 밝을 때까지 배웅해 드리리다. 그 정도는 허락해 주겠소?"

절집에서 어두운 새벽 산길에 계집 둘만 내보내지는 않을 터였다. 필요하다면 업어다 줄 사람이라도 마련해 줄 것이다. 수시로 찾아다니는 여러 다른 절들에 비해 이 강당사에 들인 공이 그만큼 많았다. 이 절에 당신 맺힌 게 많은바 수시로 찾아 공을 들여 달라 하셨던 할머니 동매 덕이었다.

"그리하시어요. 그리고 먼저 내려가십시오. 소인은 예서 잠시 예참을 한 뒤 내려가겠나이다."

김근휘가 따라 나간 끝애의 전송을 받으며 어두운 계단을 내려갔다. 맙소사. 근휘의 뒷모습을 바라보던 반야는 부르르 몸서리를 쳤다. 두 해 전에 시작된 인연이 아니었다. 어둠 속으로 스며든 근휘의 잔영에 전생에 얽힌 연이 보이지 않는가. 살기등등한 원한을 다졌던, 몇 생을 돌아서라도 반드시 다시 만나 기필코 되갚아 주리라 그에게 저주를 퍼부으며 전생을 마감했던 반야였다. 그 저주를 실현하기 위한 것이었던 듯 오래지 않아 환생했다. 난 자리가 하필이면 무녀의 집이었고 무녀였던지라 전생은 아무것도 아니게 되었다. 더구나 전생의 그가 이생의 동마로로 현신했다 여겼다. 동마로가 그라 생각했으므로 동마로가 자신에게 바치는 모든 정성을 당연하다 여겼고 그에게 느끼는 자신의 친밀감도 같은 맥락이라 일찌감치 단정했다. 그리하여 서로에게 맺힌 전생의 업장이 수월하게 풀려 가고 있다 여겼다. 헌데 동마로가 아니었다.

그를 알아보지 못한 채 이 생을 떠날 수도 있었을 것을 어쩌자고 지금 발견한 것일까. 새롭게 등장한 악연 앞에서 반야의 몸이 사정없이 떨렸다. 그를 향한 미움이 오한처럼 전신에 돋아났다. '옴 살바못자 모지 사다야 사바하.' 참회진언을 읊은 반야는 제단 위에 걸린 칠성, 신장 상을 향해 오체투지하고 참회게懺悔偈를 외기 시작했다. '아석소조제악업我昔所造諸惡業 개유무시탐진치皆有無始貪瞋癡 종신구의지소생從身口意之所生 일체아금개참회一切我今皆懺悔.'

'아득히 먼 예부터 제가 지은 모든 악업, 탐내고 화내고 어리석어,

몸과 입과 마음으로 지어 온 그 모든 죄업을 참회하나이다.'

전생의 지아비와 잠시 마주앉았을 뿐임에도 지은 죄와 지을 죄가 만 가지였다.

'살생과 도둑질과 사음과 거짓말과 꾸며 말한 것과 이간질한 것과 악담한 것과 탐심으로 지은 죄와 성냄과 어리석음을 참회하나이다. 옴 살바 못자 모지 사다야 사바하.'

참회진언을 거푸 외는 반야의 속으로 컴컴한 한기가 먹구름처럼 스며들었다. 전생의 그가 자신에게 퍼먹였던 독약이 온몸에 퍼지듯 구토가 일어 반야는 허리를 구부린 채 구역질을 해댄다.

"임인이가 댁까지 바래다 드릴 겝니다."

새벽 예불 뒤 백팔배를 올리고 행장을 꾸리는 반야에게 공양주 보살이 말했다. 반야가 고개를 끄덕이고 법당을 나섰다. 새벽 예불을 알리는 종소리에 일어나 옷을 갖춰 입고 방 밖으로 나서니 눈이 펑펑 쏟아지고 있었다. 예불하는 사이에 쌓인 눈이 벌써 발목에 차오를 만큼 되었다. 공양주 보살이 데려다 놓은 불목하니 임인이 등불을 든 채 문 앞에 서 있다가 반야한테 허리를 숙였다. 중처럼 깎은 머리에 벙거지를 눌러쓴 채이다. 임인년 생이라 절에서 임인이라 불릴 터이니 스물한 살일 그였다. 반야가 열 살 무렵 처음 강당사에 왔을 때 임인은 머리를 박박 깎고 낡은 승복을 줄여 입고 경내의 잔심부름을 하던 아이였다. 행자가 되고 수계를 받아 비구가 될 법한데도 그는 그저 임인으로만 불렸다. 그가 말하는 걸 반야는 본 적이 없었다. 그는 강당사의 기단석이거나 마당 한 귀퉁이 풀숲에 내버려진 깨진 기왓장 같았다. 그가 반야한테 다가들어 무릎을 구부리고 앉으며 혼잣말처럼 중얼거린다.

"감발을 하셔야 합니다."

굴때장군 같은 형상에 비해 목소리가 잔잔하다. 반야가 법당 측면 문턱에 앉으니 임인이 제 목에 둘렀던 천을 풀어 길게 두 자락으로 나눈다. 겨울이라 반야는 버선 모양의 결은신을 신고 나왔다. 어머니가 갖바치에게 모양새와 크기를 주문해 만든 겨울 신이라 튼튼했다. 반야의 신발을 천으로 감싸고 삼끈으로 묶는 임인의 손길이 투박하면서 빠르고 정교하다. 지금까지 동마로가 해왔던 일이고 앞으로도 내내 그가 할 거라 여긴 일이기도 하다. 자신의 할 일을 다른 사람이 하는 동안 그는 어디서 뭘하고 있는가.

반야에게 감발을 해놓은 임인은 끝애의 신도 삼끈으로 묶더니 등을 들고 앞장섰다. 임인이 든 호롱 안에서 불빛이 여릿여릿 흔들린다. 임인이 앞서 드리운 불빛을 따라 반야와 끝애는 장갑 낀 손을 잡고 걸었다. 발이 움푹움푹 빠지기는 했으나 내리막길인 데다 쌓인 눈 덕분에 외려 덜 어두웠다. 끝애가 임인을 의식한 듯 나지막이 속삭였다.

"선비님이 바래다 주시겠다더니 기척이 없으시네요? 잠에서 못 깨셨나 봐요."

"글쎄다."

"하기는 저, 어젯밤에 약간 겁났어요. 양반댁 서방님들도 저리 말씀하시는구나 싶어 들으면서 신기했지만, 양반 아니라 백정 사내들도 자기 맘을 그렇게 곧이곧대로 말하지는 않잖아요. 그런 맘은 그렇게 말 안 해도 때가 되면 아는 것이고요. 그러니까 좀 무서운 거죠."

“먹돌이는 너한테 그리 말 안 하더냐?”

“좋다하기는커녕 윽박이나 지르죠. 그래도 무섭지는 않네요, 뭐.”

뱃사공 집 맏이 먹돌이와 은새미 무녀 집 둘째 딸 끝애는 오는 새봄에 혼인을 하기로 되었다. 삼월 초하루로 날을 받아 두었다. 어머니는 깨금네와 더불어 이불이며 옷 등, 틈나는 대로 혼수를 준비했다.

“무섭지 않다니 다행이구나. 나도 어젯밤 선비님이 무섭지는 않았다. 무서운 건 따로 있지.”

“그게 뭔데요?”

“감당해야 할, 또 풀어야 할 인연들이 무섭지.”

“사람이 안 무서운데 그런 건 왜 무서워요?”

반야는 설명하지 않는다. 전생과 이생에 맺은 숱한 인연들을 감당하며 살기는 할지라도 인연 풀기가 가당한 일인지. 그걸 알지 못하므로 설명할 재주도 없었다. 몇 걸음 앞서 일주문 앞에 당도한 임인이 멈춰 섰다. 일주문 지붕 아래 김 선비가 떨며 서 있었다. 임인이 그를 알아보고 등불을 든 채 허리를 굽힌다. 선비의 본가에서 종복이 올라오지 않는 날은 보통 임인이 그를 수발할 터였다. 김 선비가 임인에게 물었다.

“마을로 내려가지 않고 도고산 아래 은샘골까지 가는 길을 혹 아느냐?”

“지름길을 어림은 하오나 서방님이나 아씨 걸으시기에 꽤 험할 것입니다.”

“나야 명색이 사낸데 못 걸을 것 없겠으나 아씨가 고생이시겠구나.”

잠을 못 잔 듯 어스름 속에서도 보일 만치 선비의 안색이 나쁘다. 몸을 떨어대는 기색도 심상치 않다. 반야는 되어가는 대로 내버려 두려다가 하는 수 없이 나선다.

"서방님, 저는 여러 해 동안 무수히 걸어다닌 길입니다. 산길 어느 어름에 초막이 있는지 큰 나무와 바위가 있는지도 훤히 알지요. 임인 처사도 있으니 서방님은 근심치 마시고 거처로 돌아가 쉬십시오. 안색이 편찮아 보이십니다."

"맑은 날에도 꼬박 반나절을 걸어야 할 길 아니오? 내 기어이 집에 당도하는 그대를 봐야겠으니, 어쩌시려오. 샛길을 통해 가시렵니까, 산을 내려가 돌아서 가시렵니까?"

섶을 지고 불구덩이로 뛰어드는 자신을 김근휘는 보지 못한다. 벌써 여러 차례 말렸다. 스스로도 지금 행동이 자신의 앞날에 그릇되는 일임을 충분히 알고 있을 터였다. 어찌할 수 없는 인연이란 없을 터, 선택이 있을 뿐이다. 이미 다시 얽힌 인연이었다. 어떻게 되어 나갈지 두고 볼 일이다.

"저는 보통 민가를 피해 다니옵니다. 산길이 더 익숙하지요."

"허면 산속에 나 있다는 지름길로 가 보십시다. 임인, 앞장을 서거라."

임인이 앞장서고 반야와 끝애가 뒤를 따르고 그 뒤를 선비가 따라 걷는 희한한 행렬이 꼭두새벽 눈발 속에 벌어졌다. 산 아래로 난 곧은길을 버리고 일주문 근방의 샛길을 통해 광덕산을 넘기 시작한다. 강당사에서 십수 년을 살아온 임인은 손바닥처럼 근동 산을 꿰고 있어, 좁으나 가파르지 않은 길로 일행을 이끌 수 있었다. 절집에 들기 이전의 기억이 거의 사라진 그였다. 일곱 살 봄이었을 것이다. 집으로 포졸들이 들이닥쳤다. 지금같이 어두운 꼭두새벽이었다. 불문곡직 식구들이 포박을 당하면서 집안은 아수라장이 되었다. 자신이 왜 하인들 틈새에 끼어 있었는지는 알 수 없으나 포졸들에게 끌려가는 대신 임인은 한 늙은 여인의 손에 끌려 고을을 벗어나고 있었다.

"장경 도련님, 나는 무녀요. 동매라고 하지요. 도련님 할머니 때부터 맺어 온 인연으로 여기까지 왔소만 이 생에 내가 도련님을 다시 보긴 힘들 터이요. 도련님한테는 아무도, 아무도 없다는 것이오. 그러니 도련님 목숨은 스스로 가꿔야 해요. 이제 장경이라는 도련님 이름은 잊어버리시오. 아버님, 어머님, 형님들이 효수되셨소. 이 세상 사람이 아니게 되었다는 뜻이오. 도련님도 그리될까 보아 지금 달아나는 것이오. 내가 절집에 데려다 줄 터이니 도련님은 다 잊고 절에 살면서 중이 되시오. 공부 많이 하시어 나중에는 큰스님이 되시고요. 그리고 수계를 받으면 법명을 얻게 될 터이니 우선은 누가 이름을 물으면, 도련님 나신 해, 임인이라고만 대답하세요."

그렇게 임인이 되었고 강당사에 든 뒤 원래 이름 이장경은 잊었다. 임인이 강당사의 천덕꾸러기는 아니었다. 배를 곯은 적이 없거니와 하기 싫은 글공부를 억지로 시키는 사람도 없었다. 어머니와 누이가 그리울 때는 그저 산천을 헤매고 다녔다. 절집 일은 하고 싶으면 하고 싫으면 말았다. 배고프면 공양 때를 맞추면 되었고 때를 못 맞추면 공양간을 뒤져 밥을 찾아내면 되었다. 언제나 한 그릇 밥은 있었다. 천둥벌거숭이로 몇 해를 지낸 뒤 열한 살 때였다. 이른 봄날 사시 불공을 드리는 법당에서 별님을 처음 보았다. 법당 안의 그 누구보다 반야심경 외는 소리가 또록또록하던 자그만 아기씨를 발견했을 때 임인은 제 볼을 꼬집었다. 꿈인 듯해서였다. 얼굴조차

가뭇해진 어머니와 누이가 환생한 듯했다. 귀엽고 명랑한 아기씨였다. 온 사찰이 아기씨의 놀이터였다. 철철이 놀러오듯 들르는 아기씨가 별님이라는 이름의 애기 각시 보살임을 저절로 알게 되었고 차츰 자라는 것을 지켜보았다. 별님이 점쟁이든 무녀든 임인에게는 그저 아기씨였다. 별님에게 한방에서 자는 사내 동마로가 있든 말든, 문암 서방님이 보살 아씨를 꾐하든 말든 그에겐 별님이 그저 아기씨였다. 그 아기씨가 오늘 처음으로 스물한 살의 임인을 쳐다보았다.

봉수산과 도고산을 넘어 미타원에 이르렀다. 사시 시작 참이어서 날은 진작 밝았으나 하염없이 쏟아지는 눈 때문에 천지 분간이 어렵게 되었다. 반야는 김 선비와 임인을 아래채로 들게 하고 끝애에게 그들의 아침 끼니를 챙기게 했다. 간밤부터 눈이 쏟아졌음에도 미타원에서 기다리는 손님은 열댓 명이나 되었다. 절반이 환자들이다. 겨울에는 원래 아픈 사람이 많았다. 이번 겨울에는 특히 지난봄 혹독한 돌림병을 겪은 탓에 열이 나기만 해도 겁을 내고 찾아왔다.

반야는 신당에 간단한 예를 올리고 환자들부터 보았다. 손님들을 보는 중간에 몇 사람이 더 찾아왔다. 워낙 꼭두새벽에 시작하던 일을 늦게 시작했으므로 손님들을 다 보고 났을 때는 정오를 한 시진이나 넘긴 즈음이었다. 아침도 점심도 못 먹은 터라 터럭 한 올도 들어올릴 수 없을 만치 기진한 반야는 신당 옆의 제 방으로 들어가 거꾸러지듯 누웠다. 금세 잠에 떨어졌는데 누군가 자꾸 깨웠다. 끝애였다.

"날 가만 못 두니?"

눈도 뜨지 못한 채 반야가 소리질렀다.

"서방님이 아주 많이 편찮으신 것 같대요, 어머니가요."

어머니를 앞세운 끝애 말이 들리는데 반야는 더럭더럭 화가 났다. 깨워짐과 동시에 찾아든 몹시 기분 나쁜 예감 때문이었다. 무슨 일인가 닥치고 있는 것이다.

"아무것도 듣기 싫어. 하기도 싫어. 날 내버려둬."

미처 눈을 뜨지 못한 채 반야는 마구 짜증을 부렸다. 일어나기 싫었다. 영원히 잠만 잤으면 싶었다.

"서방님이 사경이래요. 어머니가 언니를 깨우라고 하세요."

반야는 하는 수 없이 눈을 뜬다. 촛불이 켜져 있다. 깜박 눈만 감았다 뜬 것 같은데 날이 어두워진 것이다. 신당으로 건너가 정주를 흔들고 나서 파지옥진언破地獄眞言을 읊으며 저녁 예불을 시작하자 어머니가 들어와 함께 예를 올렸다. 헌향진언獻香眞言을 외고 예참을 드리고 반야심경을 외는 것으로 예불을 마친 뒤 어머니가 정색을 하고 반야를 쳐다보았다.

"끝애한테 어젯밤 일을 얼추 들었다만, 해도 어쩌자고 저 선비를 데려와서 저 지경이 되도록 내버려두는 게냐? 온갖 사람들을 죄 만져 아픈 걸 덜어 주면서, 선비한테 왜 이러니? 네가 어련히 알아 할까 보냐 싶으면서도 엄마는 혹여 이러다 잘못될까 보아 속이 떨린다."

"이제 나가 보려 합니다. 며칠 앓기는 하겠지만 잘못될 일은 없을 터이니 심려 마시어요."

"그렇다니 안심이다. 네 끼니는 어찌하려니? 아침부터 내리 굶고 있지 않느냐?"

"지금은 생각 없습니다. 이따 달라 할게요."

유을해는 반야를 통해 모든 일을 다 했다. 철철이 다른 옷을 영롱

하게 지어 반야에게 입혔고 엔간한 반가의 살림에 뒤떨어지지 않을
만큼 살림도 했다. 한 가지 못하는 일은 반야 입을 채우는 일이었다.
많이 먹기나 하는가. 하루 두 끼니, 아침 겸 점심을 먹고 저녁을 먹
을 뿐이었다. 주전부리도 일체 하지 않는다. 비린 것도 누린 것도 입
에 대려 하지 않는 반야의 밥상은 백 가지로 궁리해 솜씨를 부려도
풀밭이었고 그나마도 기운이 없을 때는 손도 대지 않았다. 살을 저
며서라도 먹이고 싶은 어미의 심중은 밥에 의욕 없는 자식 앞에서
하릴없는 욕심이었다.

"요새 네가 야위는 듯해 엄마가 언짢다. 혹여 동마로 때문에 마음
을 끓이는 게냐?"

유을해의 질문에 반야는 아이처럼 고개를 젓는다. 그러다 문득 생
각났다는 듯 심상하게 물었다.

"어머니, 혹시 아들 낳고 싶으시어요?"

불쑥 날아온 질문에 유을해는 움찔한다. 넉 달째 접어든 태중의
생명에 대해 아직 입도 벙긋 못했다. 사실 태기를 느낀 게 겨우 보름
전이긴 했다. 달거리가 끊기기에 급기야 생산 능력이 소멸되었구나
싶어 허우룩하던 차였다. 유을해는 이미 자식을 두어야 할 나이에도
홀로 있는 딸자식 앞에서 부끄러워 말을 못 한다.

"딸을 낳으실 거예요. 저처럼 뭇기를 타고날 아이는 아닐 듯하니
다행으로 여기시고, 딸아이를 섭해 마시어요."

"섭하다니 그 무슨. 뭇기를 타고나든 그렇지 않든 한량없이 고마
운 일이다만 널 보기 민망하고 미안타."

"아우가 생기는 일인데 저도 좋기만 합니다. 그리고 어머니, 내일
쯤 관아에서 사람이 나올 것 같습니다. 그동안 피한다고 피한 건 실

상 제 힘이 아니라 현령이란 사람이 저를 꼭이 찾아대지 않아서였지요. 이번에는 아무래도 따라가야 할 듯싶습니다."

유을해의 가슴이 툭 내려앉는다. 제가 만나기 싫은 손님들의 내왕을 미리 헤아리고 달아나 버린 반야 때문에 그동안 시달리지 않았다곤 못해도 치명적인 일은 그럭저럭 잘 피해 왔다. 그런데 제 스스로 피하지 못할 상황이라 하지 않는가.

"현령이 너를 찾는 진짜 내막이 무엇인 것 같으냐?"

"그거야 가 봐야 알겠습니다만 큰일은 아닌 듯하니 걱정 마시고 혹여 제가 사흘이 지나도 돌아오지 않거든 용문골에 찾아가시어 사정을 아뢰고 도움을 청하세요."

"무어?"

"혹시나 해서 드리는 말씀입니다. 김 선비한테 함께 건너가 보시겠어요?"

"그, 그러자. 해열제 먹이고 물수건을 갈아대고는 있다만."

종일 치웠다는데도 마당에 눈이 소복하니 쌓여 있다. 그 위로 또 눈이 하염없이 내린다. 신당 처마에 달린 등이 눈송이들에 부대꼈다. 아래채 처마에 달린 등도 부대껴 흔들린다. 임인이 그 흔들리는 등 밑에 석상처럼 서 있다. 반야는 그를 지나 방으로 들어섰다. 선비는 홀로 누워 사시나무처럼 떨고 있었다. 습기라곤 없는 이마가 불같이 뜨겁다. 유다른 병이 아니라 자신의 몸에서 발화한 열기에 휩싸여 있었다. 한 손으로 이불을 걷어 낸 반야는 환자의 이마와 가슴을 동시에 짚고는 신묘장구대다라니를 노래처럼 읊는다.

"어머니, 나가시어 이 선비가 새벽에 일어나 먹을 수 있는 죽이나 준비해 놓고 주무세요."

"어찌하려고?"

"저로 하여 생긴 병이니 제가 풀어야지요."

진언이나 경문만 외어서는 내릴 열이 아닌 건 유을해도 알아보았지만 뭔가를 작심한 듯한 반야의 기색에 속이 떨린다. 그렇다고 말릴 것인가. 아무래도 내일 관아에 갈 일과 김 선비가 맞물린 기색인 듯해 유을해는 떨리는 속내를 다잡으며 방을 나온다. 문밖에 서 있는 임인도 방 앞에서 물러나게 했다. 임인이 유을해한테 고개를 숙이고는 횡하니 사립 밖으로 나간다. 젊은 그의 뒷모습이 검은 눈발 사이로 사라졌다.

반야는 선비 곁에 엎드리듯 그를 안고 다라니를 연이어 속삭인다. 반야의 운기가, 맞닿은 그의 심장 속으로 곧장 왁살스럽게 흡입되었다. 반야는 기를 다 내주기 싫어 그에게서 몸을 약간 떼어낸다. 다라니를 다 읊었을 때 늘어져 있던 근휘의 팔이 문득 뻗어 와 반야를 끌어안았다. 힘없는 손이 반야의 몸을 더듬기 시작하더니 어느 순간 눈을 떴다. 제 품에 안긴 반야를 알아보고는 뜨거운 한숨을 내뱉는다.

"그대구려. 몹쓸 꿈을 꿨는데, 그대가 나한테 안겨 있는 걸 보니 개꿈이었던가 보오."

이생에 살면서 떠오르는 전생의 순간들을 곰곰이 따져 보면 그를 끔찍해하기보다 삶 자체가 끔찍했던 듯했다. 먹어도 먹어도 허기지는 아귀지옥인 듯 욕심의 열탕에서 살았다. 혼자서만 사랑받고 싶은 욕심이었다. 제게 사랑받고 싶은 여인들을 끊임없이 저울질하며 권력의 제물로 삼았던 그를 끝없이 저주했다. 그가 세상 자체였으므로 세상도 저주했다.

"어떤 꿈이었는데요?"

"내 아직 궐에 얼씬도 해보지 못했는데 궐 안 풍경이 어찌 그리 선명한지. 그리고 내가 그대한테 한 짓들은 또 어찌나 끔찍한지."

선비가 부르르 진저리를 쳤다. 자기 전생의 한 장면을 꿈에 본 모양이다. 열에 뜬 채 전생으로 회귀했다가 이생으로 돌아온 것이다. 그랬다. 전생의 두 사람은 궐 안에서 살았다. 그는 만승지존이었고 반야는 그의 필요에 따라 살거나 죽었던 그의 여러 안해들 중 하나였다. 전생의 자신이 어떤 존재였는지 알지 못할 김근휘는 밝아 올 날에는 제 꿈을 기억지 못할 터이다. 그러고 보면 전생의 악연이란 한낱 꿈이었다. 이생에서 새로 짓는, 지금 지으려는 업장이 문제일 따름이었다.

"좋잖은 것이면 잊어버리십시오. 통증은 걷힌 듯하와요?"

"온몸이 팅팅 부은 것 같긴 해도 저리고 쑤신 느낌은 가라앉은 듯하오. 나한테 뭘 먹였소?"

"좋은 걸 많이 드시게 했지요. 이제 다시 주무시어요. 주무시고 나면 거뜬해지실 거예요."

"그대가 내 품에 들어와 있는 건 나를 용인한다는 의미요?"

"맞습니다. 그러니 우선 편히……."

우선 편히 자라는 반야의 말은 근휘의 입맞춤에 의해 막혔다. 채 가라앉지 못했던 신열이 폭발하듯 그를 지배해 몸이 끓었다. 이불을 걷어 내던지고 반야의 옷섶을 헤집는 그의 손길이 열에 들떠 제정신이 아니었다. 반야는 허기진 짐승처럼 파고드는 근휘의 몸짓에 조응하며 그의 열화를 다스린다. 검님들을 섬기기 위해 사내를 안지 않겠노라 서원한 적 없었다. 안고 싶은 사내가 있으매 안지 말아야 할 까닭이 없었다. 동마로를 안고 싶어서 그를 안았다. 지금 김근휘

와도 색정을 나누는 것과 다름없었다.

'네가 생각하는 대로 이루어질지니. 옴마니밧메훔.'

내일 만나게 될 현령이란 자는 아마도 정결한 심신으로 대적하기엔 역부족인 상대일 것이었다. 한 전생이 아니라 몇 전생을 떠올릴수 있다 하여도 그 전생들이 이생에 도움이 되는 것은 아니었다. 아는 것은 힘이 아니라 고역이었다. 전생의 원수이자 지아비였던 김근휘를 재우면서 반야는 스스로를 내생까지 이어질 혼탁 속으로 밀어넣었다.

제가 색정을 나눴다고 여긴 김 선비는 고른 숨을 쉬며 잠들어 있었고 촛불은 거의 닳아 금세 꺼질 태세이다. 몇 시경인지 가늠되지 않았다. 반야는 몸을 일으켜 촛불을 끄고 마루로 나섰다. 처마에 흔들리는 등불만 매달아 밝혀 둔 채 온 집안이 잠들어 있었다. 눈은 계속 내렸고 마당에는 눈이 두 뼘도 넘을 만치 쌓였다. 냉엄한 겨울밤이다. 이대로 얼어붙어 얼음 기둥이라도 되었으면 싶을 만치 꼼짝하기 싫다. 한참을 서 있는 반야 등 뒤에서 문이 열리더니 기척이 났다. 마지못해 돌아보니 옷을 죄 챙겨 입은 임인이다. 아까 간 게 아니었던가. 그가 허리를 숙인다.

"서방님이 나으신 듯하여 우선 돌아갈까 합니다. 내일 낮쯤에 서방님을 모시러 다시 오겠습니다. 아니면 모레쯤 오리까?"

"아니, 우선 저 등을 내려 들고 나를 따라오세요."

반야는 마루에 올라 있던 신을 신고는 성큼 토방으로 내려섰다. 온몸에 물이 차는 것 같은 습기가 느껴진다. 세상에 나와 울어 본 기억이 없으나 습기가 눈물이라는 건 알 듯했다. 지금까지와 같이 살수 없을 앞날이 닥쳐왔다. 늘 새로운 세상을, 넓은 세상을 동경했음에도 목전에 닥친 낯선 세상이 두렵고도 서럽다. 소리 내어 우는 법을 몰랐으나 소리 내 울고 싶다. 뒤에서 임인이 등불을 내려 들고 따라왔다. 눈이 워낙 많이 쌓여 한 걸음 내딛기도 쉽지 않으나 추운 줄도 모르겠다. 금세 계곡에 이른다.

임인은 별님의 목적지를 짐작했다. 등을 내려놓고는 싸리나무 가지를 한 움큼 꺾어 징검돌들의 눈을 차례로 걷어 냈다. 돌아와 등불을 들고는 별님의 걸음을 비춰 주며 징검다리를 건너게 했다. 징검다리를 건너 둠벙가에 이른 별님은 거리낌 없이 옷을 벗는다. 벗은 옷들을 둠벙 옆 바위에다 걸쳐 놓고는 물속으로 들어간다. 한가운데 들어앉으면 가슴 위까지 물이 차는 깊이였다. 더운물 위에 떨어진 눈송이들이 자맥질하듯 스러진다. 임인은 등불을 들고 돌아서지도 못한 채 둠벙가에 서 있었다. 물속에서 비녀를 뽑아 둠벙을 두른 돌 위에 놓은 별님이 숨을 멈추고 물속으로 전신을 가라앉힌다. 서너 번 물속을 들락날락하던 사람이 한참이 되어도 나오지 않았다. 고작해야 무릎 위쪽에 닿는 수심이지만 접시 물에도 빠져 죽을 수 있는 게 사람이었다.

천지가 잠든 밤, 그러잖아도 숨이 막힐 듯한 근심으로 별님을 지키던 임인은 등불을 바위 밑에 놓고 제 겉옷을 벗어 놓은 뒤 둠벙 속으로 들어선다. 나오지 않는 별님을 쑥 잡아 올린다. 별님은 임인에게 안겨 숨을 몰아쉬면서도 운다. 눈이 이리 펄펄 내려 쌓이는 동짓달 한밤에 별님이 물에 잠겨 연해 운다. 또 물속으로 미끄러져 드는 반야의 어깨를 붙든 채 임인이 물속으로 주저앉는다. 별님을 제 무릎 새에 앉히며 끌어안는다. 계집의 몸을 잘 아는 그였다. 열다섯 살 즈음부터, 절집에서건 근동 모든 산속의 기도처에서건 범할 수 있는 여인들은 다 범하며 자라 왔다. 일정 기간 절집에 들어 기도하는 사대부 집 아씨 거처를 대놓고 드나든 적도 있었다. 놀라울 만치 뒤탈이 안 생기는 놀이였다. 거리낌도 죄의식 같은 것도 없었다. 역적의 자식으로 아버지를 잊으며 아버지를 버린 그였다.

자신을 강당사에 맡겨 놓고 사라진 동매 무녀는 다시 찾아오지 않았다. 세상에서 장경을 기억하는 사람이 한 사람도 없어 임인에겐 무서운 것도 없었다. 할 수 있는 모든 짓을 다 하고, 하고 싶지 않은 일은 일체 하지 않았다. 맘먹으면 엔간한 아낙들을 죄 품을 수 있다는 걸 알게 된 뒤에도 별님을 범하지 않은 건 동마로 때문이었다. 그리고 그 때문이 아니기도 했다. 자신을 사람이고 사내이게 하는 마지막 보루 같아서였다. 글 한 줄을 읽지 않았고 경문 한 구절을 외지 않은 채 반거충이로 살망정 별님이 웃는 동안에는 자신이 사람이며 사내일 듯했다. 헌데 그리 아꼈던 사람이 어제부터 한 번도 웃지 않거니와 이제는 홀로 철철 울고 있지 않은가.

임인은 안고 있던 별님의 입술에 제 입술을 댄다. 별님이 왜 우는지는 알 수 없고 몰라도 상관없다. 지금은 무슨 수를 써서라도 별님의 울음을 그치게 하고 싶을 뿐이다. 안는 것 이외에 계집을 달랠 방법을 알지 못하거니와 별님이 원한 일이었다. 별님의 두 팔이 임인의 목을 감아 왔다. 물에 젖은 알몸이 잉걸불처럼 뜨겁다. 따뜻한 물 속에서 임인은 별님의 입술을 물고 젖가슴을 핥고 발가락을 빨고 아랫부리를 간질였다. 울음을 그친 별님의 목을 핥고 귓불을 물고 혀를 당겨 애무했다.

'아아.'

반정신이 나간 별님 입에서 애끓는 비명이 터졌을 때 마침내 임인은 별님의 아랫부리에 제 아랫부리를 박아 넣고 물결을 일으켰다. 반야가 임인의 민둥한 머리를 끌어안고 눈 내리는 계곡과 주변 산천을 뒤흔들 듯한 열락의 소리를 내질렀다.

'아아.'

눈 속에 잠긴 주변 생물이 소스라칠 만한 소리라 해도 흐르는 물소리에 묻혀 제대로 들리지 않았다. 제정신이 아닌 별님의 신음을 들은 사람은 오직 별님 몸에 제 몸을 꽂은 임인뿐이었다.

도고 현령

어떤 일을 하루 앞서 본다고 해결책이 하루 앞서 생기는 건 아니다. 도망치는 것도 경우에 따라 하는 것. 물리력이 동반된 현실 앞에서 반야는 속수무책일 수밖에 없었다. 사십 리 눈길을 걸어 도착한 도고 관아는 입구인 아문亞門에서부터 창검 든 병졸들이 서 있어 사뭇 삼엄해 보였다. 내아內衙는 사대부가의 안채 같았다. 대청 한쪽 방으로 이끌려 든 반야는 눈에 젖은 옷을 가져온 옷으로 갈아입는다. 끝애조차 데려오지 못하고 혼자 포졸들을 따라온 참이었다. 현령 이름이 김학주라던가. 관비인 듯한 아낙이 반야를 수발했다. 나이는 어머니와 비슷할 성싶은데 외양이 열댓 살은 더 들어 보인다.

"옷 지은 솜씨가 여간 아니네그려. 꽃각시 보살 옷은 누가 지으실꼬?"

아낙이 하릴없이 옷 치사를 했다. 무명옷일망정 진달래꽃 빛으로 화장을 댄 흰 누비저고리에 진달래 빛 치마가 동짓달 추위를 무색케 할 만큼 곱기는 했다.

"어미 솜씨입니다. 아주머니, 혹 제가 여기 불려 온 까닭을 아시어 요?"

"재작년 가을에 사또 부임하신 뒤, 우리 고을은 물론이고 근동 고을에서 이름 좀 높은 무녀들은 거의 다 불려 들어온 듯싶으이. 자네가 예닐곱 번째나 되려나. 헌데, 자네 어머니도 무녀이신가?"

"그러하십니다. 어찌 그걸 물으시어요?"

"관아에서 데리러 갈 때마다 번번이 자네가 집을 비웠던 게지? 오늘 아침에 나졸들이 수군대는 사품을 듣자니 오늘도 자네가 집에 없으면 자네 어머니라도 데려오라는 명이 계신 듯했어. 용케 자네가 집에 있어 어머니가 곤욕을 아니 치르시게 되었네만, 자네가 딱하게 되었네. 기녀가 아니라 무녀들을 찾으시는 게 참 요상도 하시지."

"그리될 것 같아 순순히 따라왔습니다. 불려 온 이들이 사또 옆에 오래 머물더이까?"

"길게는 사나흘이고, 그냥 나간 사람도 있고, 같은 사람이 여러 차례 불려 오기도 하고 그렇데."

아낙이 무슨 말인가 더 하려다 사리고 만다. 사또를 보지 않았으나 관아에 들어선 순간 느꼈다. 사또에게는 남이 알지 못하는 병이 있을 터였다. 현실에서 보면 지병임에 틀림없는 뭇기巫氣에 들렸는데 그 뭇기가 약하거니와 들락날락 하는지라 사또 스스로도 어찌하지 못하는 것이다. 앞서 들렀다 간 무녀들도 그걸 보았을 것이다. 그들이 그 사실을 사또한테 알렸건 못 알렸건 방책을 못 했을 건 불문가지. 그럼에도 사또가 무녀들을 찾아대는 건 무녀와 함께 있으면 심신이 편해지기 때문일 것이다. 반야가 짐작할 수 있는 건 거기까지였다. 사또의 뭇기가 그에게 어떻게 작용하는지는 보아야 알 수 있었다.

사또가 반야를 부른 건 저녁밥까지 먹고 난 초경 무렵이다. 그가 공사나마 구분하는 사람이라는 사실에 반야는 안도하며 내실로 들어섰다. 네모난 방건을 쓰고 회색 도포를 입고 보료에 좌정한 사또는 반야의 예상보다 젊다. 마흔 살이나 될까. 촛불이 사방에 켜졌고 사또가 마주한 서안 왼쪽에도 촛불이 세워졌다. 이쪽을 바라보는 눈빛이 괭이처럼 빙글거리며 빛난다. 반야가 절하고 서 있으려니 그가 아랫간으로 내려와 마주앉으라고 손짓한다. 그의 주변에 서린 귀신들이 반야를 보고 도사린다. 신이 내렸으나 신내림을 받지 못한 채 현실에 치어 죽은 뜬것들이, 보이는 것만도 넷이다. 계집 하나에 사내 셋. 사또가 그들의 둥지였다.

점사를 보는 동안 이따금 뭇기 실린 이들이 찾아왔다. 그들의 영은 대개 몸부림을 치며 뭇기를 거부하는 바 몸이 아프고 넋 간수를 못 해 미쳐 날뛰기 일쑤였다. 그들에게 길은 두 가지였다. 뭇기를 받아들여 무격이 되든가. 뭇기를 떨쳐 내어 보통 사람이 되든가. 그나마 얕은 뭇기라야 떨쳐 낼 수 있지 자신의 영보다 강한 뭇기는 받아들여야만 한다. 사또는 영이 억세다. 그럼에도 그는 뜬것들을 거부하지 않고 있다. 공생하고 있는 것이다. 뜬것들이 금세라도 사또 안으로 도망칠 양으로 도사린 채 반야를 기웃거린다. 반야한테 매달려 있어야 할 귀신들을 찾는 것이었다. 반야는 그것들을 향해 살포시 웃어 보인다. 사또도 빙긋 웃는다.

"나를 다 살핀 듯하구나. 내가 왜 너를 불렀는지 짐작하겠느냐?"

"외람되오나 사또 나리, 먼저 여쭙고자 하옵니다."

"무얼?"

"쇤네를 부르신 까닭이 무녀로 쓰시기 위함이신지, 계집으로 쓰시기 위함이신지요?"

사또가 허허허, 촛불이 흔들릴 정도로 큰 소리로 웃는다.

"듣던 대로 발칙하구나. 무녀로 쓰기 위함이라면 어떻고 계집으로 쓰기 위함이라면 어찌할 것이더냐? 또 두 가지 용도로 다 쓸 것이라면?"

"계집으로 쓰시고자 하신다면 천하고 힘없는 계집으로 엎드릴 것이옵니다. 쇤네를 무녀로 쓰시려거든 복채를 먼저 내려 주소서."

허허허. 사또가 또 웃었다. 그동안 제가 몇 명의 무녀들을 불러들여 써먹었든지 처음 당한 일일 터. 경우 없는 일을 당하매 어찌 나올지 반야는 궁금했다. 그의 성정이야 알 것 같고, 사람 크기를 계량해 보고 싶은 것이다. 그가 서안에 달린 서랍을 열더니 회색 주머니를 꺼내 반야 앞에 던졌다.

"게 얼마나 들었는지 내 모른다. 지금 내가 당장 줄 수 있는 전부이니 궁금하면 열어 세어 보거라."

예상했던 대로 만만치 않은 상대다. 반야는 주머니를 당겨 앞에 놓고 앉은절을 한 뒤 주머니를 다시 그의 서안 위에 올려놓고 물러 앉는다.

"기껏 달래 주니, 어찌 물리는 게냐?"

"쇤네가 손님을 맞으면 늘 복채 먼저 내놓으라 하오나 쇤네가 감당하기 어려운 일을 하문하시는 손님께는 되돌려 드리옵니다."

"지금 네가 나를 감당하기 어렵겠다 그 말인 게냐?"

"무격들이란 다른 무엇보다 마주한 이의 영기의 높낮음을 먼저 알아챈다 들었나이다. 쇤네 또한 그러하옵니다. 나리의 영기 높으시어

나리께오서 말씀해 주시는 사항만 쇤네가 알게 될 것이니 복채를 돌려드림이 마땅하다 보옵니다. 하옵고, 쇤네를 부르신 까닭이, 이따금 편찮으시어 그 연유를 묻고자 하심일 터이옵니다. 쇤네, 환자를 맞을 때는 대가를 받지 않나이다."

천한 계집년의 방자함에 그가 어찌 나오든 겁나지 않다. 그에게 해주고 싶은 게 없는 반야에게 중요한 것은 그에게 휘둘리지 않는 것이었다. 그가 물끄러미 바라보다 입을 연다.

"잘 보았다. 내 수년 전부터 이따금 심히 아파 의원한테 보여도 원인을 모른다 하더구나. 그래 무격들한테 몇 번이고 보였다. 이 고을로 와서도 마찬가지로 무격들한테 보인다만 그때마다 똑같은 소리. 귀신들이 들락거려 그렇다 하더라. 무격들이란 으레 그런 말을 하기 마련일 터. 인근 고을에 이름을 널리 알린 너는 어찌 말하는지 보려 불렀느니라."

그의 무병은 수년이 아니라 십수 년은 되었을 것이다. 권력에 대한 야심이 자못 컸을 그가 이 나이에 이르도록 한갓진 고을의 현령 자리밖에 꿰차지 못한 것도 그 때문일 것이다. 반대로 그는 무병을 십수 년 앓고도 현령 자리를 차지하고 앉아 있을 만큼 무서운 놈이기도 하다. 어쨌든 그의 뭇기와 그에게 붙은 귀신들은 볼 수 있어도 현령의 미래는 보이지 않는다. 그의 영기가 워낙 탁하거니와 그가 자신의 영기에 장막을 칠 수 있는 강한 자이기 때문이다.

"쇤네나 그들이나 같은 업을 지니고 같은 눈을 가지고 있사온데 다른 말씀을 아뢰겠나이까."

"이 방에, 내 곁에 있는 귀신들이 보이느냐?"

"예."

"헌데 왜 귀신들과 다투지 않는 게냐? 다른 년들은 이것들을 없애려고 주문부터 외던걸?"

"그들이 물리치지 못했듯 쇤네 또한 물리칠 수 있는 귀신들이 아니옵니다."

"그럼 누가 물리칠 수 있다는 게냐?"

"나리께서도 스스로에 깃든 뭇기를 짐작하셨을 것입니다. 뭇기가 깃들었을 때, 그리고 그 뭇기나 귀신을 물리치기를 바랄 때, 내림받은 이 스스로가 원하는 게 먼저인 줄 압니다. 그 과정에 내림굿이든 누름굿이든 병행되어야만 하옵고요."

그는 또렷한 눈으로 건너다볼 뿐 가만하다. 그가 그걸 몰랐으랴. 알면서도 무녀들한테 하릴없는 질문을 해대며 그들을 난감케 하고 그들의 몸을 취하며 잠시의 안정을 누려 온 것이다. 무병을 앓는 사람들이 모두 그렇듯 사또도 굿을 할 수밖에 없는데 새터말 규수 방희에게조차 불가한 그 일이 현직 현령에게 가능할 리 없었다.

"그래, 그럴 것이라 짐작해 왔고 나한테 뭇기가 실렸음을 스스로 인정했다. 하지만 사대부가 대놓고 그걸 밝힐 수는 없지 않겠느냐? 이 시점에서 네가 내놓을 수 있는 방책은 무엇이 있지? 복채 물렸다고 내놓을 방책도 없다 하지는 않으렸다?"

김학주는 스물두 살에 대과에 급제하여 정팔품의 예문관 대교待敎로 벼슬살이를 시작했다. 마침 금상이 막 등극한 무렵이라 새 임금과 더불어 시작한 벼슬살이가 상서로웠다. 정칠품 봉교奉敎를 거쳐 스물여덟 살에 내수사 별제別提로 종육품관이 되었을 때만 해도 앞날은 탄탄하였다. 궐내에서 쓰는 물자를 조달하는 직책은 그 자체로 권력이었다. 이따금 두통이나 복통이나 요통을 겪던 무렵이었으나 무병일 거라곤 꿈에도 생각 못했거니와 잠깐씩 앓고 나면 너끈히 움직일 만했다. 게다가 앓고 나면 신기하리만큼 상대가 빤히 들여다보였다. 같은 내수사의 상급자들인 전수며 별좌들의 속내는 물론이고 궁내 소용품을 납품하는 장사치들의 꿍꿍이가 환히 보였다. 만만찮게 뒷돈을 챙기면서도 흔적 남기지 않을 방도가 손바닥 보듯 하였고 더불어 승차할 수 있는 길도 훤히 나 있었다.

조부나 부친이 미관말직에 머물러 버려 스스로에게는 당파조차도 해당되지 않았으나 오히려 그게 이로웠다. 노론이 대세였으므로 노론 사람이 되었다. 내수사 종오품관인 별좌別坐가 머지않다 여긴 게 서른한 살 설 무렵이었다. 설날 궁에서 쓰일 어마어마한 물재들을 관리하느라 한 열흘을 궁에서 날밤을 새다시피 하고 집으로 돌아가 앓았다. 그저 몸살이려니 했던 병세가 사경을 헤매는 지경이 되었다. 의원이며 약이 닿지 않았다. 보다 못한 안사람이 무녀를 불러들였다. 푸닥거리를 하러 온 무녀가 대번에 내림굿을 하여야만 나을 무병이라고 진단했다. 혼몽 중에도 그 말을 알아들었다. 내림굿이라니. 아랫것들 시켜 무녀를 곤죽이 되도록 패준 뒤 입막음을 시키고 스스로 털고 일어났다. 두 달 만이었다. 내수사 벼슬은 지키지 못했으나 속리산 근방 감물 고을 현감으로 나앉았다. 자신의 본향인 충주가 멀잖은 곳이었다. 여전히 종오품 관직이긴 하나 한적한 고을의 원을 내수사에 비하랴.

감물 현감으로 나앉은 지 몇 달, 여름이었다. 태풍으로 옴짝달싹 못한 채 내아에서 술이나 마시고 있을 때 한양에서 손님이 왔다고 했다. 이조참판을 지내는 양순의 대감의 시종이라는 자는 단씨로 제 이름이 일기一麒라고 밝혔다. 양 대감의 시종 단일기는 김학주를 대

하매 제가 양 대감이거나 혹은 김학주의 시종인 듯 몹시 어지럽게
굴었다. 무슨 용건으로 찾아왔는지 말도 하지 않으면서 식객인 양
객사에서 보름째 묵던 밤에 단일기가 김학주 방으로 찾아왔다.

"이 감물현 현감 정도로는 성에 차시지 않지요?"

앞선 보름 동안 여러 차례 그랬듯 놈이 대감 같아지는 시간이었다.

"벼슬아치치고 이 정도에서 만족하는 자가 있겠느냐. 그걸 왜 묻
는 게냐?"

말투는 그랬을망정 놈이 대감 같아지면 김학주는 위축되곤 했다.

"나리께서 간절히 원하시면, 그 간절함으로 닿고자 하는 데가 분
명하시면, 길이 있음을 알려 드리려 함입니다. 물론 양 대감님의 말
씀이십니다."

자못 거만한 어조였으나 당시 김학주는 승차가 간절했으므로 당
면한 간절함에 대해 솔직히 털어놓았다. 출세하고 싶다. 금상을 제
외한 최고의 자리까지 오르고 싶다. 그런 식의 대화가 몇 날 며칠 더
반복된 뒤 마침내 단일기가 만단사萬旦嗣에 대해 말했다. 세상 모든
사람이 자신이 그리는 방식으로 아름다이 살아갈 수 있는 길, 그러
한 세상이 있노라고. 그게 만단사의 세상이라고. 그 아름다운 세상
에 이르는 길을 만단사가 터준다는 것이었다. 다만 만단사 입사入嗣
과정을 치러야 한다고 했다. 시험이었다. 그리고 서원誓願해야 했다.
김학주에게 맹세는 그리 어려운 과정이 아니었다.

'어떠한 경우에도 만단사에 대해 침묵한다.'

'어떠한 경우에도 만단사령萬旦嗣令에 복종한다.'

만단사가 김학주를 찾아온 까닭이 그것이었다. 만단사는 그런 열
패감, 열등감에 기대거나 바탕하여 존재하는 조직이었다. 만단사에

는 기린부와 봉황부, 거북부, 용부 등의 네 부가 있고, 각부에는 삼백에서 오륙백 명에 이르는 사자嗣者들이 있었다. 입사절차를 거친 뒤 만단사 안에서의 품계가 내려졌을 때 김학주는 어이가 없었다. 만단사 네 부의 한 부인 기린부麒麟部에서의 오기사자五麒嗣者, 말단 품계였던 것이다. 참지 않을 수 없으므로 참았다. 그렇게 십 년이 흘러 두 품계가 올라 삼기사자에 이르렀다. 십 년 전 제 이름을 단일기라고 했던 양순의 대감의 시종에도 까마득히 못 미치는 품계였다.

만단사 내의 품계를 높이는 방법은 만단사를 위해 공을 쌓는 것인데 김학주에게 그 방법은 현실 벼슬의 품계를 높이는 것이었다. 그러나 한번 외직으로 나앉으니, 십 년째 시골만을 떠돌게 되었다. 종오품 현령으로 이 도고로 온 게 고을 원으로서만 세 번째였다. 만단사 기린부에서 삼기사자도 외직과 다를 게 없었다. 중심이 어디인지도 몰랐다. 중심은커녕 누가 기린부의 사자들인지도 알지 못했다. 일기사자가 되어야 기린부에서나마 눈이 생기고 수하가 생기는 성싶었다. 문제는 품급을 높일 수 있는 방법이 없다는 것이다. 현 시점에서 김학주가 만단사에 공을 세울 길은 단 한 가지, 만파식령을 찾아내는 것뿐이었다.

별님이 대답한다.

"아뢰옵기 황송하오나 나리께오서는 그 뭇기를 굳이 떨쳐 내고 싶지 않은 듯하십니다. 그 뭇기를 잘 다스리시어 현실에 적용코자 하시는 게 아니신지요."

김학주가 소리 내어 웃음을 터트린다. 정곡을 찔렸으되 화가 나기는커녕 계집아이가 재미나다. 아이는 제 신기를 한사코 감추다가 상대의 혈을 건드리는 실책을 범한 모양이다. 저도 제 실책을 느끼는

지 낭패스런 얼굴이다.

"맞다. 아주 잘 보았느니라. 이따금 견딜 수 없게 아프지만 않다면 잠깐씩 다른 사람을 들여다볼 수 있는 것도 재미나더구나. 잠시 잠깐 안개가 걷힌 듯 눈앞이 훤해지거든. 매번 그 순간이 너무 짧아 안타까울 지경이지. 시방, 너도 약간은 보인다. 귀신들을 달고 다니지 않고 제 영기의 높낮이를 숨길 수 있는 년. 사내란 사내를 죄다 종놈 부리듯 휘어잡을 년. 여하튼, 네가 나보다 잘 볼 수 있다는 건 내가 첨부터 인정했으니 솔직히 말하마. 나는 이 한직에서 한 해쯤 더 지낸 뒤 내직을 제수 받거나 승차하고 싶다. 더불어 나한테 이왕 내린 뭇기를 강하게 만들어 현실에 이용하길 바란다. 물론 굿따위는 할수 없다. 할 수 없는 이유야 새삼 말할 필요도 없겠지. 해서 나는 네가 내 곁의 뜬것들을 쫓지 않고도 내 심신에 내리는 통증을 없애 주기 바라고, 뭇기 또한 강하게 만들어 주기를 소망한다. 그리해 줄 수 있겠느냐?"

그럴 수 있다면 그 많은 사람들이 무격이라는 천것들이 되어 살아가랴. 신내린 사람에게 전부 아니면 아무것도 아닌 게 뭇기다. 김학주는 강하면서도 사특한 자다. 그의 주변에서 뜬것들이 반야를 놀리듯 빙글거리고 있다. 그것들을 쫓아낼 수는 있겠지만 그것들을 통해 사또의 뭇기를 강하게 하기는 어림도 없었다. 반야가 스스로의 영기를 덜어 그에게 실어 준다면, 덜어준 만큼이나 눈이 밝아질까. 그러고 난 다음, 몰약에 들린 자가 약효 떨어질 때마다 약을 찾듯 그는 반야를 평생토록 소비하려 할 것이다.

반야는 짐짓 고개를 깊이 수그린다. 사또는 반야의 신기가 어디까지 닿는지는 모르되 제 권세를 어찌 이용할 수 있는지는 잘 아는 자였다. 호랑이에 날개가 달린 격이랄까. 그 날개의 힘이 어디까지 미칠 수 있을지는 모른다. 어쨌든 여기서 멀쩡히 나가기는 틀린 일이었다.

"천한 쇤네한테 어찌 감히 그런 힘이 있사오리까."

"힘이 없다? 네가 날리는 이름, 그래 내가 지금까지 아껴 두기까지 했던 너한테도 그 힘이 없다 그 말이냐?"

"여러 만신들이 힘을 합하여 굿을 치른다면 혹시 가능할지 모르오나 형편이 그리할 수 없사온데 미력한 쇤네 홀로 당키나 하오리까."

"네 영기를 나한테 나눠줄 수도 있을 텐데?"

단순한 운기라도 그 기를 누군가에게 건네자면 온몸과 온 마음을 다해야 한다. 하물며 영기를 나눠준다는 건 보통 사람은 불가능하거니와 신기 높은 무격에게도 스스로의 목숨을 덜어주는 것과 같은 의미다. 상대의 몸이 내 몸보다 소중할 때나 가능한 일인 것이다. 반야는 머리만 조아린다.

"불가하다? 네 에미도 무녀라면서 네 에미도 불가하랴?"

신기를 높이고자 하매 무업을 배워 무녀가 된 여인이 쓸모없다는 걸 모를 놈이 아니다. 놈은 어미를 볼모로 잡을 수 있다고 협박하는 것이다.

"황공하옵니다, 나리. 쇤네의 어미는 신내림을 받지 못하였습니다. 쇤네 또한 한갓 점쟁이로 아낙들을 상대로 말장난이나 하며 사는 처지이니다. 살펴 주옵소서."

"그래, 말장난은 좀 하는구나. 고개를 들거라."

수그린 머리 위로 떨어지는 음색에 노기가 서렸다. 사특한 자이기는 해도 당장 무녀를 끌어내 볼기를 치라고 할 정도로 얕은 자는 아니다.

"네 본디 이름이 무엇이냐?"

"별님이옵니다."

"별님이, 네 몇 살이냐?"

"열아홉 살이옵니다."

"내가 만난 무녀들 중 가장 어리구나. 네, 만파식령을 아느냐?"

결국 그 때문이었단 말이지. 반야는 익히 알았던 것을 새삼 확인하듯 속으로 고개를 끄덕인다. 사발 모양의 정주 속에 칠성방울이 들었다는 그것을 얻으면 신기가 하늘에 닿게 된다고 했다. 피리 소리로 파도를 일으켜 수천 척 배를 뒤집는다는 만파식적만큼이나 허황된 것이지만 무격들에게 신기 드높임이란 그 자체로 꿈인 까닭에 옛이야기 속에서 튀어나온 만파식령은 현실에서 아직도 방울 소리를 내고 있었다. 놈이 수시로 무녀들을 불러들이는 까닭은 만파식령의 행방을 찾기 위함이었다. 만파식령의 힘을 얻어 세상을 제 맘대로 요리하고 싶은 것이다.

"들은 적이 있나이다."

"너는 그게 실재하는 물건이라 여기느냐, 상상 속 물건이라 여기느냐?"

"무격들의 상상이 빚어낸 물건일 뿐이라 여겼습니다."

"왜?"

"무격에게만 소용이 있을 법한 그 방울이 실재하는 물건이었다면 무격들이 천민으로 전락하지 않았을 것이고, 뭣기 생긴 이들이 무격됨을 그리 두려워하지 않았을 것이라 여겼사옵니다."

"그 물건의 실존을 믿지 않으니 그 물건의 향방도 물론 모른다, 그런 뜻이렸다?"

만파식령의 실존을 믿고 그 향방을 알았더라면 오늘 이 자리에 와서 이런 치욕을 겪었으랴. 반야는 고개를 숙이며 대답을 생략해 버린다.

김학주는 고개 숙인 반야의 가지런한 정수리를 새삼 뜯어보며 분기를 누른다. 이 고을로 오기까지 겪은 이중의 벼슬살이와 만단사 내에서의 치욕을 떠올리면 세상의 무격들을 전부 쳐죽이고 싶었다. 십 년 넘게 부임지에서 갖은 무녀들을 취하며 무병을 다스려 온 터였다. 숱한 무녀들을 겪어도 무병은 늘 고만고만한 병세로 붙어 있었다. 내림굿을 하든가, 누름굿을 하지 않는 한 어쩔 수 없음을 왜 모르랴. 하지만 어떤 굿도 할 수 없는 처지였다. 부임하자마자 꽃각시 보살이라는 어린 무녀의 이름을 들었다. 어린 계집 이름이 그리 높아질 수 있음에 계집이 가진 무엇인가가 있을 듯해 가슴이 뛰었다. 그래도 서두르지 않았다. 다른 무녀들부터 불러들여 취하며 꽃각시 보살을 아껴 놓았다.

그러던 중에 꽃각시 보살이 이한신이라는 이름과 더불어 제 존재를 다시 전달해 왔다. 이한신. 이 온양으로 오며 혹여 그자와 마주칠까 봐 저어했다. 의정부에서만 관직을 높여 정사품 사인에 이른 이한신은 김학주와 같은 해에 대과에 응시하여 장원 급제한 자였다. 김학주가 성균관에 머물러 공부할 때 이름조차 들어 본 일 없는 자가 돌연히 장원으로 자신의 이름 바로 위에 떡하니 이름 적힌 것을 보았을 때의 열패감을 어찌 잊으랴. 그가 온양 근동의 최고 명문가 출신이라는 것을 알게 되었을 때. 그가 금상의 굄을 받는 인재로 소문이 날 때마다 그 열패감은 깊어졌다.

이한신이 친상을 빙자하여 사인 벼슬을 스스로 내버리고 낙향하였다는 소문을 들은 뒤 이 고을로 왔던 참이었다. 그의 누이가 서생들에게 능욕을 당하고 연못에 내던져졌고 꽃각시 보살이 그 주검을 건져 냈다는 소식을 들었을 때 그의 집이 자신의 관할이 아님에 통탄했다. 지난 사월 돌림병이 극악스런 위세를 떨칠 때였다. 달포 가량 휘몰아친 호열자와 문둥병으로 오십만여 명이 쓸려나갔을 것이라던가. 그런 즈음에 꽃각시 보살에 대해 들었으므로 조심했다. 한편으로는 꽃각시 보살이 이한신과 인연을 맺은 탓이기도 했다.

헌데 본디 이름이 별님이라는 년은 예상하고 기대했던 것만큼 대단해 보이지 않는다. 생김새로야 무녀 아니라 기녀가 되었어야 마땅하다 싶을 만큼 봐줄 만하나 김학주가 년한테 원하는 건 봐줄 만한 용모가 아니라 만파식령을 찾아낼 수 있을 만한 드높은 신기였다.

"하면 네가 이 밤에 나한테 해줄 수 있는 일이 무엇이냐?"

"다른 무녀들처럼 귀신들이 하룻밤 침범치 않게 하는 게 고작일 것이옵니다."

"왜 하룻밤뿐이냐? 네 자색이 백 사내를 홀리고도 남음이 있을 터, 귀신들도 홀릴 법한데, 네가 무녀로서 내 소망을 들어줄 수 없다면 계집으로서는 어찌하려느냐?"

반야는 스스로를 위하여는 단 한 번도 부처님이나 검님들의 이름을 불러 보지 않았다. 그럴 일이 없었다. 지금 반야는 처음으로 부처님을 부르고픈 욕망을 느낀다. 하지만 그리해서는 안 됨을 모르지 않는다. 타인을 위한 기도는 소망이요, 스스로를 위한 기도는 욕망이라 세뇌 받으며 자랐다. 자신의 이름이 지혜롭고 밝은 진리라는 뜻의 반야가 된 순간 자신은 반야로 살기로 돼 있었다. 겨우 놈 같은 존재에 대항하기 위해 욕망할 수는 없었다. 길든 짧든 한 생 살기에 합당할 만큼 타고난 몸, 몸을 지켜 무엇 할 것인가.

지난밤, 그동안 지켜 온 금기를 해제해 버렸다. 한 사내를 위한 몸의 정절을 부쉈다. 그리하기 위해 가는 마음 없이 임자 있는 남정네를 미혹에 빠뜨렸고, 갈 마음 없이 사내를 안았다. 임인은 아마도 할머니와 어머니를 통해 자신과 이어진 전사가 있을 것이었다. 그것조차 살피지 않고 무시했다. 하지 말아야 할 일을 하며 하룻밤 두 사내를 열탕으로 밀어넣었으니 열 사내도 안을 수 있을 것이다. 그렇게 어젯밤을 진창으로 만들어 자신을 거기다 굴려 버린 뒤 놈한테 온 것이었다.

"처분대로 하사이다."

"방책 대신 목이라도 내놓겠다 그 말이냐?"

"이 방에서 쇤네의 목이 쇤네 것이오리까."

"이 방뿐만 아니라 조선 팔도 어디에서도 내가 원하는 한 네 목은 네 것이 아니지. 몸도 마찬가지이렸다?"

"그렇겠지요."

놈이 또 소리 높여 웃는다. 얼마나 살지 가늠되지 않는 그는 장차 어떤 식이로든 신기를 높여 사술을 부릴 자였다. 오래도록 살아남는다면 현실의 관직도 아랑곳없이 미륵을 자처하며 교주 노릇을 하려 들지도. 이생에서 새로 맺은 악연 중에서 가장 하질이거니와 가장 드센 악연을 만난 것이다.

"발칙하되 어리석지는 않은 년이로구나. 마음에 든다. 총기 있는 계집이라야 취할 게 있지. 여봐라, 마실 것을 내오너라."

밖을 향해 소리치고 나서 반야를 쳐다보며 웃는 그는 쥐 잡아 놀리는 괭이처럼 여유롭다. 반야는 스스로를 비우느라 속으로 다라니를 읊는다. 비우지 않고는 감당할 수 없는 자였다. 그가 두렵지 않고 무녀로 태어난 스스로의 처지가 새삼 한스러울 것도 없다. 맞수와 만난 듯 투지가 새롭다. 살든가 죽든가. 될 대로 될 터였다.

금성산성金城山城

천지가 산이었다. 새새에 들이 있고 촌락들이 박혔지만 이따금 주체할 수 없게 답답했다. 까닭이 바다를 볼 수 없기 때문임을 동마로는 창평현 금성산 밑에 은거한 지 두 달이 되었을 무렵에야 깨달았다.

공세포와 은샘골을 오가는 길모퉁이에 수시로 나타나던 바다. 더우면 아무 때나 뛰어 내려가 몸을 담그고 헤엄을 치며 몸을 키워 왔다. 폭풍우가 치는 밤이면 파도가 산마루에 앉은 선원까지 내달려 오는 걸 바라보며 마음도 넓혀 왔다. 노루목 포구에서 배를 타고 해안을 따라가노라면 그림처럼 고요한 풍경이 펼쳐지곤 하였다. 뱃길을 쫓아 공세포를 지나면 천안 쪽에서 가까운 구룡포구에 닿았다. 배를 탄 적이 드물었어도 동마로는 뱃멀미를 하지 않았다. 정월 대보름 밤바다에 펼쳐지던 그 달이라니. 그 달에 기원을 올리던 용왕굿은 또 얼마나 장관이었던지. 이 창평엔 바다가 없었다. 이틀 정도 가야 바다에 닿을 수 있다고 했다.

갑갑할 때마다 동마로는 금성산성에 올랐다. 제일 높은 봉우리는 철마봉이라 불렸다. 아주 높은 산이랄 수는 없지만 꽤나 험악한 산세를 따라 이십여 리에 걸친 성곽이 둘러져 있었다. 성곽의 동서남북으로 난 문이 네 군데였고 그 문은 세상 모든 산들과 이어져 있었다. 산은 산으로 이어지고 길은 길 따라 나 있는 봉우리에 올라설 때면 청나라에 있다는 만리장성을 상상했다. 그 광활함이 가늠되지 않아 백두산 천지를 떠올려 보곤 했다. 나흘을 걸어 돌았던 그 장엄한 하늘연못! 침묵이나 할 수밖에 없던 그 무한함. 그 무한함은 사람이 감당할 게 못됐다. 무력하게, 혼미하게 했다. 반야도 천지에 대해 한마디도 형용치 않았다. 그때 둘은 그저 사람끼리 주고받을 만한 말만 했다. 춥지 않냐고 물으면 상기된 얼굴로 괜찮다고 하고, 다리 아프지 않냐 물으면 낯을 찡그리며 괜찮다고 하고.

금성산성 안에는 담양부에 속하는 군영이 있었다. 네 군데 문을 지키는 수직 군사들과 성내 진영에 있는 군병들을 합쳐 이백여 명이었다. 열네 해 전, 무신년 일월에 담양부 화약고에 있던 화약이며 유황 사천여 근이 불탔다고 했다. 당시의 담양 부사가 가담한 역모의 난이 그해 삼월에 일어나 나라가 한차례 시끄러웠다. 이른바 이인좌의 역란이었다. 그 바람에 담양부에 속한 금성산성은 요주의 지역이 되었거니와 요새화되었다. 그러니 낯선 뜨내기로서는 더구나 근접이 어려울 법했다.

동마로가 아랫마을 사람인 듯 용이하게 산성을 드나들 수 있게 된 건 성의 군관 양교칠 덕분이었다. 금성산 밑 청룡 선원을 이끌어 가는 이는 각품인 박정생이었으나 양교칠 군관이 담양 청룡 선원의 무진이었다. 사신계의 무진이자 현직 군관인 양교칠을 처음 만났을 때

기뻤다. 사신총령을 받고 난 뒤 돌아오지 않은 사람들이 사라진 게 아니라 세상 곳곳에서 각기 버젓하게 살고 있음을 알게 되었으므로.

기箕, 미尾, 심心, 방房, 저氐, 항亢, 각角의 품급을 가진 청룡 선원이었다. 양교칠 무진은 총령을 수행하고 찾아온 동마로에게 청룡 선원의 여섯 번째 품급인 항품을 부여했다. 온양 현무 선원으로 돌아가게 되어도 이전보다 한 품계 높아진 실품 무절이 된 것이라는 설명도 덧붙였다. 목숨과 관계된 사신총령을 한 차례씩 치르고 난 뒤에 따르는 순서라고 했다. 청룡부 항품 무절이 된 동마로에게는 각품인 박정생을 도와 선원생들을 가르치며 수련을 계속하라는 임무가 주어졌다. 위 품급 계원이 품급 낮은 계원의 선생이 되는 건 사신계의 수련 방식이었다. 무술이 특기인 무절들에게 특히 그렇거니와 모든 계원은 자신의 특기를 후진에게 이어가야 할 의무가 있었다. 하여 계원들은 서로에게 전부 선생이었고 그렇게 호칭했다. 모든 인간은 동등하고 자유로우며 스스로의 의지로 자신의 인생을 가꿀 권리가 있다는 강령이 계 밖의 현실에서는 뜬구름 같아도 사신계 안에서는 구현되는 듯했다.

하지만 동마로는 때때로 계의 안과 밖의 현실을 구분하기가 어려웠다. 어떠한 경우에도 따라야 하는 총령 앞에서 스스로의 의지가 무슨 소용인가. 하늘 아래 억울한 자가 없게 하기 위한 계원들의 의무 수행이 총령이라 해도 이렇게 갇힌 듯 살아야 한다면 그게 자유 의지이랴.

금성산성 밑 담양 청룡 선원은 연동사에 섞여 있었다. 주지인 중원 스님이 사신계 열외 무진이었으므로 연동사 자체가 사신계 도량이었다. 비구들과 수련생들이 뒤섞여 죄 중 노릇을 했다. 계를 받지 않았으면서도 머리를 깎은 이들도 있어 외양으로는 중인지 세인인지 구분도 되지 않는 사내들이 북적이는 데가 연동사였다. 물론 속내만 그랬고 겉으로는 비구 세 명과 행자 다섯에 불자들이 한가하게 드나드는 자그만 사찰일 뿐이었다. 동마로는 아침이면 글을 모르는 예비 수련생들에게 글자를 가르치고 저녁에는 아래 품급 수련생들의 무술 수련을 도왔다. 권술과 검술과 창검술과 봉술과 기마술 등의 이십사 기 무예를 자신이 위 품급 무절들에게 지도받았듯 지도했다.

가르치는 일이 또한 배우는 일임을 새삼스레 깨닫는 나날이 다섯 달하고도 스무 날째였다. 섣달그믐밤이라 연동사에는 스님들과 동마로만이 남아 있었다. 저녁 예불 뒤 공양을 마치고 동마로는 중원 스님께 거처로 내려가련다는 인사를 드렸다. 속세 나이로 오는 해가 환갑이시라는 중원 스님이 당신 방문 밖에서 인사드리는 동마로한테 들어오라 일렀다.

"네가 예 온 지 얼추 반년이 되었지?"

"예, 스님."

"집이 그리웠을 텐데 젊은 혈기 다스리며 잘 살아 주었다."

잘 산 게 아니라 기를 쓰며 살았다. 한번 무너지면 그대로 끝일 듯해 때때로 턱까지 차는 숨을 내뱉지 않고 삼켰다. 선원에 두 필의 말이 있었으나 기마술을 가르칠 때 외에는 타지 않고 한사코 걸어만 다녔다. 말에 오르면 그대로 온양으로 달려가고 말 듯했기 때문이었다. 이제 열흘 남았다. 동마로는 울컥 치미는 뜨거움을 삼키며 고개를 숙였다.

"돌아가려느냐?"

스님 물음에 동마로가 번쩍 고개를 들었다. 돌아가겠냐니? 이건 또 무슨 재앙의 전조인가. 동마로의 가슴이 볕에 놓인 육포처럼 죄어들었다.

"혹 소생에게 다른 명이 내렸사옵니까?"

"아니다. 나나 양 무진이 네가 탐나 묻는 것이니라. 그리고 명을 수행한 뒤 다른 배속지에 머문 경우 종종 현지에 뿌리내리는 예도 있는 터라 네 의향을 알아보는 것이다. 만약 네가 예 있겠다면, 오는 삼월에 담양부에서 시행하는 군병과에 응해 양 무진 밑으로 들어갈 수 있을 터이다. 네 현실의 신분을 바꾸어 너를 키우려는 것이다. 또 다른 세상을 네게 보여 주고자 함이다."

한 번도 신분을 묻지 않던 사신계였다. 자신이 무격 집안의 종자인 걸 계 안에서는 의식할 필요가 없었다. 현실의 신분이 바뀌는 일이 가능하리라고 상상해 본 적도 없거니와 사신계에서 그렇게까지 하는 줄도 몰랐다. 알아 갈수록 사신계의 힘은 더 컸다. 짐작할 수 없는 광활한 세계였다. 그 넓은 곳에 또 다른 세상이 있다 하시지 않는가. 그 안으로 더 깊이 들어가 그 힘을 느끼고 누릴 수 있는 가능성이 눈앞에 무지개처럼 찬란히 펼쳐졌다. 하지만 동마로는 대답을 못한다.

"지난 구월에 내가 스무날 정도 만행 다녀온 걸 네 기억할 게다. 한양에서 무진 회합이 있어 갔던 것이니라. 그 자리에서 너에 관한 이야기가 잠시 나왔다. 너를 예정보다 일찍 원래의 자리로 돌려보내자는 건의가 들어왔기 때문이다. 건의한 이가 누구였는지는 네가 알 수 있는 사항이 아니다만 그런 논의가 있긴 했더니라. 그때 현실의 네 신분을 알게 되었다. 어쨌든 요지는 네 집에서의 네 책임이 막중하다는 것이었다."

무진 회합에서 자신의 이름이 거론되었다는 건 뜻밖이다. 공세포 옥종 무진이 거론했다면 그렇다 말씀하실 텐데? 옥종 무진은 열두 살의 동마로가 선원에 들고자 간청했을 때 한 식경을 쳐다만 보며 벌을 세우다가 네놈 눈빛이 마음에 드니 시험이나 해보겠다며 받아 주었다. 그를 스승으로 섬기면서 여기까지 온 참이었다. 퍼뜩 용문골의 사인 나리가 떠올랐다. 혹시 그분도 스님처럼 열 밖에 계시는 무진이신가? 언젠가 언뜻 선원에서 그분을 뵌 탓에 낯이 익었나? 그러면 몇 개 얽힌 고리가 동시에 풀리는 셈이지만 위에서 하는 일을 물을 수 없는 게 사신계 아랫사람들 본분이다.

"나는 그 자리에서 너를 일찍 돌려보내는 것에 반대했다. 자리를 비울 수 없어 함께 가지 못한 양 무진의 뜻도 그러할 것이라 짐작했고. 사람을 키우는 일에 그리해서는 아니 된다고 여겼기 때문이다. 해서 네 배속 기간을 다 채운 뒤 네가 선택하도록 결론 내리기로 했다. 현시점에서 길은 두 가지다. 예서 현실의 신분을 바꿔 새로운 너로 살든지, 있던 자리로 돌아가 원래 모습으로 살면서 수련을 계속하든지. 선택은 네 의지다. 계에서는 네 선택을 따를 것이다. 어찌하려느냐?"

"결정 내리기 어렵습니다. 스님. 생각할 말미를 주십시오."

스님께서 부러 하신 말씀에 대번에 싫다 하기 어려워 말미를 달라 한 것뿐이다.

"물론 그리해야지. 열흘 남았으니 양 무진하고도 한 번 더 의논하거라. 오늘 밤은 그만 내려가 쉬고."

수련생들의 글공부 방이자 동마로가 거처로 쓰는 청룡재는 연동사에서 천 보 남짓 떨어진 숲 속에 있었다. 낮이면 눈 감고도 걸을 수 있을 듯한 길이나 섣달그믐밤의 어둠이 워낙 깊다. 동마로는 횃불 하나를 만들어 들고 청룡재로 향했다. 천지가 꽁꽁 언 듯했지만 연동사와 청룡재 중간의 계곡에서는 물이 흘렀다. 더 추워지면 얼어붙을 터이다. 절대 얼지 않는 계곡이 은새미에 있었다. 추울수록 뜨겁게 흐르던 샘물. 그 샘물로 하루에도 몇 번씩 몸을 씻는 반야. 도저히 오래 살 것 같지 않은 반야였다. 반야보다 하루만 더 살면 된다 여겼던 나날들이 겨우 반년 전이 아니라 반백 년 전의 일이었던 듯 아득했다. 반백 년처럼 긴 시간을 보지 않고 살았으니 어쩌면 이후 반백 년 동안도 반야를 보지 않고 너끈히 살 수 있을지도 모른다. 선택의 문제이므로 생각을 해봐야 할 텐데 동마로한테는 애초에 선택 사항이 아니다.

어제부터 수련생들이 다 빠져나갔으므로 지금은 캄캄해야 할 청룡재에 불이 밝혀져 있다. 일곱 칸짜리 집의 한가운데인 공부방이 밝은데 댓돌에 놓인 신 한 켤레가 자그마하다. 어린 수련생이 되돌아왔는가. 동마로는 방을 향해 기척을 하고는 횃불을 방 앞의 모래통 속에 집어넣었다. 문이 열렸다. 문을 열고 선 사람은 뜻밖에도 박정생의 누이 새임이다. 여인이 설마 혼자 찾아왔으랴 싶어 동마로는 새임의 뒤를 살핀다.

"오라버니 심부름으로 저 혼자 왔습니다."

박정생의 집에 들렀을 때 두어 차례 잠깐씩 마주쳤다. 서른여덟 살인 박정생과 터울이 많아 스물네 살인데, 열여덟 살 때 혼인날을 받아 놓았던 정혼자가 저세상으로 가 버렸다고 했다. 그 바람에 미혼과부가 되어 시집을 못 가고 있다는 말을 들으며 몇 달 전 함께 사신총령을 수행했던 병진을 떠올렸더랬다. 지금 강원도 횡성 백호 선원에서 설을 맞고 있을 그였다. 어쨌든 홀대할 여인이 아니므로 동마로는 박새임을 향해 인사하고는 방으로 들어선다. 추우니 문을 열어 놓을 수도 없다. 그네가 군불을 지폈는가 바닥이 따뜻하다.

"저 물건들을 아씨께서 들고 혼자 오셨습니까?"

그네가 싸온 듯한 보따리가 두 개이다. 박정생의 의도, 혹은 그네의 의도가 분명했다. 그네 집에서 처음 마주쳤을 때 부딪친 눈길이 뜨겁고 집요하여 당황했을 정도였다. 난감할 노릇이었다. 두 번째는 너무 노골적이어서 이곳을 떠날 때까지 다시 못 찾을 곳이라 작정하고 말았다. 동짓날의 일이었다.

"머슴아이가 져다 주고 갔습니다. 이 방에 불도 넣어 주고 갔고요. 집에서는 제가 절에 오른 줄 알겠지요. 사실 맞고요. 예도 절집이지 않습니까."

여인으로는 큼직한 키에 호리호리한 몸피에다 순한 얼굴을 가졌다. 이렇게 당돌할 줄은 몰랐다. 이런 정도의 어처구니없는 짓을 할 수 있는 여인은 세상천지에 반야뿐일 줄 알았다. 동마로는 어리둥절해 새임을 살핀다. 그러거나 말거나 새임은 앉아서 보퉁이를 푼다. 대오리로 엮은 상자 안에 찬합과 호리병과 잔이 들었다. 또 한 상자 안도 비슷하다.

"이쪽은 전이며 나물이며 김치 등속이고, 이쪽은 떡이 들었어요. 술은 오라버니가 처사님께 드리는 거라 전하라 하더이다."

금주령이 전국에 내려져 있는지라 내놓고 마시는 사람은 없지만 어지간한 집에서는 필요에 따라 술을 빚고 천지간 곳곳의 주막에서는 술을 판다. 박정생네는 상민으로는 가세가 넉넉한 듯했다. 부친이 정정하게 전답을 꾸려 나가시는 듯했고 모친 또한 곱게 늙으신

편이었다. 술을 빚을 만한 여유가 있는 집인 것이다.

은새미에서도 어머니가 다달이 술을 빚으셨다. 신단에 올리고 보름밤이면 집에 찾아드는 여인들한테 몇 잔씩 냈다. 그런 밤이면 안채에서는 은밀하고도 따뜻한 웃음소리가 났고 때로 울음소리도 새어 나왔다. 신단에서 물려나온 술을 동마로도 이따금 마셨다. 반야가 입만 대고 물려주는 술잔이었다. 반야는 술을 마시지 않았다. 왜 아니 마시냐고 동마로가 물었을 때 맛없어 마시기 싫다는 반야의 대답이 간결했다.

"잘 받았습니다. 잘 먹겠고요. 시각이 더 늦어지기 전에 댁까지 모셔다 드리겠습니다."

동마로의 단호한 말에 새임이 고개를 푹 숙인다. 벌써 걷어 올렸어야 할 댕기 머리가 늘어진 등이 좁고 얇다. 안쓰럽기는 해도 동마로가 어찌할 수 있는 일은 아니었다. 숙인 채 떨던 등이 곧게 펴지면서 새임이 고개를 들었다. 습기 찬 눈길이 곧다.

"지난달 동짓날에 처사님, 저희 집에 다녀가셨지요. 그즈음 저한테 청혼이 들어와 있었습니다. 근동에서는 알 만한 댁의 후취 자리입니다. 혼인도 못한 채 서방 잡은 계집으로 호가 난 저한테는 감지덕지할 자리지요. 처사님 아니었다면 황감히 여기고 시집갔을 거예요. 하지만 처음 봤을 때부터 처사님한테 맘을 드려버린걸요. 그리 시집가고 싶지 않습니다. 오라버니도 제 맘을 아십니다. 오늘이 아니면 영원히 처사님을 못 볼 수도 있다 하더이다. 하여 부끄러움을 무릅쓰고 왔습니다."

"아씨, 오라버니께 제가 벌써 장가든 몸이라는 말씀을 못 들으셨습니까?"

"처사님이 그저 그리 말씀하시는 거라고, 외자관례를 치른 게 분명하다 말씀하시더이다."

"아니오, 아씨. 아씨 오라버니께서 잘못 보셨습니다. 저는 안해가 있습니다. 어릴 때부터 애끓게 연모하다 간신히 안해로 맞은 어여쁜 사람입니다."

"그러면 제 맘을 아시겠네요. 오죽 간절했으면 제가 이러겠습니까. 이 자리에서 내쳐지면 제가 물러설 곳이 어딨겠어요. 이 맘으로 시집을 가리까? 목을 맬 수밖에요."

이게 기회인가, 함정인가. 동마로는 어지럽다. 박정생의 눈이 날카로워 외자관례를 알아챘다고 해도 그 사실을 누이한테 일러 그네를 부추긴 까닭이 뭔가. 양 무진과 스님께서 박정생까지 선동하여 자신을 이 고을에 주저앉히자 작당하셨을 리도 없다. 그럼에도 협공하듯 동시에 손을 뻗어 왔다. 상민 신분으로 탈바꿈시켜 주고 군병이 되게 해 키워 주고, 장가를 들여 주고 근거를 만들어 주겠다는 것이다. 다시 태어난다 해도 얻을 수 있을 거라 장담할 수 없는 자리다. 반야가, 기다리는 식구가 많은 건 알지? 했던 건 이 때문이었다. 도저히 거절할 수 없는 유혹과 건너지 못할 함정이 있으리라는 예시였던 것이다.

동마로는 걷잡을 수 없는 갈증을 이기지 못하고 새임이 가져온 술병을 집어내 마개를 뽑고 병째 들이켠다. 어머니 술보다 훨씬 순한 술이라 반병 남짓을 한꺼번에 마실 수 있었다. 갈증이 가신다. 새임이 찬합에서 고기전을 꺼내 내민다. 동마로는 손으로 그걸 받아먹고 술잔을 꺼내 술을 따라 새임에게 내밀었다. 새임이 한 잔을 다 마셨다. 잔을 비운 그네를 향해 동마로가 말했다.

"제가 방랑벽이 있어 떠돌기는 하지만 안해는 저를 기다리고 있습니다. 그래도 저는 이 자리에서 아씨를 품을 수 있을 만치 후안무치한 놈입니다. 아니 저는 아무 계집이라도 범할 수 있는 놈입니다. 범하고 나서 아무 일 없었던 듯 도망칠 수 있는 놈이고요. 그 점에서도 아씨 오라버니께서 저를 잘못 보신 겁니다. 생각을 바꾸십시오, 아씨. 화를 자초하시는 겁니다."

"저는 어쩔 수 없습니다. 내일 죽을지라도 오늘은 저를 내치지 마시어요."

생각을 정리하기 위해 동마로는 잔에 술을 따라 새임에게 내민다. 그네가 한 잔을 다 마시고 얼굴을 찡그리더니 술을 따라 동마로한테 내밀었다. 주거니 받거니, 술 한 병을 다 비우고 다른 술병을 기울이는 동안 말은 오가지 않았다. 생각도 정리되지 않았다. 몸이 벌써부터 생각하기를 거부했다. 한 번 반야를 안아 보았을 뿐 다른 계집을 모르는 젊은 피가 그 누구도 아닌 계집을 안고 싶어 들끓었다.

급기야 술병이 비었다. 동마로의 머릿속도 비었다. 머릿속에 생각이 아니라 붉은 피가 가득 찼다는 걸 느낄 새 없이 동마로는 음식 상자들을 밀어내고 새임 앞으로 다가앉아 옷고름에 손을 댄다.

"아씨가 자초하신 일입니다."

"제가 자초했어요."

고름이 풀리자 벌어진 저고리 새로 속저고리가 나타났다.

"저는 내일 새벽이면 아씨를 모른 체할 겁니다. 자초하신 일입니다."

"원망치 않습니다. 아무래도 좋아요."

속저고리 고리를 풀자 치맛말기를 묶은 끈이 드러났다. 동마로가 매듭 끈을 툭 잡아당겼다.

"지금이 물러서실 수 있는 마지막 기회입니다. 아니 되겠다고 한 마디만 하시면 물러나겠습니다."

그 말에 빤히 쳐다보는가 싶던 새임의 얼굴이 쑥 다가왔다. 동마로의 입술이 새임의 입술에 사로잡혔다. 더는 걷잡을 수도 참을 수도 없어졌다. 두 사람의 술기와 들끓는 혈기가 뒤범벅되어 초저녁 공부방 안에 숨가쁜 뒤치임이 벌어졌다. 체면도 없고 조심성도 없는 싸움이었다. 공부방이라 이불이 없어 맨바닥임에도 동마로는 새임을 가차 없이 짓누르고 깨물었다. 술과 젊은 사내에 홀린 새임도 마찬가지였다. 삼킬 듯 동마로의 혀를 빨고 어깨를 깨물고 겨드랑이를 핥았다. 서로를 물어뜯는 육박전이었다. 마침내 새임 안으로 들어선 동마로가 태풍인 듯 그네를 몰아붙였다. 새임이 생살이 찢기는 고통과 희열로 동마로의 가슴팍을 물고 늘어졌다.

저녁 예불 뒤 공양을 하고 마당으로 나오니 어둔 산마루 저편에 반달보다 약간 커진 달이 떠올라 있다. 나흘 뒤면 대보름이고 그날은 동마로가 명 받은 반년의 마지막 날이다. 대보름달이 훤히 떠 있을 때 은새미에 들어설 수 있을 것이다. 마음이 울렁거렸다. 수련생들이 하나 둘 수련장을 향해 간다. 동마로도 수련생들이 향하는 숲으로 걸음을 놓는다. 수련장은 청룡제 뒤편이었다. 청룡제 마당에 이르렀을 때 기척을 느낀 듯 박정생이 방에서 나왔다. 동마로를 기다리고 있었던 것이다.

"동 선생, 잠시 이야기 좀 하십시다."

무진이 아닌 이상 품계나 나이에 관계없이 하대를 하지 않는 게 사신계의 관례다. 서로를 존중하라는 의미거니와 사사로운 친분을 깊이 쌓지 말라는 불문율이다. 박정생과 동마로는 그걸 넘어섰으면서도 또한 넘지 못했다. 동마로는 무거운 걸음으로 방 안으로 들어선다.

박정생의 누이 새임은 섣달그믐날과 정초 이틀을 아울러 사흘을 청룡재에서 묵었다. 한번 튼 둑, 하루 몇 차례인들 못 틀 것 없었다. 두 낮과 세 밤 동안 새임과 동마로는 오직 그 짓만 하며 살았다. 내장이라도 빼어먹을 듯 상대의 몸을 샅샅이 물고 빨고 핥았다. 매 순간 이생의 마지막인 듯 서로를 향해 돌진했다. 새임이 가져온 음식과 동마로가 공양간에서 집어 온 음식으로 연명했다. 방에 군불을 지피느라 물을 한없이 끓이면서도 씻지 않았고 제대로 자지도 않았다. 색귀에 들린 듯 서로의 몸만 탐했다. 이대로 살면 한 달 뒤에는 말라 죽겠구나 싶으면서도 정염을 주체하지 못하고 서로를 파고들었다.

초사흗날 새벽에 동마로가 깜박 잠을 자고 일어났더니 새임이 없었다. 옷가지 등이 다 사라졌거니와 함께 묻어 지냈던 흔적을 찾기 어려울 만치 방 안이 말끔해져 있었다. 그렇게 떠난 새임은 이레째 소식이 없었고 정초 사흘을 집에서 지내고 나타난 박정생도 자신의 누이에 대해 아무 말이 없었다. 동마로도 할 말이 없어 될수록 그를 피해 다녔다.

"우리 집 아이는 아무 말이 없습디다. 동 선생도 할 말이 없소?"

동마로는 입이 열 개라도 내놓을 말이 없었다. 가만히 사라져 준 새임이 고맙고도 미안할 뿐, 아무 결정도 내리지 못했다. 이곳에 남고 싶은 마음이 없지 않았다. 보장된 앞날은 영롱해 보였다. 얼마든지 살 수 있을 것 같거니와 상상이 되는 앞날이었다. 새임에게 장가들고 군적에 이름을 올리면서 신분을 바꾸는 것이다. 군졸로 출발할 터이나 나중에는 군관이 되거나 한 군영의 수장이 될 수도 있을 터. 자식들이 태어나도 무슨 걱정이랴. 지성스런 안해와 살 만한 처가가 돌봐 줄 것이고 자신은 사신계의 품계를 높여가며 살 수 있으리라. 사신계는 날이 갈수록 사람을 끌어당겼다. 무진이 되면 사신계를 움직이는 데 참여하게 된다. 세상이 어떻게 돌아가는지를 비로소 눈으로 볼 수 있게 되는 것이다. 지난 사신총령으로 자신이 행한 일이 어떤 의미였는지도 알게 될 터였다.

"할 말이 없는 거로군요. 실상 나도 할 말은 없소. 동 선생이 그리 쉽게 움직이는 사람이 아니란 걸 알면서도 내가 욕심을 냈던 거외다. 누이 일은, 미안하고, 고맙게 생각하겠소. 어제, 아니 그제 아침이오. 며칠간 잠만 자던 아이가 일어나서 내 방을 찾아와 말합디다. 여한 없노라고. 청혼해 온 댁으로 시집가겠노라고. 그러니, 내 누이 일은 잊고 동 선생 진로에 대해 이야기합시다. 스님이나 양 무진께서는 동 선생이 이곳에 머무르기를 바라시고, 나도 누이와 상관없이 동무와 동지로서 동 선생이 예서 살아 주기를 바라오. 그건 그저 바람일 뿐, 동 선생 의향은 어떻소? 더는 미룰 말미가 없으니 지금 말씀하시오."

"내일 새벽 예불을 올린 뒤 떠나겠습니다."

지난 며칠 수백 번 생각하고 궁리하며 갈등했는데 대답은 일말의 망설임 없이 나왔다. 박정생이 찡그리듯 웃는다.

"결국 그리 결정했구려. 알겠소. 하면 양 무진의 말씀을 전달하리다. 내일 출발하여 먼저 그대의 선원에 도착하여 보고한 뒤 귀가토록 하시오. 기한이 못 박혀 있지는 않으나 거리로 보아 네댓새면 되리다. 이후는 예전처럼 그쪽 명을 받게 될 터이오. 그동안 고생 많았소."

"선생님, 한 가지 여쭙겠습니다. 순전히 호기심에서 비롯된 질문이니 답을 아니 주셔도 상관없습니다."

"말씀하시오."

"가령 저처럼 이쪽에서 저쪽으로 옮기라는 명을 받은 자가, 중간에 다른 곳으로 빠지면 어찌 됩니까? 또 총령을 어기면 어찌 되는지, 그런 예를, 혹 들어 보신 적 있으십니까?"

"왜요, 달리 가고 싶은 세상이 있소?"

"아니요. 저는 오직 제 집으로 돌아가고 싶은 놈입니다만 문득 그게 궁금해서요."

"글쎄요. 내가 입계한 지 십칠 년째니 그런 풍문을 전혀 못 들었다고는 할 수 없지요. 하지만 결과적으로 무슨 사고를 당하여 피치 못한 경우로 밝혀진 것으로 알아요. 필유곡절이 있어 품신하면 원하는 곳에 조건 갖춰 심어 주는데, 다른 길로 빠지거나 사라질 필요가 없지 않소. 누가 칼 들이대고 이 길로 끌어들인 게 아니고 제 일 못하게 하는 것도 아니고, 오직 자기 수련을 위해 선택한 길이잖소. 무엇보다 동 선생도 경험했으니 일부나마 알 테지요. 계의 조직망이 얼마나 넓고 촘촘한지. 세상 밖으로 나가 숨어 살 거라면 모를까 사람 노릇, 사내 노릇을 하고 살자면 그리할 수 없지요. 그런 정도의 맹문이는 처음부터 받아들이지도 않잖소. 글 먼저 가르치는 이유가 뭐겠소? 사라진 사람을 부러 찾아다니는 일 따위는 없는 것으로 아오.

총령을 어긴 경우 그 연유를 살핀다고 들었어요. 워낙 드문 일이니 그만한 까닭이 있을 것이라 보는 것이지요. 어쨌든 언젠가 다시 만날 수도 있을 게요."

말을 마친 박정생이 미련 두지 않고 먼저 방을 나간다. 동마로는 어리떨떨하다. 금제가 풀린 게 실감나지 않았다. 그걸 실감해 보기 위해 헛된 질문을 했던 것인지도 모른다. 어쨌든 돌아갈 수 있게 되었다.

수련장에서 어린 수련생들을 돌보며 건성이었다. 밤 깊어, 짐을 꾸리면서도 꿈같았다. 잠은 당연히 제대로 이루지 못했다. 선잠을 자다 새벽 예불을 알리는 종소리에 발딱 몸을 일으켜 법당으로 올라갔고 몸에 밴 습관으로 예불을 마치고 방으로 돌아와 봇짐을 멨다. 절로 올라가 스님께 하직 인사를 올리고 동료며 수련생들한테 작별 인사를 할 때도 대충이었다. 새벽 달빛을 받으며 동마로는 바쁜 숨을 다스리며 천천히 연동사 골짜기를 내려왔다.

출가, 귀가

　붉은 기가 거의 가셨지만 세상에 난 지 삼칠일이 된 아기는 그야
말로 핏덩이다. 반야는 유모의 젖을 한껏 먹은 심경을 받아 안고 살
살 얼러 본다.

　"심경아, 달궁!"

　아기가 배냇짓을 하느라 웃는다. 반야가 아기를 향해 달궁 노래를
불러본다. '신단수에 제석이 내렸네요, 달궁.'

　"세상에나, 아기가 웃네. 웃을 줄을 아네."

　반야의 탄성에 아기가 또 웃는다. '신시가 열렸어요, 달궁! 곰 겨
레가 달궁! 범 겨레가 달궁!'

　"아이고 경이씨. 달궁 소리가 그리 재밌어요? 달궁! 아침이 달궁
달궁 맺히네요, 달궁! 또 웃어요? 아이고 맙소사."

　반야는 자신의 살이 녹는 것 같은 아슬아슬한 쾌감에 몸서리를 친
다. 어머니나 사온재 중 누굴 닮았는지 현재로선 구분하기 어렵다.
이 기쁨은 새 생명인 덕인가, 핏줄인 덕인가. 반야가 궁리하는데 심

경이 강낭콩 같은 입을 벌려 하품을 한다.

"세상에나, 유모, 애 좀 보세요. 다람쥐만한 게, 저도 사람이라고 하품을 다 해요."

반야의 환호성에 유모가 젖가슴을 추스르며 웃다가 하품을 한다. 출산 뒤 유을해는 젖이 돌지 않았다. 하는 수 없이 아랫동네에서 아기 낳은 지 석 달 된 유돌네를 데려다 유모로 삼았다. 유돌과 심경은 한 젖을 먹고 자라게 되었고 아이 낳고 외려 젊어진 유을해는 출산 열흘 만에 언제 아이 낳은 적이 있냐는 듯 몸이 가벼워졌다.

"큰언니, 나는 한숨 붙이리다. 졸려서 주체를 못하겠소. 아기씨도 자야 할 테니 그만 귀찮게 하고 내려놓으시구려."

아이들을 좋아 반야를 큰언니라 칭하는 유돌 어미가 체면 가릴 것 없이 유돌이 옆에 드러눕는다. 유돌이가 네 번째 아이라는 그네는 코를 드르렁거리며 자다가도 두 아이 중 하나가 작은 기척만 해도 벌떡 일어난다 했다. 심경을 안고 달궁가를 읊조리며 한참 더 어르던 반야는 잠든 아기를 유돌이 곁에 뉘고 다독이다 세 사람이 잠든 방을 나온다. 나무와 강수와 꽃님이는 신당채 그늘 속에서 땅에 엎드려 개미라도 데리고 노는 모양이다. 아기가 난 탓에 아이들의 기억을 일깨웠는지 녀석들도 개미를 놀리며 자장가를 부른다.

'신단수에 제석이 내렸네요, 달궁. 신시가 열렸어요, 달궁. 곰 겨레가 달궁, 범 겨레가 달궁. 아침나라가 달궁달궁 맺히네요, 달궁!'

깨금 내외는 점심 먹고 장터 방앗간으로 내려가더니 종무소식이다. 양곡을 빻으러 내려가 아낙들과 놀고 있는 것이다. 오월 초하루 오후 풍경이 꽤 한가로운데 반야는 불안한 기운을 느끼는 참이다. 먼 길 떠나야 할 일이 생기리란 예감은 며칠 전부터 했다. 오늘 느끼는 불안한 기운은 지난 일 년 가까이 흐릿하거나 가뭇없어 제대로 보기는커녕 느끼기도 어려웠던 동마로의 것이었다. 그가 왜 집을 나섰는지 모르고 그가 왜 돌아오지 못했는지 모른다. 돌아올 그가 이전의 그 동마로가 아니라는 것만 알았다. 스스로도 그가 떠나기 전의 반야는 아니었다. 그때는 하늘 무서운 줄도 사람 무서운 줄도 몰랐다.

유을해는 반야의 도령복을 마무리 짓는 중이다. 닷새 전 관아에 들어갔다 나온 반야가 느닷없이 새 남복을 지어내라 하지 않는가. 세 벌이나 되는 옷을, 그것도 며칠 안에 마무리 지어 달라고 했다. 언제든 반야의 요구를 다 받아 주어 왔으므로 이번에도 아랫말 아낙까지 사서 부리나케 서둘렀다. 이제 다림질만 하면 될 차례였다. 땀이 샘물처럼 났다. 이럴 때면 시집보낸 끝애가 아쉬웠다. 다듬이질이며 다리미 준비 등 손끝이 야물지는 못했을망정 몸이 날래고 기운이 좋아서 부리기 편했던 것이다.

"풀을 되게 먹일거나?"

혼잣말인 듯 반야한테 묻다가 유을해는 마루 끝에 멀거니 서 있는 딸을 발견한다. 얼굴에 수심이 끼었다. 반야가 어릴 때는 그 기세를 감당하기 벅차서 계집아이로서의 반야를 느끼지 못하고 살았다. 스무 해 만에 아이를, 그것도 계집아이를 낳고 보니 새삼 반야를 보는 일이 많아졌다. 쌍꺼풀진 큰 눈이며 흰 살색이며 고집스레 솟은 콧대까지, 나이 들수록 제 이모 순정과 닮아가는 아이였다. 계집으로서의 반야는 얼마나 가여운지. 살아 보지도 않은 채 너무 많은 것을 볼 수 있는 영기는 축복이 아니라 저주였다. 그 사실을 유을해는 근래에야 느끼는 것이다. 반야가 한 달이 멀다 하고 관아에 불려 다니면서도 내색을 아니 하는 것을 볼 때마다 억장이 미어졌다.

"어머니, 제가 먼 길 다녀와야 할 일이 오늘 생길 듯합니다."

여전히 저 건너 산에 눈을 준 채 심상하게 내뱉는 반야의 먼 길 소리에 유을해의 가슴이 철렁 내려앉는다. 한 달 만에 오겠다던 동마로는 일 년이 되도록 돌아오지 않았다. 섭섭함과 근심을 반복하며 지나오는 동안 동마로를 거의 포기했다. 어차피 평생 끼고 살 거라 여겼던 것도 아니다. 반야 곁에서 거렇게 말라 가기 십상이지 보통으로 살 수 없을 아이를 끼고 살면, 동마로한테 죄짓는 일이었다. 떠나길 잘했다. 넓은 세상에서 부디 몸이나 성히 살아라. 그렇게 맘을 접었다.

문제는 반야였다. 동마로만 외골수로 반야한테 맘을 준 게 아니라 반야도 동마로를 제 몸 같이 여겼던 듯했다. 어이 아니 그랬으랴. 둘이 기도하러 먼 길 다닌 것만도 몇 차례며 사나흘짜리 나들이는 셀 수도 없이 했다. 그때 그 두 사람은 하늘 아래 오직 둘뿐이었다. 서로를 의지함에 제 몸 같았을 수밖에 없었다. 그러면서도 서로 아끼고 조심하느라 몸을 섞지는 않았던 아이들이었다. 동마로가 떠나던 날 단 한 번의 교접으로 반야는 저를 동마로한테 다 내어준 것이다. 그 한 번을 유을해는 못내 안쓰러워하던 참이었다. 그리 될 바에는 좀 더 다정을 나누며 살아도 좋았을 것을 싶은 것이다.

"먼 길이라니. 얼마큼 먼 길이기에 이 염천에 남장까지 하고 길을 나서?"

"우선 신당으로 내려오시어요."

훤히 열린 문 안에서 자고 있는 유모를 조심하는가. 반야가 마당을 건너갔다. 유을해도 바느질거리를 내려놓고 마당을 건넜다. 임인이 아래채 옆 그늘 속에서 싸리비를 엮고 있다가 유을해를 향해 고개를 숙여 보인다. 통 말이 없는 젊은이였다. 반야가 절의 불목하니를 한다는 임인을 처음 데려왔을 때만 해도 한 번 보고 말 사람이거니 했다. 반야가 몸 아픈 김 선비와 합방했을 때만 해도 크게 근심치 않았다. 헌데 김 선비를 강당사에 데려다 놓은 임인이 수십 리 산길을 밤마다 넘어다니더니 아예 눌러앉아 버렸다.

임인보다 더 걱정인 사람은 김 선비였다. 김 선비는 체면이 있어 사흘거리로는 못 찾아와도 열흘에 두 번은 왔다. 두 번 오기까지 먹는 마음이 있을 테니 공부는 아예 못하고 있다고 봐야 할 것이다. 절에서 하던 공부를 서원으로 되돌아가 한다고 들었을 때만 해도 마음을 다잡으려는 줄 알고 안심했는데 웬걸, 더 먼 길을 오가고 있었다. 김 선비는 임인이 절집 불목하니 노릇 대신 반야의 머슴 노릇을 하는 것으로 알고 외려 반가워하는 눈치지만 그 내막을 알고 나면 반족 사내 체면에 어떻게 나올지 걱정이었다.

또 사또가, 다른 두 사내와도 몸을 섞는 반야를 알면 그대로 죽은 목숨 아닌가. 네 사람, 아니, 없는 동마로까지 얽혀 다섯 사람이 하는 짓을 지켜보고 있노라면 지독한 업장이 톱니처럼 맞물려 도는 것 같아 때로 섬뜩했다. 신당에서 간단한 예를 올리고 마주앉자마자 유을해가 다그친다.

"어딜 가겠다는 게냐?"

"한양으로 가게 될 것 같습니다."

"한양엔 무슨 일로?"

"우선은 사온재 나리를 따라 나서 보렵니다. 저녁참에 사온재께서 오실 겁니다. 사온재께서 제게 한양으로 가자하실 것 같고요. 무슨 일 때문인지는 그분께 들으면 되겠지요. 헌데, 그 일을 핑계로 집을 나서면 어머니, 저는 연풍을 타고 세상 구경을 좀 하렵니다. 세상 구경이 결국 사람 구경이라고 보면 신당에 앉아서도 여한 없이 구경하는 셈이지만, 몹시 갑갑하고 지루하던 참입니다. 이대로라면 제가 오래 버티지 못할 듯도 하고요. 이해해 주시어요. 노자를 넉넉히 준비해 주시고요."

허락을 구하는 것도 아니고 이해해 달라는 것도 아니다. 그저 통고다. 넉넉한 노자까지 지니고 길을 떠나면서도 제가 집을 오래 비우면 사또가 어찌 나올지에 대해서는 말해 주지 않을 것이다. 유을해가 그걸 물을 수는 없다.

"그리고 신당을 기약 없이 비워 놓을 수는 없으니, 제가 집을 비운 동안에는 어머니께서 신당에 앉으시어요."

삶이 각박할 제 사람들은 무격을 찾는다. 작년 봄 돌림병 대 환란으로 온 나라 백성의 삶이 각박해졌다. 돌림병이 지나간 뒤 미타원에 손님이 넘치는 까닭이었다.

"먼 길 떠난다는 소리로도 식겁한 판에 신당에도 나앉으라고? 그게 가당키나 한 소리냐?"

"부당할 것 없사와요. 소녀 대신 앉으시는 게 아니라 어머니 몫으로 앉으시는 거예요. 게다가 어머니는 점쟁이인 소녀보다 무녀로서의 큰 장기를 가지셨지 않습니까."

"장기라니? 무슨?"

"어머니는 사람 말을 새겨듣고 사람을 헤아리면서 그 맘을 보살피시잖아요. 신도들은 대개 그런 어머니를 보고 찾아오지 않습니까. 그리고, 사람들이 무녀를 찾으매 실인즉 그들 스스로 답을 갖고 있기 마련이지요. 그들은 자신들의 속내를 꺼내 놓으면서 답을 찾아가는 것이고요. 어머니는 그걸 소녀보다 잘하실 터입니다. 어쨌든, 소녀가 얼마나 걸릴지 모르는데 신당 문을 마냥 닫아걸 수는 없지 않습니까?"

"대체 얼마나 떠나 있을 것 같기에 이러니? 혹 현령을 피해 아니 돌아올 셈인 게야?"

"그자를 피하는 게 아닙니다. 피한다고 피해질 위인도 아니고요. 그자가 저를 위협할 수 있는 목숨들을 쥐고 여기 있는데 제가 어딜 달아나겠어요?"

"이왕 말이 나왔으니 물으마. 네가 김학주를 피하지 못하거나, 아니 피하는 건 이 어미, 식구들 때문인 게냐, 혹 다른 연유도 있는 게냐?"

반야도 그게 애매했다. 김학주는 그 자신 하나가 아닌 것 같았다. 얕은 뭇기에 들린 김학주가 그 혼자라면 그 영기가 그리 짙을 수가 없었다. 탁류 같은 그 영기의 진원이 따로 있을 것만 같았다. 도망치기 싫은 것보다 그 진원이 궁금했다.

"순전히 식구들 때문이라면 밤 봇짐이라도 싸지요. 벌어 놓은 것만 들고 숨어도 우리 식구 굶지는 않을 것이고, 그도 아니 된다면 용문골 나리 댁에 의탁할 방법도 있지요. 목숨 살려 달라는데 외면하실 댁이 아니잖아요?"

"그야 그렇다."

작년 봄 반야는 영신 아씨 일 치르고 연풍을 타고 돌아왔다. 이후 용문골에서 스무 섬이나 되는 곡식과 세 필의 비단과 한 동의 무명이 실려 왔다. 더불어 홍외헌 마님의 편지가 얹혀 왔는데 아무러한 힘든 일이라도 생기면 와서 도움을 청하라는 말씀이었다.

"김학주와 저는 모종의 싸움을 하고 있는 거예요. 현실과 제 타고남, 사내와 계집, 양반과 천민의 싸움이라고 봐도 좋겠지요. 어찌되든 그자와 저 중, 한 쪽이 이 세상에서 사라져야 끝날 싸움이에요."

무어야? 소리가 유을해의 입 밖으로 나오지 못한다. 제 다섯 살 무렵, 세자가 죽는다고 했을 때보다 무서운 소리다. 그때는 아이를 업고 달아날 수라도 있었다.

"그러니 돌아올 거예요. 얼마나 걸릴지 모르고 왜 떠나야 하는지는 모르겠어요. 다만 뭔가가 소녀를 기다리고 있다는 예감이 있습니다. 기어이 그걸 찾아보고 싶어요. 그게 뭔지, 어떤 세상인지도 잘 모르겠으나 걱정하시지 않아도 될 일인 듯하니 어머니, 느긋하게 마음 잡숫고 이드거니 기다려 주세요."

"그렇다면 애야, 이참에 아주 짐을 싸자. 아니 짐 쌀 것도 없다. 작년 영신 아씨 일 이후에 언제든 집을 떠날 수 있게 준비하는 중이다. 그냥 사온재를 따라 한양으로 가자꾸나. 아니 다른 아무 곳이라도 좋다. 여길 뜨자. 할머니 인연으로 예 주저앉았지만 여기 무슨 미련이 있어 네가 다시 돌아와 사또와 기 겨루기, 목숨 겨루기를 한단 말이냐. 엄마는 그것 못 본다. 못 살아."

"그렇게 떠나서는 어머니, 제가 못 삽니다. 김학주 놈과의 힘 겨루기가 문제 아니라 제가 저를 못 이기는 셈인데 제가 저를 못 이기고 어찌 살겠어요."

"자신은 이기는 게 아니고 다스리며 살아가는 것이야."

"제가 저를 다스리지 못할 지경에 이르렀기 때문이에요."

"때로 지는 게 이기는 것이다."

"저는 그렇지 못함을 아시지 않습니까?"

"그건 오만이다. 목숨 놓고는 그런 짓 아니 하는 게야."

"목숨은, 어머니, 별거 아니에요. 목숨이 하찮다는 게 아닙니다. 하지만 지금 당장이라도 누가 우릴 겨누면 스러질 수 있는 게 목숨 아닙니까? 멀리 갈 것 없이 영신 아씨 경우를 생각해 보시어요. 오라버니가 사인을 지내시고 시아버니가 참의를 지내셨지만 그리 참담하게 가셨잖아요. 사또가 저를 놓아두는 까닭이나, 여행 다녀오겠다는 것을 허락한 연유도, 제가 만파식령이라도 찾으러 다니는 줄 알아서이지만, 한편으로는 목숨이 별거 아님을 알기 때문이에요."

목숨이 별게 아님을 아는 아이 앞에서 무슨 말이 응당하랴. 따지고 보면 그 옛날 자신이 밤도망 쳐서 무녀 딸이 된 것도 목숨보다 더한 무언가를 좇는 일에 다름 아니었다. 유을해는 한숨을 내뱉지 못하고 들이쉰다.

"어쨌든 어머니, 그 문제는 제가 돌아온 다음에 다시 이야기해요. 당장 결정하지 않아도 된다는 뜻입니다. 아, 나리께 경이를, 봬 드리고 싶으세요?"

지난 정월 말경에 다니러 온 사온재는 유을해 몸에 생긴 이상을 눈치채지 못했다. 유을해는 다행으로 여겼다. 이후 배가 불렀을 때 그가 들를까 봐 조마조마했다. 혹여 반야가 집을 비운 날 들이닥치기라도 하면 꼼짝없이 알려야 하지 않은가. 그러면서도 내심 그가 그렇게 들이닥쳐 주기를 바랐을 것이다. 그에게 자랑스레 배를 내밀고 싶었듯 오늘 온다는 그에게 심경을 보여 주고 싶기도 하다.

"봬 드리고 싶은 건 어미 맘이다만 나리한테 근심 안겨 드리기 싫은 아낙 맘도 있다. 이 지경에 미안타만 네 의견을 듣고 싶구나. 엄마가 어찌하면 좋겠니?"

사온재는 자기 자식을 숨겨 놓을 사람이 아니다. 어떤 식으로든 공표할 것이고 더불어 유을해에 대해서도 마찬가지다. 그럴 경우 그댁의 법도, 아니 현실의 법도를 따라야 한다. 비록 소실이라 하더라도 사대부 집 아낙이 무녀 노릇은 못하거니와 무녀의 어미로도 살 수 없다.

"네 의견을 묻지 않니? 식구들 앞날을 보지 않으려는 네 심정을 모르는 바 아니다만, 말을 해다오."

어머니의 불안은 당신 앞날에 대한 예감이고 직관이었다. 앞으로도 오래, 당신 사는 동안 지속될 어머니의 그 불안은 어머니 몫이었다.

"심경은 뭇기를 타고 나지 않았다고 말씀드렸지요. 그렇지만 사온재와 어머니 사이에서 난 아이고 제 아우이매, 대장장이나 뱃사공한테 시집가서 무던하게 살 아이도 아닐 겁니다. 어머니가 키우신다면 아이는 총명하고 대찬 여인으로 살게 될 터입니다. 고생도 못지않게 하겠지만 어머니가 그러시듯 제 몫의 삶을 살아 낼 겁니다."

어머니는 대차면서도 부드럽고 귀엽다. 어리고 어여쁜 계집들을 얼마든지 품을 수도 있을 사온재가 어머니를 찾는 이유는 첫정인 이유보다 어머니의 성정에 깃든 명랑함 때문일 터였다. 어머니는 그 명랑함으로 스스로의 팔자를 고쳐가며 사는 드문 사람이다. 심경도 유소년기만 잘 넘겨 자란다면 너끈히 자신의 사주팔자를 개척하며 살아갈 터이다.

"아기를 빼 드리는 일은 어머니 뜻대로 하시어요. 숨기시든지, 보이시고 어머니가 키울 수 있도록 설득을 하시든지. 아기를 데리고 나리를 따라 사시든지. 어느 길이라 해도 옳은 일임을 어머니는 아시지 않습니까. 여하튼 나리 오시면 예서 곧장 한양으로 향하실 거예요. 저는 그 사이에 만수사에나 다녀오렵니다. 내달에는 동마로가 돌아올 텝니다. 그리고 제가 언제 돌아오게 될지 몰라 미리 말씀드릴게요. 금년 겨울, 찬바람과 함께 또 돌림병이 올 것 같습니다. 미리 단속하시고, 대비하셔요."

제 할 말을 다 한 반야가 나들이 준비를 위해 나가 버린다. 동마로가 돌아온다고? 겨울 돌림병도 오고? 신당에 남은 유을해는 혼자 곱씹을 수밖에 없다. 반야가 떠나고 동마로가 돌아온다. 그전, 오늘 밤에 사온재가 찾아온다. 반야가 말했으니 틀림없는 사실이다. 그에게 심경을 숨길 것인가, 알릴 것인가. 아비를 모르고 자란 반야는 아버지라는 단어를 입 밖에 내 본 적이 없다. 생부가 무신년에 참수당해 사라진 역적임을 알지만 그에 대해 어떤 마음도 없는 듯 내색하지 않았다. 그럴 수 있는 반야는 신령을 제 몸에 지니고 나온 특별한 아이였다. 심경은 뭇기를 타고 나지 않았다 하니 보통 아이였다. 보통 아이가 멀쩡히 있는 아비를 모르고 자라도 되는 것일까. 또 사온재한테 엄연히 존재하는 자식을 숨겨도 되는 것일까. 길 떠난다는 자식과 떠났다 돌아오는 자식과 언젠가는 떠났다 돌아오길 반복할 품 안 자식들까지. 갖가지 근심을 끌어안은 유을해는 일어나 염천에 절을 시작한다.

새벽 예불을 마칠 즈음 동마로는 집 앞에 도착했다. 간밤 공세포 선원에 당도해 귀원을 보고하고 숨차게 걸어온 참이다. 일 년하고 스무 날 만의 귀가였다. 될수록 떠날 때와 비슷한 모습으로 돌아오고 싶었다. 간밤이나 새벽에 도착한 반야의 손님들은 대개 새벽 예불을 같이 올리기 마련이라 신당이 복작거릴 줄 알았더니 여인들이 몇 되지 않는다. 게다가 반야 대신 어머니가 반야심경을 옳고 계셨다.

동마로는 어머니를 놀래지 않기 위해 슬그머니 물러나다 신당 문 위에 걸린 자그만 현판을 발견한다. 빛을 피해 다가들어 보니 현판에는 미타원彌安園이라는 정음글자와 한자가 함께 쓰여 있다. 떠나기 전에 어머니가 당신이 빚은 술을 미타주라 부르기로 했다 하시더니 그 사이 집 이름이 미타원이 된 것이다. 반야의 발상이 아니라 어머니 뜻일 터이다. 반야는 그런 멋이 없는 사람이었다.

조용히 돌아선 동마로는 아래채 끝 방인 나무 방을 먼저 열었다. 나무와 강수가 거의 알몸으로 자고 있다. 부자간으로 보아도 자연스러울 만큼 차이가 나는 두 사람임에도 몸집만 다를 뿐 아이들 모양새로 잔다. 그들이 집의 변화 없음을 알려 주는 것 같아 동마로의 뛰던 가슴이 가라앉는다. 두 사람 옆방, 자신의 방문을 열어 본다. 불이 저만치 처마에 달려 있어 가무스름하나 방 안의 물건들이 일 년 전 나갈 때와 고스란한 걸 대번에 알겠다. 강수조차 드나들지 않았는지 옅은 곰팡이 냄새가 배어 있지만 먼지가 쌓이지도 않았다. 봇짐을 내려놓고 방바닥에 길게 엎드리니 익숙한 냄새가 온몸으로 스며든다. 돌아온 게 실감난다. 아늑해져 졸음이 몰려왔다. 한숨 자고 일어나 어머니를 뵈어도 될 터이다. 자고 있노라면 뒤늦게 발견되어 소란하게 깨워질지도 몰랐다. 강수와 꽃님이가 등에 올라타 일어나라고 법석 떨 장면을 생각하니 슬그머니 웃음도 난다.

잠 속으로 미끄러져 드는 동마로의 귀에 대청 건너 손님방의 깔밋

잖은 기척이 느껴졌다. 반야가 절에 갔을 테니 공치고 돌아갈 손님일 것이다. 동마로는 누군지 알 수 없는 손님이 안쓰러워 몸을 일으키곤 손님 방 앞으로 다가든다. 여인들과 섞이기 민망하여 쉽게 나오지도 못할 손님의 방에 불이라도 켜 주고 싶었던 것이다. 기척을 낼까 망설이고 있는데 안채 쪽에서 깨금 아비가 등불을 손에 들고 꾸부스름하게 나타났다. 어, 어! 깨금 아비가 놀라서 손짓만 할 뿐 말을 잇지 못하고 대청을 내려서는 동마로를 쳐다만 보았다.

"잘 계셨어요, 아저씨. 저 왔습니다. 오래 걸렸지요?"

"그, 금강 잘 데리고 왔나?"

"예, 금강산 잘 보고 별도 달도 많이 보고 왔어요."

별도 달도 많이 봤다는 말에 깨금 아비가 하늘을 올려다본다. 동마로가 그를 보고 웃음을 터트리는데 손님방 문이 열리며 사람이 나왔다. 넓은 갓에 청색 모시 도포를 걸친 젊은 선비다. 몹시 야윈 사람이지만 낯이 익은 듯하다. 어디서 보았던가, 얼른 생각이 나지 않은 채로 동마로가 허리를 숙였다. 깨금 아비도 덩달아 허리를 숙인다.

김근휘는 방 안에서 옷을 챙겨 입다가 건넌방으로 거든하게 들어서는 인기척을 들었다. 대번에 방주인임을 알았다. 그놈이었다. 별님 곁에 그림자처럼 붙어 다니다 종적이 없던 놈. 놈이 없어진 덕분에 별님을 만날 수 있었다. 별님은 놈에게 묫기가 내리기 시작해 그 묫기를 받거나 떨치기 위해 먼 기도 여행을 떠났노라고 했다. 어지간히 기도하기 좋아하는 식구들이었다. 지난 여섯 달 남짓 별님을 찾아왔다가 못 본 게 여러 번이었다. 그때마다 기도하러 절에 갔거나 산에 갔다는 것이었다. 지난번에도 참고 참다 왔더니 임인이 놈을 데리고 먼 기도 여행을 갔다고 하지 않은가. 못해도 석 달은 걸리리라고, 이제 오지 말라는 별님 모친의 말을 믿을 수가 없어 어젯밤 다시 왔는데 정말 없었다. 주인 없이 객만 든 것처럼 엉성하고 한적한 기운이 스민 미타원은 별님이 집을 비웠다는 사실을 오롯이 느끼게 했다.

처음 수줍고 서툴던 별님의 방사술은 반년여에 걸쳐 갈아붙인 듯 발전했다. 일취월장이고 일신우일신이었다. 불 끄고 둘이서 벌인 짓을 낮에 떠올릴 때면 그 음탕함에 김근휘는 몸이 꼬였다. 전율로 몸이 떨렸다. 책은 더 이상 볼 수 없었다. 글자 획이 전부 별님의 교태 어린 몸짓으로 보였고 덩달아 별님이 내뿜는 교성이 들렸다. 그러면 또 반나절 이상을 걸어올 수밖에 없었다. 보고 만지지 않으면 지레 숨이 막힐 듯했다. 현재로서는 별님에게서 헤어날 방법이 없었다. 헤어나지 못할 바엔 아예 풍덩 빠져 버리고 싶은데 거기까지는 별님이 허락하지 않았다. 만수사에다 공부방을 마련하겠다는 것도 선비 공부를 핑계로 반대했다. 이따금이라도 서원 쪽으로 와 달라는 부탁, 아니 애원도 선비 체면 깎일 노릇이거니와 제가 발정난 계집으로 소문나면 좋겠냐며 빠져나갔다. 듣느니 그른 말이라곤 없었다. 그렇다고 부모 멀쩡히 생존해 계시는 스물네 살 서생 체면에 소실을 들이랴. 소실로 들이겠다 한들 들어와 줄 별님도 아니었다. 도대체가 소실 노릇을 할 필요가 없는 별님 아닌가.

김근휘는 요즘 자신이 꿀단지에 빠져 오도 가도 못 하는 벌이 된 듯했다. 그런 처지인 걸 번연히 알면서도 별님은 서신 한 장 남기지 않고 먼 길을 떠났다. 어젯밤 찾아와 저녁을 얻어먹고 난 뒤부터 조금 전까지 한 시진이나 눈을 붙였을까. 김근휘는 서원으로 돌아가기 위해 일어서던 참이었다. 밖에서 나는 동마로의 목소리를 듣는 순간 눈앞이 아득했다. 별님은 물론 놈과도 살을 섞어 왔을 것이고 앞으로도 섞을 터였다. 놈은 별님의 첫 사내였다. 불 같은 질투가 일었다. 한갓 백정 놈과 더불어 별님을 공유해야 하리란 사실에 분노했다. 그나마도 별님에게 밀려날지 모른다는 두려움도 공존했다.

그 아령칙한 감정들을 체면 밑에다 짓누른 채 김근휘는 동마로의 인사를 어험스레 받고 그의 배웅을 받으며 미타원 사립을 나섰다. 저 사립 안에 두 번 다시 아니 들리라. 그럴 시 나는 장부도 선비도 아니다. 김근휘는 이를 악물고 걸음을 옮긴다. 벌써 수십 번도 더 되새긴 마음이었다. 하지만 내일이면, 아니 돌아선 순간부터 별님에 대한 그리움으로 몸부림치게 될 자신을 김근휘는 잘 알았다.

선비가 사립에서 멀어진 뒤에야 동마로는 그가 작년 봄 온율 서원에서 보았던 여러 선비들 중 한 사람이었음을 기억해 냈다. 꼭뒤 눌린 듯 가스러지는 심사를 애써 풀치며 처마 등불을 떼어 들고 선비가 묵었던 방으로 들어선다. 선비가 빠져나온 이부자리가 대체로 가지런한데 어쩐지 낯설다. 이따금만 쓰는 손님방 같지 않았다. 예전엔 없던 반닫이 하나가 들어와 있는데 그 위에 얹힌 이부자리는 이 방에서 상용하는 것 같다. 반가움에 따라 들어와 두리번대는 깨금아비에게 동마로는 이 방을 누가 쓰는지 물었다.

"방금, 그 서방님 오시면 쓰고 또 보통 때는 임인이가 잔다. 그놈도 네 모양 밤이면 만날 밖으로만 돌지만."

"임인이 누군데요?"

"별님이 길잡이. 지금도 별님 따라 한양 갔다."

"언니가 한양엘 갔어요? 임인이란 자하고? 언제요?"

"단오 전에 갔다. 나리님 따라서. 임인이하고."

깨금 아비에게 지난 일 년간 집에 생긴 변동을 듣다가는 기가 막힐 것 같아 입을 다문다. 그렇게 시작된 동마로의 놀라움은 날이 밝아 유을해를 만나고 그 곁에서 아기를 발견하고 유모와 유모의 아이를 발견하는 것으로 이어졌다. 끝애가 시집을 갔고 임인이 강당사 불목하니로 지내던 그자라는 사실들 앞에서는 더 이상 놀라지도 않게 되었다. 일 년이 얼마나 긴 세월인지 인정하면 되는 것이었다. 동마로에게도 지난 일 년은 그 이전의 모든 세월보다 길었다. 상전이 벽해가 될 만한 시간이었다.

온 식구들의 소란 속에서 동마로의 인사를 받은 뒤 유을해는 그를 신당으로 이끌었다. 신단에 예를 올리게 하고 나서 동마로를 곰곰이 뜯어 살피며 묻는다.

"몸이 더 자란 게냐?"

동마로의 인상이 전과 너무나 달라져 낯선 기분을 무마하느라 그렇게 물은 것이다. 아들이며 사위며 집안의 기둥으로 여겼던 그 아이가 도저히 아닌 듯하다. 늘 습기가 어린 듯 맑던 눈빛이 건조하게 날카로워졌고 볕에 그을린 얼굴은 스무 살로 보기 어렵게 숙성했다. 계곡 물처럼 맑아 환히 들여다뵈던 영은 탁해진 채 응등그러졌다.

"어머니 못 보신 새에 한 살을 더 먹어 그리 보이는가 봅니다. 오래 기다리시게 하고 걱정 끼쳐드렸습니다. 죄송합니다."

"걱정 많이 했더니라. 그러잖아도 네 언니가 길 떠나면서 네가 이달 안에 돌아올 것 같다고는 하더라만, 하도 오래 기다린 탓에 기연가미연가했다. 이달이 아니고 차후에 온다는 소리였나, 했고. 아주 온 게냐, 다시 갈 길 잡아 놓고 온 게냐?"

정곡을 찌르는 유을해의 질문에 동마로는 멈칫했다. 일곱 달여

전, 연동사 골짜기를 내려오던 중에 새임에게 붙들렸다. 동마로가 그대로 떠나면 목을 매겠다고 캄캄한 길옆 곰솔 가지에다 광목천 길게 늘어뜨려 놓고 기다리고 있었다. 목을 매기 전에 얼어죽을 것 같은 여인을 차마 그대로 두고 내달릴 수는 없었다. 부지불식간에 새임의 지아비가 되어 처가살이 하는 종자가 되었다. 달포 뒤 집에 다녀오련다는 핑계로 떠나려 하였더니 새임에게 태기가 생겼다 했다. 그 한 달 뒤쯤, 온양 집에 한 달만 다녀오겠다고 말하려는데 벌건 피를 한 바가지는 되게 쏟아냈다. 열흘 전, 다시 집에 다녀오겠다고 말했다. 그랬더니 또 수태한 것 같다고 했다. 사람 몸이 비웠다 채웠다 맘대로 하는 곡식 자루인가. 거짓말 같았다. 참이어도 상관없었다. 몸속에 들었다는 아이나 새임이 다 끔찍했다. 그들이 죽든 살든 내버려두고 온 길이었다.

"대답을 못하는 걸 보니 다시 갈 곳이 있는 게로구나. 장가를 든 것이야?"

"어쩌다 보니 그리 되었습니다. 송구합니다."

"사내가 길을 나설 때는 변화를 바라고 자신을 키우기 위한 것일 터, 전과 달라지는 것도 당연하다. 송구할 것 없다. 언젠가부터 친영이라 하여 안사람을 데려와 혹독한 시집살이를 시키는 악습이 당연시되고 있다지만 고래로, 장가들어 처가살이를 오래 하는 우리네 풍습은 아직 많이 남았지 않니. 처가가 살 만하면 처가에서 일 년도 살고 첫아이 낳은 뒤에 데려오기도 하고. 그러니 네가 거기 머문 게 흉이 아니고, 처를 처가에 두고 지아비가 오고 가는 것도 자연스럽다. 어미로서 네게 생긴 큰 변화를 보지 못한 게 섭섭키는 하다마는 사람살이가 그렇게 흐를 수도 있음을 내 안다. 집에는 언제까지 머물

수 있는 게냐. 반야는 두세 달은 더 지나야 돌아올 것 같은데 보고 갈 수는 있겠니?"

자신을 손님처럼 대하는 유을해의 말에 울컥 설움이 치민 동마로가 고개를 돌렸다. 열 살 무렵 안성 유기 공장 집에서 도망나와 집으로 돌아왔을 때, 그럼 영영 내 아들이 되려니? 하셨던 어머니였다. 그 앞에서 펑펑 울며 죽을 때까지 아무 데도 아니 가겠노라 했을 때 어머니와 반야를 떠날 수도 있게 될 줄 몰랐다. 다 커서 어머니 앞에서 이렇게 눈물 훔치게 될 줄도 몰랐다. 동마로는 통곡하는 대신 고개를 숙인 채 어깨를 떨며 연신 흐르는 눈물만 훔쳐 낸다.

"애야, 동마로. 네가 반야를 얼마나 깊이 네 속에 심고 섬겼는지 내가 안다. 반야도 네 못지않았다는 것도 알고. 하지만 이제 나이들을 먹었지 않니? 길이 달라졌고. 달라진 길에서 각자 보살펴야 할 사람들도 생겼고 더 생길 터이다. 나는 지금껏 그랬듯 앞으로도 그저 네 어미일 터, 반야도 그저 누이로만 여기거라. 형제란 가까이도 살고 멀리도 살고 그러지 않니? 형편 따라 몇 년에 한 번씩 보기도 하면서."

"그리하기가 어렵습니다, 어머니. 그리하고 싶지 않습니다."

그 어떤 걸로도 상쇄하기 어려운 게 젊은 남녀의 상사임을 왜 모르랴. 동마로의 울부짖음에 유을해 코끝이 매워졌다. 어린 날부터 붙어 지내는 사품이 워낙 지극하여 떼어 놓을 생각조차 해보지 않았던 아이들이었다. 반야가 보통 계집으로 못 살 바에 둘이 평생 붙어 살며 서로 위안이 된다면 다행이려니 했던 게 이전 유을해의 속내였다. 그리 극진했던 맘을 품은 채 동마로가 떠날 때 말로 못할 일이 있으리라 짐작했고 돌아오지 못할 때도 그만한 곡절이 있을 거라 여겼다. 그러느라 저는 얼마나 고단했으랴.

"우선은 동마로, 며칠 쉬어 보자꾸나. 이야기는 차차 나누자."

"용문골 나리가 언니를 왜 데리고 가신 거랍니까. 한양 어디로요?"

"한양 어딘지 모르고 왜 데리고 가신지도 어미는 모른다. 아는 것이라곤 반야가 봐주었으면 하는 사람이 있는 듯하다는 것뿐이다. 너있는 동안 시작된 그 댁과의 인연이 너 없는 새에 깊어져서 반야도 그 어른을 따라나선 것이니라. 그리고, 너처럼 낯선 바람 쐬면서 세상 구경을 하고 싶은 듯도 하더라."

유을해는 반야가 여행을 길게 잡은 이유가 김학주만이 아니라 김선비와 임인에게도 있음을 간밤 다시 온 김 선비를 보고 깨달았다. 우선 두 사람과의 인연을 가지런히 하려는 것이다. 반야가 없는 동안 김 선비는 홀로 제 맘을 거두어 다스려야 할 것이고 임인은 아마도 한양에다 살 마련을 해주고 올 터였다. 동마로에 대해서는 그저 올 거라는 말뿐이었다.

"저 올 걸 알고 갔다면서요. 저한테 무슨 언질 남긴 것은 없습니까?"

"그저 몇 마디씩 툭툭 내뱉지, 언제라고 무슨 말을 세세히 해주는 사람이더냐? 한가위까지 한양에 있게 되면 목멱산 국사당에 올라 달빛 보며 기도나 하련다고 하더라. 잠꼬대도 아니고 국사당엘 제가 어찌 들어가. 그리 알고, 잠시 예 앉았다가 올라오너라. 시장할 테니."

유을해가 나간 뒤 잠시 멍하게 있던 동마로는 반야의 방으로 들어선다. 강수가 꽂았는지, 치자 꽃향기가 물씬 난다. 이층장 위 흰 화병에 치자꽃 수십 송이가 푸른 잎을 달고 꽂혀 있다. 옷이며 이부자리며 책이 다 그대로다. 경대와 촛대 등도 같다. 반야의 방은 달라진 게 하나도 없다. 반야만 달라졌을 것이다. 그 달라짐을 자신이 어떻게 견디고 극복할 수 있을지, 자신의 달라짐을 어떻게 인정하고 새 임 곁으로 돌아가게 될지 동마로는 전혀 생각할 수가 없었다. 생각하고 싶지도 않았다. 지금은 이틀 동안 한숨도 붙이지 못한 잠을 자야 할 때였다. 동마로는 반야의 방 한가운데 푹 엎어졌다. 눈앞이 캄캄했다.

초래적적홍初來的的紅

눈을 뜨기 어렵게 뜨거운 볕 속에서도 꽃잎들은 종이로 오려 붙인 듯 오연하게 고개들을 치키고 노래하듯 하늘거린다. 연분홍 꽃이 주류이고 진분홍과 흰 꽃은 드문드문 섞였다. 작년 봄, 바닥까지 한 차례 뒤집힌 덕인가. 연꽃이 한층 무성해졌다. 별님 같다. 흰 꽃은 별님의 살빛 같고 붉은 꽃은 별님의 몸짓 같다. 연못엔 꽃 천지였다. 별님 천지였다. 별님을 꽃에 비유해 본 적이 없는데 오늘 보니 연꽃 닮았다. 모든 오욕을 자양분 삼아 향기롭게 피어나는 꽃. 아니다. 별님은 향기를 풍기지 않는다. 별님은 그 스스로 오욕이다. 나를 고스란히 비춰 봐야 하는 거울이다. 그 거울 속의 나를 보기 싫어 한사코 저만 보게 만드는 지옥이다, 별님은.

贈送蓮花片
初來的的紅
辭枝今幾日

憔悴與人同

떠나시며 건네 준 연꽃 한 송이
처음에는 참으로 붉었지요.
꽃송이 줄기를 떠나고 며칠 못돼
초췌해진 저를 닮았습니다.

고려조의 충선왕이 원나라에 머물다 귀국할 때 한 여인에게서 받았다고 알려진 시구가 요새 연꽃을 보기만 하면 떠올랐다. 그 시구 속의 연꽃은 별님이 아니라 근휘 자신이었다. 근휘는 날로 시들어 가는 참이었다. 바람을 찾아 사랑 누마루에 나앉았고, 서안에 책을 펼쳐 놓기는 했으되 시늉뿐이다. 들여다보아도 글 뜻이 새겨지질 않았다. 그래도 요새 붙들고 있는 책은 『역경』이었다. 몇 달 전 별님이 몇 달째 읽는 중이라 했던 게 떠올라 책장 맨 아래에 눌려 있던 것을 찾아냈다. 별님을 핑계하고라도 책을 읽고 싶어서였지만 역시나 읽지 못한다.

'기망无妄은, 크게 형통하고 곧음이 이로운 것이니 그가 바르지 못하면 환난이 있을 것이고 갈 곳이 있으나 이롭지 못할 것이다. 대과大過는 큰 것이 지나치는 것이다. 들보가 굽는다 함은 뿌리와 끝이 약하다는 뜻이다. 강함이 지나치면서도 알맞고, 유순하며 기쁘게 행하는 것이니 가는 바를 둠이 이롭고 이에 형통하리라는 것이다.'

펼친 곳곳에서 나타난 글귀들은 눈으로 읽건 소리 내어 읽건 뜻을 새긴 순간 모조리 가시가 되어 근휘의 눈을 찔러 온다. 마음에서 피가 흘렀다. 별님을 보고 싶었다. 별님을 데려다 앉혀 놓고 더불어 책을 읽고 함께 먹고 잘 수 있다면 장원 급제도 할 수 있을 것 같았다. 현생에서는 불가능한 꿈이었다.

"서방님!"

서원 사랑채 누마루 아래에 수복이 서 있었다. 줄줄 흐르는 땀을 소맷부리로 훔치는데 땡볕에 익은 얼굴이 벌겋다. 워낙 더우니 서원 내 방 곳곳이 비었다. 물놀이를 나가거나 집으로 돌아간 서생들이 많았다. 남아 있는 서생들은 더위 먹은 듯 고즈넉하기만 하여 한낮 서원에는 매미 소리만 그득했다.

"더운데 웬일이냐?"

또 집에 오라는 어른들 심부름인가 싶어 근휘 말투가 꼬인다. 이틀 걸러 빨랫감을 가지러 와서 매양 하는 말이 집에 오라는 전언이었다.

"댁에 손님들이 와 계신데, 한사코 서방님을 뵙자고 하십니다. 하와 나리마님께오서 서방님을 모셔 오라 하시더이다."

"어떤 손님들이 날 찾아?"

"쇤네는 잘 모릅니다."

"손님들을 이쪽으로 모셔 오지 않고?"

"댁에서 봬야 하는 손님들이라 하시더이다."

근휘는 하는 수 없이 책을 덮어 들고 일어나 방 안에서 공부 중인 서생들한테 눈인사를 했다. 근휘 방으로 가서 빨랫거리를 챙긴 수복이 앞장서 서원을 나선다. 열일곱 살 수복에게서 시큰한 몸내가 훅 풍긴다. 젊을수록 몸내가 짙은 것도 자연의 이치다. 안해와의 잠자리와 공부가 즐거웠던 열일곱 살 때는 근심이 없었다. 모든 일을 다 할 수 있을 것 같았다. 지금은 앞이 보이지 않는다. 더울 뿐이다. 아니 춥다. 겉은 덥고 속은 춥다.

증조부께서 종사품 군수를 지내시었고 조부께서는 종육품 부수찬을 지내셨다. 부친께서는 생진시에 급제하고 진사가 되셨으나 벼슬을 못하셨다. 근휘 또한 스물네 살에 진사이기는 해도 요즘같이 산다면 벼슬은커녕 대과 급제도 못하고 말 터였다. 뿐인가, 혼인한 지 아홉 해째인데 아직 아이도 없다. 집안이 문을 닫게 될지도 모른다. 집에서도 삼대독자가 공부 못하는 기미를 느끼시는 성싶었다. 조상의 벼슬을 후광 삼아 아직 버티고는 있지만 근휘가 바로 서지 못하면 집안은 끝이었다. 대문을 들어설 때마다 근휘는 숨이 막혔다. 부친 앞에 이르면 죄송했다. 그뿐인 게 문제였다. 돌아서면 집안을 세워야 하리란 의무감도 부모에 대한 죄송함도 간 데 없었다.

세 명의 손님은, 작년 사월 온주동 정 참의댁 며느님을 욕보인 뒤 살해한 자들의 부친과 숙부들이다. 정 참의 며느리와 시녀의 목을 졸랐다는 두 명은 이미 참수되었고, 그 일에 가담했던 세 명은 감영 옥청에 들어 있다는 소문을 들었는데 손님들은 옥청에 든 죄인들의 집에서 온 것이다. 배 진사는 배생이라 불리던 자의 부친이고 한 사람은 양생의 숙부이고 다른 한 사람은 우생의 숙부였다. 난처한 건 부친이 배 진사와 어린 날 온율 서원에서 동문수학한 사이라는 사실이다.

"한없이 부끄러운 처지에 자네를 이리 찾아온 까닭은, 자네한테 부탁을 하기 위함일세."

"미거한 소생에게 청하실 일이 무엇이신지요?"

"자네가 글공부를 착실히 해왔음을, 문장 또한 훌륭하다는 것을 내 들어 아네. 다음 대과에서 급제하게 될 터이지. 장원을 하게 될지도 모른다더구먼."

"받잡기 민망한 말씀이십니다."

"아니, 공치사가 아님을 자네도 알겠지. 그래 자네를 찾아온 것일세. 염치없으나 옥청에 있는 아이들 구명을 부탁하려고. 서원 선비들이 연판한 상소를 상께 올려 줄 수 있겠는가 하고. 그 아이들 죄를 몰라 구명하려는 게 아니고, 죄 없다 상소해 달라는 것도 아닐세. 그저 가문이 문 닫는 일만 막을 수 있게 도와 달라는 것이네."

"서원 스승님들께 청하시면 어떠하시니까? 스승님들 말씀이라면 서생들도 쉬이 따르지 않겠나이까?"

"훈도 두 분을 따로 찾아뵈었는데 말씀이 없으시네."

경우 아닌 일이라 스승들께서도 거절하셨을 텐데, 거절당한 사안을 안고 찾아오다니. 게다가 서원에는 근휘보다 나이 많고 공부가 깊은 서생들이 태반이었다. 그들을 찾아갈 명분도 없었던 것이다. 스스로 말했듯 염치없는 사람들이다. 드러난 죄상이 그토록 명백하지 않고, 세상에 그렇게 환히 알려지지 않았더라면, 죽은 여인이 설사 현직 참의의 며느리였다 해도 죄인들이 참형까지 당하지는 않았을 터였다. 계집의 행실을 트집 잡고라도 참형은 면했을 것이다. 더구나 과부였다 하지 않은가.

하지만 참의 댁 며느리는 연못에서 인양되기 전부터 벌써 유명했다. 실종된 그녀를 찾으매 그의 시가와 친가는 쉬쉬하기는커녕 방까지 붙였다. 사대부가의 여인이 죽은 일보다 능욕당한 게 더 큰 치욕임에도 무서울 게 없는 두 가문은 온 고을이 떠들썩하게 불 밝히고 못물을 퍼내고 목불인견으로 이지러진 주검을 찾아내 벌 떼처럼 몰려든 구경꾼들 앞에서 다비를 치렀다. 죄인들 또한 그 자리에서 만

천하에 공개되고 수배되었다. 그 과정에서 여인이 능욕당한 사실은 수치로 남지 않았고 죄인들의 죄상이 얼마나 극악한지를 돋보이게 했을 뿐이다.

"내, 자네 춘부장께도 세세히 말씀드렸네만, 그 아이들이 옥청에 있는 한 여기 우리 세 집안은 결딴이 나고 마네. 그 아이들이 나와야만 삼대 후에라도 집안들이 꼴을 찾을 수 있을 것이야."

"서생들이 연명 상소를 올리면 옥청에 있는 사람들이 나올 수 있으리라 보시니까?"

"상께옵서 선처하셔야 가능할 일이나, 어찌 처결하시든 우리로서는 상께서 한 번 되돌아봐 주실 계기를 만들어야 하지 않겠나."

그들로서는 당연한 바람이었다. 반가의 사내들이 계집 범한 것 정도야 죄도 아니었다. 얼떨결에 여인들의 목을 조른 자들은 이미 참형된 마당이었다. 옥청에서 목숨이나마 부지하고 있는 그들의 죄는 오직, 범한 계집이 누군지를 살피지 않았다는 것뿐이었다.

"부디 도와주게. 선비들을 설득해 연판을 만들어 주게나."

체면 접고 부탁한들 서생들이 연명해 줄지 의문이지만 상소문 쓸 일은 더 무섭다. 목숨은 살아 있는 판이니 목숨만이라도 살려 달라는 청은 못한다. 집안을 살려 주십사? 그런 무뢰배를 생산한 집안을 무엇 때문에 한사코 살려야 한단 말인가. 떼로 몰려 여인들을 능욕한 짓은 같은 사내로서도 너무 참담하여 입에 담기 어려웠다. 양반 자제들이니 옥청에서 꺼내 달라는 것도 어불성설이다. 제정신이 아닌 상태에서 일어난 불상사였으니 선처해 주십사 하려고 해도 핑계가 없었다. 상께서 엄중히 금하신 술을, 그것도 공자께 제 드리는 날에 퍼마시고 인사불성이 되어 저지른 일임이 다 밝혀진 마당이었다.

"소생, 미력하나 서생들을 설득해 보긴 하겠습니다. 하오나 요즘 더위 피해 공부방을 비운 서생들이 많은 터라 시간이 걸릴 것입니다."

"암, 기다리지. 기다리고말고. 헌데, 그때 못물 비워 내던 자리에 자네도 있었던가? 그 무녀라는 아이를 자네도 보았어?"

별님이 거론되다니, 아닌 밤중에 홍두깨다. 근휘는 어리둥절하면서도 겁이 난다. 별님은 바람막이라곤 없는 천것이다. 반족班族인 누군가가 천것인 별님을 대로에 세워 놓고 때려죽인다고 해도 그 누구의 죄를 물어 줄 사람은 이 세상에 없다.

"소생도 그날 서원 안에 있기는 하였사오나 무녀는 보지 못했습니다. 온주동 참의 영감과 용문골 이 사인이 무녀를 청송각으로 들여놓아 기회가 없었던 것이지요. 어찌 무녀를 거론하시옵니까?"

부러 정 참의와 이 사인을 들먹였다. 현직에서 물러나 있다고는 하나 전직 참의나 사인은 언제든 전직보다 높은 관직을 제수 받아 불려 갈 수 있었다. 언제 무엇이 되어서 다시 나타날지 아무도 모르는 것이다. 이 사인의 친아우는 어느 고을 현령으로 나가 있고 사촌아우는 예빈시禮賓寺에 있다 했다. 그 아들은 나이 열여섯에 사마시에 급제하여 지금은 성균관에 들어가 있다. 작년 봄, 근휘도 함께 치르고 더불어 소과 급제하였으나 근휘는 집안 내력으로도, 실력으로도 성균관에 들어갈 자격이 되지 못했다. 소과 급제한 자들이 성균관에 들어가는바 입학할 자들이 넘치므로 다시 시험을 치렀는데, 근휘는 재시험에도 들지 못했다.

이 사인의 아들 무영은 이태 전 성균관 입학시험에서 장원했다. 지난 삼월에 치른 과거에서 장원으로 급제했다. 약관도 되기 전에 벼슬길에 나서게 되었으나 그는 사의하고 성균관에 계속 머물러 있다고 했다. 대과를 한 번 더 치러 다시 급제한 뒤에 관직으로 들어서려는 것이었다. 용문골 그 집 사람들은, 당대에 미관말직도 받아 본 적이 없는 이 한갓진 동네 사람들이 감히 거론하기도 어려운 존재들이었다. 근휘가 한 말의 뜻을 새겨들은 배 진사의 낯빛이 굳어지는데 그 옆에 있던 양생의 숙부가 나섰다.

"다섯 가문을 쑥대밭으로 만들 정도로 용하다니, 어찌 생긴 아인지 궁금하여 묻는 것이오. 겨우 스무 살 남짓하다는 어린 계집이 제 신기 자랑하느라 함부로 나선 것 같은데 그리 겁 없는 계집이 어떻게 생겼나 못내 궁금하여."

"한갓 무녀가, 그것도 어린 계집이 무얼 알아 그리했겠습니까마는 그리 궁금하시다면 직접 찾아가 보시지요. 무인들 집이야 주막과 다를 것 없이 언제나 열려 있지 않습니까?"

"그러잖아도 며칠 전에 우리 집 아낙들이 점사 보기를 가장하고 찾아갔더니 계집이 집을 비웠다고 했다더구면. 몸이 좋잖아 보양을 하러 갔다던가?"

"그 무녀를 보시면 어찌하시려는 겁니까? 죄인 밝힌 죄를 물으시려는 것입니까?"

"죄라, 글쎄. 그 계집한테 물을 죄는 아니겠지. 우리 집 안식구들이 찾아간 것도 그리 용하다는 아이한테 어찌하면 우리들 집안이 되살겠는가를 물어보려던 것이었지."

지금까지 듣고만 있던 우생의 숙부가 나섰다. 세 손님 중 가장 젊어 근휘보다 열 살쯤 더 먹었을 사람이다.

"실은 우리 집에서도 작년 추석 즈음에 은새미 그 무녀를 찾아간 적이 있는데, 그 계집이 칭병하고 나오지를 않아 못 봤다 했소. 원래 방자한 데다, 근자에는 제 고을 현령 수청을 들러 다니면서 더욱 기세 등등, 손님도 안중에 없는 것 같다 했어요."

"우리 집에서도 그 말을 합디다. 그 도고 현령이란 자의 기묘한 악행이 은밀히 퍼졌는바, 무녀들을 불러들여 수청을 들게 하면서 그들 뜻을 따라 고을 일을 처결하는데, 근자에는 온통 은새미 무녀가 판을 치고 있다……."

"그만들 하시오. 누워서 침 뱉기, 우리 험만 늘어나는 소리 아닙니까?"

배 진사가 그나마 체면을 차리며 말리고 나섰지만 근휘 머릿속은 이미 허예졌다가 검어졌다가 했다. 현령 수청? 별님이? 언제? 왜? 소리 내 물을 수 없는 의문들이 머릿속에서 일어 심장에서 휘몰아쳤다.

"무녀 아이에 대한 말은 새겨듣지 마시게. 앞의 일은 부탁하겠네."

반나절 식객 노릇을 한 그들이 여운을 남겨둔 채 물러가는데 근휘는 다리에 힘이 없었다. 쥐가 난 듯 온몸이 절절거렸다. 설마, 별님이 나와 현령을 동시에 품었으랴. 별님으로 인해 망했다 느끼는 사람들이 만들어 낸 헛말일 터이지, 하면서도 심란이 그치지 않는다. 그들을 배웅하고 곧장 별당으로 가려는 근휘를 부친이 불렀다. 근휘는 무더운 한숨을 내쉬고는 부친 앞에 앉는다.

"상소와 연판장에 관한 네 대답이 썩 쉽더구나. 건성이었더냐?"

"예. 소자, 아버님 지인들이신지라 대놓고 못한다 못하고 그리 말씀드렸나이다. 아버님께선 소자가 상소문을 쓰고 연판장을 만들어야 한다고 여기시니까?"

"사적인 정의로 보자면 네가 해주었으면 싶은데, 명분이 없어 이 아비도 판단이 어렵던 참이다. 그래서 네 대답이 무난했다고 본다만, 절절이 기다릴 배 진사 맘이 안쓰럽구나."

"황송하오나 아버님, 소자는 전혀 맘이 가지 않습니다. 그, 무녀가 그 댁들을 망친 게 아니라, 그 자들이 이미 벌인 짓을 밝혀낸 것뿐이지 않습니까. 헌데도 무녀만을 탓하다니요. 경우 없고 몰염치한 분들입니다."

"작금의 상황에 그들로서야, 당연한 것 아니냐? 자식과 가문 일에 그 정도 아니할 사람들이 어디 있겠느냐. 그저 듣기만 하여도 될 것을, 배 진사 앞에서 네 언동도 과했다."

"소자가 그 괴뢰 중 하나였다면, 아버님께서도 배 진사 어른처럼 나서실 터이십니까?"

"어허! 공부하는 자가 아비 대놓고 그 무슨 흉한 언사냐?"

"송구합니다. 잘못하였습니다."

아차 싶어진 근휘는 재게 물러나 용서를 빈다. 이런저런 속내를 들키지 않으려 응대했던 것이 지나쳤다.

"되었다. 아들 둔 자, 도둑놈 나무라지 말라더니, 내 오늘 배 진사를 보고 실감하였다. 헌데 너는 젊은 놈 몰골이 어찌 그 모양인 게냐?"

"지끔 한기가 드는 것이, 몸살기가 있나 보옵니다. 물러가 쉬게 해주십시오."

"알겠다만, 그전에 한 가지만 묻자. 네가 별당 아이를 멀리하는 연유가 혹 따로 있느냐?"

"어, 어찌 그런 하문을 하시옵니까?"

엉겁결에 되묻는 근휘 목소리가 떨린다. 스스로는 어찌해 볼 수 없는 진퇴유곡에 빠진 사실을 부친께 아뢰고 선처를 바랄 수 있는 기회였다. 부디 별님을 데려다 살게 해달라는 청을 할 수 있는 기회가 지금 아니면 영영 없을지도 모른다.

"네 어머니의 며느리 걱정이 자심하기에 묻는 것이다. 고부간이라 해도 여인들끼리 소통이 있을 것이고, 네가 집에 와도 별당에 들지 않는다는 것을, 오매불망 손자를 기다리는 네 어머니가 모를 리 없지. 그러니 안사람들 제쳐 놓고, 말해 보자. 따로 연유가 있는 게냐?"

근휘는 쉬이 입이 떨어지지 않는다. 별님이 무녀임을 알고 소스라쳤고 별님이 무녀이기에 품을 수 있었다. 하지만 그가 무녀이기에 온전히 자신의 여인이 될 수 없음을 안다. 부친의 걱정이 무서워 입이 열리지 않는 게 아니라 별님이 원하는 일이 아님을 알기에 할 말도 없는 것이다. 게다가 좀 전에 들었던 사또 수청 운운하던 소리도 입을 막았다. 별님이 자청한 일은 결단코 아닐 것이나 고을 안에 그런 소문이 이미 돌았다면 아니 땐 굴뚝에 연기 나지 않는 법, 기정사실 아니겠는가. 그런 계집을 소실로 들여앉혀 달라 부친께 청할 수는 없었다. 그리하고 싶지도 않았다. 아니 어찌하고 싶은지 스스로의 의중을 모른다.

"혹여 어디, 보고 다니는 계집이 있는 게냐? 맘에 들인 아이가 있어?"

"아닙니다. 그저 기력이 없습니다. 근기가 쇠한 듯, 공부에 몰두하기도 어렵습니다. 그런 연유로 별당 사람 방에 들기가 미안하고 두렵습니다."

"정령 그런 까닭이냐?"

"달리 무슨 까닭이 있사오리까."

스물네 살의 아들보다 기력이 성하신 쉰 살의 부친이 물끄러미 근휘를 건너다보다 물러가 쉬라 하신다. 비겁했다. 비겁한 자의 말로가 선연히 보인다. 부친 앞에서 물러나 마당을 건너는데 저녁 빛깔을 띠어 가는 햇볕이 근휘 눈앞에서 문득 컴컴해졌다. 컴컴한 눈 속에 별님이 나타나 연꽃처럼 웃었다. 마당에 무너진 근휘의 팔이 별님을 붙잡기 위해 허공을 향해 뻗는다.

내를 이뤄 바다로 가나니

    육조거리 남쪽 삼내미의 혜정교 어름, 혜정원慧井院은 한양에서
가장 큰 객점이라 했다. 넓고 깊은 혜정원은 며칠 전 점심을 먹던 때
와 달리 조용하다. 겹담을 두른 혜정원에서도 가장 안쪽에 있는 함
월당含月堂까지 들어온 덕인지 여러 방을 들락거리며 수발하는 시중
꾼들조차 고요히 움직였다. 이른 저녁상을 물리고 나니 이한신의 두
시위, 설희평과 최갑이 반야에게 좀 쉬라며 나갔다. 종일 나돌아 다
닌 덕에 몸이 몹시 무겁기는 했다. 북쪽 벽에는 족자가 걸려 있었다.

    踏雪野中去 不須胡亂行 今日我行蹟 遂作後人程

    눈 덮인 들판을 가매 함부로 어지러이 걷지 마라.
    오늘 내가 남긴 발자취가 뒤에 걷는 사람의 이정표가 되리니.

    휴정 대사께서 남기신 글귀를 삼로參僗가 옮겨 쓴다고 되어 있다.

삼로는 조금 전에 물린 저녁상머리에 나와 자신의 이름을 밝히던 이 객점의 주인이었다. 필체가 자못 유려하다. 고졸하면서도 은근히 화사한 방 안에 이정표 같은 글이 걸려 있으니 이곳이 객점 주인의 방인 게 실감난다. 초경을 알리는 종소리가 멀리서 울린다. 반야는 옷깃을 여민 뒤 사방을 향해 칠배씩을 올리고 나서 소리 없이 홀로 저녁 불공 의식을 치렀다. 반야심경을 다 외고 사방에 삼배씩을 마쳤을 때 기다렸던 듯 문밖에서 인기척이 났다. 혜정원의 주인 삼로와 일꾼 양희다.

나이 지긋한 객점 주인이 양희한테 다과상을 들려 들어와 반야 앞에 놓고는 마주앉는다. 잣과 호두로 만든 백자편에 깨강정과 조란과 생란 등이 얹힌 접시가 꽃처럼 곱다. 강수와 꽃님이가 보면 좋아하겠구나. 반야는 모처럼 아이들을 떠올리며 여인들을 향해 웃는다.

"시영 도련님, 저녁이 아무래도 부실하신 듯하여 후식을 들여왔습니다."

원주院主의 말에 양희가 가만히 고개를 숙인다. 저녁상머리에 주인을 따라 들어와 반야의 젓가락이 미치는 음식과 미치지 않는 음식을 눈여겨 살피며 당기거나 밀어 주던 여인이다. 서른 살쯤 되었을 것 같은데 여인으로서는 기상이 남달랐다.

"심려하셨다니 죄송합니다. 이 상은 감사히 받겠습니다."

양희가 다관을 들어 차를 따라 주었다. 반야가 차를 마시고 잔을 내려놓으니 양희가 또 따르는데 원주가 백자편 접시를 밀어 준다.

"도련님, 남장을 하시니 재미있으시지요? 저도 이따금 남장을 하는지라 그 재미를 알지요. 이 사람 양희도 마찬가지고요."

남장을 들키지 않기 위해 나이를 다섯 살이나 내려 덜 자란 도령

행세를 하고 있지만 들킨들 무슨 상관이랴. 한양 오던 길에 사온재로부터 시영이라는 이름을 받았다. 도령 복색을 하고 다니는 동안은 나리의 작은아들 시늉을 하게 된 것이다. 덕분에 오늘 낮 성균관에 가서 사온재의 아들 무영 선비도 만났다. 반야 혼자서 성균관으로 들어가 무영이 책을 읽고 있던 존경각尊經閣까지 찾아갔다. 한 유생의 안내를 받았다. 반야를 안내해 간 유생이 책상 앞에 앉아서 책을 보고 있던 이무영의 어깨를 건드리며 말했다.

"이봐, 이생, 아우님이 찾아오셨어."

그가 돌아보다 반야와 눈이 마주치자 아! 그랬다. 반야가 아? 반문했다. 아아! 무영의 두 번째 소리에 반야가 소리 없이 웃었다. 두 사람의 첫 대면이었다. 무영은 반야가 계집임을 몰라보는 척했다. 그저 제 부친이 성균관을 구경시켜 주라 보낸, 저보다 어린 도령으로만 대하며 모처럼 아우 만난 듯 자상하였다. 양현재에 있는 자신의 방이며 성균관 안 이곳 저곳을 일삼아 보여 주었다. 성균관에서 삼시 끼니를 먹고 살아야 하는 무영이 이따금 바깥밥을 먹는다는 관 밖의 반궁동 여염집에서 겸상하여 점심밥을 먹었다. 무영이 흔히 신세를 지는 반인伴人집이라 했다. 밥을 먹다가 오랜 지기처럼 그가 말장난을 걸어왔다.

"시영, 첫눈이 무엇인지 아나?"

"겨울 들어 처음 내리는 눈이지요."

"아니, 첫눈은 한 인간이 세상에 나와 처음으로 알게 된 눈이야."

"딴은 그렇습니다만 선비의 해석으로는 감상이 지나치신걸요?"

"그러게, 과장에서 시제 받아 이런 투로 썼다간 낙방 거사가 되겠지?"

웃던 무영이 불현듯 손을 뻗어 반야의 콧등을 쓸어 보며 중얼거렸다.

"사내가 이리 어여쁘면 사내들은 다 어쩌지?"

그 바람에 반야는 입을 막으며 웃었다. 그 생각이 나서 반야는 지금 또 웃는다. 무영 때문에 가슴이 설레었다. 그가 한여름 점심 밥상을 가운데 두고 운운한 첫눈이 무슨 의미인지 어찌 몰랐으랴. 가슴이 설레니 심신이 맑아지면서 새삼 계집이 된 듯했고 그 느낌은 이채로울 만큼 따스했다.

"시영 도령이 사람 앞날을 보신다는 말씀을 사온재 나리께 들었어요. 복채를 낼 테니 도련님, 제 앞날을 봐 주시렵니까?"

"세상을 그리 넓게, 뜻하는 바 대로 사시면서도 앞날이 궁금하십니까?"

원주가 하하 소리 내어 웃는다. 반야 말에 대한 긍정이라기보다 그 단언이 재미있다는 투이다. 양희는 세운 무릎에다 손을 포개 얹고는 벙어리처럼 웃고만 있다. 벙어리 나무 언니가 잠깐 스쳐 지나간다. 키는 멀대처럼 커도 힘이라곤 하나도 없는 그였다. 스물여섯 살이나 되었음에도 수염조차 나지 않는 부실한 사람. 그는 언니가 아니라 강수보다 어린 사람이었다. 그럼에도 산야에 꽃이 피는 계절이면 노상 꽃을 꺾이다 신당에 들이밀면서 집안의 꽃을 가꾸었다.

"고대광실 아니라 구중에 살아도 근심이 있고 앞날이 궁금한 것 또한 계집들 속내 아니겠소? 사내들이라고 다를 것 없겠지요."

"맞는 말씀이오나 일반적인 말씀이시고, 원주께선 자신의 앞날이 궁금하여 물으시는 건 아닌 듯하십니다. 그래도 저한테 하문하실 게 계시다면 복채를 내소서."

"제 어릴 적 이름은 연순입니다. 자호는 삼로지요. 나이 들면서 기름진 땅이라는 뜻으로 흑원黑苑이라는 호도 쓰고 있습니다. 복채가 얼마면 되겠습니까?"

"원주께서 궁금하신 사항의 경중에 따라 스스로 결정하여 주사이다."

원주가 싱긋 웃더니 소맷부리에서 자줏빛 주머니를 꺼내 반야 앞에 놓았다. 수 천여 사람들과 마주앉았고 그때마다 그들의 주머니를 보았다. 주머니 색이나 주머니에 새겨진 그림과 글씨들의 조합이 다 달라 똑같은 게 없지만 또한 비슷했다. 부와 귀와 복과 수 자가 일반적이고 드물게는 자신의 성이 새겨져 있거나 새나 달이나 나무가 수 놓인 것도 있었다. 그런데, 자주색 바탕에 검은색 중 자의 똑같은 주머니라니. 이런 우연이 가능한가.

반야는 자신의 주머니를 꺼내 보고 싶은 걸 참고 원주의 주머니를 열어 내용물을 확인했다. 은자가 스무 냥이나 들었다. 다섯 칸짜리 초가집을 살 만한 거액이거니와 한 권속씩 거느린 서너 만신이 삼현육각 재비들을 다 불러 열두 거리 굿판을 사흘 동안 치르고도 남을 큰돈이다. 이리 큰 복채를 내는 까닭이 있을 것이라 반야는 가만히 미소를 짓고는 흑원의 주머니를 닫아 다과상에 올려놓는다.

"불사신이신 듯 세 차례나 죽었다 되살아나신 듯하옵니다. 삼로님 앞에 비목碑木이 두 기나 보이는 까닭을 말씀해 주시렵니까?"

원주가 웃음을 터트렸다. 어이가 없거나 기가 막히거나 참지 못할 조소거리 앞에서 그 모든 것을 초월한 듯 가벼운 웃음이다.

"잘 보시었습니다. 시영 도련님. 어린 날, 내가 나를 죽이고 나온 문간에 열녀문이 섰더이다. 그 열녀문을 나이든 내가 몰래 태워 없앴더니 다시 만들어지기에 또 불을 질렀지요. 그러니 제가 세 번 죽은 게 맞습니다. 제게 보이는 다른 사항도 말씀해 보십시오. 도련님을 시험하는 게 아니라 내 자신이 어찌 보이는지 진정으로 궁금하여 드리는 부탁이니다."

"오래 혼자 사셨습니다. 자식은 없으시고요. 허나 돌보시는 이들이 많아 홀로 사시는 것과 없는 자식을 갖하고 계시고, 앞날 또한 그리하실 터입니다. 모두 원주께서 익히 아시는 사항이지요. 무엇을 묻고 싶으시기에 이리 많은 복채를 내시는지 제가 더 궁금합니다."

"내가 얼마나 살지 궁금하오."

"왜요?"

"왜라니요, 사람마다 그걸 궁금해하지 않소?"

"사람들은 대개 얼마나 살지 보다 어떻게 살게 될지를 궁금해하지요."

"나는 내가 살아 있는 동안 어떻게 살지 알아요. 그러니 얼마나 살지가 궁금한 게지요. 내가 얼마나 살 것 같으오?"

"하오나 어쩌지요? 저는 제 손님이 얼마나 살 것인가 대해서는 말해 본 적이 없습니다. 그게 점쟁이로서 제 원칙입니다."

"그러면 내 더 간곡히 부탁하리다. 도련님 보시다시피 나는 여러 사람들과 살고 있거니와 돌보고 있고 ㄱ에 따른 막중한 책임이 있어요. 책임 있는 자들은 니름의 앞날을 대비해야 한다 여깁니다. ㄱ래 묻는 겝니다. 당장 준비를 해야 할지, 차근히 대비해도 될지를요."

자신의 삶과 죽음에 대해 보통보다 훨씬 진지한 사람들이 있다. 절박한 사람들도 있었다. 흔치는 않았다. 진지하거나 절박한 그들의 삶과 죽음이 점쟁이인 반야한테는 훨씬 선명하게 보이기 마련이다.

원주의 말을 듣고 있는 반야에게 문득「도량찬게道場讚偈」가 떠올랐다. 세속 한가운데서 번잡하게 살지만 도량을 운영하는 여인인 것이다. '도량청정무하예道場淸淨無瑕穢 삼보천룡강차지三寶天龍降此地 아금지송묘진언我今持誦妙眞言 원사자비밀가호願賜慈悲密加護.' 세 차례 도량찬게를 읊고 난 반야는 목을 축인 뒤 원주에게 언제 태어났는지를 물었다.

"경오년 구월에 났어요."

임오년 생인 어머니 유을해보다 열두 해 앞서 세상에 난 사람이다. 영이 맑고 강하다. 사람을 무수히 겪었으나 그들에게 휘둘리는 대신 그들을 부리며 자신의 삶을 용맹하게 가꿔 온 그릇 큰 여인이다. 이처럼 사람됨이 큰 여인들을 만나면 반야는 가슴이 설레었다.

"고희연을 보실 수 있겠습니다. 헌데, 그 안에 재물을 잃으시며 한 차례 큰 봉변을 당하실 수도 있습니다. 고희를 여기 혜정원이 아닌 다른 곳에서 맞으실 것 같으니까요."

"어떻게, 누구한테 봉변을 당할 것 같다는 것입니까?"

"도적 떼가 이 혜정원 대문 안으로 밀고 들어올 듯합니다. 현재 쉰넷이신데, 환갑을 한두 해 넘기신 뒤 즈음이 되지 않을까 싶고요."

"도적 떼거리가 횡행한다고요? 대궐이 지척인 이 사대문 안에? 그쯤 역란이 생길 거라는 말씀이오?"

"역란이 어떤 양상인지 제가 모르와 그걸 알 수는 없습니다. 사대문 안인지 밖인지도 모르겠고요. 단지 도적 떼가 밀려들 거란 예감이 있을 뿐입니다. 헌데 혜정원이 한양에서 가장 큰 객점이라 들었습니다. 한양에서 제일 크다면 팔도를 통틀어 가장 크겠지요. 팔도의 여유 있는 나그네들이 도성에 오면 예서 머물 것이고요. 도적 떼가 도성을 범한다면 이 혜정원을 그저 지나치겠나이까?"

"허면, 내가 그 안에 이 객점을 걷어치우면 어떨 것 같소?"

"그리하시면 원주님의 앞날이 달라지시겠죠. 좀 전에 앞날 대비라 하신 게 그런 것 아니겠습니까? 몸집이 너무 커진 이 혜정원을 어떤 식으로든 정돈해야 할 때가 되었는지도 모르고요."

"그래요. 맞습니다. 내가 너무 기고만장, 교만을 부렸는지도 몰라요. 과연 도련님, 듣던 대로 혜안이 깊으시구려. 은자 스무 냥으로는 복채가 모자랄 듯하오. 오늘 사온재 나리와 도련님 일행이 드신 밥값을 제해 드리리다. 허고 혜정원이 이 자리에 있는 동안에 도련님이 드시면 이 함월당이 댁이신 듯 그냥 머무시게 하오리다. 언제든 들러 주시구려."

"그리하겠습니다. 고맙습니다."

차를 마신 원주가 빈 잔을 내려 놓고 차를 따랐다. 수십 명 일꾼들을 거느리고 살면서도 몸소 일을 하는가. 그의 손은 어머니 유을해의 손만큼이나 투박하고 거칠다. 반야는 물 한 잔도 직접 따라 마셔 본 적이 없는 자신의 손을 옷자락 속에다 슬쩍 숨긴다.

"도련님이 신기하여 묻습니다. 자신의 앞날도 보십니까?"

"중이 제 머리 못 깎는다고 들었습니다. 제 앞날 보는 무격은 없을 겝니다."

"나는 스스로 머리 깎는 중, 몇 차례나 봤어요. 그러니 제 앞날 보는 무격도 있겠지요. 도련님은 어떠하시오?"

집요하다. 세상을 만만하게 사는 여인의 유희인 것이다. 불쾌할 법한데 사뭇 재미있다.

"무엇 때문에 원주께서 저를 시시로 떠보시는지 저는 그게 궁금하니다.”

“떠보기는요. 도련님이 신기하고 어여쁘시니 동무하고 싶어 그러지요. 도련님, 자신의 앞날을 보시니까?”

“다행히 보지 못하옵니다.”

반야의 응수에 원주가 깔깔깔 웃는다. 반야가 자신의 앞날을 다른 사람 앞날 보듯 자세히 못 보는 건 사실이다. 보고 싶지 않기 때문이다. 점쟁이로서는 치명적이랄 수 있는 결함을 말했는데, 여인은 재미나서 웃는다. 입을 가리거나 고개를 돌리지도 않고 호탕하게 웃는 여인이 반야는 신기하다.

“진실로 다행입니다, 도련님. 암요, 다행이지요. 그나저나 도련님, 이따금이라도 나랑, 내 동무들이랑 더불어 놀아 보시렵니까?”

“원주께서 누구와 더불어 무얼 하며 노시기에요?”

“때에 따라 다 다르지요. 그렇지만 재미난 건 분명합니다. 모두 많은 사람들을 상대하면서, 그 많은 사람들 속내를 들여다볼 만한 그런 일을 하는 사람들이지요. 일 년에 한두 번 정도 모여서 사나흘씩 노는데 만나면 신난답니다. 도련님도 숱한 사람 속 들여다보며 사실 테니 나나 내 동무들과 비슷한 처지일 것 같아 드려 보는 말씀입니다.”

“재미가 어떤 것인지, 알아듣기 어렵나이다. 원주님의 동무들에 섞여 들었을 때 제가 얻을 수 있는 게 무엇이옵니까?”

두 사람의 시선이 한참을 이어진다. 여느 사람보다 많이 본다 해도 대개 상대의 영이나 귀신들을 통해 보는 것. 살아 있는 상대가 보이기를 거부하면 보기 어려웠다. 김학주처럼 강하면서도 그와 비할 수 없게 영이 맑은 혜정원주는 자신을 다 들키지 않으려 스스로의 영에 장막을 쳤다.

"도련님이 저와 동무가 되시면, 여기 있는 세상과는 다른 세상을 얻으실 수 있을 겝니다. 그 다른 세상에서 다른 사람과 어울리며 얻게 되는 힘과 그 힘으로 스스로를 가꾸면서 커지는 자신을 얻으시는 거지요."

"그리 말씀하셔도 막연하고 어렵습니다. 다른 세상이라니요. 어떤 세상이기에요?"

"귀천이 없고 남녀유별도 없는 세상이지요. 그 세상에서는 모든 사람의 목숨값이 같습니다. 동등하고 자유롭지요. 사람마다 그럴 권리가 있고요. 내 마음이 가는 사람에게 나를 보낼 수 있고, 내가 남을 아프게 하지 않으려 애쓰고, 억울한 사람이 없게 두루 살피며 사는 그런 세상, 들어 보신 적 있으십니까?"

"불법佛法처럼 듣기 좋으나 무릉도원만큼이나 비현실 같나이다. 그런 세상이 현실에 있다는 말씀이시어요?"

"현실 안일 수도 있고 현실 밖일 수도 있지요. 덧붙이자면 무릉도원 같은 세상이 아니라 그런 세상을 향해 나아가는 과정에 있는 또하나의 다른 세상이라 보아야겠지요."

이상하고도 어마어마한 말을 농인 듯 늘어놓는 여인이 반야는 어리둥절하다. 남녀유별과 귀천으로 인한 서러움을, 김학주를 겪은 그 한 번으로 다 형용할 수 있으랴. 남보다 많은 것을 타고난 자신이 그러하매 다른 여인들이야 오죽할까. 날마다 만나는 여인들을 통해 보는 세상의 부조리함은 싫증나고 넌더리났다. 그때마다 걷고 또 걸어도 매양 그 자리였다. 헌데 여인이 귀천 없고 남녀가 다르지 않은 세상이 있다고 호언한다. 동등이라니! 자유롭게 살 권리가 있다니? 낯글자들이야 숱하게 보았지만 그 낯글자들이 여인의 입에서 조합되어 동등이니 자유니 하고 불리니 차라리 기묘하다.

할머니 동매도 하늘 아래 모든 목숨의 값이 같다 하시기는 하였다. 그런 세상을 위해 무녀들이 손을 맞잡은 적이 있다고도 했다. 하지만 그건 별자리에 관한 이야기들 아니었던가. 만파식적이 전설이 아니라 현실이었던 세상. 만파식령도 실재했다고 믿게 한 아득한 시절의 허황한 이야기.

반야는 여인을 빤히 쳐다보다가 품속에서 주머니를 꺼내놓는다. 주머니를 들어 쳐다보던 원주의 눈이 커다래지는가 싶더니 이내 그저 신기한 듯 주머니를 살핀다.

"무녀이셨던 제 할머니가 쓰시던 주머니입니다. 제 할머님은 동매라는 이름의 만신이셨고, 붉은 땅이라는 뜻의 적원赤苑이라는 호를 쓰셨습니다. 동네에서는 적원할매라고도 불리셨고요. 돌아가시기 전에 제가 할머니를 졸라 갖게 되었습니다. 원주님, 흔치 않은 이 두 주머니가 똑 닮은 게 우연일까요, 달리 까닭이 있을까요?"

"글쎄요? 나는 모르겠는데 도련님도 모르시겠소?"

들키지 않겠다 작정한 시치미떼기가 아니라 어떤 사실을 계량하고 있음을 그의 표정이 보여 준다.

"저를 그만큼 떠보시고, 이 혜정원의 안방까지 내어주시고도 말씀을 아니 하십니다. 제가 아직 원주님의 어떤 뜻에 부합되기엔 모자라는 것일 테죠. 제 할머님께서도 하늘 아래 모든 목숨의 값이 같다는 말씀을 하시며 저를 키우셨습니다. 하여도 제가 그 말씀의 뜻을 미처 수긍할 수 없으니, 세월이 더 필요한지도 모르겠습니다. 원주께서 혹여 제게 달리 가르침 주실 게 떠오르신다면 제가 한성에 머무는 동안 알려 주십시오."

싱긋 웃으며 고개를 끄덕인 원주가 편히 쉬라며 다과상을 둔 채 나간다. 내용을 알 수 없지만 할 말을 남긴 건 느껴진다. 두 여인이 가진 흑원과 적원이라는 호가 색채로 된 것이 수수께끼이나 반야로 선 아무래도 상관없었다. 상에 놓인 은자 스무 냥을 자신의 주머니 안에다 넣는다. 어떻게 똑같이 생긴 주머니를 혜정원 주인이 갖고 있을까. 감이라도 잡아 보기 위해 눈을 감고 기를 모으려는데 문밖에서 기척이 났다.

"도련님, 나리께서 사온재로 돌아가자 하십니다."

사온재의 시위 최갑의 목소리다. 공손히 삼가며 향기롭게 생각한 다는 나리의 호를 따라 사온재라 부르는 나리의 집은 삼청골 입구의 진장방에 있었다. 헌 집을 손질하여 들어앉은 지 반년 남짓 되었다 하였다. 그래서 나리 따라 도착한 날 반야는 사온재에 깃든 귀신들의 내역을 알아보기로 하였다. 의외일 만큼 집이 깨끗했다. 곡절과 곡절에 맺힌 사람들을 따라 귀신들이 움직여 버린 덕에 집안에 남은 귀신들이 없었다. 홀로 치르는 성주맞이였을망정 유희를 나온 듯 재미났다. 와중에 뜻밖에도 미약하게 남은 어머니의 흔적과 만났다. 함채정과 함순정의 태가 묻힌 걸 느꼈던 것이다. 여타 귀신들이 없어 발견된 듯했다. 나리에게 물었더니 유을해, 함채정이 나고 자란 집이라고 비로소 알려 주었다. 어머니에게 주려고 마련했으나 어머니가 기절했다는 말씀에 두 분의 극진함을 새삼 느꼈다.

금주령 때문에 한산하다는 밤거리임에도 반야 눈에 운종가는 불야성 같다. 육조거리 쪽에서 의금부 앞을 지나 시전 대로로 들어서려는 찰나였다. 이한신이 반야를 끌고 광통교 방향의 점포 뒷골목 그늘 속으로 몸을 들였다.

"저기 종각 쪽에서 이쪽으로 행보하시는 어른이 보이느냐? 양쪽에 사내 둘을 거느리신 분 말이다."

"보이옵니다."

나지막한 한신의 말투를 따라 반야도 덩달아 속삭였다. 어둡다 하나 이따금 처마에 내건 등불들이 있어 형상을 못 알아볼 정도는 아니다. 나이가 꽤 들어 보이는 걸음걸이다. 오늘은 저 양반을 살피라고 데리고 나오신 모양이다. 한양 온 뒤 혜정원주를 아울러 열한 명의 명운을 보았다. 사흘 전에 살핀 이는 안국방에 사는 어여쁘고 귀여운, 채 열 살이 못된 홍씨 성의 아기씨였다. 현재도 더없이 귀한 몸이나 장차는 훨씬 귀한 분이 될 아기씨는 자신의 뜰에 난데없이 나타난 도령 복색의 반야에게 서슴없이 어느 댁에서 온 도령인지를 물었다. 반야는 서촌에 살며 부친을 따라왔다가 댁 안에서 길을 잃었노라고 대답했다.

"허면 도련님, 예는 사내들이 드나들지 않는 곳이니 어서 사랑채로 나가 보시어요."

아기씨가 그리 의젓하게 사랑채를 가리키며 말할 때 느꼈다. 만사람에게 떠받들려지고 사랑받을 터이나 아기씨 자신은 태산에 눌린 듯, 허방 위에 뜬 듯, 힘겹고 불안한 삶을 슬피 살게 되리란 것을.

"우리는 더 뒤로 물러날 터이니 너는 이 길로 나가서 자연스레 저어른 앞을 지나치면서 인상을 살펴라. 우리가 뒷골목으로 너를 따를 터이다."

사온재와 시위들의 기색이 어떻든 반야는 재미있기만 하다. 이렇게 재미 들려 미타원으로 돌아가고 싶을지 의심스럽다.

'나모라 다나다라 야야 나막알약 바로기제 새바라야 모지사다바야……'

반야는 신묘장구대다라니를 가만히 읊조리며 마주 오는 일행을 향해 걷는다. 어릴 때부터 이 다라니를 읊으면 기분이 좋았다. 사통팔달, 온몸의 기운이 시원하게 뚫리면서 눈이 밝아지기 때문이었다. 일행이 스무 걸음 남짓하게 걸어 광통교 방향으로 들어섰을 때 반야는 어른들께 길을 비키듯 자연스럽게 문 닫힌 점포의 처마 밑쪽으로 붙어 걸었다.

'나바 사라사라 시리시리 소로소로 못쟈못쟈 모다야 모다야……'

읊조림 소리를 더 낮췄다. 양반 나리가 곁을 지나갈 때까지도 아무 기운이 느껴지지 않는다. 마침 등불이 멀어진 즈음인 데다 걸음을 멈추고 뜯어볼 수도 없으니 뵈는 것도 없다. 반야는 읊조림을 계속하며 걷는다.

'하따야 사바하 자가라 욕다야 사바하 상카섭나녜……'

문득 읊조림을 멈춘 건 뒤에서 난 소리 때문이지만 옴씰하게 덮치는 서늘한 기운 때문이기도 했다. 귀기가 아니라 뒤에서 다가든 산사람의 기운이었다. 반야가 휙 돌아섰다. 양반 나리가 지나쳐 갔던 걸음을 되돌려 다가왔다. 반야가 두어 걸음 다가가 허리를 숙였다. 주변을 다 덮을 민치 넓고 무거운 기운이 양반 나리한테서 비롯되어 드리워졌다.

"이놈! 어린놈의 귀가 어둡구나. 이름이 무엇이냐?"

"시영이라 하옵니다."

"그래? 네 몇 살인고?"

"열다섯 살이옵니다, 마님."

"허면 반가의 아들이 한창 공부해야 할 나이에 밤 깊은 저자거리를, 종자도 없이 어찌 나도는 게냐? 무슨 연유로?"

"시방 집으로 가는 길이옵니다."

"네 집이 어디관데?"

"홍지문 근방이옵니다."

"지금 같은 네놈 걸음으로는 한참 가야 할 길이로구나. 내 저만치 가다 보니 네놈이 노래를 부르고 있던 듯하여 돌아왔다. 무슨 노래를 불렀더냐?"

"신묘장구대다라니라 하는, 불가에서 읊는 경문을 외었나이다."

"경문이라니, 중이 되려는 게냐?"

"그저 재미나서, 홀로 걸을 때면 읊고 다니옵니다."

"오호라, 네놈이 요새 공부에 꾀가 난 게로구나. 어디 한번 외 보거라."

"예서 말씀이니까?"

"허면 내가 홍지문 네 집으로 쫓아가 들으랴?"

양반 나리께서는 밤길의 어린놈을 붙들고 말놀이를 즐기시는 듯하다. 점점 온후해진 어투에 웃음기가 배고 있지 않은가. 반야는 약간 숙였던 고개를 들고 양반 나리처럼 뒷짐을 지면서 다라니를 읊기 시작한다. 몇 소절 읊다 보면 그만 되었다는 소리가 들릴 줄 알았더니 양반 나리는 반야가 끝까지 외게 했다.

"사바하, 사바하, 사바하."

반야가 다 외고 나니 양반 어른이 껄껄 웃었다. 주변에 드리워진 어둠이 물결처럼 움직이는 듯하다.

"아주 재미났다. 하면 상을 내려야지. 여봐라, 이 아이한테 은전한 닢 쥐어 주어라. 귀여웁지 않으냐. 줄줄 염불 외대는 품이 영락중 같거니와 영락없는 계집아이로구나. 시영이라 하였겠다. 길이 어두우니 속히 집으로 돌아가거라. 공부 많이 하고. 허면 다시 볼 날이 있으렷다."

양반 나리 뒤에 섰던 호위가 제 상전 하시는 양이 별난지 웃음 서린 얼굴로 반야한테 은자 한 냥을 내민다. 반야가 받아 허리 숙여 인사를 하니 양반 나리가 고개를 끄덕이곤 돌아서서 걸었다. 영이 맑지 않으나 아무도 그의 혼탁을 따질 수 없을 양반이다. 기골이 크거니와 기세는 주변 정도가 아니라 온 천지를 덮을 만큼 광대했다. 주변의 숱한 사람들이 그 앞에서 기를 펴지 못하여 여럿이 고사하고 또 고사될 터이나 그 스스로는 오래 살 사람이었다. 귀신이 범접치 못할 양반인 것이다.

저 정도의 광대한 기세를 지닌 양반은 어떤 분일까. 천천히 멀어지는 양반의 뒷모습을 바라보던 반야는 불현듯 소스라친다. 아아! 뒤늦게 반야는 은전 한 닢을 움켜쥐고 부들부들 떤다. 맙소사. 첨부터 알아 뵀다면 지레 눌려 숨이 넘어갔을 터이다. 반야는 점포 앞에 무너지듯 주저앉는다. 사온재와 시위들이 어둠 속에서 나와 다가왔다.

"시영이 심히 놀란 모양이다, 업어라."

사온재의 말에 기진한 반야를 설희평이 업었다. 그의 등에서 잠들어 버린 반야는 진장방 사온재에 도착해서야 겨우 정신을 차렸다. 기운을 차려 나리와 마주앉기까지는 두 식경이 더 걸렸다. 인경이 울린 뒤였다.

"아까 육의전 앞에서 네가 그리 놀란 것은 그 어른이 누구신지 알아 뵌 탓이더냐?"

가재도구며 살림살이가 거의 없는 안채 큰방에 마주앉자마자 한신이 반야한테 물었다. 반야한테 사람을 보게 한 날 밤마다 벌어지는 풍경이다.

"상감마마이시리라 짐작했습니다."

"과연 그러하시다. 오늘 밤 미행을 나서신다는 말을 들었기로 너로 하여금 뵙게 한 것이다. 전하의 용안을 뵈니 어떠하시더냐?"

"어두워 자세히 못 뵈었지만 기운으로 느낀 바, 영이 어둡고 크고 무겁고 탁하고 슬프시더이다. 분노가 많으시고요."

"슬프시다? 왜 그리 느꼈을까?"

"맺힌 게 많으시어 슬프고 그 슬픔이 분노로 나타나실 터입니다. 전하께서는 자손이 많지 않으시지요?"

"연치에 비해 많다 하실 수는 없겠지. 어린 세자 한 분과 옹주 몇 분이 계실 뿐이니. 세자 한 분을 잃으셨지."

"까닭이, 전하께서는 자손들의 영기를 흡수하시면서 당신의 기를 키우시는, 사람으로는 몹시 드문 기세를 타고나신 분이기 때문입니다. 쉽게, 큰 나무 밑에 다른 나무가 깃들이기 어려운 것과 같겠지요. 하지만 전하께서는 오래 사실 텝니다."

"오래라면, 지금 춘추 아홉이신 세자께서 상에 오를 날도 그만큼 오래 걸리리란 뜻이 되겠구나."

상대를 몰라도 상대가 보이는가 하면 상대를 알아도 그가 보이지 않기도 하였다. 보이지 않는 건 상대가 하는 일의 내용이다. 사온재가 무엇 때문에 상감과 세자의 수명을 알고자 하는지. 그건 사온재가 말해 주어야만 알 수 있는 것이다. 혜정원주가 지닌 주머니의 내력을 그이가 말해 주어야만 아는 것과 같았다.

"나리, 나리께서 아시고자 하는 게 전하께서 몇 살까지 사시고, 세
자께서 보위에 오르실 날이 언제쯤인지, 그 점이시어요? 전하의 수
명을 아시고자 하는 게 외람되어 돌려 물으시는 것이고요?"

아무와도 나누지 못할 대화를 나누게 된 사이이거니와 단 둘뿐임
에도 사온재가 보일 듯 말 듯 고개를 끄덕인다. 군신간의 도리는 신
령과 사제간의 도리보다 엄격한 것이다. 사람 사이에 만들어진 겹겹
의 도리들 또한 사람과 신령들의 관계보다는 엄했다.

"상감마마 춘추가 어찌되시는지 잘 모르오나 앞으로도 서른 해쯤
은 끄떡없이 사실 터입니다. 세자마마가 올해 아홉이시라면 을유생
이시고, 몇 월에 나시었사와요?"

상감이며 세자 등 왕가 사람들의 생일과 생시는 궐 밖 사람들이
모르는 법이었다. 그들의 운세가 알려지는 걸 방지하기 위하여 비밀
이 되는 것이다. 알려져 있다면 그건 짐짓 다르게 지어낸 사주일 수
밖에 없었다.

"일월 스무하루에 나셨다. 왕실에 손이 워낙 귀해 만인이 근심하
던 차에 나셨더니라."

사온재의 말이 끝나기 전에 반야가 고개를 치키며 말했다.

"아, 그 칠팔 년 전에 또 한 분 세자께서 돌아가셨지요. 초거울 즈
음이었을 것이고요. 그때 할머니와 어머니가 다섯 살 난 지를 백 살
이 가까운 아홉 할아버지한테 맡겨 방에 가둔 뒤 자물쇠까지 채워놓
고 대궐 안에서 벌어지는 푸닥거리에 가셨지요."

"무어?"

"굿은 하다 말 것이고 세자님은 돌아가실 텐데 대궐엔 무엇 하러

가느냐고, 어린 제가 요살을 떨어댔으니 밖에 내놓을 수가 없었던 게지요. 푸닥거리 이튿날 세자께서는 돌아가셨지요?"

"하마 그러셨을 터이다. 그때 효장세자께서 살아나셨더라면 지금쯤은 어엿한 성년으로 전하를 보필하셨을 터인데. 허면, 이번 세자께서는 오래 사시겠느냐? 그리하여 금상께서 승하하신 뒤 지금 세자께서 임금이 되실 수 있으시겠느냐 묻는 게다."

"제가 지금 상감마마 기세에 눌려 기진한 참이라 세세히 못 보옵니다만, 전하께서 주변 사람을 무수히 고사시키실 분이신데 아직 그 기운이 남으신 듯합니다. 그 기운이 전하의 어느 아드님이나 따님께 다시 미칠지는 그분들을 뵈어야 알겠고요. 다만 한 가지, 며칠 전 뵈었던 그 아기씨가 전하와 부모 자식 연이 있으신 듯하옵니다. 안국방 홍가 성의 양반 댁, 익익재였던가요?"

"전하와 부모 자식 연이라면, 익익재의 아이가 세자빈이 되리라는 뜻이냐? 그 집안이 누대의 명문이긴 하나 익익재, 홍 선비 스스로는 아직 벼슬도 못했거늘?"

"전하께 아드님이 세자마마 한 분뿐이시라면 그렇겠지요. 홍 선비라는 분의 벼슬길은 따님으로 하여 대로를 향해 문이 열린 듯이 될 것이구요. 하온데 나리, 다시 관모를 쓰실 것 같습니다."

"관모를 쓰다니, 누가?"

"나리시지 누구시겠습니까."

"그래? 그렇다면 반가운 일은 아니로구나."

"벼슬이 높아지는 게 반갑지 않으시어요?"

"작금 조정은 노론과 소론이라는 두 파로 갈리어 있다. 노론의 기세가 지나치게 승하여 소론에 속한 자들의 거동이 수월치 않지. 무슨 일을 하려 해도 시시비비가 걸리기 마련이고. 만약 성상께옵서 나를 다시 부르신다면 노론의 기세를 누르고 소론을 키우시어 형평을 맞추고자 하심인데, 그리되기까지 전하께서 얼마나 시달리실지 그게 걱정이다.”

“홍 선비라는 분의 댁도 노론이시어요?”

“그 댁은 누대로 노론의 중심에 서 왔지.”

“나리께오선 소론이시고요?”

“노론이니 소론이니 하는 파는 이름만 달라져 왔을 뿐 선대로부터 물려진 것이라 나 또한 그러하다. 허나 나는 소심한 중도라 봐야 할 것이다. 이쪽저쪽에 다 맞추는 중도가 아니라 이쪽도 저쪽도 관여치 않으려는 어중간함이라 해야겠지. 온주동 참의 영감께서도 그러하시고. 참의 영감은 어떠실 것 같으냐. 다시 관모를 쓰실 듯 보이느냐?”

“그분을 영신 아씨 댁의 어른으로만 뵙고 잊고 지낸 터라 모르겠습니다. 차후 보이는 게 있으면 말씀드리겠습니다. 하온데, 제가 나리를 따라 처음 살폈던 박석동의 대감도 노론이어요? 나리께서 미워하시는 그 우의정 대감이요.”

이한신이 허허, 객쩍게 웃는다. 사람 속내를 들여다보는 반야한테 그자를 보아 달리 히고도 내막을 알려 주지 않은 것이 쑥스럽고 미안한 것이다. 한신이 말할 수 없는 까닭은 사신계에 있었다. 집안 대대로 계원이었거니와 자신이 입계한 지도 삼십 년이 넘었다. 하여도 스무 해 넘게 더불어 사는 부인 홍외헌조차 계에 대해 몰랐다. 반야도 몰라야 했다. 시방 반야는 경계에 서 있었다. 아이는 저도 모르는 채 기나긴 시험을 치러 왔고 현재도 치르는 중이었다.

작년 봄 영신의 참변 뒤 온양 은새미 무녀 반야는 곧바로 사신계에 발견되었다. 반야가, 사신계가 기다리던 재목이거니와 예비되었던 계원이었음도 그 뒤 밝혀졌다. 반야의 양조모인 칠성부 무진 동매가 반야를 키웠거니와 칠성부 부령이 일찌감치 반야를 점찍고 반야가 자라 사신계로 찾아들기를 기다렸던 것이다. 인연이 되려 그랬던지 반야의 아우 동마로가 저 홀로 사신계로 찾아들어 계원이 되어 있기까지 했다.

지금 한신이 그 모든 것을 반야한테 말해 줄 수는 없었다. 동매가 자신의 수양딸 유을해를 입계시키지 않은 까닭도 반야가 스스로 커나 사신계로 찾아들어야 할 무녀였기 때문이었다. 여느 계원들은 대개 앞선 계원들의 손을 잡고 입계하지만 반야는 내도록 홀로 커야 했다. 이만하면 스스로 잘 자란 셈이었다. 한신이 이번에 반야를 한양으로 이끌고 온 것도, 혜정원주가 운을 떼어 놓은 것도, 재목임을 인정했기 때문이었다. 하지만 반야에 대한 시험은 아직 끝나지 않았다. 무녀로서의 반야는 충분히 검증되었으나 반야가 계에 대해 모른 채로 제 스스로 혜정원주인 삼로 무진을 따르겠다고 결심해야만 시험이, 그것도 첫 시험이 끝나는 것이다.

"잘 보았다. 내가 미워하는 그 박석동의 우의정 대감도 노론이지. 지난날 내가 친상親喪을 빙자하여 사직한 것도 그 대감을 위시한 사람들이 날 보아 내지 못한 데다 나도 그 이전투구가 싫어 물러난 것이었다. 내가 다시 출사하게 된다면 아마도 같은 양상이 벌어질 것이다. 나 또한 그를 비롯한 세력과 대적키 위해 눈을 부라리게 되겠지. 정치라는 게 그러하니라. 그자가 한 오 년 살겠다고 네가 예시했으나 그자가 사라진 자리는 그와 같은 자가 대신하게 될 게다."

"헌데 나리께서는 왜, 나리가 얼마나 사실지 저한테 아니 물으시어요?"

아이처럼 눈을 동그랗게 뜨고 묻는 반야의 눈동자가 발갛다. 사신계에서 봐야 할 자들을 보이고 난 밤이면 언제나 저렇게 충혈되거나 아예 눈을 못 뜨고 기진하기 일쑤인 아이였다. 반야를 계로 이끄는 것에 대한 미안함은 없었다. 사대부부터 팔천에 이르기까지 계원들이 두루 포진한 사신계는, 혹독한 현실 속에서 미천한 신분으로 살고 있는 아이한테 큰 언덕이 되어 줄 것이었다. 다만 계에 들어서도 타인의 명운을 봐야 할 아이가 애달팠다.

"나는 내 수명을 알고 싶지 않다. 아는 게 무섭다는 게 솔직한 심정이겠지. 그러니 내 수명이 보이더라도 부디 말하지 말거라."

반야가 고개를 숙이며 웃는다. 도령 복건 벗은 터라 가르마가 한 줄로 가지런히 애련하다.

"한 가지 생각나는 게 있사와요. 익익재의 왼쪽 집은 누구 댁이옵니까?"

"홍 선비네 왼쪽 집? 글쎄다. 이연 대감 댁, 허원정인가? 왜 그러느냐?"

"그 댁에서 사람의 기세가 사뭇 드세게 느껴지더이다. 사람이 많이 살지 않음에도 사람 기운이 끓는 집인 성싶어, 웬일인가 하고요."

"허원정, 그 집이 왕가의 후손이자 종친, 경대부가로서는 참으로 엉뚱하게도 큰 장사를 하고 있다고 들었다. 보제원普濟院 거리에서 제일가는 약방을 운영하고 있다던가. 하여 네가 그 소란을 느낀 모양이다."

"그런가 보옵니다."

"내가 번번이 너를 이리 기진케 하는 것을 네 어머니가 아시면 서운타 하시리라. 오늘은 그만 물러가 푹 쉬거라."

반야는 사온재 앞을 물러나 안채 뒤편의 별당으로 향한다. 가운데 마루를 두고 양쪽에 방 한 칸씩이 달렸을 뿐인 자그만 집이다. 비어 있던 그곳으로 반야가 굳이 밀고 들어간 것은 그곳이 어린 날의 어머니가 쓰시던 곳이기 때문이었다. 돌림병으로 부모를 한꺼번에 잃고 숙부 식구한테 집을 앗기고 별채로 밀려났던 어린 자매 채정과 순정의 설움이 깃든 방.

요즘 수발을 들어 주는 두레가 별당 마당에서 기다리다가 목욕 준비를 해놓았노라 말했다. 씻고 방으로 들어와 불을 끄고 누우니 멀리 사랑채 쪽에서 나는 소리들이 아스라이 들린다. 임인도 그 안에 끼어 있을 터이다. 의식, 무의식중에 미친 듯 탐했던 사내들 몸이 집 떠나오면서 그립지 않았다. 몸이 겨울 강처럼 잠잠했다. 처음 동마로를 안기 이전의 고요한 상태로 돌아가 있었다. 나중에 또 어떻게 미칠지 몰라도 현재 고요한 자신의 몸이 반야는 좋았다.

사온재에는 안주인이 없음에도 드나드는 사람이 많아 일꾼도 많았다. 사온재 나리의 시위들을 제외하고도 젊은 청지기 식구들과 부엌어멈 내외가 있고 시집갔다 소박을 맞았는지 과부가 되었는지 돌아와 있는 부엌어멈의 딸 두레가 있었다. 스물대여섯 살이나 되어 보이는 두레가 요즘 별님의 시중을 들었다. 그 외에도 사랑채 심부름을 하는 일꾼 둘이 따로 있는데 다 제 일에 바빴다. 정해진 일이 없어 한가한 사람은 임인뿐이었다. 날이 새로 밝아오는데 사랑 행랑

방에 든 임인에게 일어나라 깨우는 사람도 없다. 사온재에 머문 두 달여 동안 임인은 별님을 독대할 기회가 한 번도 없었다. 별님은 수시로 나리와 시위들과 더불어 나들이를 하면서도 임인을 대동하지 않았다. 집에 있는 날에는 별당에 틀어박혀 꿈쩍도 하지 않았다. 한 집 안에 있건만 별당과 행랑채가 천 리였다.

일체 아는 체를 해오지 않는 별님 대신 사온재 나리가 시위인 최갑을 통해 내린 명은 글자를 익히라는 것이었다. 사온재에 든 지 닷새째 되는 날부터 임인과 나이가 비슷한 초립이 찾아오더니 두어 시진 정도씩 읽고 쓰기를 가르치고 갔다. 자신이 김생이라고만 할 뿐 어디 사는지, 무얼 하는 사람인지도 밝히지 않은 채 그저 잠깐씩 선생 노릇을 하다 임인이 익혀야 할 글자 숙제만 내놓고 사라졌다. 임인은 할 일이 없어 그야말로 글이나 익혔다. 아주 어렸을 때 익힌 정음은 책읽기를 하고, 배우다 만 『천자문』은 생땅 갈 듯 익혀 나갔다. 나리의 명이 결국 별님의 뜻임을 느꼈고 별님 곁에 머물자면 그 뜻을 따라야만 한다는 걸 알기 때문이었다. 임인에게 요즘 별님은 전생의 사람 같았다.

이른 아침부터 늦여름 매미 소리가 극성이다. 어제는 삼청골 뒤쪽 산을 오르다 길가 느티나무 아래 무더기로 떨어져 있는 검은 빛깔의 매미들을 보았다. 거개가 주검이었고 드문드문 날개를 떨거나 뒤집혀 맴을 도는 매미들이 있었다. 아직 한창때인 듯한 매미들이 왜 떼로 널브러져 있는지 알 수 없어 임인은 쭈그려 앉아 죽거나 죽어 가는 매미들을 눈에 띄는 대로 풀숲으로 옮겨 놓았다. 사방에다 알을 낳아 뒀을 매미들이었다. 매미 애벌레는 알에서 깨어나면 땅속으로 기어들어 가 어둠 속에서 수년을 살다가 성충이 되어 다시 땅으로 나온다는 말씀을 강당사 스님한테 들은 적이 있었다. 그러고는 다시 알을 낳고 죽는데, 땅 위에서 사는 시간이 고작해야 한 달가량이라던가. 사람살이도 실상 그와 같으니 임인에게 땅속의 매미, 굼벵이처럼 순하게 엎디어 살라는 말씀이셨을 것이나 그때 임인은 땅 위로 나온 매미 일생의 하잘 것 없음이 못내 마음에 걸렸다.

"임인 처사, 일어나셨으면 소세하고 별당으로 오십시오. 작은 도련님이 찾으십니다."

부엌어멈의 딸 두레 목소리다. 두레가 지칭한 작은 도련님은 이 집 사람들이 도령 복색의 별님을 부르는 별칭이다. 큰 도령은 성균관에서 공부하는 유생이라 하였다. 집에 오는 일이 원체 드물다는 그가 간밤에 손님처럼 들어왔다. 진작 대과 급제하고도 벼슬 대신 성균관에서 공부 중이라는 그는 이제 겨우 스무 살이라 하였다. 이름이 무영이라던가. 사온재 나리의 젊은 날이듯 부친을 닮은 그는 어둠 속에서도 눈이 부실 정도로 해맑은 귀공자였다. 늦은 밤 들어와 번잡하게 만드는 것에 아랫사람들에게 두루 사과하던 도령.

꿈속에서라도 그와 자신을 비교할 처지가 아님에도 어젯밤 임인은 그로 하여 가슴이 쓰렸다. 그가 반가의 외동아들이라서가 아니라 무영의 넉넉함이 임인을 아프게 하였다. 그가 부친을 뵈러 안채로 들어가고 덩달아 별님이 안채로 불려 가는 것을 지켜보면서 임인은 스스로를 돌아보지 않을 수 없었다. 세상살이가 공평치 않다는 생각을 처음으로 하였다. 선망에서 비롯된 열등감을 비로소 경험한 셈이었다.

오늘은 혹 함께 나가자 하려나.

잔뜩 기대에 부풀어 임인은 별님의 처소에 이르렀다. 별님은 별당 마루에 나앉아 제 건너편 화단에 핀 희고 붉은 수국 꽃 무더기를 물끄러미 바라보고 있다. 금박 물린 검은 바지에 검은 회장의 연분홍 저고리는 새 옷이다. 여인들이 말 타는 일이 워낙 드물어 거의 구경하기 힘든 복색인데 별님은 늘 입어온 옷인 양 차려입었다. 보름 전쯤, 청지기 댁이 바느질하는 아낙을 불러들이는가 싶더니 안채 대청에서는 날마다 바느질 판이었다. 아예 한양에 살려는 건가. 별님이 이곳에 계속 살겠다고 하면 나는 어찌해야 하는가. 별님의 옷들이 지어지는 걸 먼발치로 엿보면서 잠깐씩 궁리했다. 이른 아침부터 금세 말 타고 나들이라도 할 것처럼 말군 바지를 차려입고 땋아 내려뜨린 머리에 검은 육합모를 쓴 별님의 얼굴은 탈속한 듯 투명하다. 얼굴이며 목에서 실핏줄 낱낱을 잡아낼 수도 있을 것 같다. 임인의 가슴이 썩썩 아려온다.

임인이 제 앞에 이르자 별님이 환히 웃더니 마루를 두드리며 곁에 앉으라고 권한다. 워낙 냄새가 옅은 사람이라 곁에 앉아도 그의 몸 내를 맡기 어렵다. 별님을 만지고 안고 싶어 임인의 손끝이 저린다. 두 달여 전까지만 해도 늦은 밤 방으로 쑥 들어와 스스럼없이 자신의 품을 파고들던 사람 아니었던가.

"임인 처사! 오랜만에 보는 것 같지요?"

이건 또 무슨 전조인가. 별님의 깍듯한 말투에 임인은 불안해진다. 처음 몸 섞고 난 뒤 일시에 말을 놓고 노복처럼 대하던 그였다. 계집 앞에서의 사내 위신 같은 건 일절 부릴 수 없었다. 그랬다간 단박에 별님에게서 밀려나리란 걸 교접을 치렀던 밤, 눈 쏟아지는 더운 샘에서 알아 버린 탓이었다. 사내로서의 분노와 질투와 애끓음 따위는 별님에게 통하지 않을 것임을. 시간이 흐를수록 그 점은 더

명확해졌다. 지체 고하를 막론하고 주변 사람들이 신령처럼 떠받드는 별님은 보통 계집이 아니었고 보통 사람도 아니었다. 별님에겐 신분이 없었다.

"공부가 어때요? 『천자문』은 어디까지 익혔어요?"

"엎어지고 자빠져도 이지러지지 않는다. 전패비휴顚沛匪虧까지 읽기는 했으나 쓰기는 몇 글자밖에 못합니다. 원체 먹통이었던 터라 쉽지 않습니다."

"전패비휴 앞에는 절의염퇴絶義廉退가 있어 한 구절이 되지요?"

"예, 절의염퇴는 전패비휴라. 절의와 염퇴는 엎어지고 자빠지는 순간에도 이지러지지 말아야 한다. 염퇴란 염치를 알아서 물러가는 것이라더군요. 김생의 설명에 따르면."

"그 정도면 진도가 빠르네요. 글공부를 본격적으로 해볼 생각이 있어요?"

"왜요?"

"공부하겠다면 시켜 주려고요."

"해서 무얼하지요?"

"그야 해본 뒤에 알게 되겠지요."

"전 도련님, 아니 아씨 곁에 있으면 됩니다. 그 외에 원하는 것 없습니다."

"내 곁에 있는 게 처사의 진정한 원일 리 없고 원이어서도 아니 될 일이니, 자신이 원하는 게 무언지 모른다는 게 맞겠지요. 어쨌든 나로부터 시작해야겠다면 장차 내 곁에 있기 위해 공부를 하세요. 요새, 아니 앞으로도 한참, 나는 머슴도 사내도 필요치 않습니다. 지금 모습으로의 임인은 나한테 더 이상 소용되지 않는다는 뜻입니다."

임인은 기가 막혀서 나란히 앉은 별님을 돌아본다. 냉혹한 말을 태연히 내뱉은 그는 한주먹이면 부서질 듯 여리다. 하지만 그 안에서 이미 강철 같은 결정이 이루어졌음을 임인은 아프게 느낀다. 따르든가, 아주 버려지든가. 선택은 그뿐인 것이다.

"어디서 무슨 공부를 하라는 말씀이십니까?"

"모든 공부는 자신을 만들어 간다는 의미에서 한가지라 알고 있습니다. 그렇더라도 길을 알아야 시작할 수 있겠지요. 하시겠다면 김생이 인도해 줄 겁니다."

"저더러 여기, 한양에서 머물라 그 뜻입니까? 아씨는요?"

"나는 한가위 지나 찬바람 불 때쯤 미타원으로 돌아갈 예정입니다. 그 안에 여길 떠나 세상 구경을 좀 더 하고요. 임인 처사는 김생을 따라가야지요."

반야는 혜정원주가 재미나다 한 그 세상으로 들어가 보기로 하였다. 하늘 아래 모든 목숨의 값이 같다는 그 허황해 보이는 세계가 어떤 양상인지 구경하고 겪어 보고 싶었다. 그 세계에 속한 혜정원주가 마음에 들거니와 사온재 나리도 그쪽에 닿아 있는 것 같지 않은가. 그 두 사람만으로도 정체불명의 그 세상에 믿음이 갔다.

"제가 싫다 하면 저는 어떻게 되는 것입니까?"

"강당사로 돌아가면 되지요."

"미타원이 아니고요?"

"미타원에는 더 이상 처사 자리가 없습니다. 아시지 않습니까?"

임인으로서는 선택할 것도 없었다. 별님이 자신을 데리고 온 것은 여기 버리기 위해서였던 것이다. 밤마다 더불어 그 분탕질을 치면서도 다른 사내 김 선비를 참았던 건 버려지지 않기 위함이었다. 관아의 사또 방으로 뛰어들고 싶은 걸 참은 것도 살아 제 곁에 있기 위해서였다. 절정의 순간에 한숨처럼 내뱉는 다른 사내의 이름조차 못 들은 체했던 것 또한 같은 이유였다. 제가 원하는 모든 걸 다하고 제가 원하지 않는 아무 일도 하지 않았건만 이제 와서 버리겠다니. 별님의 목을 졸라 버리고 싶은 분노가 끓는다.

하지만 임인은 꼼짝도 못하고 화단에 깃드는 아침 햇살만 쳐다본다. 그 옛날 늙은 무녀 동매가 중이 되는 길만이 목숨을 가꾸는 것이라 하였다. 중이 되고 싶지 않아 되지 못했다. 별님 곁에서 계속 살 수 없음도 처음부터 알았다. 둘이 얽혀 할 수 있는 모든 짓은 다한 뒤였다. 별님이 다른 길을 열어 주고 있음을 왜 모르랴.

"제가 기어이 아씨를 따르겠다하면요?"

괜한 짓인 줄 알면서도 억지를 써 보는 임인을 별님이 또렷한 눈길로 쳐다보았다.

"임인 처사가 어린 날 어떻게 강당사에 들게 되었는지 모르나 이제 와 그건 중요치 않을 것입니다. 지금까지 처사는 스스로를 방치했어요. 핑계는 절집에 자신을 내다 버린 세상과 부모였겠지요. 세상이 날 버렸는데 이렇게 천해진 내가 무얼 할 수 있겠냐, 아무렇게 살자. 의식했든 못했든 그랬을 것입니다. 그걸 내가 이해하는 까닭은 나 또한 내가 난 자리가 서러울 때마다 그러하기 때문입니다. 내가 처사와 다른 건 나는 내가 하는 일과 할 일을 알고 산다는 것뿐이지요. 몹시 하기 싫은 일도 감수한다는 것이고요. 세상 사람들이 대개 그렇지요. 지금 처사가 나를 따르겠다 하는 것은 계속하여 스스로를 내버린 채 살겠다는, 스스로조차도 책임지지 않겠다는 뜻이 될 겁니다. 나는 하룻밤 품을 사내일망정 그런 사내는 필요치 않습니다."

별님이 지금까지 임인을 향해서 한 것으로는 가장 긴 말이다. 거절의 말, 내치는 말은 저리하는 법이로구나. 스스로를 의식하기 싫어하는 상대의 속내를 나지막한 목소리로 거침없이 들춰 버리기. 임인은 별님에게서 시선을 거두고 자신의 발끝을 내려다보며 중얼거리다.

"다시, 만날 수는 있습니까?"

"다시 만납니다."

"얼마나 뒤에요?"

"지내다 보면 그 시기가 보이겠지요. 그리고 내가 어디 있는지 누구보다 처사가 잘 알지 않아요? 때가 되면 찾아오세요. 그리고, 이거."

별님이 소맷부리 속에서 물건을 꺼내 내민다. 검은 무명으로 만들어진 주머니다. 주머니에 달린 술이 자줏빛이라 예쁘다.

"한양 와서 내가 번 돈의 일부예요. 간직했다가 필요할 때 쓰세요."

"됐습니다. 사지 멀쩡한 젊은 놈이 어디 간들 밥 굶겠습니까."

"받아 두세요. 내 마음이기도 해요."

주머니보다 주머니 내미는 손을 잡고 싶은 걸 왜 몰라줄까. 임인은 코끝이 매워지는 얼굴을 수그린 채 주머니를 받아 쥐었다.

반야도 임인이 안쓰럽기는 했다. 임인을 한 시절 소용품으로만 여긴 게 사실이었다. 그와 어떤 인연이 있는지 애써 살피지 않은 채 일방적으로 관계를 맺었다가 풀어 버리려 하고 있지 않은가. 임인을 데리고 혜정원주를 따라 볼까 하여 원주에게 물었을 때 그이는 고개를 저었다.

"그가 갈 다른 길을 제가 알아보겠습니다. 그가 그 길을 계속 갈지는 그 스스로에게 맡기지요."

혜정원주의 결정은 간결하고도 단호했다. 반야가 자신이 가야 할 길을 모르는 채 나아가 보기로 했듯 임인도 그리해 볼 수 있기를 바랄 뿐이다.

"허면 제가 이 댁에서 언제 나가게 됩니까?"

"김생이 보통 사시 시작 즈음에 오지요? 짐 꾸릴 시간은 충분하겠어요."

한두 시진 안에 떠나라는 말이다. 새삼 기막힐 것도 없이 이미 숨이 찬 임인이 일어나 별님을 등지는데 아침 해를 배광인 듯 진 큰 도령 무영이 별당 마당으로 들어섰다. 흰 모시 옷에 검은 쾌자를 걸치고 검은 두건을 쓴 그는 학처럼 가벼워 보인다. 임인이 허리를 숙이니 무영이 웃는 얼굴로 "예." 하며 마주 허리를 숙인다. 그의 눈은 별님 쪽을 향해 있다. 저의 예, 소리에 놀라 돌아보는 임인을 지나쳐 화단으로 간 무영이 수국 꽃 한 송이를 서슴없이 끊더니 별님에게 내민다.

"아침 꽃이 아름답습니다."

"그 꽃은 오래전부터 게서 피고 졌을 것을요?"

"저는 이 아침에 꽃을 첨 보았습니다. 첫눈처럼 말입니다."

"번번이 눈도 참 어두우십니다."

그들의 웃음소리에 억장이 무너진 임인은 총총히 자신이 머물던 방으로 돌아온다. 한시도 더 이 집에, 별님 곁에 머물고 싶지 않다. 변변히 꾸릴 짐도 없다. 두어 벌의 옷과 근래 사용하는 책과 종이들을 접어 봇짐을 싸는 것으로 끝이다. 봇짐 하나뿐인 삶인 것이다. 그 봇짐에다 얼굴을 묻고 임인은 마른 울음을 한참이나 운다.

가마골 웃실

    세검정 아래 계곡에 간장 만드는 사람들과 종이 만드는 사람들이 모여 사는 가마골이 생긴 건 백여 년 전부터라 했다. 가을이면 콩 자루를 실은 마차들이 들어왔다. 겨울이면 마차들이 집채만한 나뭇단을 싣고 구메구메 들어와 마을 곳곳에 부렸다. 종이를 만드는 닥나무들이었다. 기다란 닥나무 가지들은 단 채로 가마솥에 쌓이고 이불 홑청보다 넓은 가죽 보에 덮여 삶긴다. 삶긴 닥나무가 피우는 향은 달콤한 듯 쌉싸름하였던가. 겨울이면 그렇게 종이 원료를 만들거나 메주를 띄우고, 봄이면 장을 담거나 끓이는 동네 앞의 내는 곧잘 검거나 툽툽하거나 흐리터분하게 흘렀다. 마을 공기는 계절 따라 다른 냄새를 풍겼다.

    계곡을 가운데 두고 가마골 반대편은 양반들의 여름 유원지요 행락지로 오르는 길이라 천것들이 드나들기 어려웠다. 양반들의 별유천지인 그쪽에서는 구기 계곡이나 그 어름의 관음사에 닿기 쉬웠다. 가마골에서 멀잖은 세검정자도 양반들은 다른 길을 통하거나 관음사 쪽을 돌아 찾아다녔다. 천민촌을 거치지 않기 위해서였다. 그래서 양반들이 유희를 나오는 계절에 가마골 사람들은 구기 계곡이나 세검정자 쪽에 얼씬도 하지 않았다.

반야가 십여 년 만에 지나온 가마골은 전보다 훨씬 번다해졌다. 계곡을 따라 아랫골, 중골, 웃골로 나뉘어 띄엄띄엄 있던 초가들이 많아졌다. 예전 잡목에 묻혔던 빈 터들은 깨끗이 치워져 종이들이 줄지어 널려 있었다. 가마골이라는 이름 탓인가, 기다란 지붕을 인 옹기 가마들도 서너 기 눈에 뜨인다. 옹기장이들이 들어와 살게 된 것이다. 깨금 아비도 예전에는 옹기장이었다고 했다. 병을 앓아 옹기를 빚지 못하는 바보가 되었지만 흙을 다스리는 재주는 남아 미타원의 벽들은 헌 데 없이 늘 말끔했다.

가마골 맨 안쪽에 가마골 웃실로 향하는 길이 나 있었다. 숲의 구불한 길을 두어 마장 걸으면 나오는 평평한 등성이가 웃실이다. 너덧 채의 집이 오밀조밀하게 모여 있는 곳. 세 번째 집이 반야의 어린 날 집이었다. 앞의 두 집이 아주 빈 것 같지 않은데 낮에도 귀신이 나올 듯싶게 허름해졌다. 그 옛날 동매의 스승 달도지 때부터 무격들이 모여 살던 작은 마을이었는데 동매가 떠나며 마을이 쇠한 것이다. 반야의 옛집도 몹시 낡았다. 여섯 간짜리 안채와 여섯 간 넓이의 신당채와 헛간과 사립이 기대어 있던 소나무와 소나무에 매인 색색의 천까지, 얼핏 보면 예전과 비슷한데 궁기가 더께처럼 끼었다. 소나무 밑에서 예닐곱 살배기들 셋이 땅강아지들처럼 놀다가 말을 이끌고 나타난 반야와 설희평을 보고는 다람쥐들처럼 달아난다.

어릴 적의 집을 둘러보고 싶었거니와 형편이 된다면 객으로서 점사를 한번 보고 싶었다. 스스로 느껴 아는 이외에 다른 무격 눈에 비친 나는 어떨까. 어젯밤 잠자리에 들다가 문득 그게 궁금했다. 어린 날 집에 무녀가 아닌 보통 사람이 살지도 모른다는 가정은 하지 않았다. 집이 아무리 좋아도 무격이 살던 집은 보통 사람들이 살지 못하거니와 살려고도 하지 않기 때문이다.

"계시어요?"

사립 밖에 설희평을 세워 두고 마당으로 들어서서 소리치자 신당 문이 열린다. 신당 안에 여인 셋이 앉아 있다가 내다본다. 여인 둘이 서른 살 남짓한 무녀를 마주하고 점사 중인 것 같다.

"밖에서 기다리리까?"

더러 일행이 아닌 여러 명의 손님들을 함께 들여놓고 무꾸리를 하는 무녀들도 있다. 따로 손님 들 방이 없는 경우이거나 여러 손님들한테 위세를 보여 손님이 무격을 시험하지 못하게 하기 위함이다. 안에 든 손님들은 한눈에 보기에도 일행이다.

"들어오시랍니다."

젊은 아낙이 말한다. 화사한 빛깔의 말군 바지 차림으로 들어선 반야의 신분을 몰라보겠는지 엉거주춤 허리를 숙이는 여인들은 상민 복색이다. 반야는 여인들 뒤편에 앉으면서 가볍게 고개를 숙이는 것으로 인사를 대신한다. 여섯 간이나 되는 넓은 신당은 넓은 탓에 더 초라하다. 신단에 차려진 신장들이며 사방에 걸린 종이꽃들이 조악하기 이를 데 없다. 반야는 이 신당에서 불상과 신장들이 보는 앞에서 태어났다. 여섯 살 때까지 이 신당에서 먹고 자고 똥오줌을 가리며 크다가 떠났다. 떠날 제 할머니는 신당 안에 계시던 청동 아미타불 상을 뒷산인 북악산으로 옮겨 묻었다. 지권인智拳印을 하고 연화대에 앉은 어른 몸피만한 청동불상이 무거웠기 때문이다. 같은 형상으로 아기만한 크기의 부처상을 모시고 길을 나설 때 할머니는 나중에 반야가 필요하면 어른 몸피의 불상을 찾아내리라 했다. 현재의 반야는 그 불상이 북악 어디에 묻혀 있는지 몰랐다. 필요하면 알게 될 것이었다.

쌀알이 뿌려진 점상을 앞에 놓고 있는 무녀는 반야의 거동을 뚫어지게 바라보다 여인들에게 시선을 돌린다. 뒤에서 보기에 왼쪽에 앉은 젊은 여인이 아들을 낳고 싶어 찾아온 듯하다. 오른쪽에 앉은 여인은 그 시어미다.

"막내아들을 제 몇 살에 잃으셨지요?"

무녀의 질문에 시어미가 제 여섯 살에 열병에 걸려서 세상을 떴노라고 대답한다. 무녀가 그럴 줄 알았다는 듯 고개를 끄덕이고는 점상 위의 쌀알에다 다시 한 줌의 쌀알을 뿌리고는 들여다본다. 반야도 점사 볼 때 물 담긴 사발에 띄워 놓은 꽃잎을 흩트리며 할 말을 고를 때가 있었다. 그야말로 숨을 쉬고 말을 고르기 위함이지 꽃잎에서 점사를 읽는 것은 아니다.

"그 막내아들이 형네의 아들 생산을 가로막아 아들을 못 낳는 것입니다. 살아 보지도 못하고 죽은 게 원통하여 그 댁 안을 못 떠나고 있는 거지요. 넋굿을 아니 하셨지요?"

"자식 농사야 원래 반타작이면 잘하는 거라고, 애들까지 굿을 어찌하겠나? 비손이나 해주지 애들 넋굿하는 사람도 있을까?"

"다른 사람 이야기할 것 없고 기주님 댁에서는 막내아들 넋굿하고 삼신굿을 해야만 손자를 보실 수 있습니다. 부적은 그 뒤에 만들어야 하고요."

무녀의 터무니없는 말에 반야는 무녀 뒤편의 신장 상들을 건너다

보며 속으로 참회진언을 읊는다. '옴 살바 못자 모지 사다야 사바하.'
시어미의 여섯 살배기 아이는 원혼이 되기는커녕 진작 환생하여 제
세상을 살고 있었다. 그리고 딸만 셋 낳은 며느리는 제가 몰라 그렇
지 이미 태기가 깃들었다. 아들을 낳을 터였다.

"그러면 굿을 언제 해야 하겠나? 비용은 얼마나 들고?"

"비용이야 정성껏 들이면 되는 것이고 굿은 사흘 뒤가 맞춤할 듯
합니다."

"굿은 여기서 하고?"

"기주님 댁에서 온 동네 사람 불러 놓고 하거나 식구들만 찾아와
여기서 하거나 효험은 똑같으니 기주님이 알아 하셔요."

"무슨 자랑이라고 온 동네 사람들 앞에서? 여기서 해야지. 헌데
굿을 하면 틀림없이 아들을 낳을 수 있겠나?"

"신장님들 앞에서 내가 헛소리 하겠습니까?"

무녀가 짐짓 위엄 있는 목소리로 제 신령들을 판다. 시어미가 굿
거리 절차를 묻자 무녀가 준비는 이쪽에서 다 할 테니 우선 약조금
을 내놓고 가라 이른다. 시어미가 주머니를 홀랑 뒤집어 몇십 전의
동전들을 내놓고는 신전에 삼배를 올린 뒤 며느리와 함께 신당을 나
간다. 반야와 무녀 둘만 남았다.

상대의 신을 알아보지 못하는 자는 무격이 아닌바, 반야는 무녀
앞에 다가앉지 않는다. 나이나 무력, 성별에 앞서 무격의 몸에 깃든
신령의 힘이 무격들의 위계를 정하고 서열을 만드는 법이다. 줄다리
기하듯 눈싸움이 벌어진다. 그의 신령들은 조금 전 반야가 들어선
순간부터 그 주위에서, 저희들에게 보이지 않는 반야의 신들을 찾느
라 우왕좌왕한다. 한 무녀, 한 사람한테 붙어 있는 잡귀들은 서로를

못 본다. 뜬것들이다. 뜬것들은 귀신이 오직 저 하나인 줄로 믿고 짐짓 위세부리며 신령 노릇을 하려든다. 반야의 신들은 어디에나 있기에 귀신 형상으로 따라다니지 않는다. 반야를 좇지 않는 신들이 무녀의 잡신들한테 보일 리 없었다. 보이지는 않으나 위력을 알아챈 무녀의 신들이 신당 밖으로 달아난다. 신당 안에는 사람 둘만 남았다. 무녀의 얼굴이 창백해지다 마침내 눈이 벌게진다. 벌게진 눈에 눈물이 차오른 순간 무녀가 몸을 일으켜 점상을 돌아오더니 반야 앞에 엎드린다.

"용서하십시오. 용서하세요."

엎드린 그네가 거푸 용서를 빌었다.

"먹고살기가 그리 힘드오?"

"아니요, 이년이 욕심에 눈이 어두워 그리하였습니다. 용서하십시오. 다시는 사람을 속이지 않겠습니다. 용서하십시오."

"방금 그 며느리에게서 본 것이 있소?"

"이미 수태를 한 것 같았습니다. 그래 굿을 하면 아들을 낳을 수 있다고 했습니다. 용서하십시오."

"나한테 용서 빌 일이 아니지요. 댁네의 신령들이 보고 계시지 않았소."

"신령들께 용서를 빌겠나이다. 다시는 그리 않겠다고 맹세하오리다. 용서하십시오."

"그리하시겠다니 되었습니다. 일어나세요. 내가 댁네를 질책할 입장은 아닙니다."

몸을 일으킨 그의 얼굴이 눈물범벅이다. 상대의 뭇기를 알아볼 수 있거니와 수태를 알아볼 수 있는 무녀이니 맹탕은 아니다. 금세 용서를 빌 수 있는 마음 또한 순하다. 순한 마음 앞에서 반야의 맘도 순해지기 마련이다.

"나는 별님이라 합니다. 댁네 이름은 무엇입니까?"

"동매라 합니다."

할머니 이름이 이 여인한테까지 팔린 모양이다. 엔간한 일로는 마음 상하지 않는 반야도 태연할 수가 없다.

"어떻게 갖게 된 이름이오?"

"오 년 전 신모께서 돌아가신 뒤부터 그 이름을 제가 쓰고 있습니다."

"댁네는 신모님 이름을 쓸 게 아니라 본인 이름을 썼어야 하오. 게다가 댁네 신모님 쓰시던 동매라는 이름도 그분 게 아니었잖소. 이 집의 원래 주인이었던 동매 만신에 대해 들어 본 일이 없소?"

"제 신모께서 그 동매 만신의 집과 명성을 이어받았다 들었습니다. 하여 저도 따라 썼던 것이옵니다."

"그게 잘못되었다는 것입니다. 만신 동매의 집에 들어 살더라도 댁네는 댁네 이름으로 손님을 받아야 해요. 자신의 세계를 가꿔야지요. 이 집은 댁네 것이오?"

"저는 신단만 받들 뿐 집주인은 판수 노릇을 하는 신모의 아들입니다. 박 판수라 부르는 그이는 아랫동네에 내려가 살면서 저와 한 권속을 이루어 굿을 행하고 있습니다."

"박 판수도 점사를 봅니까?"

"점사는 아니 보고 굿판 북재비 노릇을 주로 하옵니다. 평소에는 굿판에 필요한 지물紙物들을 만들고요."

"이 아래와 위쪽 집들에는 어떤 이들이 사오?"

"여기서 큰굿이 벌어질 때 권속들이며 굿하는 식구들이 깃들 뿐 평시에는 비어 있습니다. 그나마 뒷집은 지붕이 삭아 비가 줄줄 새는 탓에 사람이 들 수 없을 지경이고요. 역시 박 판수 것인 줄 압니다."

예전 동매만신이 권속이던 무녀와 그의 지아비 박 판수에게 집을 남기고 떠났다. 지금 박 판수는 그때 아랫집에 살던 박 판수의 아들일 것이다. 주무를 잃은 권속들은 신기 높은 새로운 무녀의 권속이 되지 못하면 살기가 힘들 수밖에 없다. 웃실이 이 지경이 되고 만 것도 그런 까닭이었다.

"동매 이전 댁네 이름이 뭐요?"

"삼덕이라 합니다."

"덕을 세 가지나 갖춘 좋은 이름이구려, 삼덕 무녀. 앞으로는 스스로를 그리 칭하십시오. 하면 지금보다 영이 훨씬 맑아져 신기 또한 높아질 것입니다."

삼덕이 새로운 공수라도 들은 듯 연신 머리를 조아리다 몸을 일으킨다. 천행두 앓은 흔적으로 곰보 자국이 드문드문 새겨진 얼굴이지만 대개 무녀들의 특징인 쌍꺼풀이 진 눈매가 시원하다. 밉상이 아닌데 영이 맑지는 않다. 그가 무녀로 이름을 높이자면 수련을 한참 더 해 영을 맑혀야 할 것이다.

"별님께선 오늘 어찌 여기 납신 것이옵니까?"

"예 사시던 동매 만신이 내 할머님이십니다. 내가 현재는 온양 고을에 사는데 모처럼 한양 왔다가 생각나서 옛집에 들렀어요. 느닷없이 찾아와 삼덕 무녀를 난감하게 한 점 사과드립니다. 용서하세요."

"아, 아니요. 별님 아니셨더라면 제 명줄 재촉해 가며 사술 부리며 살았을 것입니다. 별님이 납신 까닭은 저를 깨우치기 위한 신령님들의 마련이시겠지요."

"그리 여겨 주시니 고맙습니다. 나는 이만 가 보겠습니다."

"아니요, 이리는 못 가십니다. 저를 데려가사이다."

"뭐요?"

"저를 제자로 받아 주시고 이끌어 주십시오."

삼덕은 이 집을 떠나고 싶을 뿐더러 제 삶의 틀을 통째로 바꾸고 싶은 모양이다. 스스로 의식을 하였든 아니든, 여인은 기회를 기다렸던 것이다.

"부끄럽지만 삼덕 무녀, 나는 제자를 두어 가르칠 만한 소양이 없습니다. 나는 굿을 못하는 반쪽짜리 무녀라, 한갓 점쟁이일 뿐이에요."

"그렇다면 굿은 스승님 댁 가까운 무녀들을 찾아다니며 계속 배우겠나이다. 쇤네를 거두어만 주십시오."

"스승과 제자의 연은 쉽게 맺는 게 아니라 들었습니다. 제자를 두고 싶지도 않고요."

"부디 온양 고을 어디에 계신지만 말씀해 주시어요. 제가 여기를 정리한 뒤 따라가 시봉하겠습니다."

이 정도면 삼덕과도 전생에 풀지 못한 업이 있다는 뜻이다. 삼덕의 얼굴을 가만히 바라보던 반야는 눈을 감고 반야심경을 읊조리기 시작한다. 마음을 맑혀야만 보이는 세계로 들어가 보기 위해서다. 반야심경을 마친 뒤 광명진언光明眞言을 왼다.

'옴 아모가 바이로차나 마하 무드라 마니 파드마 즈바라 프라 파를타야 훔.'

광명진언을 세 차례 반복한 뒤에야 감은 눈 속에 삼덕이 나타난다. 전생의 삼덕은 사내였다. 누이를 이용하여 자신의 영달을 꾀했던, 하여 끊임없이 누이를 부추겨 지옥 속에 살게 했던 오라비였다. 단 한 번도 사랑한 적 없던 누이와 더불어 멸했던 그였다. 전생의 반야도 오라비를 좋아한 적이 단 한순간도 없었다. 오직 자신의 수족으로 여겼을 뿐이었다. 둘이서 세상을 향해 저지른 악행은 수십 생을 산다 해도 다 갚지 못할 터였다. 그 형에 그 아우가 이생에서 무녀가 되어 다시 만난 것이다. 이건 또 무엇을 위한 마련일까. 반야는 그 재미없는 조우에 낯을 찡그리며 눈을 뜬다.

"삼덕 무녀, 혹시 전생을 볼 수 있소?"

"못 봅니다."

"허면, 권속 말고 식솔은 있소?"

"자식을 낳긴 했으나 건사치 못해 놓쳤습니다. 서방은 다른 계집과 살고 있지요. 새남 쪽 무녀의 재비입니다. 그 꼴 보기 싫어 게서 벗어나와 이 집의 무업을 대신하던 중이었습니다."

"복채 받은 걸 다 박 판수한테 바치는 게요?"

"한 달에 한 말 쌀값을 주고 남는 걸 쇤네가 쓰고 있습니다."

"무세며 퇴미세, 신포세 등은 누가 내오?"

"쇤네가 냅니다."

"남는 게 있긴 하오?"

"굶지 않을 정도로는 남고, 예서 이따금 굿판을 벌이는지라 그 남지기를 먹고 삽니다."

"이 집을 아울러 위아래 집 네 채의 값어치가 얼마쯤 될 것 같으오?"

담상담상 대답하던 삼덕이 놀란 눈으로 반야를 쳐다본다. 반야가 찡그리듯 웃는다.

"내가 이 집과 위아래 전부 집들을 사야겠소. 죄 사서 이 웃실을 말끔히 비워 놓을 테요. 삼덕 무녀는 신물들은 모두 태우고 쓸 만한 가장집물家藏什物들은 아랫동네 사람들한테 가져가게 하세요. 여기 집들을 깨끗이 비워 놓고 삼덕 무녀의 검님들을 모시고 나를 찾아오세요."

"어, 어디로 가면 되올지요?"

"나는 온양 고을 도고현에서 꽃각시 보살로 통합니다. 온양 땅 장거리나 아무 주막에서라도 도고현 은새미의 꽃각시 집을 물으면 가르쳐 줄 게요. 삼덕 무녀를 보아하니 글을 모르는 것 같은데, 정음으로든 한문으로든, 경문 읽을 정도는 돼야 사설을 제대로 풀 수 있을 것입니다. 점사도 마찬가지고요."

"저 같은 것이 어찌 글자를 익힐 수 있겠습니까?"

"사설을 익혀야 굿을 할 수 있는데 그 긴 사설들을 너끈히 외웠지 않습니까? 작정하면 글자를 못 익히겠어요? 특히나 큰글, 정음은 워낙 배우기 쉬워 길어도 열흘 정도면 잘잘 읽고 쓸 수 있습니다. 큰글을 익히고 나면 한문 글자의 원리도 쉽게 깨칠 수 있어 배우기도 쉽지요. 아무튼 나를 찾아온다면 글자는 깨우쳐 주겠소. 하면 이 집의 원주인 동매 만신의 무가집을 만나시게 될 게요."

"무가집이라면 사설을 모아 놓은 책 이름입니까? 그런 책도 있사와요?"

"별의별 책이 다 있는데 무가집이라고 없겠습니까. 그래서 글자를 익히게 되면 또 다른 세상을 볼 수 있게 되는 것입니다. 가시어 박판수를 찾아 데려오세요. 보아하니 쓸모가 없게 된 집들인 데다 인연이 없지 않으니 나한테 턱없는 집값은 못 부르리. 내 할머니가 이 집을 팔고 떠나신 것도 아니고요."

판수가 집에 있을지 모르겠다며 삼덕이 설레는 얼굴로 나간다. 김선비가 그랬고 임인이 그랬듯 삼덕은 이 집에 싫증이 났을 뿐더러 제 삶에도 염증을 내고 있었다. 반야 또한 전생의 인연들이 자꾸 꼬이는 것에 싫증났다. 스스로 그것들을 찾아내는 자신에 진절머리 났다. 김근휘는 지금쯤 대꼬챙이처럼 말라 상사를 앓고 있을 터였다. 그에게 서신 한 장이나마 보내 달래는 게 어떨까 하면서도 반야는 내버려두고 있었다. 내 업장은 내가 쌓듯 그의 업장은 그 스스로 풀어야 하는 것. 김학주에게 넌더리가 나듯 그에게도 몸서리가 나 돌아보지 않는 것이었다.

그들을 다 버려 두고 스스로조차도 놓아 두고 알 수 없는 미래로 들어가 보기로 하였다. 내일 아침 일찍 사온재를 떠나 수락산 중턱에 있다는 도솔사로 들어갈 예정이었다. 도솔사는 비구니들만 거하는 절이라 했다. 사온재 호위 설희평이 마당에서 집 안팎을 둘러보다 반야를 향해 찡그리듯 웃는다. 허름한 초가 한 채도 아니고 마을을 통째로 사겠다니, 내일부터 수련에 들어갈 사람이 무슨 괴이쩍은 짓을 하는가 싶은 장난스런 웃음이다.

북두칠성을 따르다

제일 천추성天樞星, 제이 천선성天璇星, 제삼 천기성天璣星, 제사 천권성天權星, 제오 옥형성玉衡星, 제육 개양성開陽星, 제칠 요광성搖光星. 사신계 칠성부의 품계는 북두칠성 각 이름의 가운데 자만 따서 추, 선, 기, 권, 형, 양, 광 등으로 구성되었다. 사신계에 들기 전에는 알 수 없는 사항이었다.

입계를 위한 과정은 사람 따라 다르지만 동일한 조건은 있으니 누구를 막론하고 글을 읽고 쓸 수 있어야 한다는 것이었다. 길든 짧든 그 예비 단계를 거치면 문답시험을 치르는데 그때 받는 질문들은 죄어처구니없거나 발칙했다. 하늘 아래 모든 사람은 동등하다, 마땅하냐? 모든 사람은 스스로의 의지로 자신의 인생을 가꿀 권리가 있다, 이해하느냐? 등등. 사람 족속의 모둠살이의 원리에 해당하는 질문들은 외려 쉬웠다.

네 자식에게 치명적 변고가 생겼음에도 자식을 떠나야 할 명을 받는다면 너는 먼저 명을 받들어야 한다는 식의 질문이 문제였다. 너는 어찌할 테냐가 아니었다. 네 어미의 목숨이 경각이매 명이 내리면, 너는 우선 명을 받들어야 한다. 그건 질문이 아니라 지금까지 배운 것들을 버리고, 인지상정조차도 버리고 자신을 죽여야 하는 일방적 세뇌였다. 아니오. 어찌 그럴 수가 있답니까? 그런 당치 않은 명을 어찌 따르리까? 이 일방적인 명령이 동등과 자유의 원리에 맞습니까? 따위의 반박은 허용되지 않았다. 따르는 사람은 예, 그 한 마디면 되었다. 말은 명하는 사람의 몫이었다. 수긍하지 못하면 그걸로 끝이었다. 아무것도 아니 하면 되는 것이었다.

예비 단계와 문답 과정을 거치고 나면 묵언 수련이 기다렸다. 묵언 수련 또한 침묵을 통해 복종을 배우는 과정이었다. 하루 한 끼를 먹으며 묵상하는 동안 반야는 자신이 그동안 얼마나 많은 말들을 해 왔는지 깨달았다. 말을 하지 않으니 서너 살 무렵 입이 열리면서부터 쏟아 내온 말들이 모조리 되돌아와 소나기처럼 쏟아졌다. 하나같이 바늘이었고 비수였다. 지독히 아팠다. 어떤 날은 신열이 끓었고 어떤 날은 오한에 떨었다. 때로 부끄러움에 몸서리를 쳤다. 복종이 처음이듯 아픔도 부끄러움도 처음이었다. 때로 사십구 년인 듯 길거나 사십구 시간인 듯 짧기도 한 사십구 일을 겪는 동안 몸에 붙은 잡스런 기운들이 모조리 떨어져 나가는 것처럼 후련하고도 아팠다.

묵언 수련을 거친 반야는 사신계의 존재와 그 구성 양상에 대해 배우고 난 뒤 열 명의 사신계 무진이 지켜보는 가운데 칠성부 일급인 추품이 되었다. 어떠한 경우에도 사신계에 침묵하고 사신총령을 따를 것이라 맹세했다. 지난 구월 초사흗날이었다.

구월 구일 중양절 저녁.

강화도 마니산 속 수국사 대중방에 모인 여인들은 서른한 명이다.

사신계 칠성부원들의 연례 수련 모임인데 차림새가 가지각색이다. 계집 복색으로 먼 길 다니기 어려워 변장들을 하다 보니 그렇게 다채로워진 것이었다. 혜정원 일꾼인 양희가 칠성부 칠품인 광품이며 삼로 무진의 호위임을 강화도로 들어오는 배 안에서 비로소 들었다. 반야가 올려다보기도 까마득한 단계에 올라가 있는 사람이었던 것이다.

여인들이 자리를 다 갖췄을 때, 혜정원 주인이자 사신계 무진의 한 사람인 삼로가 대중방으로 들어와 상좌에 앉았다. 삼로 무진을 수행해 온 양희가 제 손바닥에다 죽비를 일곱 번 치는 동안 방 안이 고요해진다. 상좌에 앉은 삼로 무진이 좌중을 돌아본 뒤 입을 열었다.

"힘들고 먼 길 오시느라 여러분, 고생들이 많으셨나이다. 새삼스럽지만, 여러분의 그 용감하신 걸음이 세상 법도에 갇혀 집 안에서만 살아야 하는 팔도 여인들의 걸음걸이를 넓히는 일임을 잘 아실 텝니다. 오시는 길에 좋은 구경들 많이 하셨기를 바랍니다. 처음 뵙는 분도 계시고 한두 번 뵌 분도 계십니다. 먼저 제 소개를 드립니다. 저는 사신계 무진의 한 사람인 삼로라 합니다. 한양 칠성부를 관장하고 있지요. 올해 이 자리를 주관하라는 상부의 명에 따라 오늘 제가 상석에 앉았습니다. 이와 같은 자리가 다른 여섯 곳에서도 지금 똑같이 열리고 있습니다. 어디에서 모이든, 우리가 이렇게 모여 서로의 얼굴을 익히고 심신을 다지는 까닭은 서로를 책임진다는 의미이지요. 허나 이 자리를 떠나면 다시 만나기 전까지 서로를 잊어야 한다는 사실 또한 아실 터입니다. 지금부터 단기檀紀 사천칠십육년, 계해년 칠성부 연례 수련을 시작하겠습니다. 먼저 돌아가면서 자신의 이름과 삶의 내력과 장기들을 밝혀 맘껏 자랑들을 하십시오."

삼로 무진 왼쪽에 앉았던 양희가 일어나 한양 칠성부 칠품이라며 자신을 소개했다.

"저는 엄양희라 하옵고 서른한 살입니다. 열세 살에 입계하여 막대기만 손에 쥐면 남을 두들겨 패거나 벨 수 있는 장기를 닦아 나가는 중이지요. 열다섯 살에 시집이라고 갔다가 서방살이가 어찌나 고되던지 섣부르게 장기를 휘둘러 서방을 패고 말았지 뭡니까. 원했던 대로 쫓겨났지요. 다시 시집갈 생각은 추호도 없습니다만 한 가지 꿈은 있으니, 더 나이 들기 전에 무과에 응시하여 급제해 보는 것입니다. 다행인지 불행인지, 그게 수백 년 뒤에나 가능할 것 같아 현재는 어느 객점 수직방에서 문지기 노릇만 하고 있나이다."

숙연해 있던 여인들이 일제히 웃음을 터트린다. 웃다 사레들려 제 가슴팍을 주먹으로 두드려대는 여인도 있다. 양희 옆 여인은 평양 칠성부에서 온 스물일곱 살의 오품 월심이라고 자신을 소개한 뒤 말을 이었다.

"명받은 일이 있어 한양에 머물던 참이라 지금 이 자리에 있지만, 원래는 평양 쪽에 섞여 있어야 할 저이므로 다들 첨 뵙는 분들이십니다. 그래 제 소개를 정식으로 합니다. 제가 미장품美粧品 생산에 일가견을 가진 기생 아니갔시오? 언젠가 기생질 못하게 될 때를 대비하여 여인들 가꾸는 기술을 습득하게 된바 품급을 높여 가고는 있사오나 그야 기본이고, 특기가 무엇이냐면 사내 후리기입지요."

양희 때문에 미처 걷히지 못했던 웃음판이 다시 파다해졌다.

"후리고 싶은데 아니 넘어 오는 남정네가 있다면 오늘 밤 저한테 은밀히 오시라요. 한 수 가르쳐 드리리다. 제가 만든 향료 한 방울이면 만사형통입니다요."

월심의 넉살에 여인들이 절집이라는 걸 망각한 듯 웃어젖히는데 그 옆에 앉은 나이 지긋한 여인이 웃으며 일어났다.

"저는 춘천 칠성부에서 온 모올이라 합니다. 월심 오품, 오늘 밤 꼭 따로 좀 만나십시다. 왜냐, 제가 올해 마흔다섯 살로 시집을 세 차례나 갔건만 작금에 이르러 서방이 하나도 없지 뭡니까?"

월심의 농으로 자지러졌던 여인들이 아예 배를 붙잡고 여기저기서 엎어졌다. 삼로 무진은 여인들의 웃음과 소란을 전혀 제지하지 않는다. 침묵 맹세에 대한 보상이기라도 하듯 거침없이 쏟아지는 말의 잔치다.

"그 덕분에 제 출세가 빠르기는 했습니다만, 출세한 게 좋으면서도 참 씁쓸하더이다. 사내가 뭔지, 원!"

말하는 사람이나 듣는 사람들이나 심각함이란 전혀 없어 그야말로 농 같은데 누군가 모올한테 품계와 재주를 밝히라고 소리쳤다.

"성질도 참 급하시니다. 그러고 보니 첨 뵙는 분입니다그려. 저는 무진입니다."

다들 놀라 예를 갖추고 나자 모올 무진이 편히 앉으라 손짓한다.

"이쪽에 일이 있어 왔다가 여러분 사이에 끼어 앉은 것이니 양해하시고, 편히 봐 주시기 바랍니다. 저는 의원입니다. 계집이 과거에 응시할 수 없듯, 대놓고 의원 노릇 또한 할 수 있는 세상이 못 되는지라 제 집 근방의 만신한테 의탁하여, 만신이 보내 주는 환자들을 주로 보고 있지요. 그래도 밥벌이는 충분히 하고 있습니다. 여하튼 의원 노릇은 업이고 재주라 할 만한 것은 따로 있는바 바로 자문刺文, 연비입니다. 화상이나 외상으로 인한 흉터를 가리고 싶어 하는 여인들, 몸 깊은 곳에다 그저 수를 놓고 싶은 여인들이 의외로 적지 않지요. 그네들 몸에 수를 놓으면서 그네들의 살이에 대해 조근조근 이야기 듣는 재미가 쏠쏠합니다. 여러분! 혹여 몸에 어떤 흉터가 있어 가리고 싶으시다면, 그저 몸에 어여쁜 새 한 마리 수 놓고 싶으시다면, 꽃이라도 좋고 별이라도 좋습니다. 저를 찾아오십시오. 연통을 주시면 바늘 들고 기꺼이 찾아가기도 합니다."

조금 전에 재주를 밝히라던 여인이 다시 물었다.

"모올 무진! 무진 자신께도 문신이 있나이까?"

"아이고, 그 아픈 짓을 내가 내 몸에다 왜 하겠소?"

기껏 잦아 가던 웃음판이 콩자루 터진 듯 다시 벌어졌다. 사신계에 대해 일체 모르고 삼로를 막연히 여인들끼리의 유희 계원이라 여겼을 때 반야는, 그 계원이 되면 얻을 게 무엇이냐고 물었다. 삼로는 또 하나 다른 세상이라 했다. 과연 다른 세상이다. 여인들이 이렇게 떼로 모여 거침없이 웃을 수 있는 세상, 여인들이 재주를 겨루고 몸을 내놓을 수 있는 세상. 그 세상의 실체를 일부나마 목격하는 중이었다. 일곱 사람을 더 거쳐 반야의 차례가 되었다. 빙 둘러앉은 채 자신을 주시하는 사람들을 둘러보며 반야도 일어난다.

"갓 입계하여 일품을 받은 별님이라 하옵니다. 스무 살입니다. 여러 선생님들께서 특기들을 말씀하셨는데 저는 특기라 자랑할 만한 게 도무지 없어 내심 당황했지요. 아무리 뜯어 살펴도 없는 특기를 자랑할 수 없사옵고, 그저 제 하는 일이나 말씀드리렵니다. 저는 온양 고을에서 점쟁이 노릇을 하고 있습니다. 무녀도 못 되오나 점사는 제법 보는 걸로 소문이 나 있으니, 선생님들께서도 보시고 싶은 게 있으시면 복채 들고 저를 찾아오시어요. 이 자리가 끝난 뒤에 당장이라도 봐 드릴 수 있습니다만, 무격들 세상에 공짜는 일체 없음을 유념들 하시고요."

왁자한 웃음이 다시 번지는 와중에 반야가 자리에 앉는데 한 여인이 손을 들고는 앉은 채 말했다. 아직 소개 차례가 되지 않은 여인이지만 그를 아는 사람들이 여럿 있는 듯했다. 마흔이 넘었을 것 같다.

"별님 추품! 저는 수원 칠성부에서 온 오품 갑사라 합니다. 별님 일품이 온양에서 오셨다고 하니 생각나는 게 있어 여쭙니다. 온양 은새미라는 마을에 꽃각시 보살이라는 이름난 무녀가 있다 합디다. 사뭇 영험하여 작년 봄에는, 두 여인을 욕보인 뒤 돌을 매달아 수장한 살인귀들을 찾아낸 무녀라는 소문을 들었어요. 작년 중양절에 우리가 그 이야기를 나눈 걸 기억하는 분들이 이 자리에 몇 분 계실 터입니다. 만약 관에서 제대로 처결치 않고 유야무야 한다면 우리 계원들이라도 손을 써서 그자들을 처단해야 한다는 말도 했었지요. 이후 들은 바 꽃각시 보살 덕분에 살인귀 둘이 의금부에서 처형되었다고 했어요. 별님 추품, 혹 그 꽃각시 보살에 대해 아시오? 아니면 혹 별님 추품이 그 보살이오?"

"예, 선생님. 제 별명이 꽃각시 보살이옵니다."

반야는 정중히 시인하며 앉은 채 좌중을 향해 허리를 숙여 보인다. 여인들에 대한 예의였다. 반야는 영신 아씨를 해한 자들을 지목해 놓고 그들 집안에서 보복해 올 것을 예상하며 무서워 떨었다. 앞으로도 얼마 동안 그들의 보복을 의식하며 살아야 할지 모른다. 그런데 여인들은 이런 자리에 앉아 그자들을 처단하자는 의논을 했다지 않는가. 이야기가 그 사건으로 마구 번지려 하자 삼로 무진이 손을 들어올렸다.

"이 자리를 끝낸 뒤 토론할 제일 안건으로 그 사건을 잡읍시다. 우리가 모인 건 그런 이야기를 나누자는 것이고 밤새 이야기 나눌 수 있으니, 우선 수순대로 진행하자는 겁니다. 반야 일품 곁에 계신 정순 육품, 자리를 이어 가세요."

마흔이 가까워 보이는 정순 육품이 일어나 자기소개를 했다. 두건을 쓰고 있지만 비구니일 거라 짐작한 여인이다. 역시나 그네는 자신이 경상도 청량암에서 수행 중인 비구니이며 만행 중이라 이쪽으로 오게 되었노라고 한다. 순서가 돌고 돌아 계원들 소개가 끝났을 때는 중양절 반달이 만세루 앞에 비스듬히 걸린 술시 중간 즈음이다. 삼로 무진 곁의 양희 칠품이 일곱 차례의 죽비 소리를 냈다. 좌중이 고요해졌다. 삼로 무진 앞의 경상 위에 자줏빛 주머니가 놓여 있었다.

"별님 추품 앞으로 나오세요."

지금까지 신령들에 업혀 사람을 눈 아래에 두고 살았다. 모든 사람이 자신을 통해 신에 이르는 게 마땅하여 사람을 쉽게만 보았던 반야였다. 반야가 무릎걸음으로 삼로 무진 앞에 가 앉았다. 무진으로서의 그이는 혜정원 주인으로서의 삼로와 전혀 딴사람인 듯했다. 중후한 권위가 원광처럼 둘러져 있었다. 새삼 어려울 것은 없었으나 그의 권위에 복종하는 건 당연해진 참이었다.

"다들 아시는 사항이나 별님 추품이 가장 최근에 새 사람으로 들어온바 새 사람에게 이 징표의 의미를 설명합니다. '범인유동등자유이이기지凡人有同等自有而以己志 향생저권리享生底權利'라는 강령 아래 모인 우리 사신계의 다른 부에는 어떤 징표도 없습니다. 문서도 없지요. 우리 세상은 오직 사람을 통해서 사람으로 이어지는 조직입니다. 칠성부에만 징표가 있는 건 주머니에 새겨진 의미대로 우리 칠성부가 사신계의 가운데에 있기 때문입니다. 그건 곧 우리 칠성부가 사람 가운데서 사람을 담는 조직임을 의미합니다. 만난 적 없어도 서로를 알아보고 서로를 자신 안에 담으라는 뜻이며 새로운 계원을 찾아 담으라는 의미지요. 그리고 사신계와 우리 칠성부에 대한 새로운 침묵의 서약이기도 합니다. 모든 사신계원들에게 해당되는 그 침묵의 서원이 우리 칠성부에 특히나 더 강조되는 까닭은 사신계의 모태인 칠성부가 그 가운데에 있기 때문입니다. 이 주머니는 한 번 받으면 평생 지니게 됩니다. 저세상으로 향할 때는 지니고 가는 것입니다. 별님 일품, 돌아서서 사방 선배 계원들께 일배씩 하세요. 그 모든 것들을 받든다는 다짐이며 후진으로서의 예를 차리는 의식입니다."

삼로 무진을 등지고 선 반야는 서른 명의 칠성부원들을 향해 천천히 정성 들여 절을 올린다. 처음 만나는 사람들이건만 태어나면서부터 보아 왔던 사람들처럼 익숙한 이들이다. 받은 것 없이도 전부를 받아 왔던 듯 느껴지고 전부를 줄 수 있을 듯한 사람들. 그들은 어머니와 할머니이고 할머니의 할머니들이었다. 반야의 절을 따라 여인들도 동시에 반야를 향해 절을 한다. 서로를 받아들이는 의식이었던 것이다.

칠십일대七十一代 칠요七曜

　사나흘에 걸쳐 따로따로 섬에 들어왔던 계원들은 떠날 때도 그렇게 떠났다. 함께 왔던 삼로 무진과 엄양희 칠품과 반야는 맨 나중까지 남았다. 삼로 무진이 하루 더 묵어가자 한 덕이었다. 새벽 예불을 알리는 종소리에 요사 밖으로 나왔더니 비가 내리고 있다. 산속 절집 공기가 써늘하다. 불공이 끝난 뒤 반야는 홀로 법당에 남아 백팔배를 했다. 지난 넉 달여 동안 겪고 치른 일들은 그전까지 상상조차 해본 적 없는 일들이었다. 신령들이 개입하지 않는, 오직 사람들만의 일이었다. 신기하고 재미났지만 스스로를 어디로 끌고 가는지 알 수 없어 두렵기도 했다. 백팔배를 마치고 일어나니 기다렸다는 듯 양희 칠품이 법당 밖에서 불렀다.

　"삼로께서 주지 스님 거처에서 뵙자 하십니다."

　날이 새려면 아직 멀었으나 비 내리는 수국사는 벌써 아침이다. 며칠간 큰 손님들을 치러 낸 흔적들이 비에 씻긴 듯 차분하게 하루가 열려 있었다. 수국사 맨 위쪽에 암자처럼 외떨어진 주지스님 거

처는 편액 한 점 없이 소슬하다. 그런데 결계가 느껴진다. 영력으로
쳐놓은 결계가 아니라 보이지 않는 사람들의 호위를 받고 있는 것
같다. 새벽부터 보자 하는 이유가 따로 있는 것이다.

찻상을 마주하고 앉아 담소 중이던 두 스님과 삼로가 방으로 들어
서서 절을 올리는 반야를 웃는 얼굴로 바라보았다. 속세 나이로 일
흔이 넘었을 수국사의 주지 스님이 반야한테 말석에 앉으라고 손짓
했다. 반야는 찻상을 앞에 두고 스님들께 예를 차리느라 곡좌曲坐한
다. 역시나 곡좌하고 있던 건너편의 무량 스님이 미소를 짓더니 반
야한테 차를 따라준다. 반야가 차를 마시고 나자 주지스님이 입을
연다.

"너, 별님이라고 했겠다. 내가 이 절의 주지임은 알 것이고, 예 계
신 무량 스님이 사신계 무진임도 짐작했을 터이다?"

"예, 스님. 하와 예서 칠성부원들이 모였을 것이라 어림하였나이
다."

"이 오두막에 들어서기 전에 무얼 느꼈는고?"

"주변에 결계를 쳐 놓으신 것으로 미루어, 저를 따로 불러 말씀이
자못 중한 것으로 짐작했을 뿐 특별한 느낌은 없나이다."

"너도 무녀이매, 결계를 칠 수 있느냐?"

"따로 배운 바 없사옵고 부러 해본 적도 없어, 모르겠나이다."

"못 한다고는 하지 않는구나? 칠성부의 연원이며 사신계의 역사
에 대해 들었느냐?"

"칠성계라 불렸던 칠성부가 사신계의 모태이며, 여러 차례 겉모습
을 바꿔 온 사신계가 현재와 비슷한 모습으로 움직이기 시작한 것은
고려조 중기쯤부터라 들었사옵니다. 사신계라는 명칭이 시작된 것

은 조선 건국 직후라고 하옵고요."

"사신계 강령에 담긴 뜻을 어찌 이해하였는지 말해 보아라."

"계 내의 평등 세상을 계 밖으로 넓혀 실현코자 계가 존재한다, 이해하였나이다. 하늘 아래 억울한 백성이 없게 하기 위해, 계 밖의 현실이 돌보지 않는 사람들을 살피옵니다. 사람의 마음, 남녀 간의 상사라 해도 그 마음의 흘러감을 중시하되 타인에 상처 입히지 않아야 합니다. 그 원리를 애써 지키며 계원들이 살아가고 그 원리를 지키기 위하여 계원들이 움직입니다."

"그렇다면 계 내에서 총령, 부령, 무진령 등의 명이 중시되는 이유는 어찌 납득하였느냐?"

"계의 강령, 원리는 계 밖의 현실에 정면으로 위배됩니다. 성상에 대한 반역에 다름이 아니므로 명을 따르지 않을 시 계가 위험에 처합니다. 때문에 계에 대한 침묵의 명이 우선시되고 그를 지키기 위해 명이 중시되는 것이라 짐작하였습니다."

"너와 같은 새로운 계원을 생산함에 계의 조건은 꽤나 까다롭다. 글자를 익히지 못하는 사람은 불문 여하한 경우에도 계에 들지 못한다. 또한 순명치 못한 사람도 입계치 못한다. 글을 익히고 순명한다 하여도 제 선원의 무진이 허락지 않으면 입계할 수 없다. 사람을 철저히 가리는 것이지. 헌데 사람을 그렇게 가려 입계시킴은 동등의 원리에 위배된다. 그 까닭을 너는 어찌 이해하였느냐?"

"계의 생존 법칙이라 여겼습니다. 세상을 보는 나름의 안목과 이타심 없이는 강령의 원리를 이해하기 어려운바 계원으로서 살기 어려우리라고요. 하온데 큰스님, 그렇게 제 나름으로 이해는 하였사오나 솔직히 아직, 강령의 원리와 명령의 일방성이 어찌 조화되는지 납득치 못하나이다."

"납득치 못한 채 입계 수순을 따른 이유는 무엇인고?"

"제가 계를 모른 채로도 이끌린 세상, 동등과 자유를 추구하는 게 어떤 것인지, 알고 싶어서였습니다."

두 스님과 삼로가 짜맞춘 듯 웃음을 터트렸다. 큰스님이 웃음을 추스르며 말을 이었다.

"그렇지. 다들 그에 홀려 입계하게 되느니, 네 이제 조금 알게 되었느냐?"

"조금 맛보았나이다."

"원, 인색하기도 하구나! 조금 더 쓸 일이지."

노스님의 탄식 어린 어조에 삼로와 무량이 하하하 방 안이 울리게 웃음을 터트렸다. 세 괭이 앞에 놓인 한 마리 쥐가 된 듯 어리떨떨한 반야는 웃지 못한다. 입계하고도 문답 과정을 다시 치르게 될 줄 몰랐다. 반야만 긴장했을 뿐 조목조목 묻고 대답을 기다리는 노승조차도 여유롭기만 하다. 반야가 목을 축이느라 차를 마시고 나니 무량 스님이 싱긋 웃으며 다시 찻잔을 채워 주었다.

"칠성산 무릉곡이라고 들어 봤느냐?"

"금시초문은 아니옵니다."

"네가 들어 아는 대로 말해 보아라."

"무격들의 이상향으로 일곱 봉우리에 감싸인 골짜기라 들었습니다. 그곳에서 무녀들은 굿을 하거나 점을 치지 않아도 된다고 하였습니다. 그곳에 사는 사람들은 모두 선인仙人인바 이미 해탈을 이루었기 때문이라고요."

"그런 곳이 있다고 믿느냐?"

무릉곡武陵谷은 무릉도원에서 나온 것일 터였다. 무릉도원과 같은 곳. 반야가 믿을 까닭이 없는 세상이었다. 사신계를 알기 전에는, 그 토록 화통한 여인들 사이에 끼어 보기 전에는 그랬다. 지금은 무릉 곡이 실재할 수도 있으리라 싶다. 신력을 믿으며 날뛰어 온 반야라 는 계집이 아는 것은 우물 안 세상일 뿐이라는 걸 절실히 깨닫고 있 으므로.

"믿지는 못하오나 근자에 들어 그 현존을 부정할 자신은 없어졌나 이다."

세 무진이 어깨를 들썩이며 웃는다. 노스님이 웃음을 머금은 채 또 물었다.

"칠요七曜가 무엇인지는 아니?"

"해와 달, 수성, 화성, 목성, 금성, 토성을 함께 부르는 명칭으로 알고 있나이다."

"허면 사신계에 칠요라 불리는 직책이 따로 있고 칠요가 칠성부의 부령임도 아느냐?"

"칠성부령이 사신계 오령 중 한 분이시라는 것은 들었사오나 칠요 에 대해선 몰랐나이다."

"사신계 모든 계원은 자신의 소임에 관계된 일만 아는 게 원칙인 고로, 네가 모르는 게 맞다. 칠요는 칠성부는 물론이고 사신계 전반 을 아울러 운세를 보는 직책이다. 하여 그 먼 옛날부터 무녀가 그 자 리를 맡아 왔느니라."

"예."

"칠요는 다른 부와 달리 이전 품계에 관계없이 칠성부 부령이 된 다. 다른 부령들과 아울러 사신계를 움직이는 것은 물론이거니와 어떤 일을 수행함에 칠요의 의견은 그 누구의 의견보다 존중되며 우선한다."

"예."

"칠요는 원칙적으로 다른 부령들과 같이 종신 서원이나 그 스스로 예지 능력이 떨어졌음을 느끼면 사신계에 고하고 물러날 수 있다."

"예."

"칠요가 물러나매 다음 칠요 재목을 지목하면 다른 부령들이 의논한 뒤 사신경이 승인한다. 그런 연후 총령에 의한 새 칠요가 세워진다."

"예."

"물러나는 칠요가 다음 대 칠요를 지목하지 못하거나 뜻하지 않게 유고하여 새 사람을 찾지 못하면 사신계는 길게는 몇십 년씩 칠요를 기다리기도 한다. 현재 다섯 해째 칠성부령이며 칠요인 자리가 비어 있다."

"예."

"모든 사신계원들이 그렇듯 칠요도 사신계 안에서의 직책을 통해 어떠한 재물도 얻지 못한다. 오로지 자신의 심신과 자신의 재물로 계에 헌신하는 것이다. 용납이 되느냐?"

"예."

"갓 일품을 받았을 뿐인 너를 이 새벽에 따로 불러 무진이 되어야만 아는 사실들을 세세히 일러 주는 까닭을 짐작하겠느냐?"

설마 비었다는 칠요가 되라는 말씀이기야 할까. 의중을 떠보는 것이거나 장차 칠요를 맡길 터이니 그에 맞춰 수련하라는 의미일 것이다. 칠요가 되는 수련 과정이 또 있을 게 자명했다. 그 어마어마한 자리를 운영하기 위해 치러야 할 수련은 지난할 것이다. 그렇게 여기고 싶다. 당장 칠요가 되라는 건 가당치 않거니와 결코 되고 싶지도 않다.

"소제, 무녀로 태어나 무꾸리로 호구지책을 마련하고는 있사오나 세상 보는 눈이 좁고 얕사옵니다. 먼 훗날에라도 큰일을 맡기에는 턱없습니다."

"모든 사신계원들이 계원으로 태어나는 게 아니라 사신계에 의해 만들어진다. 칠요 또한 태어나는 것이 아니라 사신계에 의해 만들어진다. 그리고 그 스스로, 수련에 정진하여 자신을 칠요로 만들어 가는 것이다."

다 떨쳤다고 여겼던 교만에 일침을 가하는 말씀이다. 반야는 아무 소리도 못하고 고개만 숙인다.

"칠성부 반야 추품, 그대에게 칠요를 맡으라는 사신총령이 내렸다."

밥상 차려 왔으니 밥 먹으라는 어머니 말씀처럼 일상적인 어투로 스님이 하신 말씀은 날벼락 같다. 벌써 예상하고 맘을 도사렸음에도 반야는 스님 말씀을 되새겨야 했다. 분명 총령이라 말씀하셨다. 어떠한 경우에도 사신총령에 따른다고 맹세할 때 총령을 이렇게 금세 받을 줄은 전혀 예상치 못했다. 하물며 부령이며 칠요라니. 잠잠히 지켜보던 삼로 무진이 어찌할 바 모르는 반야한테 일렀다.

"사신계 내의 배례는 무진령에 일배하고, 부령에는 삼배, 칠요령과 총령을 받들 때는 칠배를 합니다. 별님, 아니 반야, 북쪽을 향해 칠배하고 사신총령을 받드십시오."

반야는 시키는 대로 일어나 세 무진이 마주앉은 가운데 벽을 향해

큰절을 올린다. 벽에 불佛 자 쓰인 족자가 걸려 있어 절하기 심심치
는 않다. 실체를 몰라 막연한 사신총보다 매양 받들고 사는 부처를
향해 문안 인사를 하는 것 같다. 얼떨떨한 와중에도 재미있기는 하
다. 사람을 움직이는 존재는 사람이고 세상을 움직이는 존재도 사람
이다. 그 움직임을 목격하고 있지 않은가. 북쪽을 향해 일곱 번 절한
반야가 세 무진을 향해서도 일배하자 맞절한 세 무진이 옷깃을 가다
듬으며 일어나 반야를 향해 다시 절한다. 눈썹까지 허연 노스님과
법랍이 만만찮아 보이는 비구와 반백 여인의 절을 그냥 받을 수 없
어 또 맞절을 하고 무릎을 세우고 앉으니 삼로 무진이 반절하고 나
서 입을 연다.

"무진 어연순, 반야 칠요를 받드나이다. 앞으로 반야 칠요께서는
칠성부 무진 회의를 이끄실 때는 물론이거니와 오령 회합에서도 상
좌에 앉게 되십니다. 우선 몇 가지 사항을 말씀드릴 테니 최대한 편
히 앉으십시오."

스님들이 치마 아래서 가부좌를 틀며 앉는 반야를 재미난다는 표
정으로 보고 있다. 칠성부원들의 회합이 그랬듯 이 자리 역시 조금
도 심각한 자리가 아닌 듯하다. 익히 만나왔던 노스님들과 마주앉아
차를 마시는 자리 같다. 삼로 무진이 말을 잇는다.

"막 받으신 명과 자리가 황망하고 어리떨떨하실 줄로 짐작하나이
다. 느닷없다 느껴지실 터이고요. 허나, 우리 사신계에서는 반야께
서 모친의 태중에 계실 때부터 살피면서 지켜보고 기다렸습니다. 전
대 칠요와 반야의 조모이셨던 동매께서 칠요 재목의 무녀가 나리라
예시하시었기 때문입니다. 더 일찍이, 가마골 웃실에 계시었던 모
친 유을해께서 반야의 생부와 만나시게 된 까닭도 현재의 칠요를 있

게 하기 위한 예비였다 합니다. 그러함에도 반야가 입계하기까지 사신계를 알지 못한 까닭은 그 스스로 이 자리를 찾아와야 할 사람이었기 때문입니다. 어려운 길 찾아오시느라 고생하시었습니다, 칠요. 더 오래 기다리지 않게 해주시어 고맙습니다."

"황송합니다, 무진."

달리 할 말이 떠오르지 않았다. 여느 사람보다 많은 것을 본다고 방자하게 살아온 세월이 몰몰이 천박하기만 하지 않은가.

"반야 칠요가 이 자리에 있게 마련하신 전대 칠요이자 부령이셨던 분은 흔훤欣暄 만신이십니다. 양평에 계시지요. 반야 칠요께서 한성으로 돌아가 며칠 쉬신 뒤 흔훤 만신을 찾아가 뵈시면 칠요로서의 배움이 있으실 터입니다. 이달 보름날 두 분이 만나실 수 있게 준비해 두었습니다."

"예, 무진."

"그 자리에는 칠성부 무진들이 거의 모일 것입니다. 작금 칠성부에는 저와 같은 무진이 마흔일곱 명입니다. 그중 선원을 직접 운영치 않는 열외 무진이 열아홉 명이지요. 나머지 스물여덟 무진이 이끄는 부원들은, 무진들마다 다르겠으나 평균 육십 명 정도입니다. 이번에 얼굴 익히신 뒤 각 무진들은 필요할 때마다 칠요이신 부령께 연통을 하거나 찾아가 여러 가지를 의논하게 되고 칠요께서는 언제든 무진들을 소집하실 수 있습니다. 칠성부를 넘어 다른 부와 연계해야 할 일이 있을 때는 오령 회의를 소집하실 수 있고 반대로 오령 회의에 불려 가시기도 합니다."

"예, 무진."

"칠요로서의 소임은 스님께 들으셨으니 부령으로서의 소임을 말씀드립니다. 크게는 생사를 결정하시는 일입니다. 각 무진들이 부 내에서 부원들과 관련된 한 목숨의 생사 여부에 대한 내용을 취품取稟해 오면 부령께서 숙고하시어 명하게 되십니다. 칠요 스스로 살피신일들 중 목숨에 관계된 일을 결정하시어 명하심은 물론이시고요."

"생사 여부에 관한 결정이라는 건 어떤 양상인지요?"

"음, 일례로 말씀드리겠습니다. 십 년 전, 갑인년이었을 겝니다. 한 도의 우병사를 지내던 위인이 수태한 기생을 범하려다 따르지 않으니 공공연히 장살하였습니다. 그 위인이 파직되는 것으로 일이 마무리되었지요. 그나마도 워낙 공공연한 만행이라 파직된 것이지 그렇지 않았다면 놈은 들짐승 한 마리 사냥한 듯 아무 일도 없이 지나갔을 터입니다. 헌데 맞아 죽은 그 기생 정월은 우리 칠성부원이었습니다. 그쪽 무진이 미처 손쓸 틈 없이 일어난 일이었는지라 당시 무진은 부령께 자책과 함께 취품했습니다. 수태한 여인을 장살하고 파직된 위인이 되려 기고만장, 정월의 동기들이 소문을 냈다 하여 물고를 내고 있다는 내용이었습니다. 위인이 숱한 목숨들을 괴롭힐게 뻔한데 어찌하였으면 좋겠냐고요. 그 경우 반야 부령께오선 어찌 결정하시겠나이까?"

"가능하다면 우병사였다는 자를 쥐도 새도 모르게 없이 하고 싶습니다."

김학주를 그렇게 쥐도 새도 모르게 없애고 싶었다. 홀로 그 일을 하기 위해 참아 낸 나날이 길다 할 수는 없지만 짧지도 않았다.

"쥐도 새도 모르게, 가능하였습니다. 당시 부령께서 그자를 제하라, 칠성부에 명하시었고 그 위인은 잠을 자다 심장이 굳어 깨어나지 못한 것으로 되었지요. 자신의 거처에서요."

별의별 재주를 가진 여인들이 곳곳에 있다 했으니 별의별 수단도 생길 법했다. 아아, 이것이었구나. 모여서 만들어 내는 힘. 섬광처럼 지나가는 쩌릿한 희열에 반야는 전율한다.

"놈의 죄도 죄이려니와 한 목숨을 제하여 여러 목숨을 살릴 수 있는지를 부령이 결정하는 것입니다. 반대로 한 목숨을 살리기 위하여 여러 목숨을 제할 수도 있지요. 그 또한 부령의 소임입니다. 하여 그 자리가 막중한 것이고요."

실감할 수 없으나 타인의 목숨을 결정하는 힘을 가지게 되었다. 무언가를 가지면 뭔가 잃는 것이 있기 마련이다. 태어나 지금까지 받는 만큼 내주어야 한다는 사람살이의 등가 원칙을 철저히 경험하며 살아온 반야였다. 지금 자신에게 다가와 얹히는 부령이라는 자리가 내게 어떤 대가를 요구할 것인가. 조금 전의 날카로운 희열이 두려움으로 바뀐다.

"예."

"또 하나 부령께서 행하실 큰일은, 칠성부 광품 계원들 중 무진을 세우시고 그 무진이 이끌 선원을 여시는 일입니다. 무진을 세우시매 부령께서 눈여겨보신 칠품이거나 어느 무진이 주청해 온 칠품 중 숙려하시어 결정하시는 것입니다."

"무진을 세울 때 가장 크게 고려하는 점, 기준이 무엇입니까?"

"도량을 이끌 수 있는 넉넉한 품성과 선원을 운영할 수 있는 실제 힘, 경제력입니다. 선원의 규모가 크든 작든 무진이 운영할 수 있어야 하므로 그 점을 살피는 것이지요."

"알겠습니다. 헌데, 그렇게 선원을 운영하는 무진과 열외 무진의 다른 점은 무엇입니까?"

"열외 무진은 무진으로서의 모든 요건을 갖추어 무진에 이른 사람들입니다. 열안 무진과 똑같은 힘과 자격을 갖지요. 그들은 계 밖의 현실에서 달리 할 일이 있는바, 선원을 운영하는 대신 계 밖의 일에 종사합니다. 계 밖의 현실과 계를 연결하여 사신계의 움직임을 임의롭게 하는 큰 역할을 그들이 합니다. 그건 무진들만이 아니라 보통 계원들에게도 똑같이 해당합니다. 성상의 신하로 조정에 들어가 벼슬을 하거나 관원으로 종사하는 계원들이 언제나 있었고 당금에도 물론 있지요. 쉽게, 예 계신 주지 스님께서는 현실 종단과 연결된 열외 무진이시고 무량 스님께서는 이 수국사 선원을 운영하시는 열안의 무진이십니다. 사찰이 사신계 선원을 겸한 경우 드물지 않은 예입니다. 그렇게 하여 계원들의 움직임이 임의롭도록 운영되어 온 것이고요. 이해가 되십니까?"

"예, 무진."

"다섯 부령이 거하는 곳이 사신계 다섯 본원입니다. 부령들은 평생 네 명 이상의 지근 호위를 두어야 합니다. 반야 부령께서도 그리하셔야 하거니와 칠요이시매 여섯 명의 호위를 거느리셔야 하고, 근방의 사신계 선원들이 원근 호위를 맡습니다. 온양 현무부와 천안 칠성부, 태조산 주작부, 청주 청룡부가 그 일을 하게 될 것입니다. 평상시 그렇고 칠요께서 멀리 움직이시어 어느 곳에 머무시면 그 근방 사신계원들이 호위를 더하게 되지요. 그만큼 칠요의 책임이 중하기 때문입니다."

"예, 무진."

"칠요를 지근에서 모실 여섯 호위를 정하매 보기에 자연스러워야 하는바, 어떤 형태의 호위를 둘지는 칠요께서 결정하실 수 있습니다. 그 조건에 맞춰진 사람들이 칠요를 모시게 될 것입니다."

사신계원 여섯 사람을 식구로 받아들여야 한다는 말이었다. 동마로가 지난 세월 밤마다 나다닌 까닭과 그가 떠난 이유가 사신계에 있음을 짐작했다. 지금쯤 미타원에 와 있을 그가 일 년 동안이나 돌아오지 못했던 까닭은 아직 모른다.

"겉으로 한갓 점쟁이일 뿐인 제가 자연스러운 모습으로 여섯 사람을 곁에 둔다는 것이 쉬운 일이 아닐 줄로 짐작합니다. 당장은 생각하기 어렵습니다. 말미를 주십시오."

"그리하십시오. 달리 생각나시는 방안이 있으시면 말씀하시고요. 혹여 지금 궁금하신 점이 있으시면 하문하십시오."

"궁금한 게 너무 많아 무엇부터 여쭤야 할지 모르겠습니다. 우선, 사신계 내에서 계원을 제하는 일도 있나이까?"

"드문 경우이긴 하오나, 필요하면 제합니다. 절대 침묵 사신계. 입계할 때 맹세한 두 가지 서원 중 첫 번째를 어겼을 때입니다. 사신계를 노출시킨 자를 제하여 노출의 근원을 도려내는 것이지요. 두 번째 맹세를 어겼을 때는 명을 따르지 못한 연유를 먼저 살피어 제하거나 아니하거나 합니다."

"드물다 해도 그런 일을 겪으면서 계가 어떻게 그 긴 역사를 이루어 왔을까요?"

삼로가 소리 내어 웃고 잠잠히 듣고만 있던 스님들이 소리 없이 웃었다. 삼로가 무량 스님한테 이제 설명하시라는 듯 그를 향해 손을 내민다. 이 새벽, 반야를 둘러싼 세 사람은 스승들이셨다. 속세 나이로 쉰 살쯤 되었을까. 늡늡한 미소를 드리운 채 잠잠히 있던 무량 스님이 입을 열었다.

"아까 칠요께서도 말씀하시었듯 우리 사신계는 존재 자체가 국체에 대한 반역입니다. 계원들이 하는 일은 상감을 바꾸자고 나서지 않아도 때때로 국체를 흔드는 역적질이 됩니다. 계원들은 스스로 이미 역적이므로 계에 대해 침묵하지 않을 수가 없지요. 그렇다고, 사신계가 드러난 적이 없지는 않습니다. 존멸의 위기도 이따금 겪지요. 옛이야기처럼 전해지기만도 숱한 위기가 있었습니다. 실제로 국체를 바꾸고자 했던 시도도 없지 않았고요. 우리가 들어 아는 반란 중 상당수가 계가 시도하거나 계원들이 개입한 경우라고 짐작하시면 됩니다. 그때마다 계가 멸할 위기에 처했던 것이지요. 그런 위기들을 당하고도 계가 살아 현재에 이를 수 있던 까닭은, 적합한 예가 될지 모르겠습니다만, 개미나 벌 떼의 속성을 떠올리면 되실 겝니다. 개미나 벌은 각기 제가 속한 집단의 일부로만 존재하지요. 한 마리나 일부 무리가 스러진다 해도 씨가 말라 버리지 않는 한 다시 군집을 이루어 나갑니다. 우리 사신계도 마찬가지입니다. 때로 한 번씩 노출되거나 한 가지 일에 엮여 한 지역의 계원들이 무리째 사라지기도 하였습니다. 지난 왕조 말과 현 왕조 건국 시기에는 전국 계원의 팔 할이 스러졌다 합니다. 사신계의 전신前身이었던 사령계四靈界가 기린, 봉황, 거북, 용 등을 버리고 더 강한 이름의 사신계로 탈바꿈하여 정비된 것도 그렇게 계원을 치명적으로 잃은 결과였다 하고요. 계가 현실 정치에 그만큼 깊이 개입했다는 증좌지요. 그만큼 새 나라에 건 기대가 높았다는 뜻이지만, 당시가 사신계 최대의 실책, 치명적 위기를 자초한 즈음이었다고도 할 수 있을 것입니다. 당시 사신계가 나아가고자 했던 방향에 있어 새 나라 조선은 고려보다 훨씬 열악하여진 까닭입니다. 특히 칠성부원들로 대변되는 여인들에게 있어 이 나라 조선은 최악의 이념과 형태를 갖추며 완고해졌지 않습니까. 그 극명한 일례가 반야 칠요이실 겝니다. 최하위 천민이며 여인인 반야의 현재 말입니다. 숱한 반야들이 법도와 습속에 묶여 살게 된 조선의 건국에 사신계가 일조했다는 자성은 몇백 년째 계속되고 있습니다. 그런 실책과 위기를 겪으면서 사신계는 훨씬 신중해졌지요. 그러면서 명맥을 유지했을 뿐더러 다시 세를 키웠습니다. 계의 세가 커질 수밖에 없는 까닭이야 이미 아실 터입니다."

"계가 그렇게 존속해 온 원동력이 무엇인지 얼추 알겠습니다. 그러나, '범인凡人이 유동등자유이이기지有同等自由而以己志로 향생저권리享生底權利'한다는 추상적인 원리만으로 가당한 일인지, 진실로 의문입니다. 사람살이, 당장 발등에 떨어진 불부터 끄려는 게 본성인데 눈에 뵈지 않는 먼 원리를 좇으며 살기 어렵지 않나이까?"

"소승도 그에 대해 자신 있게 말할 수 없습니다만, 계가 어느 계원 한 사람의 자익을 추구하지 않고, 권력이 한 사람에게 집중되는 조직이 아닌 덕분일 것입니다. 총總은 실존치 않습니다. 경卿의 권력은 부령들에 의해 나뉘어져 있지요. 부령들의 권력은 각 부 수십 무진들에게 나뉘어져 있고요. 그 무진들은 자신의 권력이 커질수록 살펴야 할 계원들이 많아지는바 당연히 힘이 나뉠 수밖에 없습니다. 또한 원천적으로, 계원을 키울 때 우선 전체를 생각하도록 키우지 않습니까. 계원들에겐 계 밖의 현실보다 계원으로서의 삶이 낫기 일반이고요. 현실과 계가 상반하는 일이 거의 없는 데다, 그리되기 전에 계에서 힘을 모아 해결해 주니, 계원으로 살면서 계 밖의 세상을 좇을 이유가 없는 것이지요. 하여도 돌출되는 이가 있을 때는 제하여

계를 보호하는 것입니다. 제 설명에서 미흡한 점은 칠요께서 계원으로 살아가시는 동안 차츰 보충하실 수 있을 텝니다. 여기 우리가 그랬고 숱한 계원들이 그렇듯이요. 수긍이 되십니까?"

"그 점은 수긍하겠습니다. 하여도, 이따금 한 번씩 그렇게 노출되었는데 사신계라는 이름이 세상에 알려져 있지 않다는 게 여전히 기이합니다."

"칠요께서도 입계하시기 전까진 사신계에 대해 일체 듣지 못하셨지 않습니까. 조모님이 칠성부원이셨음에도요. 절대 침묵 사신계라는 맹세가 계원들에게는 천성이 되기 때문입니다. 숨쉬듯 당연하여 내뱉을 필요조차 없게 되는 것이지요. 계에 기록이 전무함을 들으셨을 텝니다. 자그만 광대 패거리도 갖기 일반인 표식조차 우리는 만들지 않습니다. 갖가지 표식이 만들어졌을 때 생기는 외형적인 상징과 권위를 몰라서 아니 만드는 게 아니지요. 외형적인 게 얼마나 한시적인 것인지를 알기 때문입니다. 동시에 그 표식들이 흔적이 되어 계를 위태롭게 하리라는 것 때문이고요. 우리가 지나간 자리는 그저 세월 속으로 스며들어 원래 그대로의 자연만 남는 것이지요. 하여도 수천에 달하는 계원들이 존재하는데 전혀 새지 않는다, 누구도 장담 못하지요. 더러 사신계에 대해 듣고 의문을 가진 자들도 있을 것입니다. 그러나 그런 자들도 사신계에 대해 깊이 파고들 까닭이 없으니 그저 사이비 교단이나 향약, 두레와 같은 일반 계의 이름으로 여기겠지요. 드물게 깊이 파고드는 위인이 있다면 제거되어 왔고요."

"말씀해 주실 터이나 미리 여쭙습니다. 우리 계와 같은 또 다른 계가 조선 내에 존재하나이까?"

잠깐 침묵이 생긴다. 무거운 침묵은 아니다. 삼로 무진이 먼저 웃음을 터트렸다.

"거 보셔요. 우리 반야께서 몹시 영민하시다 말씀드리지 않았습니까?"

무량 스님이 헛기침으로 웃음을 삼켰다.

"죄송합니다, 칠요. 그에 관한 말씀을 당연히 드리려 했사오나 저희 세 사람이 우스갯소리로 내기를 했습니다. 그 점에 대해 먼저 물어 오실지, 물어오지 않으실지."

이들의 여유가 반야 또한 여유롭게 한다.

"가부가 어떻게 갈리셨어요?"

"그건 말씀드릴 수 없습니다."

무량 스님의 말에 노스님과 삼로 무진이 큰소리로 웃는다. 홀로 아닌 쪽에다 건 모양인 무량 스님이 헛기침을 하고 말을 이었다.

"여튼, 소승이 맡은 소임인바 계속 말씀드립니다. 우리 계와 같은 계가 존재합니다."

"존재합니까?"

"우리와 다른 이름, 다른 성격이긴 하나 존재합니다. 좀 전에 지난 왕조 말과 현 왕조 성립 시기에 우리 계가 전신이었던 사령계를 버리고 사신계로 탈바꿈 했다는 말씀을 드렸지요. 그 무렵 팔 할의 계원을 잃었다고도요. 계가 재정비되던 그 무렵, 우리 계에서도 몰랐던 또 한 세력이 정비되고 있었습니다. 당시 죽은 걸로 되었던 무진들 몇 명이 손을 잡으면서 사신계와 다른, 만단사萬旦嗣라는 조직을 꾸렸습니다. 세상의 아침을 잇는 사람들이라는 뜻이지요. 만파식령萬波息鈴에서 유래한 이름이고요. 우리 계가 만단사의 실존을 확인한

지가 일백여 년밖에 되지 않았으니 만단사는 우리 계만큼, 어쩌면 우리 계보다 더 은밀하게 존재하고 있는 거지요. 만단사의 수장은 만단사령입니다. 우리가 사령계였을 당시의 체계를 그대로 사용한 만단사에는 기린, 봉황, 거북, 용 등 네 부가 있습니다. 각부의 수장들은 기린부령, 봉황부령, 거북부령, 용부령으로 지칭되고 그들 아래로 다섯 품계가 있는 바 그 품계는 우리와 달리 숫자가 작은 쪽이 높습니다. 제일사자第一嗣子가 우리의 칠품에 해당하는 셈이고, 동시에 제일사자가 우리의 무진 같은 역할을 합니다."

"그들에게는 우리 칠성부와 같은 부가 없나이까?"

"없는 것 같습니다. 만단사와 우리 세상이 가장 크게 다른 점이 그 대목이라 봅니다. 그 쪽에는 칠요와 같은 존재가 없다는 것이요. 하여 칠요가 우리 계에서 더욱 중요한 자리가 되는 것입니다. 더불어 한 모태를 가진 만단사와 우리계가 공존할 수 없는 까닭이기도 합니다."

"칠요, 칠성부 때문에 공존이 불가능하다는 것입니까?"

"그들도 칠요를 원하기 때문입니다. 그들도 반야 칠요와 같은 존재를 필요로 하는 것이라 보는 것이지요."

"저들도 필요하면 세우면 될 게 아닙니까? 팔도에 산재한 무녀가 이천여 수에 이른다고 하는데요."

"칠요는 세우고 싶다고 하여 세워지는 자리가 아닙니다. 칠요를 만들기 위한 힘이 있어야 하고 그 힘은 칠성부에만 있습니다. 칠요를 만들고 세우는 일은 사람의 힘으로만 되는 게 아닌바 우리 계의 다른 네 부에서도 불가능합니다."

"하면 우리와 그들이 정통성 다툼을 하고 있다는 것입니까?"

"우리는 칠성부 안에 있으므로 다툼이라 하기는 어렵겠지요. 그들이 칠성부를 갖고 싶어 한다는 게 맞을 겁니다."

"현재 만단사령이 누구인지, 우리가 알고 있습니까?"

"파악치 못하였습니다."

"그들이 존재하는 걸 아는데, 사령이 누군지는 모른단 말씀이십니까?"

"우리 세상이 만단사에 대해 듣게 된 시점이 병자호란 즈음이었던 모양입니다. 당 시절이 워낙 어지러웠던지라 그들의 수장을 파악할 만한 기회가 없었던 것 같습니다."

"어쨌든 그들이 우리처럼 존재하고 있다면 만파식령을 갖고자, 찾고 있겠군요."

도고 현령 김학주가 만파식령을 아느냐고 물어왔을 때 놈의 뭇기 탓이라고만 여겼다. 이제 그리 단순하게만 여길 수 없게 되었다. 놈이 만파식령을 운운한 배후가 따로 있는 것이다.

"만파식령에 대해 칠요께서도 들어보셨습니까?"

"어지간한 무격들은 아는 것을요. 우리 칠성부에서도 그걸 찾고 있습니까?"

"언제나 찾고 있지요. 만파식령에 대해서는 흔훤 만신을 뵙게 되면 자세히 들으실 수 있을 텝니다. 어쨌든 우리에게는 칠요가 그처럼 귀하신 분입니다. 제가 이 자리에서 드릴 수 있는 말씀은 이 정도입니다. 소승은 우리 계가 좋습니다. 신기하고 재미나지요. 이리 어여쁘고 귀여우신 분을 뵙는 재미를 계원이 아니었더라면 어디서 보오리까? 아니 그렇사옵니까, 큰스님?"

"허어, 무량! 비구의 몸으로 그 무슨 농이신고?"

노승이 자못 근엄한 투로 나무라는데 그 또한 농이다. 세 사람이 유쾌하게 웃고 있지 않은가.

"우리 칠요께서 막중하신 소임에 짓눌리지 마시라 드린 농담입니다. 가벼이 사시라고. 어쨌든 칠요, 한꺼번에 다 알려 하지 마십시오. 가시는 데마다 칠요의 스승들이 나타날 것입니다. 숱한 앞날이 기다리고 있지 않습니까. 감당한다 여기지 마시고 소임을 즐기십시오. 소승이 자신 있게 말씀드릴 수 있는 건 계 밖의 세상보다 계 안의 세상이 훨씬 재미지다는 것입니다."

칠성부원들과 마주한 자리에서 한 차례 맛보았던 재미였다. 얼마나 잘 웃던 여인들이었는가. 어떤 앞날이 기다리고 있든지 그들과 더불어 웃을 수 있다면 더불어 울 수도 있을 터였다. 반야는 세 무진께 새삼스레 앉은절을 하는 것으로 수긍했음을 알리고 삼로 무진을 향해 다음 질문에 나섰다.

"제 어린 날부터 지켜보시었다는 흔훤 만신을 제가 뵌 적이 있사옵니까?"

"그 또한 흔훤 만신을 뵌 연후에 자세히 들으실 수 있을 것입니다만, 두어 번은 만나신 걸로 압니다."

흔훤이란 이름을 들어 본 적이 없는데 만난 적이 있을 거라니. 그이가 몹시 궁금하지만 반야는 며칠 뒤면 만날 수 있을 그를 미리 보기 위해 영기를 모으지는 않는다. 날이 부옇게 밝아오는 참이다. 이제 사온재 이한신에 대해 물어야 할 차례다. 사온재가 사신계원이라는 것은 사신계에 대해 알게 된 순간 깨달았다. 무녀의 집을 홀로 찾아드는 사대부. 소년 시절 첫정을 주었던 규수가 늙은 무녀가 되어 있는 것을 보고도 정인이 되어 공대할 수 있는 양반. 계 밖의 세상에 사온재 같은 남정네가 존재할 리 만무했다. 하늘 아래 모든 사람이 동등하다는 원리를 익힌 사람이라 그러한 것이다.

　양평 중미산 밑에 자리한 흔휜 만신네는 거개의 무격들 집이 그렇듯 동네를 약간 비켜서 산자락 안에 숨듯 들어 있었다. 드나드는 사람이 많음을 방증하듯 만신네로 난 길은 잘 닦여 있다. 기와를 인 번듯한 대문간 문설주 양쪽에 오색 등이 내걸렸다. 오방색인 황, 청, 백, 적, 흑색을 인용해 검은색을 녹색으로만 바꾼 듯하다. 막 내리기 시작한 옅은 어둠을 밝히는 극채색의 불빛이 은은하면서도 화려하다. 미타원에도 저 등을 달면 어여쁘겠네, 생각하다 반야는 혼자 웃는다.

　삼로 무진과 그의 호위인 양희 칠품이 길을 안내했고 삼품인 미리내와 오두기가 동행했다. 무술을 익힌 양희와 미리내와 오두기의 몸놀림은 삼로나 반야와 다르게 사뭇 날랬다. 반야는 삼로 무진 밑에 있던 미리내를 지근 호위로 우선 지명했다. 그에게서 옅으나마 신기가 보였기 때문이었다. 중인 집안 출신인 미리내는 칠성부에 들기 전 무병을 앓다가 집에서 내쳐진 모양이었다. 제 몸에 실린 뭇기를 무술로 전환시켜 다스린 게 대견하고 예뻤다. 먼저 말에서 뛰어내린 미리내가 반야의 말밑에서 손을 뻗는다. 한창 피어나는 열여덟 살인데다 늘씬한 키로 하여 남장이 썩 어울리는 처자다. 반야는 그 손을 잡고 말에서 내렸다. 삼로 무진은 양희의 부축을 받아 말에서 내린다. 바깥에 이는 기척을 들었는지 활짝 열린 대문 안에서 여인 둘이 나와 반야 일행을 맞았다. 십수 명의 여인들이 집 안 곳곳에 등을 매달며 활달하게 움직이고 있다. 십여 채의 전각을 거느린 드넓은 집 안이 대낮처럼 밝다.

다섯 해 전에 칠요 직에서 물러나 제자들을 가르치며 여생을 보내고 있다는 흔훤 만신은 일흔이 넘은 노인이다. 쪽진 머리카락이 한 올도 남김없이 하얗다. 눈처럼 하얀 그의 쪽진 머리와 주름살도 별로 없는 흰 얼굴. 만난 적이 있었다. 어린 날 가마골에서 그를 만난 기억은 없어도 은새미에서는 딱 한 번, 며느리와 함께 온 시어머니 모습으로서의 그를 만났다. 그때를 기억할 만신은 웃는 얼굴로 반야의 거동만 좇고 있다. 신단에 예를 올린 뒤 삼로 무진이 새삼스레 만신한테 반야를 소개했다.

"새 칠요이신 반야이십니다."

반야는 노인을 향해 절을 올렸다. 노인도 마주 절한다. 절을 나눈 뒤 마주친 노인의 온화한 눈에 물기가 서렸다.

"소제 반야, 만신께 배움을 청하고자 왔나이다."

"오래, 오래 기다렸습니다. 혹여 그대를 못 보고 떠나면 어쩌나 근심도 했다오. 반가움에 내 눈물이 다 납니다."

"미욱한 소제를 기다리셨다니 황송하옵니다."

"이리 찾아와 주시니 내가 황송하고 고맙소. 앞의 육십여 년보다 지난 십여 년간이 나한테는 더 길지 않았겠소. 예닐곱 해 전에 내가 벙어리를 가장하고 그대를 찾아간 걸 기억하오?"

"예, 어르신."

반야의 열세 살 초겨울이었다. 그 지나간 봄에 꽃맞이굿을 하며 머리를 올렸고 작두춤을 추었다. 파르라니 벼린 작두날 위에 올라섰을 때 발바닥이 뜨거웠다. 머리끝까지 불이 붙는 듯하였다. 몸이 불꽃인 양 가벼웠다. 관례를 치르듯 꽃맞이굿을 한 뒤 세상 무서운 것이라곤 없던 시절에 그들이 찾아왔다. 그때 그의 며느리 노릇을 하던 여인이 시어머니께서 실어를 앓으신다며 까닭이 뭐냐고 묻는데 시어미의 영이 보이지 않았다. 못 보면 부끄러워해야 마땅한데 그때 반야는 만신을 향해 무엇 때문에 나를 시험하려 드느냐고, 부러 입 닫고 있는 거 아니냐고 소리쳤다. 그 고부를 내쫓았다. 영기를 읽을 수 없는 그네를 두려워하기보다 화를 내며 날뛰었던 것이다.

"내 그때 정인을 그리듯 그대를 염원하다 못하여 노구를 끌고 찾아갔지 않겠소. 말년의 적원 동매가 오직 한 가지 그대 반야를 무사히 키워야 할 소명으로 그 깊은 골짜기로 들어갔고 내가 가기 전 봄에 세상을 떴다 했는데 그때 내, 아직 어린 반야가 그 골짜기에 끌어들여 놓은 사람들을 보고 잘겁했지요. 혹여 너무 철 이르게 피어 버린 꽃이시라면 어찌하나, 근심도 하였다오. 적원이 좀 더 살았어야 했던 것을 아쉬워했고요. 아, 내, 칠요의 조모이셨던 동매를 잘 알고 있다오. 소리가 참 좋으셨지. 모임 때면 한 자락씩 뽑아내시는 그 소리, 듣는 재미가 쏠쏠했어요. 삼로도 동매 소리를 들은 적이 있으신가?"

"두어 차례 들었니이다. 바리데기 노래를 잘 하셨지 않습니까. 사랑가도 듣기 좋았고요. 듣다가 울고 웃고, 유장하면서도 재미난 소리였습니다."

"그랬지."

두 여인은 흡사 모녀지간인 듯 궁합이 잘 맞는다. 칠요라는 자리가 무녀에서 무녀로 이어지지 않는다면 삼로 무진이 흔훤 만신의 뒤를 이었을지도 모른다.

"만신께오서 소제를 지목하셨다는 말씀을 전해 들었사옵고, 두 분이 알고 지내셨다는 말씀도 들었습니다. 소제를 귀애하여 주심에 깊이 감사드리나이다."

"큰일 맡기자고 그대를 기다렸으니 미안할 따름이지. 칠요께서는 기억 못하실 터이나, 그대 반야가 말문이 막 트이던 두세 살 무렵에 도솔사에서도 만난 적이 있소. 단옷날이었지. 적원이 부러 아기 반야를 업고 기도하던 나를 찾아왔던 것이오. 내 그때도 이미 늙은 몸으로 그대를 업고 한나절을 놀았지. 기도하는 것도 접어놓고 말이오. 그날 이후 반야가 지혜로이 자라 스스로 사신계로 찾아들기를, 때로 그대 소식을 들으면서도 어찌해 주지도 못하고, 인연이 닿지 못하게 될까 저어하면서 내 홀로 기다렸소. 작년에 온율 서원 일을 전해 듣고는 또 얼마나 근심했는지 모른다오. 하다 삼로가 칠성부원 징표를 가진 그대가 찾아와 수련에 들었다고 알려 왔을 때 어찌나 반가웠던지, 내 울며 기도하지 않았겠소. 반야가 부디 문답 의식을 잘 통과하기를. 침묵의 수련을 무사히 거치기를."

"저보다 어린 사람들도 너끈히 치러 내는 수련인 것을, 심려가 깊으시었습니다."

"하니 내가 다 늙은 게지요. 다 늙으니 가벼워 좋소. 이리 새사람을 만나니 덩실덩실 춤을 출 수 있을 것 같고. 오늘 밤 내 놀아 볼 참이오. 귀한 손님들이 잔뜩 오실 터이니 정성 들여 잔치 준비를 하라 일러 놓았어요. 잔치가 끝난 뒤 무진들을 따로 보도록 하고 오늘 밤에는 여한 없이 노는 겝니다. 이야기는 차차 나누기로 하십시다. 나와 삼로는 예서 연이어 들어올 사람들을 맞을 테니 칠요께선 우선 건너가 옷을 갈아입으시고 뭐 좀 잡수세요. 별채에 칠요께서 묵으실 방을 마련해 뒀어요. 옷은 내가, 칠요가 아닌 반야한테 입히고 싶어 준비해 뒀소. 그 사내 옷 벗고 한껏 어여쁘게 단장하세요. 게 있는 사람한테 좋은 말들도 들으시고. 우선 들으실 말씀들이 많을 겝니다.”

날이 거의 어두워졌으나 오색 등불이 환한 넓은 집 안 곳곳에서 아까보다 많아진 여인들이 움직이고 있었다. 반야가 문 앞에 서 있던 양희를 따라 별채로 가려는데 대문간에 남장한 세 여인이 들어섰다. 무진들이 호위 한두 명씩을 달고 온다고 했을 때 오늘 밤과 내일까지 이 집 안에서 북적거릴 여인들이 몇 명이나 될까. 반야는 하릴없는 상상을 해보다 웃어 버리곤 양희를 따라 별채로 향했다.

뒤에 숲을 진 별채로 오니 비교적 조용하다. 여느 만신의 신당처럼 집 한 채가 방 한 칸으로 지어진 집이다. 불이 환한 방의 문이 열리면서 세 사람이 나왔다. 미리내와 오두기와 이레 전 강화에서 만난 모올 무진이다. 그이가 의탁하고 있다던 만신이 흔흰이었던 것이다. 양희가 반야를 인계하고는 앞마당으로 돌아갔다.

“금세 이리 다시 만날 줄 모르셨지요? 방으로 드사이다.”

모올 무진이 생글거리며 반야를 맞더니 미리내와 오두기를 문 밖에 세웠다. 방 안 횃대에는 옷이 걸려 있었다. 꽃과 나비가 화사하게 수놓인 가지색 치마에 같은 수가 놓인 연분홍 삼회장저고리다. 속옷들과 버선과 꽃신까지, 노인은 당신 삶의 마지막 불꽃을 사르려는 듯 환한 옷 일습을 마련해 두셨다. 모올 무진이 입을 연다.

“강화로 별님 추품을 뵈러 갔던 거랍니다. 그랬으면서 아는 체도 못하고 가슴이 심히 떨렸더이다. 제가 흔흰 만신을 지근에서 모신 지가 스무 해가 넘지 않습니까. 만신께서 새 칠요를 얼마나 애타게 기다리셨는지 잘 아니이다. 별님께서 혼자 힘으로 칠성부를 찾으셨다니 인연이 새삼 신기하고 고맙습니다. 옷을 벗으십시오."

짐작하기도 어려운 갖가지 인연에 이끌렸던 것이지 혼자 힘으로 찾아든 게 아니었다. 반야라는 계집, 꽃각시 보살이라는 무녀를 내도록 살피는 시선들이 그렇게 많은 줄 어찌 알았으랴. 두건을 벗은 반야는 입고 있던 도포와 저고리와 바지를 차례로 벗는다. 속옷들을 벗고 젖가슴을 동였던 띠도 푼다. 모올이 반야한테서 나온 옷들을 차곡차곡 접는다. 새 속옷을 입고 나니 모올이 반야를 앉히고 머리를 풀어 빗질했다. 사람을 살리고 사람 몸에 수를 놓는다는 손이 빗질에도 능숙하다. 등에서 가지런해지는 머릿결을 따라 반야의 노곤함이 차츰 걷힌다.

"칠요께오서 예 머무시는 동안 제가 모시게 됩니다. 모시는 동안 여러 말씀들을 드리게 될 것입니다."

"제가 머무는 데마다 스승들이 계실 거라 들었습니다. 모올 무진께서도 제 스승으로 예 계시겠지요. 제가 알아야 할 가장 시급한 사항부터 일러 주시어요."

"그러지요. 우선, 반야께서는 일흔한 번째 칠요이십니다."

일흔한 번째라니? 얼핏 잘못 들었나 싶어 반야는 등 뒤의 모올을 돌아보았다. 모올이 웃는 얼굴로 고개를 끄덕였다.

"칠십일대라 하였나이다. 세월이 참 어마어마하지요?"

"그렇군요."

"칠십일대도, 중간에 잃어버린, 얼마나 되는지도 알 수 없는 칠요들을 제외한 것이라 실상은 일백대, 어쩌면 이백대가 넘을 것으로 봐야 할 것입니다. 계가 멸할 뻔한 치명적인 위기들을 겪었을 때 칠요들에 대한 기억들도 소실된 것이지요."

"큰 위기를 겪을 때마다 탈바꿈까지 해야 했으니 칠요들에 대해서도 그랬겠지요. 더구나 기록이 없으니 그럴 법하고, 기록이 있었다 해도 그리 오랜 세월에 걸쳤으니 소실될 법합니다."

"당연하면서도 안타까운 일이지요. 어쨌든 우리 칠성부에 구전된 최초의 칠요는 만령萬鈴이라는 분이셨다 합니다. 전설로는 백오십여 해를 사셨는데, 그중 구십 년을 나라 운세를 보셨다 하고요."

세간에 떠도는 『만령전萬鈴傳』이라는 이야기책이 있다. 어느 시절인지 알 수 없는 옛날에 몇 살이나 됐는지 아무도 알지 못하는 여인이 있었다. 그이는 소리를 잘 들었다. 일천 리 밖에서 누군가 우는 소리, 웃는 소리, 바람소리, 파도소리, 님이 오시는 소리. 세상의 모든 소리를 들을 수 있는 만령은 자신의 몸 속에 일만 개의 방울을 지닌 여인이었다. 들어야 할 소리가 날 때면 몸속의 방울이 울리는 것이었다. 그 책을 읽을 때 반야는 만파식령이 만령에게서 나왔으리라고 생각했다. 그 반대로 만파식령을 아는 누군가가 그 이야기책을 지었으리라고도 생각했다.

"그야말로 옛날이야기 같군요. 두 번째, 세 번째 칠요는 누구셨다는데요?"

"이대 칠요는 회소會蘇라는 분이셨다 합니다. 자식을 서른세 명이나 낳으셨다 하옵고요. 삼대 칠요는 설이라는 분이시었는데, 일백여덟 명의 사내를 품고 사셨다 하옵니다."

"장엄하시네요."

워낙 큰 숫자들이 유체스러워 무심코 내뱉은 반야의 말에 모올이 훗, 웃는다. 반야한테 새 세상인 사신계가 재밌는 이유가 이런 것이었다. 칠십 세든 칠십대든 하나가 되는 가벼움. 그 하나가 모든 것이 될 수 있는 가벼움.

"제가 전해진 칠요들의 이름을 전부 외느라, 또한 잊지 않느라 고생이 자심하나이다. 부디 혜량하사이다."

짐짓 자화자찬하는 모올의 찡그린 얼굴이 재미나서 반야는 또 웃었다.

"꾸며진 이야기든 사실이든 우리는 믿고 싶은 대로 믿고 따르면 되겠지요. 모두 상상이라 한들 어떻겠습니까. 대신 한 가지, 상상이 아니라 실제로 만령 칠요 때부터 시작됐다고 전해지는 칠요들만의 은밀한 전통이 있다 하옵니다. 칠요들만의 은밀한 전통을 제가 어찌 알고 말씀드리는지, 짐작하시겠습니까?"

모올 무진은 의원이다. 자문이 특기라고 공표했다. 그 아픈 짓을 왜 자신의 몸에 하겠냐며 좌중을 웃겼다.

"만신 어른, 흔훤 칠요의 몸에 만령 칠요와 같은 문양의 자문이 계신 모양이네요."

"맞나이다. 똑같지는 않아도 의미는 같은 문양을 갖고 계시지요. 사십여 년 전 흔훤 칠요께 자문을 한 이는 제 스승이셨던 미더비 무진이셨습니다. 그분도 저와 같은 의원이셨지요. 이리 말씀드리는 것은 제가 반야 칠요께 자문을 할 사람이기 때문입니다. 하오나 흔훤 께서는, 자문은 의당 하는 게 아니라 반야께서 원하실 경우 하는 게 무방하리라 하시더이다. 칠요가 되고 부령이 되는 건 모든 인연의 집적에 따른 것이라 해도 몸에 무늬 새기는 일은 스스로의 의지에 따라야 할 것이라고요."

"윗대에 자문하지 않은 칠요도 계셨다 하더이까?"

"계셨겠지요. 설마 그 많은 분들이 한결같기야 하시었겠습니까."

"아니요, 아니 계셨을 듯합니다. 그런 분들이 계셨다면 한 분에 그치지 않았을 것이고, 칠성부 안에 자문이 특기인 의원이 대를 이어 오지 못했을 터입니다. 까마득한 저한테까지 전통되어 왔을 리도 없을 것이고요. 그걸 아시면서 돌려 말씀하시는 까닭이 뭔가요? 자문 시 통증이 그리 심한가요?"

"일단 시작하면 날마다 조금씩 새기게 되는데, 제가 처방해 드릴 약을 드시고 하게 되나이다. 통증이 아주 없다고는 못하나 그리 심하지는 않으실 터입니다."

"강화에서 무진의 신체에 자문이 없다 하시었지요? 실상은 어떠신가요?"

"제 말과 실상이 다를 수도 있다 보시었나이까?"

"그날은 별생각 없었지요. 시방 문득 떠올랐습니다. 자문이 어떤 것인지, 한번 보여 주시어요."

반야의 눈을 쳐다보던 모올이 고름을 풀어 겉저고리와 속저고리를 한꺼번에 벗는다. 흰 어깨 양쪽에서 새 두 마리가 날았다. 푸른 제비와 붉은 빛이 섞인 까마귀다. 모올이 치맛말기를 풀어 헤치니 젖가슴 아래에 드리워진 당초가 나타난다. 잎사귀 틈에 나비와 벌들이 나는 그 넝쿨무늬는 양쪽으로 얼기설기 뻗어 겨드랑이 밑을 지나 등에서 맞닿아 있다. 미추를 따질 수 없는 정황에 놀라 할 말을 잃고 모올의 등을 만지던 반야는 불현듯 머리가 서늘해진다. 맙소사, 나무관세음보살. 이게 무얼까.

등불을 당겨 무늬를 세심히 들여다보다 전율한다. 흔훤, 문녀, 화례, 인수, 연묘, 순얼, 비연……, 다님, 설요, 효혜, 반야, 당간, 설이, 회소, 만령. 등을 감고 겨드랑이를 거쳐 다시 가슴으로 이어진 넝쿨 줄기가 전부 글자다. 큰글로 새겨진 전대 칠요들의 이름이다. 모올은 스스로의 몸을 예습지이자 기록지로 삼은 것이다. 반야의 콧날이 시큰해지면서 눈앞이 부예진다. 조금 전 칠십일대라는 말을 들을 때 그저 옛이야기이겠거니, 아무려면 상관있으랴, 허투루 들은 게 사실이다. 반야가 눈을 훔치며 나앉자 모올이 웃으며 다시 옷을 챙겨 입는다.

"놀라지 마사이다, 칠요. 눈물도 거두십시오. 전대 칠요들의 이름을 어느 대에서부터 저 같은 사람 몸에 새기기 시작했는지는 알 길이 없나이다. 그저 계에 기록이 없다 보니 기억이 소실됨이 안타까워, 맥이 끊기는 것을 방지하기 위한 자구책으로 이루어진 일이 아닌가 합니다."

"어차피 계가 사람에서 사람으로 이어지는데, 지나간 사람을 잊은들 어떠리까. 헌데, 모올께서 쓰시는 호 중에 혹시 하얀 땅 백원白苑이 있습니까?"

"대놓고 쓰는 호도 아닌데 어찌 아십니까?"

"제 할머님이 적원이라는 호를 쓰셨고, 삼로께서 흑원이시니 의원인 모올께서는 백원이 아닐까 하여 여쭸습니다. 제가 오늘 낼 사이에 청원과 황원도 만나게 될 성도 싶고요."

"영민하기도 하시지! 맞나이다. 오방색으로 이루어진 별호를 가진 다섯 사람이 우리 부 안에 있습니다. 그들은 딸이나 며느리나 제자한테 그 호를 물려주며 대를 이어 칠요를 보필합니다. 우리 세상의 칠성부가 유지되어온 까닭이지요."

"혹시 그 오색 땅, 오원五苑이 칠요 생산을 주관하는 겁니까?"

"어느 사이에 그것을 깨치셨습니까? 과연 그렇습니다. 그런데, 오원들이 칠요를 생산하는 게 아니라 현 칠요를 도와 차기 칠요 재목을 찾는다는 게 더 맞춤한 뜻이 될 겝니다. 가령, 흔휜 만신께서 사십여 년 전에 칠요위에 오르신 뒤부터 차기 칠요 재목을 찾으셨으매 오원들이 함께 움직였던 것이지요. 재목을 찾아 그가 정말 재목인지 살피면서 같이 키우는 것입니다. 그 결과 지금 제 앞에 반야께서 계시는 거구요."

"스승들께오서 이렇게까지 하시는 까닭을 저는 아직 알지 못하겠어서 부끄럽고 송구합니다."

"반야님과 같은 무녀를 칠요이자 부령으로 모시는 우리들로서는 이래야 할 까닭이 있습니다. 무녀이시니 만파식령에 대해 들어 보셨을 것입니다. 만파식령이 어떤 것이라, 상상해 본 적이 있으십니까?"

지금까지 그 이름을 몇 번이나 들었을까. 이야기로나마 재미나게 들었다가 김학주 놈까지 거론하는 바람에, 개나 소나 들먹일 물건이라면 그까짓 게 무슨 귀물일 것이겠냐 밀쳐 버렸던 이름이었다. 그런데 무녀도 아닌 모올이 그 이름을 스스럼없이 꺼내 놓았다.

"상상할 것도 없이 옛이야기처럼 들었지요. 무녀라면 누구나 갖고 있는, 정주와 칠성방울이 합쳐진 모양의 귀물이라는 것이고 그걸 얻으면 신기가 높아진다는 정도입니다. 때문에 옛날부터 무격들이 기도하며 그걸 간구하고, 어떤 이들은 전설 속 그 형상의 방울 정주를 직접들 만들어서 쓰기도 한다 하고요. 엔간한 유기장이나 대장장이라면 만들 수 있는 물건이지 않습니까."

말하는 동안 다시금 김학주가 떠오른다. 그는 뭇기를 지녔지만 반족 신분을 포기할 수 없으므로 신내림을 받을 수도 없었다. 하여 무녀들을 불러들이는 기행을 통해 스스로를 다스린다고 여겼다. 이제 그를 만단사에 속한 사람이라 봐야 할 것 같다. 그래야만 그가 현령이라는 직권을 이용하여 무녀들을 사용하며 만파식령을 찾아댄 이유를 납득할 수 있는 것이다.

"만파식령의 실존을 상상해 보시거나 믿어 보신 적이 없으시고요?"

"저는 행인지 불행인지 제가 무격임을 자각하기 전부터 그 어느 무격보다 뭇기가 높은 편이었습니다. 이제금 그 까닭이 전생부터 마련된 인연의 결과임을 알게 되었지만 무녀로서는 어린 날부터 아쉬울 게 없었지요. 뭇기와 신기가 물건에서 나올 리 없다는 것쯤은 알았으니 만파식령을 상상하며 꿈꿀 필요도 느끼지 못하고 살았습니다. 헌데 모올께서 그걸 거론하십니다. 혹시 제가 감당하게 된 칠요라는 소임에 그걸 찾아 지녀야 할 소명도 들어 있습니까?"

"그렇다 하오면 찾아내실 수 있을 것 같나이까?"

"잘 모르겠습니다. 자명령이라고도 불린다는 만파식령은 만단사에서도 찾고 있다고 들었습니다. 우리와 만단사가 수백 년, 아닌 천 년을 찾고 있음에도 불가능했지 않습니까. 세상에 없는 것이라 못 찾는 것이겠지요. 윗대의 분들이 백오십 세를 사셨다거나 백팔 명의 사내를 끼고 사셨다는 말씀들처럼 실상은, 허황한 물건이기 때문 아니겠습니까. 지난번 수국사에서 큰스님께서 칠성산 무릉곡에 대해 아느냐 물으시기에 이름만 들었노라 말씀드렸지요. 그리고 칠요가 되라는 말씀을 들은 뒤에 혹시 만파식령이 그 무릉곡에 숨어 있는 게 아닐까 생각키도 했습니다만, 무릉곡 또한 만파식령과 같이 허황한 것이리라 여기고 말았고요. 만파식령이 허황한 물건이 아니라 실재한다면, 하여 그게 제게 오기로 되어 있다면 모르겠으나 그리 정해진 것이 아니라면, 어떻게 구하지요? 저는 지금까지 그에 대한 어떠한 기미도 느낀 적이 없는데요. 칠성산 무릉곡이 어딘지도 모르고요. 칠성산이 각 마을이나 절마다 들어있는 칠성당이나 칠성각을 뜻하는 것이리까?"

모올이 하하 소리 내어 웃다가 송구스럽다는 듯 웃음을 추슬렀다. 그러곤 반야의 땋은 머리를 사뿐히 틀어 올려 비녀를 꽂더니 저만치 있던 경대를 끌어다 앞에 놓아 준다. 경대 속에 한 오라기의 머리카락도 흐트러지지 않게 단정한 계집이 흰 속저고리 차림새로 앉아 있다. 어릴 때부터 반야는 거울을 본 적이 거의 없었다. 미타원에는 거울이 없었고 스스로 거울을 지녀보지도 않았다. 머리를 스스로 만져 본 적이 드물어 거울을 볼 필요도 없었던 것 같았다. 거울 속 계집의 뒤편에 모올이 나타나 물었다.

"왜요, 거울을 첨 보셨습니까?"

"생각해 보니 제 주변에는 언제나 거울이 없었습니다."

"자신이 어찌 생기셨는지도 몰랐단 말입니까?"

"물이나 그릇들에 비친 제 얼굴을 어렴풋이 알았으나 제 얼굴을 이리 자세히 보기는 난생 처음입니다."

모올이 하하 웃더니 돌아앉으라고 청한다. 돌아앉으니 모올이 손을 뻗어 반야의 올린 머리를 매만졌다.

"아마 어머님과 할머님께서 부러 거울을 보여주시지 않으셨을 겝니다. 이리 고우시니 이 고움을 반야님 스스로 의식하지 못하시도록 단속하신 게지요. 어쨌든 우리 반야님, 제가 얼마나 좋은지 형언하기 어렵습니다. 하여 뜸을 들이며 칠요를 골렸나이다. 칠성산 무릉

곡은 저도 가 보지는 못했거니와 어디에 있는지도 모릅니다만, 우리 세상에 실재하는 곳이랍니다. 세속을 완전히 떠나 살기를 원하는 우리 세상 사람들이 들어가 있는 곳이라 하고요. 그곳에서 사는 사람들을 선인이라 부른다고도 들었습니다. 헌데 만파식령은 그곳에 있지 않습니다. 제가 그것만은 알지요."

"만파식령도 실재한다는 겁니까?"

"실재합니다. 이제 그에 대해 말씀드립니다. 자명령이라고도 불리는 만파식령은, 칠요께서 아시다시피 삼국시대 고구려의 지팡이 요동석장과 자명고, 백제의 팔주령, 신라의 만파식적이 의미하는 것과 같은 신비한 것입니다. 칠요께서도 사신계가 사신계이기 오래전, 칠성계가 있었다는 걸 들으셨을 것입니다. 요동석장과 자명고, 팔주령, 만파식적 이야기가 만들어지던 때보다 더 거슬러 올라간 옛날이라 생각해도 무방할 것입니다. 소리로 세상을 다스리리란 피리가 만파식적으로, 위급을 느낄 때면 스스로 울린다는 북이 자명고로, 팔방의 목숨을 보호한다는 백제 신궁의 방울이 팔주령八柱鈴으로 명명된 까닭이 칠성계에서 이미 전해 오던 만파식령, 혹은 자명령에서 비롯된 것이라 여기기 때문입니다. 만파식적이나 자명고, 팔주령이 후대에 기록으로 남은 전설이 된 반면 만파식령은 칠성계에만 구전되어 왔습니다. 여인들, 무녀들의 이야기였기 때문이지요. 또한 그 때부터 전해지기 시작한 만파식령, 그걸 얻으면 신기가 높아진다는 만파식령이 물건이 아니었기 때문이고요."

"물건이, 아니에요?"

"물건이 아닙니다. 이건 칠요 주위의 오원五苑과 그들을 이을 다섯 사람, 칠요의 호위들만 알아야 할 사항입니다만, 만파식령은 앞날을 볼 수 있는 예지력을 가리키는 것입니다. 어둔 세상에 새로운 기운을 환기시키는 힘의 상징이고, 사람을 돌보고 사람을 돌보기 위한 사람들을 움직이는 권위의 상징입니다. 바로 칠요를 가리키는 것이지요. 최초의 칠요이신 만령이 바로 만파식령의 다른 이름이면서 그 자체이셨듯 반야께서도 칠요가 되시면서 만파식령이 되신 것입니다. 그래서 저와 같은 칠성부원들이 칠요를 떠받드는 것이고요."

천 년도 훨씬 넘을 옛이야기를 오늘에다 단숨에 이어 붙이는 모올을 반야는 멀뚱히 건너다본다. 조금 전 그 몸의 문신들을 볼 때 콧날이 시큰하게 현실적이었던 칠십대 칠요들이 모조리 옛이야기 속으로 들어가 버린 듯 황당하다.

"차라리 정주 같고 칠성방울 같은 그 귀물을 찾아 나서고 싶은 얼굴이십니다, 칠요. 믿기 어려우실 게 당연하시지요. 대번에 믿으려 애쓰지 않으셔도 되나이다. 차츰 아시게 될 것입니다. 칠요께서 한숨 한 번 내뱉으시듯 무슨 일인가를 결정하시고 명을 내리시면 그 결과가 어떠하실지를요. 칠요의 명이 만파식령, 곧 세상을 울리는 방울입니다. 만파식령의 힘이 하늘에서 받은 기운이 아니라, 사람을 움직여 사람을 살게 하거나 죽게 하는 사람의 힘임을 아시게 될 것입니다. 서두르실 것 없으십니다. 칠요께서는 움직이고 싶은 대로 움직이시면 됩니다. 어떠한 길도 칠요 홀로 가시게 하지 않을 것이니 무거워하시거나 두려워하실 것도 없으십니다."

그랬다. 그것이었다. 김학주가 탐냈던 것. 무수한 무격들이 간구했던 것. 만단사가 내용을 모르면서도 찾아 헤매는 것. 무거워 말라지만 무겁다. 두려워 말라지만 두렵다. 지금까지 반야가 예시한 모든 일들은 상대의 문제이지 반야 책임이 아니었다. 반야는 보이는 것을 읽고 그걸 알려 주는 것으로 충분했다. 보고도 알려 주기 싫고 책임지기 싫으면 달아날 수도 있었다. 하지만 이제는 보는 것들에 책임을 져야 한다는 것 아닌가.

"꿈이나마 계속 꿀 수 있도록 만파식령이 이야기 속 물건이라면 좋을 것을, 싶습니다. 칠요가 이리 엄숙하고 막중한 자리일 줄 어찌 알았겠습니까. 철없이 날뛰기만 해온 제가 그 자리에 응당한 사람인지, 과연 감당할 수 있을지 새삼 의심스럽습니다."

"행여 그리 생각지 마십시오. 흰흰께서는 다른 어떤 무녀도 염두에 두지 않으시고 고행하시듯 오로지 반야만 기다리셨나이다. 그 의중을 아는 계 내의 사람들 또한 간절히 반야를 소망하였고요. 칠요로 계시는 동안은 오직 나만이 칠요이다, 내가 어둔 세상에 밝은 빛을 비추는 만파식령의 꿈을 실현할 것이다, 그리 여기셔야 합니다. 무겁다 여기지 마시고요. 잊어버리셔도 됩니다. 그리고 조금 전, 칠요께서 제 몸의 자문을 보시고 놀라 움츠러드신 듯하여 솔직히 말씀드립니다. 저는 제 몸에 그림 새기는 것에 쾌락을 느끼는 괴벽이 있습니다. 이해하실지 모르오나, 제 몸에 바늘이 닿으면 사내들과 운우지락을 나누는 것과 비슷한 쾌감을 느낍니다. 제 하체에도 갖가지 문양이 새겨져 있는바 무늬가 커지고 요란해진 까닭입니다. 언젠가는 만나시게 될 터입니다만, 제게도 의업과 자문을 익히는 제자들이 있는지라 그 아이들한테 몸을 맡기어 기술을 연마케 하고 있습니다. 그들은 저를 이어 반야님을 모시다가 먼 훗날에는 새로운 칠요를 모시게 될 겁니다."

농인지 참인지 가늠키 어려운 모올의 말이 계속되고 있는데 문 밖에서 기척이 났다. 미리내가 차를 끓여 왔다고 했다. 모올이 한숨 돌리자는 듯 환히 웃는다.

"앞으로, 아랫사람들 앞에서는 물론이고 특별한 경우를 제외하고는 아씨라고만 지칭하겠나이다."

미리내가 들어와 찻잔이 아닌 사발에다 뜨거운 차를 가득 따라 주었다. 여태 농담 주고받듯 하면서도 긴장했던 반야와 모올은 차를 마시며 여유를 찾는다. 차를 마시니 몸이 훈훈해진다. 반야가 차 한 사발을 다 마시고 나니 모올이 반야를 일으켜 겉옷을 입혔다. 미리내는 제가 거울인 듯 요모조모 반야를 살피며 재미나 했다.

"헌데요. 무진, 자문하실 때 진실로 아프지 않으시었습니까? 얼떨떨한 와중에도 아직 제 맘이 이리 아픈걸요. 더구나 저와 같은 맹문이를 위해 그리하신 걸 알고 나니 황송하여 제 맘을 어디 두어야 할지 종잡기 어렵습니다."

"진통제를 먹지 않고 새길 때는 물론 아팠지요. 얼마나 아픈지 느끼기 위해 부러 아니 먹고 새길 때도 있고요. 하나 제가 원하여 벌인 일이매 통증도 즐거웠나이다. 그 어떤 명분이나 필요에 의해 벌이는 일이든, 누구나, 스스로를 위해 하는 것 아니겠습니까. 황송하시다니요. 그리 여기지 마십시오. 하옵고 어찌하여도 아씨께선 겪지 않으셔도 되는 통증이십니다."

"헌데 제 몸에 자문하시길 저어하시는 까닭이 달리 있나이까?"

"너무 앳된 몸이신지라 망설이는 거니이다. 아씨의 몸에 전래된 권위의 상징을 새기는 것이라 하여도, 잡티 한 점 없는 순연한 몸에 작다 할 수 없는 그림이 새겨졌을 때, 어찌 보이실지. 흔흰께서나 저는 그걸 염려하는 게지요. 하여 당장이 아니라 십여 년 뒤쯤, 아니 언제라도, 아씨께서 원하실 때 새겨도 무방할 것이다, 하는 것이지요. 또 영 아니 새긴다 하신들 어떻겠냐, 하는 것이고요.”

모올 무진의 오해가 깊어 반야는 웃는다. 김학주와 더불어 벌이고 있는 짓, 그의 기에 휘둘리지 않으려 김근휘와 임인을 끌어들인 행태를 색으로 친다면 온갖 오물이 뒤섞인 칠흑빛이 되리라.

“어여쁘게 새겨 주시면 되지요. 설마 제 전신에다 먹물을 들이기야 하시려고요? 그리고 그리하시어도 괜찮습니다. 옷 안에 숨어 있을 그림을 걱정하시는 건, 제가 사내들과 교합함에 제 몸이 어찌 보일지 그 점이신 듯한데, 몸에 그림 있다고 사내 못 안을 까닭이 있겠습니까? 그런 정도의 위인들과는 애초에 상관치 않을 테니 염려 마사이다.”

모올과 반야가 하는 말을 내용도 모른 채 들으며 심각해 있던 미리내가 뒤늦게 푹, 웃었다. 웃는 미리내를 흘기면서 모올도 웃는다. 반야가 다 챙겨 입은 옷매무새를 보기 위해 경대 앞에 앉는데 미리내가 종알댔다.

“별님아씨, 앞으로도 밖에 나서실 때는 부디 남장을 하시고 거짓 수염이라도 그리시어요.”

“왜요?”

“꼭 월궁항아님 같으시니 밖에 이리 납시다간 무슨 수로 호위를 하오리까. 철없는 제 앞날이 심히 저어되어 드리는 말씀입니다.”

할머니나 어머니는 물론 그 누구로부터 대놓고 예쁘다는 칭찬을 받은 기억이 없다. 맨 얼굴로 밖에 나서면 이목을 끌기도 했지만 어여뻐서라기보다 어떤 기운이 작용하는 까닭이라고 여겨 온 터였다.

“허어, 미리내, 상전을 모시는 언사로 마땅치 않다.”

모올의 꾸짖음에 미리내가 한 손으로 제 입을 가리며 장난스레 미소 짓는다. 눈은 반야를 향해 있다. 열여덟 살의 그네에게는 어머니 뻘의 모올보다 반야가 더 편한 것이다. 반야도 웃는다. 미리내는 반야의 호위고 반야가 먹여 살려야 할 식구가 되었다. 아직 칠요임을 실감하지 못해 무거운 줄도 모르지만 분명한 한 가지는 책임져야 할 사람이 많아졌다는 것이다.

저녁을 먹고 나니 구월 보름달이 둥실하게 떴다. 무진들이 속속 도착했고 밤이 깊어지자 흔휜 만신의 신도들도 솔래솔래 모여들었다. 이경 즈음에는 신당 마당이 그득해졌다. 진적이라 부르는 무격의 햇곡맞이굿을 흔휜 만신은 오늘 밤에 펼치기로 한 것이다. 무녀들이 자신의 신기를 높이기 위해 봄가을로 벌이는 굿판이므로 신도들에게는 그야말로 잔치판이었다.

장구 소리와 더불어 시작된 주당물림을 거쳐 부정, 가망, 청배, 천궁맞이, 산신거리 등이 차례로 벌어졌다. 거리마다 흔휜 만신의 제자들이 각기 주무가 되어 판을 펼쳤다. 상산거리와 몸주 놀리기를 치른 뒤 대감거리에 이르자 흔휜 만신이 주무가 되어 연행했다. 숱한 굿거리 중 가장 흥겨운 거리라 마당은 놀이판이 되어 웃음이 흐드러졌다. 시시때때로 기분 좋은 공수가 내려졌고 틈틈이 복을 나누는 의미의 술이 돌았다. 오방신장기를 앞세우고 집안을 도는 흔휜 만신 뒤를 머리에 제물을 인 조무들이 쫓았고 그 뒤를 신도들이 춤추며 따랐다.

안당제석, 호구, 대신, 창부놀이로 이어진 이후 판들은 그대로 연희였다. 흔휜 만신의 제자들이 각 거리마다 어울리는 복색으로 펄펄 날고 너울너울 흔들면서 춤을 추었다. 좌중을 놀이 물결 속으로 이끌었다. 반야는 좌중으로 어울리면서 눈앞에서 벌어지는 신세계의 신명에 거듭 감탄했다. 사십 해 가까이 칠요로 살다가 무거운 짐 벗 듯 물러난 흔훤 만신은 사람들과 어우러지는 법을 반야에게 밤을 새 워 가르치는 것이었다.

　뒷전거리를 치르고 나자 동이 터오기 시작했다. 찬 이슬 맞으며 밤을 새운 신도들이 흐트러진 매무새를 다듬으며 빠져나갔다. 남은 사람들은 죄 칠성부원이었다. 만신의 제자들과 무진의 호위들이 밤 새 어질러진 집 안팎을 치우는 새에 무진들은 만신의 신당에 모여 새벽 예참을 올렸다. 고요하고 느린 예참이 끝난 뒤 흔훤 만신이 신 단 아래에 좌정했다. 반야가 그 곁에 앉았다. 스물일곱 명의 무진들 이 두 사람을 마주하고 앉아 있었다. 가을 아침 햇살이 문을 환히 밝 히며 방 안을 채웠다. 반야는 칠요로서의 첫 소임을 겨울 돌림병을 예고하는 것으로 시작할 참이다.

빈 자리, 빌 자리

　이한신과 김학주는 평생 만나지 않아도 아쉬울 것 없는 사이였다. 같은 해에 등과한 급제 동기라고는 하나 한신은 김학주와 사사로운 친분을 쌓지 않았다. 급제 직후 등과 동기들끼리 모여 한 차례 급제 자축 모임을 가졌을 뿐 이후 의정부와 내수사로 갈렸다. 어쩌다 마주쳤을 때 데면데면 의례적인 인사나 나누고 말았거니와 그가 외직으로 떠난 뒤에는 그의 존재를 떠올려 보지도 않았다. 낙향한 뒤 김학주가 도고 현령으로 부임해 온 것을 알았을 때도 한신은 그러려니 했을 뿐이다. 김학주 관할에 있는 꽃각시 보살을 찾게 되고 함채정을 만난 뒤 김학주가 도고 현령인 것을 공교롭게 여기기는 하였으나 특별히 마주칠 일 없을 터여서 잊고 살았다.

　무관하다 여겨 생각조차 하지 않았던 김학주가 자신의 생일을 빙자하여 초대를 해왔다. 한신이 한양에서 온양으로 돌아온 지 사흘 만이었다. 꼭 이쪽의 동정을 알고 해온 초청 같았다. 급제 동기는 평생 교유하며 살 수도 있는 일, 부임지 근동에 사는 동기를 초대함은 자연스러웠다. 거절할 명분이 마땅치 않았다. 점심에 맞춰 와달라는 청이 있었지만 부러 정오를 두어 시진 비켜 왔다.

잔치 자리는 예상했던 대로 한산해져 있다. 공식적으로 음주가 금지되면서 나라 안 모든 잔치가 맥이 빠졌다. 친분 두터운 사석에서는 차를 마시듯 술을 마시지만 공석에서는 금주가 마땅하므로 잔치 자리가 제대로 갖춰지지 않았다. 향리 너덧이 남은 김학주의 생일잔치도 잔치라기보다 한담 자리 같다. 악기들이 없으니 악사들이 없고 술이 없으니 기녀들이 없다. 상 수발을 드는 관노들 몇이 주변에 시립해 있을 뿐 고을 원의 생일 자리치고는 뭔가를 보여 주기 위해 짐짓 꾸민 듯 소박하다. 향리들이 생일 선물로 바쳤음직한 자그만 함이나 궤들도 무명 보자기에 싸여 지나치게 검박했다. 그 함이나 궤들에 무엇이 들었을지는 김학주도 아직 모를 성싶다. 한신은 붓 한 자루 든 붓통을 생일 선물이라며 건넸다. 다른 선물들은 받은 그대로 쌓아 놓은 김학주가 한신이 건넨 붓을 꺼내 반갑다는 듯 웃었다.

"그러잖아도 요새 붓들이 닳아 새로 매려던 참인데, 이 공께서 때맞춰 주셨습니다. 고맙습니다."

붓을 핑계로 김학주가 향리들 앞에서 입격 동기 자랑을 시작한다. 한신이 장원이며 자신이 차원인 방안이었노라고, 장원 급제한 사람은 역시 다르다며 겸양인 듯 위세를 부린다. 이자가 어찌 이러나 싶으면서도 한신은 김학주를 내버려둔 채 필요할 때마다 웃음으로 때운다. 김학주는 육조거리에서 어쩌다 한 번씩 마주치던 십여 년 전의 그리고 보기 어려울 정도로 인상이 달라졌다. 십여 년 전 병으로 사직한 뒤 이듬해 외직으로 나갔다더니 그때의 병이 지병이 되었던가. 얼핏 귀기가 느껴질 정도로 강파리하다. 웃음조차도 괴이쩍다 싶을 정도로 음습하여 자리를 어둡게 만든다. 중요할 것 없고 재미있지도 않은 말들이 오간 뒤 향리들이 일어섰다. 그들과 더불어 일어서려는 한신을 김학주가 차 한 잔만 더 하고 가라며 잡았다. 한신은 하는 수 없이 주저앉는다.

"이 공께서 향촌에 계신다는 소식을 듣고 뵙고 싶어 생일을 빙자하여 청했던 것이니 이 공, 너그러이 여겨 주십시오."

"그러잖아도 김 공께서 이쪽 현령으로 계시다는 소식을 듣고 있던 참이었습니다. 진작 찾아와 뵙지 못해 송구합니다. 평안하시지요?"

"가끔 몸이 편치 않으나 그야 약골로 타고난 것이니 어쩔 수 없는 일이고, 그럭저럭 지내고 있습니다. 이 공께서 사직하셨다는 이야기를 듣고 안타깝더이다. 우리가 선왕 전하 말년에 만난 셈 아닙니까. 금상 전하 밑에서 함께 벼슬살이를 시작했고요. 따지고 보면 만만찮은 접점이 있었음에도 이 공과 친분을 쌓지 못한 게 안타까웠습니다. 동기가 동무 된다면 그보다 좋은 인연이 있을 것인가, 아쉽기도 하였지요."

"각기 맡은 소임에 값하며 사느라 그리된 것 아니겠습니까. 더 나이가 든 뒤에는 선대들처럼 우리도 급제 동기들이 모여 풍류를 즐기게 되겠지요. 본향이 충주시던가요? 예서 아주 멀지는 않으니 이따금 다녀오시겠습니다?"

"저야 고을 원으로 자리를 비울 수 없으니 본가 식솔들이 이따금 다녀가곤 합니다. 그나저나 지난해 봄이었던가요. 이 공 댁이 큰일을 겪으셨다 하더이다. 누이를 잃으셨다고요. 제 관할이 아니라 도움도 되어 드리지 못하고, 내심 송구했습니다."

"아니 겪었더라면 좋았을 일이지만, 이미 지나간 일입니다. 괘념치 마십시오."

"꽃각시 보살이라는 제 관할의 무녀 아이가 그때 댁과 인연을 맺었다는 소문을 들었습니다. 그 아이한테 상을 내릴까도 싶었습니다만, 그 또한 이 공 댁에 누가 될까 하여 삼가고 말았습니다. 댁에서는 그 아이를 살펴 주고 계시겠지요?"

좋은 일이 아니므로 첨부터 거론할 사항이 아니다. 거론하였다면 의례적인 인사로 끝나야 마땅할 일을 길게 늘이는 김학주를 건너다보며 한신은 애써 웃는다.

"그 아이 덕을 크게 보았지요. 고마워 곡식을 좀 보냈고요. 당시 날벼락 맞듯 잃은 여식을 그 아이 덕에 찾았다 여기시는 모친께서는 여태도 틈틈이 그 아이를 보고 싶어 하실 정도입니다. 아, 김 공 자친께서는 건강하십니까?"

"다섯 해 전, 소생이 괴산에 임하던 중 돌아가셨습니다. 다행히 가친께서는 정정하시고요."

"저도 몇 년 전 부친을 여의었는데 저와 반대로군요. 나이 들수록 어른들 계심이 든든함을 실감하게 되지 않습니까?"

"그렇지요. 곁에서 모시지 못하는 게 죄송스럽기도 하고요. 이 공께선, 금세 다시 출사하게 되실 터이나, 지금은 모처럼 쉬시면서 자친을 모실 수 있으니 그 또한 복이십니다."

세 해 전 이한신이 사직한 것은 전세田稅 징수 문제로 조정이 들끓고 난 뒤였다. 가뭄이 심하니 전세를 감면하자는 측과 재정 손실을 이유로 감면의 부당함을 주장한 측이 극렬하게 대립했다. 전세 감면을 주장한 측은 근근이 농사짓는 대다수 소농들을 대변했고, 감면이 부당하다는 측은 물론 대규모 전답을 소유한 권신 집단이었다. 권신들이 소유한 농지들은 대개 면세 토지였다. 원래 세금을 내지 않으니 전세 감면으로 득 볼 일이 없거니와 나라 살림이 부실해지면 자신들에게 손해가 생기기 마련이었다.

이한신은 그 스스로 대지주이면서도 그해 전세를 감면하고 면세 토지들에 세금을 부과하자는 논지의 상소를 제일 먼저 올려 논쟁의 포문을 열었다. 결과 그해 일반 전세는 반으로 감면되었고 면세 토지들은 반감된 일반 전세와 같은 비율로 세금을 내게 되었다. 그리고 이한신은 사직했다. 상감께서 이한신 쪽의 의견에 따라 면세 토지를 폐했고 반대쪽의 분노를 잠재우느라 첫 상소를 올린 그를 내몬 것인데 형식은 자진 사직이었다.

"관직 향배야 소생이 알겠습니까마는 책 읽고 말 타며 유유자적할 수 있어 좋습니다. 모친께서 자식 얼굴 자주 보는 일에 즐거워하시는지라 다행이고요."

"소생 또한 이곳에 와 벌써 두 해를 났습니다만, 주변 경관을 구경해 본 적이 없습니다. 어디가 좋더이까?"

"특별히 정해 놓고 다니는 것은 아닙니다. 향촌 뒷산에서부터 근동 산을 차츰 더듬어 다니는 중입니다. 엔간한 산마다 한 채씩은 박혀 있는 절 구경도 하고 절 겯 계곡의 물 구경도 하면서 말입니다."

이한신은 시종일관 늠연하고 범절이 바를 뿐 바늘 하나 꽂을 틈도 내주지 않는다. 김학주도 쉽지 않으리라고 짐작은 했다. 노선이 분명히 다르거니와 쌓은 친분이 없고 서로 섞일 수 있는 품성도 아니었다. 깊은 학문을 탐구하는 사람들이 아니니 글을 논하랴, 멋 부릴 사이가 아니니 더불어 시를 주고받으랴. 서로 한껏 사리며 상대를 탐색하느라 이야기가 겉돌 수밖에 없었다. 김학주가 이한신을 청한 첫 번째 목적은 그를 통해 한성의 근황을 듣자는 것이었다. 허나 그가 순순히 상감이 어떠시고 조정이 어찌 돌아가는지에 대해 말할 거라 기대한 것은 아니었다.

"좋은 일입니다. 하여도 몇 해 쉬시었으니 일을 하고 싶을 법하십니다만? 혹, 다시 불려 가실 만한 기미는 없습니까?"

"제가 무능하여 사직한 사실을 조정에서 아는데 새삼 저를 쓰려 하겠습니까. 소생이 우둔하나 그걸 바랄 만치 어리석지는 않습니다. 게다가 관직을 벗어난 지 몇 년 되니 매인 데 없이 사는 것 또한 버릇이 된 듯합니다. 모처럼 안사람을 도와 집안 살림을 꾸리는 재미도 있습니다. 안사람이 그토록 많은 일을 하고 있음을 어찌 알았겠습니까. 제 안사람은 영지의 소출이 많게 할 방법을 마름들, 작인들과 더불어 백방으로 연구하고 있더이다. 군데군데 저수지를 팠고, 소출이 끝난 즉시 객토와 거름을 해놓고 겨울을 난다 하더군요. 나락에 생긴 벌레들을 없이 할 방책들을 배우면서 또한 연구하고요. 그리하다 보니 소출이 조금씩이라도 늘어 가고 소출이 느니 작인들과 더불어 나눌 게 많아진 것 같습니다. 관에 내는 세곡도 그만치 늘어나매 백성된 도리도 충실해진 셈이고요. 그런 일들을 소생은 그동안 거의 모르고 살았지요. 안사람 아니었더라면 허깨비인 것을 모르고 장부며 사대부라 으스대며 살았음을 요즘에야 깨닫는 참입니다. 충주 김 공 댁의 부인께서도 그러하실 테지요. 안으로는 어른 모시면서 자식들 키우고 가솔들 다스리고 밖으로는 집안 살림 경영하시느라 노심초사하실 겝니다. 아! 김 공 댁은 가친께서 상존하시니 바깥 살림 경영은 가친께서 하실 수도 있으시겠습니다."

"소생 집은 이 공 댁만큼 살림이 크지 않습니다만, 안사람 고생이야 자심할 터이죠. 게다가 소생은 자식을 둘이나 잃어 큰아이가 이제 열다섯 살입니다. 막내가 사내아이인데 겨우 일곱 살이지요. 이 공은 자제가 어찌 되십니까?"

김학주의 큰딸이 열다섯 살이었다. 밑으로 딸이 둘 더 있고 끝으로 아들 제교를 두었다. 이한신의 아들이 미장가라 들은 게 작년 봄 온율 서원 사건 즈음이었다. 이후 장가들였다는 소식을 듣지 못했다. 생일을 핑계로 그를 청하려다 보니 문득 여식을 그쪽으로 시집보냄이 어떨까 싶은 생각이 났다. 노소론이 더불어 혼사를 맺는 일은 드물지만 찾아보면 예가 없지는 않았다. 그리 생각하게 된 까닭이 따로 있긴 하였다. 혼맥婚脈으로 세력을 늘려 가는 집권 사대부들은 같은 파라 하여도 종오품의 현령일 뿐인 한미한 집안의 여식을 돌아보려 하지 않는 것이다.

김학주를 만단사로 이끌었던 양순의 대감만 해도 넷이나 되는 손자들을 모두 당상관을 지냈거나 지내고 있는 집안 여식들과 혼인시켰다. 요즘 양순의는 병을 얻어 관직에서 물러나 있다고 했다. 기린부령인 것 같은 그가 병이 들었으매 기린부에서는 후계를 물색하고 있을 것이었다. 각부 부령 후계의 자격은 제일사자에게만 있었다. 기린부 삼기사자인 김학주는 대상조차 될 수 없었다. 만단사 내에서도 그렇거니와 현실에서도 김학주는 한미하기만 했다.

노선이 달라 그렇지 이한신의 집안은 대대로 열 손가락으로 다 꼽지 못할 당상관을 배출한 명문가였다. 이한신 스스로도 이대로 물러날 사람이 아니었다. 더구나 그 아들이 열여섯에 초시 급제하였고, 스무 살이 된 금년 삼월 알성문과에서 장원 급제한 모양이었다. 형조 종칠품 직인 명진明津으로 뽑혔는데 출사하지 않고 성균관에 남

아 있다고 했다. 남들은 한번 하기도 어려운 등과를 장원으로 급제
했음에도 성균관에 있는 건 과거를 또 보겠다는 의미일 것이었다.
다시 장원 급제할 자신이 있는 것이다. 이한신의 아들이 한 번 더 급
제하게 되면 대번에 육품직 관헌으로 나서게 될 터이다. 김학주가
자신의 여식을 보내 그의 집안을 노론으로 돌려세울 수는 없다 하여
도 사돈을 맺는다면 손해 볼 일이 없었다. 그 생각을 이제야 해낸 것
이 아쉬울 정도다.

"저는 딸 하나에 아들 하나입니다."

"이 공 아드님이 장원 급제를 하고도 성균관에 남아 있다는 소식
을 얼핏 들은 듯도 합니다만?"

"철없는 아이가 어쩌다 운좋게 그리되긴 했으나 아직 어린 데다
공부가 약한 것 같아서 출사하지 말라고 제가 눌렀습니다. 저한테는
그 아이가 둘째입니다. 첫째는 여식으로 이미 출가했고요. 서너 살
짜리 손자 둘이 용인에 있습니다. 지지난달에 가서 외손들을 보고
왔지요."

한신의 딸 알영은 칠성부 칠급인 광품光品이다. 천안 칠성부를 통
해 열 살에 입계했다. 명랑한 성정의 알영은 어릴 때부터 주변 사람
들 붙들고 이야기하기를 즐기더니 커서는 이야기책을 썼다. 『만령
전萬鈴傳』이며 『거인녀 마고』, 『웅녀전』, 『호녀전』, 『아사녀 이야기』 등
옛이야기를 제 식으로 풀어 쓴 책이 열여섯 권에 달했다. 알영이 열
네 살에 쓴 첫 책이 『알영 할미』였다. 제 이름이 비롯된 신라의 알영
왕후를 지모신地母神으로 풀어 낸 이야기책이었다. 그 이야기책들
덕에 품계를 높인 알영은 열일곱 살에 용인 현무부 무진의 아들 김
석황과 혼인했다. 정구품인 예문관 검열檢閱로 재직 중인 석황은 현

무부 삼급인 여품女品이었다. 김학주가 눈치를 보는 듯 묻는다.

"이공, 아드님 장가는 들이셨습니까?"

"정혼만 해두었습니다. 놈이 스무 살 넘어 장가가겠노라 하여 이제 열다섯 살 난 며느릿감이 더 자라기를 기다리는 참입니다. 열다섯 살이면 사실 아직 어리지 않습니까. 우리 좋자고 친가에서 떼어오기는 좀 가엽지요."

혹여 김학주가 사돈 맺자 할 것에 대비하여 짐짓 지어낸 말이고 숱한 혼담들을 물리칠 때 쓰는 말이기도 하다. 삼 년째 성균관 유생으로 지내는 무영은 낮으로는 글공부를 하고 밤이면 동소문 현무부 선원에 나가 무예 익히기에 바빴다. 사신계는 현실의 관직도 하나의 특기로 인정해 품계를 올렸다. 아직 벼슬이 없는 무영은 무예로 현무부 삼급인 여품女品이다. 무영은 무예에 취미 없던 아비와 달리 몸 놀리기를 즐겼다. 제 어머니가 계원 아닌 것이 자라면서 때로 불편했던가, 무영은 대과에 세 번 급제한 뒤 칠성부원에게 장가들 터이니 우선 내버려 두어 달라 하였다.

대과 세 번 급제라는 단서는 장가들기 싫다는 뜻이고 제가 찾아낸 규수와 혼인할 테니 건드리지 말라는 의미였다. 제 누이가 계원과 눈이 맞아 혼인한 것을 보고 저도 꿈을 꾸는 것이나 그리되긴 어려울 터였다. 칠성부원 중 어쩌다 제 맘에 쏙 드는 처자를 발견한다면 모를까 아마도 아비처럼 무영도 계 밖 가문의 규수와 혼인하게 될 것이었다. 요즘 혼담이 숱하게 들어오는 참이었다.

"가내가 두루 걱정할 것 없이 이루어져 가는 이 공 댁이 한량없이 부럽습니다."

이한신을 향한 부러움을 솔직하게 표현하는 김학주는 속이 쓰리다. 그만한 집안에 그만한 아이가 여태 정혼하지 않았을 까닭이 없었다. 욕심내는 집안이 얼마나 많았을 것인가. 그래도 기대했던 것은 이한신이 여식을 시집보낸 용인 땅의 그 집안이 자신의 집안보다 나을 것이 없다 여긴 탓이었다. 한신의 사돈이 벼슬을 한 적 없는 진사라고 들었다. 사위는 지난 대과에 급제하여 이제 겨우 검열 직에 있다 하지 않던가. 한신이 권세를 위해 혼맥을 맺지 않는 인물임을 짐작했기에 혹시나 했지만 결국 헛물을 켠 셈이다.

김학주가 부러워할 만하였다. 한신은 누이 영신의 참혹한 죽음을 겪은 것을 제외하면 유다른 큰일은 치른 적이 없었다. 사적으로 참척을 겪지 않은 것은 운이 좋았던 것이고 공적으로는 계로부터 보호받으며 살기 때문에 큰일 당할 일이 없었다. 사신계원으로 살면서 계원들한테 미안하다 싶을 만큼 평화롭게 살았다. 대대로 사신계원이었기 때문이었다. 그래서 한신 집안의 모든 것은 곧 사신계의 것이었다. 정략이라 할 수 있는 혼인을 하였던 것도 그런 까닭이었다. 누대로 계원인 집안에서는 바깥세상과 인척을 맺어야 할 필요가 있었다. 바깥세상에 쌓는 힘이 곧 계의 힘이고 계의 울타리였다. 그로 하여 계를 넓히고 계원을 생산하기 때문이었다. 아들 무영에게도 그건 마찬가지였다.

"앞날이야 어찌 알겠습니까마는 현재까지는 소생의 운이 좋았던 것 같습니다. 그 점에서야 김 공인들 다르시리까. 아깝게 놓치신 자제들이 있긴 하여도 잘 커나는 자제들이 있는데요."

"이 공께서 현재는 무관無冠이시라 하나 영 이리 사실 리 없는데, 언감생심 이 공과 제 처지가 같다 하리까. 어쨌든 이러저러한 이야기를 나누니 숨통이 트입니다. 더러 풍광 좋아 풍류 즐길 만한 곳 발견하시면 소식 주사이다."

"그리하겠습니다. 관직에 계신 분의 시간을 길게 뺏기도 저어하니 소생은 이만 물러가야겠습니다."

"모처럼 만났는데 저녁이나 함께 자시고 건너가심이 어떻겠습니까?"

"이리 길을 텄으니 김 공 예 계시는 동안 다시 뵙기로 하지요. 강건하십시오."

떨치고 일어나는 이한신을 김학주는 굳이 잡지 않고 아문 앞에서 배웅한다. 한신이 말에 오르니 그의 시자 두 놈도 제각기 말에 올라 나란히 떠나간다. 종놈들까지 말을 태워 대동하고 다니는 한신의 뒷모습을 지켜보다가 김학주는 대기시켜 두었던 나졸한테 그가 어디로 가는지 따라가 보게 한다.

이한신이 사는 모습이 짐짓 한적하여 오히려 수상하니 그를 살펴보라는 호조 판관 서중회의 서신을 받은 게 지난봄이었다. 서중회와 개인적이 친분이 없지 않으나 대놓고 정탐을 요구할 만한 관계는 아닌데 그가 서신을 보내온 까닭이 뭘까. 궁리하다 서중회도 만단사에 속해 있을 것이라는 짐작을 하게 되었다. 기린부는 아닐 것이나 만단사임에 틀림없었다.

노론이 대세라 해도 파당에 대한 상감의 견제가 꾸준했다. 소론이면서도 중도파인 이한신은 노론을 견제하기 위한 상감의 무기 중 하나였다. 그 또한 언제든 상감에게서 내쳐질 수 있으나 지금까지 정황으로 보자면 이한신에 대한 상감의 총애가 사사로운 정에 가깝다는 게 문제였다. 장원 급제한 스물한 살에 인재로 부각된 이후 이한신은 줄곧 상감의 의중에 있었다. 면세토지들에 세곡을 부과할 수 있게끔 계기를 만든 것이야말로 그가 상감의 사람이라는 방증이었다. 그런 그가 노론에 곱게 비칠 리 없었다. 꼬투리만 있다면, 없다면 만들어서라도 그를 잡아채야 했다. 그리하여 노론에서는 상감을 견제할 빌미도 만드는 것이다.

노론의 실세인 호조판관 서중회는 만단사와 별개로 장차 김학주를 한양으로 끌어 줄 사람이었다. 그를 위해 할 수 있는 건 다 해야 하는데 이한신이 한양에 가서 사는 나날이 많다 보니 이쪽에서는 살필 날이 많지 않았다. 이한신이 이쪽에 와 있을 때에도 유별난 것은 발견치 못했다. 제 영지를 돌아보고 유유자적 산천을 돈 뒤 집에 들어가면 그야말로 책이나 읽는 것 같다. 서중회는 서신을 통해 이한신이, 작년 여름 부산포와 회령에서 간자들을 제거한 모종의 세력과 연결되어 있는 것 같으니 살피라 하였다. 하지만 그게 호판의 억지임을 왜 모르랴. 조정 내부에서, 왜관의 사건은 왜국 첩보 세력이 이미 노출된 자신들의 간자를 제한 것으로, 회령 개시에서 일어난 일은 도적놈들에 의한 것으로 결론짓고 잠잠해진 것을 김학주도 들어 알고 있었다. 그 일들의 내막이 어떠하든 이십여 년 꾸준히 궐을 출입하며 모자랄 것 없는 벼슬살이를 해온 이한신과 무슨 상관이 있겠는가.

나졸을 보내고 난 김학주는 향리들이 생일 선물로 들고 온 궤며 함들을 사노인 병술에게 열어 보라 한다. 이한신에게 기대할 것이 없으니 그로서는 재물을 모아 서중회에게 보낼 도리밖에는 없었다. 병술이 첫 번째 궤짝을 열어 은전 백 냥이 묶인 꾸러미를 내보인다. 그걸 만져 보려는 찰나 등짝에 급작스런 통증이 생긴다. 도끼에 찍힌 듯한 날카로운 고통에 나동그라진다. 귀신들이 또 장난을 치는 것이다. 등을 구부릴 수도 펼 수도 없는 고통에 김학주가 방 안을 뒹굴며 비명을 질러댄다.

　해가 워낙 짧은 계절이라 어느새 날이 저문다. 관아 거리를 벗어나 갈림길이므로 온주동으로 갈지, 은새미로 갈지 결정해야 했다. 사흘 전 한양에서 내려오던 길에 채정을 이미 보았다. 그랬음에도 가까이 왔다는 핑계가 있으니 다시 찾고 싶은 것이다. 집에서 점심을 먹은 뒤 도고 관아로 향할 때부터 내심 채정을 보고 온주동 사돈댁을 들르리라 작정했다. 한양 다녀온 이야기를 하러 사돈댁에 들르기로 한 참이다. 온주동은 한 시간쯤 걸리고 미타원은 한 식경이면 닿는다.

　반야는 한신이 이 겨울이 깊어져 섣달 즈음이 되면 상감을 가까이서 모시게 될 내직으로 들어갈 것이라 예시하였다. 반야의 예시가 어긋나는 걸 본 적 없으니 틀림없을 것이다. 조정에 들지 않고 사는 맛에 길이 들어가는 참이었다. 한 이십 년 관직에서 살았으니 그만하면 충분하다 싶기도 했다. 하지만 계원으로서 자신의 의무는 아직 관직에 있었다. 계 내의 무사들을 적재적소에 꽂아야 하고 필요하다면 계원들의 현실의 신분도 바꿔 주어야 했다. 그런 일을 할 수 있는 관헌들을 꾸준히 계원으로 대체해 나가야 했다. 그러자면 관직을 높이고 그 자리에서 현실과 싸워야 하는 것이다. 그게 사신계원 이한신의 소임이었다. 그러니 다시 출사를 하게 되면 채정을 언제 다시 보게 될지 알 수 없었다. 온주동은 내일 가도 무방하리라. 먼저 은새미로 가기로 결정하고 나니 마음이 바빠 급히 말을 몰려는데 뒤에 있던 최갑이 달려 나와 가로막듯 나란히 제 말을 몬다.

"뒤따르는 자가 있습니다."

늘상 생기는 일이다. 무예를 익힌 사람들의 감각은 유달라서 보통 사람이 알지 못하는 것도 눈치챈다. 한신은 아무 기미도 느끼지 못하지만 무절들이 그렇다면 뒤따르는 자가 있는 것이다. 한양에서 돌아오자마자 김학주가 초청을 해온 것도 그런 까닭이었다. 한직으로 십여 년을 돌면서 한양 입성을 향한 꿈을 버리지 못한 그가 조정의 노론들과 꾸준히 연결돼 왔다는 뜻이었다.

"허면 우선 온주동으로 가자."

시월 열여드레. 어느새 움푹 꺼진 해거름 달이 떠오르기 시작했다. 먼저 온주동이라 한 말의 뜻을 알아들은 호위들이 앞뒤에서 내달린다.

김학주는 호조판관 서중회와 막역한 것으로 알려졌다. 그가 새삼 이한신을 떠보는 이유가 아령칙하게 느껴지는 참이었다. 뭇기가 내린 것 같다는 소문에 안쓰러이 여겼으되 눈여겨보지 않았는데 이제 신경을 써야 할 듯하다. 그 가까이에 반야가 있지 않은가. 그 어미 함채정. 불현듯 가슴 저리게 보고 지운 사람. 함께 있으면 내 몸인 듯 한 몸이 되고 싶고 또 한 몸인 듯 편한 이. 채정과 함께 있을 때면 한신은 스스로를 잊었다. 그저 한 자연인일 뿐이었다. 현실과 별개의 곳에 놓아둔 정인이라 현실이 끼어들지 않아 그럴 수 있을 터였다. 채정도 그걸 알아 한사코 한집 살림을 마다했다. 채정 이전에 다른 여인을 품지 않았던 게 안사람인 홍외헌만을 향한 충정이 아니었듯 한신은 채정을 안는 것도 홍외헌에 대한 배반이라 생각지 못했다. 시앗 앞에서는 부처도 돌아앉는다는 그 흔한 속설이 얼마나 엄정한 현실인지, 그로 하여 수많은 여인들이 어떻게 피 흘리며 사는지, 채정이 일깨워 주었다.

"당신도 별수 없는 남정네이십니다그려. 제가 부인과 자리를 바꿔 앉아 부군 품에 안긴 저를 본다면 저는 저를 죽이고 말걸요. 저를 죽이고 싶은 계집으로 만들지 마시어요."

채정은 한신을 향한 자신의 다정이 홍외헌한테 상처를 줄 것임을 염려하고 그리되지 않도록 스스로 숨어 있기를 바랐다. 자신과 함께 있는 동안은 한신도 숨기를 원했다. 각자 해야 할 수많은 일들을 저버리지 않은 채 무지개 뜬 순간인 듯 드물게, 잠깐씩 보며 살자 하는 것이었다.

헤아리기 어려운 그의 깊은 속내가 이미 칠성부 무진들과 비슷했다. 자신으로 살기 위하여 스스로의 태생을 죽이는 것까지 닮았다. 오랜 지기이자 손위 계원인 혜정원주만 해도 반가에서 태어나 사대부 집안으로 시집을 갔던 이였다. 그이는 열다섯 살에 시집가 혼인한 지 여덟 달 만에 자신보다 나이 어린 서방을 잃었는데 시집에서 열여섯 청상에게 열녀 되기를 노골적으로 강요했던 모양이었다. 별채 밖 출입을 못하게 하는 것은 물론이고 나중에는 방 밖 출입도 어렵게 하면서 밖에다는 며느리가 서방을 잃은 뒤 식음을 전폐하고 있다고 소문을 내기 시작했다던가. 굶어 죽어 열녀가 되어 달라는 것이었다.

그 겨울 새벽, 삼로는 방에 갇힌 뒤 자신의 옷을 뜯어 만든 남복으로 갈아입고 시집올 때 가져온 패물들을 챙겼다. 그리고 자신의 서안에 놓였던 책 『내훈』을 갈기갈기 찢어 불을 붙인 뒤 이부자리며 옷가지에다 내던지고 나와 월담을 했다. 담 밖에 멀찍이 서서 자신이 일 년 가까이 거처한 별당과 자신의 열여섯 해가 벌겋게 타오르는 걸 보고 몸을 돌렸다. 찾아가 보아야 골방에 가둬 굶겨 죽일 게 뻔한 친가는 애초에 버리고 곧장 절집을 향해 걸음을 놓았다. 혼전에 단 한 번 들른 적이 있던 과천의 국태사였다. 그나마 운이 좋았다. 국태사는 사신계의 세상이었고 도솔사에 연결되어 있었다. 도솔사는 삼로처럼 자신을 죽이고 나왔으나 의탁할 데 없는 여인들이 계에 발견되었을 때 인도되는 곳이었다. 그곳에서 수련하고 입계하여 각자 살 곳을 찾아가는 것이었다. 스무 해 뒤 삼로는 무진이 되어 혜정원을 이어받았다. 그가 혜정원주가 된 뒤 혜정원의 규모가 열 배 이상 커졌다. 혜정원에 소속된 계원이 백 명이 넘고 삼내미 전체로 보면 오백여 명이었다. 그 모두가 삼로 무진 휘하였다.

그 옛날 늙은 영감의 후실 자리를 버린 채정이 찾아든 동매 만신의 품도 계의 세상이었다. 하지만 동매는 채정을 입계시키지 않았다. 동매가 채정을 계에 들이지 않은 건 채정에게 반야를 낳게 하기 위함이었다. 그게 채정에겐 불운했던 것인지도 모른다. 지금쯤 양평에서 칠요로서의 수련을 하고 있을 반야였다. 흔흰 만신에게서 반야에게로만 이어질 그 수련은 그 노소 주변조차도 물리고 이루어질 것이라 내용이 무엇이며 얼마나한 시일이 필요할지 아무도 몰랐다. 반야가 언제 미타원으로 돌아올지도 그 스스로만 알 터였다.

사흘 전 돌아오던 날 밤을 함께 보낸 채정은 반야가 절집을 떠돌고 있을 거라는 한신의 말에 눈물지었다. 모든 어미가 자식에게 지극하다 하여도 자식을 무녀로 낳은 슬픔이 더해진 채정의 지극함에는 당할 수 있을 것 같지 않았다. 그 자식이 지금 얼마나 장한 일을 하고 있고 앞으로 하게 될지 알려 줄 수 없는 게 못내 안타까웠다.

그래도 반야로 인해 채정은 지금까지보다는 안전하게 살게 될 것이다. 계원을 식구로 둔 이들은 스스로 계원이 아니어도 자신들도 모르게 울타리를 지니게 되는 것이었다.

물론 온전히 안전할 수는 없었다. 멀리 갈 것 없이 계원 집안에서 자라 시집갔던 영신이 그 증인이었다. 귀하다고 너무 곱게 키운 탓이었던지 성정이 여렸다. 입계 순서인 문답 과정을 통과하지 못했다. 네 어머니가 명재경각이매 어머니 곁을 떠나야 하는 명이 내리면 너는 명을 받들어야 한다는 식의 입계 문답에 놀라 사색이 되어버린 아이였다. 입계치 못하고 보통 반가의 딸처럼 시집을 갔다. 그러함에도 영신이 그 참화를 당하게 된 원인은 계원 집안에서 자란 이력 때문이었을 것이다. 보통 사대부 집안의 아낙이라면 가마를 타지 않고 호종도 없이 집을 나섰으랴. 자유롭게 자란 사람이라 겁도 없었던 것이다. 때문에 저의 두 아이들은 조부모 손에서 자라게 되었다.

외숙이 찾아들자 사랑으로 나온 열 살짜리 태완과 여덟 살배기 상완이 한신을 향해 나란히 절한다. 외가에 가신 어머니가 왜 아니 돌아오시냐고 울부짖던 작년의 어린아이들이 제법 의젓해졌다.

"태완이, 상완이 그동안 많이 컸구나. 우리가 지난봄에 만났지?"

"예, 외숙님."

입 맞춰 대답하는 두 아이를 보며 정 참의가 흡족해 웃는다. 아비 없이 크다 어미마저 잃은 아이들을 기르며 온율 서원 훈장으로 살고 있는 그였다. 그가 더 이상의 벼슬 꿈은 접고 서생들의 선생 노릇을 하겠노라 했을 때 한신으로서는 뜻밖이었다. 자신은 그곳을 돌아보기도 싫은 까닭이었다. 누이와 시비 아이의 주검을 맞닥뜨렸을 때의 참상을 떠올리면 아직도 치가 떨렸다. 사건을 기어이 의금부로 끌어 올렸던 것도 죄인들이 난 집안을 아예 닫아 버릴 작정이었기 때문이다. 정 참의도 수긍한 일이었다. 그가 서원 훈장이 되겠노라 한 것은 죄인 둘이 참형을 당하고 세 죄인이 옥청에 수감된 뒤였다. 정 참의는 이왕에 죽은 아이들 때문에 다섯 집안이 회생 불능이 되어 버린 것에 안타까움을 느낀 듯했다. 영 폐쇄될 뻔한 서원이 다시 열리고 작금에 이르러 아무 일 없었던 듯 계속되는 것도 그 덕분이었다.

"공부들은 열심히 하고 있고?"

외숙의 물음에 두 아이가 천연덕스럽게 "예." 하는 바람에 방 안에 웃음이 돈다.

"태완이, 상완이한테 무슨 공부를 얼마나 열심히 했나 물어볼 참인데 대답이 용감한 걸 보니 우선 상부터 줘야겠는걸? 이 외숙이 무슨 상을 줄거나?"

궁리하는지 아이들이 고개 숙인 채 잠잠하다. 채근해 보려던 한신은 뒤늦게 아차 한다. 고개를 드는 작은놈 상완의 눈에 눈물이 그렁그렁하지 않는가. 외숙을 보매 제들 어미를 떠올림을 알면서도 매번 뒤늦게 깨닫는 한신이었다. 이 노릇을 어찌할꼬. 한숨을 뱉은 한신은 상완에게 팔을 내밀었다.

"상완이 이리 오너라, 네 어미 대신 외숙이 한번 안아 보고 싶다."

순간 아이가 아앙, 울음을 터트리며 와 안겼다. 한신의 품속에서 아이가 울부짖었다.

"어머니를 못 봤습니다. 어머니를 못 봤어요. 우리 엄마를, 한 번도, 못 봤어요."

작은놈의 울부짖음에 큰놈이 고개 수그린 채 운다. 눈 뜨고 못 볼 지경인 제 어미의 주검을 아이들에게 보여 줄 수는 없었다. 시신 없는 장례를 치른 아이들은 제 어미의 죽음을 믿지 못하여 아직 울고 있는 것이다. 이 아이들에게 제 어미 죽음에 얽힌 사연을 어찌 말해 주고 수긍하게 할 것인가. 한신은 그 방법을 궁리하느라 아이들을 하염없이 다독인다.

가마골 웃실 옛집에서 살았다는 무녀 삼덕이 찾아와 꽃각시 보살의 제자가 되었다고 말했다. 한가위 며칠 전이었다. 중양절을 지낸 열흘 뒤에는 별님이 보냈다는 남정네들이 도깨비 떼처럼 쳐들어와 집 안팎을 두루 살피더니 아래채 뒤쪽의 밭에다 집을 앉혀야겠다고 했다. 일 년 내 남새를 갈아먹는 밭이 없어질 판이지만 반야의 뜻이라면 하는 수 없는 일이라 유을해는 허락했다. 열댓 명 정도의 시커먼 장정들이 땅을 다지고 목재를 실어들이며 집을 올리기 시작하자 동마로는 한술 더 떠 힐렁한 울타리를 걷어 내고 담을 쌓아야겠다고 나섰다. 떠나 있는 아이나 떠났다 돌아온 아이나, 제정신인가 싶으면서도 응했다.

동마로는 인근 사내들을 불러 모으더니 울을 걷어 내고 산과 계곡에서 돌을 날라다 담을 쌓아 나갔다. 안채가 그렇듯 새로 짓는 별채도 신당이나 아래채 어름보다 지형이 높아 그 뒤로 담이 쌓이니 집이 담에 갇힌 꼴이 되어 갔다. 뜰이 넓지 않았다면 숨이 막힐 것 같았다. 그렇게 법석을 치르는 사이에 깨금네와 삼덕과 시집에서 불려온 끝애는 장정들 밥해 대느라 하루해가 짧았다. 햇짚으로 이엉을 엮은 별채 꼴이 얼추 갖춰졌다. 분수없이 넓은 대청 양쪽에 두 간씩의 방이 붙은 형상이었다.

오늘은 마루를 놓는 중이다. 담장은 반나마 쌓았을까. 담장 밖에서 돌을 골라 얹고 흙을 개어 쌓는 형국이라 집안이 크게 수선스럽지는 않다. 그런데 일꾼들 새참 수발을 들고 있을 끝애가 숨넘어갈 기색으로 들어와 관헌들이 나왔다고 수선을 피운다. 유을해는 고뿔이 들린 심경을 삼덕에게 안겨 주고 꽃님과 명일에게도 밖에 나오지 말라 이른다. 네 살 남짓한 아이 명일이가 또 들어왔다. 한가위 직전, 노루목 포구에 버려진 아이를 끝애 서방 먹돌이가 발견했나 보았다. 비루먹은 강아지처럼 비쩍 말라서 포구 옆 주막머리에 나뒹굴고 있었다던 아이는 동마로와 강수가 그랬듯 열에 휩싸여 있었다. 돌림병 소문만 나면 미타원 식구가 늘어나는 셈이나 명일은 돌림병이 아니라 고뿔로 인해 폐가 상한 것이었다. 두 달쯤 지난 지금은 다 나은 데다 살도 제법 올라서 보동동하니 예뻐졌다.

신당 마당을 어슬렁이는 관헌들은 지난 구월 초에도 찾아왔던 나졸들이다. 그중 대장 격인 김 나졸은 아랫동네 남정네들보다 낯이 익을 정도다. 서른 살 남짓할 그는 이방을 따라다닐 때나 저희들끼리 나올 때나 대체로 점잖은 편이라 유을해는 내심 안도한다.

"한 달여 새에 집 모양새가 수선스러워졌구먼? 꽃각시 보살이 없어 손님도 줄었다면서 웬일로 집을 늘리는 것인가?"

마땅한 핑계가 있을 리 없었다. 핑계가 없을 때는 솔직히 말하는 게 상책이다.

"식구들이 자꾸 느는 데다 겨울이면 아픈 사람들이 많이 찾아들어서 이리하고 있습니다. 개중에는 따로 떼어 놓아야 할 환자들도 있는지라. 나리, 부디 눈감아 주십시오."

반야의 예시대로 겨울 돌림병 조짐이 나타나기 시작했다. 아직은 먼 고을에서 들려오는 풍문이긴 하나 머지않아 이곳으로 번져올 것이었다. 그 전에 공사를 마무리 짓고 일꾼들을 제 곳들로 돌려보내야 했다.

"자네가 돈 없이 아픈 사람들 보살피는 것이야 온 고을이 다 아는 터, 방 몇 칸 늘리는 것에 내가 뭐라 하겠는가만, 꽃각시 보살이 언제 온다는 기별 같은 건 없나? 혹시 벌써 와서 집을 늘리는 겐가?"

"쇤네가 감히 원님과 나리들을 기망하겠습니까. 그 아이는 아직 종적이 없습니다."

"허니, 이 일을 어쩌겠나. 꽃각시 보살이 없으면 오늘은 어멈이라도 데려오라 하시는데? 집안이 어수선해 보이네만, 당장 채비 꾸려 따라나서게. 서둘러야 하네."

뒷돈 몇 냥으로 지나갈 수 있는 상황이 아니게 된 모양이다. 동마로가 제 스승의 부름을 받고 공세포에 가고 없는 게 차라리 다행이다. 다달이 받는 몇 푼의 새경을 꼬박꼬박 유을해 앞에 내놓으며 가장 구실을 하려고 기를 쓰는 동마로는 자잘한 나들이 때라도 강수나 나무를 데리고 다니며 세상 구경을 시켜 주려 애썼다. 그렇게 집안의 대들보 노릇을 하는데 어떻게 하여도 대적할 수 없는 상황에 맞닥뜨리면 젊은 놈의 혈기가 얼마나 괴로우랴. 유을해는 서둘러 안으로 들어와 옷을 갈아입고 깨금네에게 동마로가 돌아오거든 집에 죽은 듯 있게 하라는 말을 이르고는 나졸들을 따라나섰다. 시월 스무하루, 바람이 스산했다. 늦가을 비라도 쏟아지려는가, 한낮임에도 볕조차 없다.

지난여름 반야를 데리고 떠났던 한신은 홀로 돌아와 호위를 통해 유을해를 불러냈다. 엿새 전 보름밤이었다. 온양 객점에서 하룻밤을 함께 났다. 반야는 중들이 만행하듯 한양 인근의 절집들을 순례하고 있다고 했다. 유을해는 차라리 반야가 그대로 돌아오지 않았으면 싶었다. 어디서든 제 마땅한 자리에서 무사히 살아 준다면 대견할 터였다. 혹은 반야가 한양이든 그 인근이든 거처를 정해 놓고 식구들을 불러 주었으면 싶기도 했다. 늘어난 식구를 데리고 움직일 일이 만만찮지만 수시로 불안에 시달리며 사느니 여기서 흔적 없이 떠날 수 있다면 좀 좋으랴. 그런 바람도 보람 없이 반야는 집을 넓히겠다고 나섰다. 떠날 생각이 애초에 없는 것이다. 그러저러한 사정을 한신에게 털어놓을 수는 없었다. 무엇보다 몇 달 만에 만나는 정인한테 근심을 안겨 주어 모처럼의 하룻밤을 흐리고 싶지 않았다.

사흘 전 밤에 그가 그림자인 듯 고요히 다시 찾아왔다. 삼경 즈음이었다. 시종들을 다 내버리고 홀로 안채까지 들어온 그가 안방 문을 열었을 때, 유을해는 자다 깬 심경을 안고 다독이던 참이었다. 방에는 꽃님과 명일이 잠들어 있었다. 그는 방 안 풍경을 보고는 어이없는 듯 웃더니 가만히 들어와 유을해가 안고 있는 심경을 들여다보았다. 부녀지간의 첫 상봉이었다. 잠투정이 심한 심경이 느닷없이 등장한 낯선 사람을 빤히 올려다볼 때 유을해의 심장이 벌떡벌떡 뛰면서 손끝이 저렸다.

"이 아이도 업둥이요?"

한신이 나지막이 물었을 때 유을해는 차마 그렇다고 말하지 못하고 침묵했다. 한신은 그 침묵을 긍정으로 알아듣고 아이를 향해 이리 와 보라며 팔을 벌렸다. 세상에 난 지 여섯 달 남짓, 막 기기 시작한 아이가 그의 팔로 옮겨 갈 것인가. 한신이 가만히 안아 갔다. 심경은 그의 품속에서 한참을 더 투정 부리다 잠이 들었다. 세 아이를 한방에 눕혀 놓고 두 사람은 젊은 내외간인 듯 자는 아이들 눈치보며 고요히 서로를 품었다. 그때의 절절함을 어찌 형언할 수 있을까. 그는 온주동에서 조카들을 만나고 온 길이라 하였다. 일 년 반도 전에 어미를 잃은 아이들이 이제야 철철 울더라면서 누이 잃은 슬픔을 털어놓았다. 그런 그 앞에서 새삼 심경에 대해 알릴 수는 없었다. 하니 앞으로도 두 사람은 그렇게 어쩌다 한번씩 얼굴 보며 살게 될 터였다. 그나마 지금 가서 만나야 하는 사또 앞에서 무사히 물러나올 수 있을 때 이야기다.

관아까지 사십여 리 길이었다. 한 번도 쉬지 않고 걸었음에도 관아에 도착했을 때는 신시 중간 참이 되어 짧은 낮이 얼추 기울었다. 뒷문을 통해 유을해를 내아에 데려다 놓은 나졸들이 동헌 쪽으로 사라졌다. 창을 세워 들거나 칼을 찬 나졸들이 군데군데서 짝지어 서 있거나 돌아다닌다. 난생처음 들어서 본 관아 정경에 가슴이 오그라들어 서 있는 유을해를 한 아낙이 안으로 이끌었다. 유을해와 나이가 비슷한 아낙이다. 그네가 내아 부엌방으로 유을해를 들여 놓고 아랫목을 권했다. 부엌에서 두어 명의 여인들이 저녁 준비를 하느라 부산을 떨고 있었다. 방바닥의 온기보다 아낙의 마음씀이 고마워 유을해는 고개를 숙인다.

"사또께서는 한 시진 뒤쯤 내아로 들어오시어 저녁을 잡수실 테고, 그런 연후에나 댁네를 부를 것이오. 그때까지 큰방보다 여기가 더 편할 것 같아 이리 데려왔소. 한눈에 꽃각시 엄마인 걸 알아보겠소. 몇 살인데 이리 고우실꼬?"

아낙의 말투가 차분하거니와 은근한 기품이 어려 있다. 험한 일을 하며 사느라 외양이 남루해도 품이 넉넉한 여인이다.

"임오년 생입니다."

"나도 임오년 생이오. 갑장을 만나면 반가운 법인데, 느닷없이 끌려온 갑장한테 반갑다고 하기도 안되었네. 나는 안산집이라고 하오. 그쪽은 은샘에서 왔으니 은샘댁이라고 해야겠구먼. 은샘댁, 어째 딸아이 데리고 도망가지 않고 여적 거기 있다가 이리 봉변을 당하오."

속삭이듯 한탄하던 안산댁이 스스로 놀라 일어나더니 문밖을 한차례 살피고 들어왔다. 내아 살림을 맡아 하는지 상전 저녁 지을 시간에 잠깐이나마 짬내어 들어앉을 여유가 있는 듯한데, 관아에 묶여 살다 보니 눈치 살피기가 천성이 된 듯하다. 안산댁이 숨결이 느껴질 만큼 바투 앉았다. 그네의 사품에 유을해가 속삭이듯 답한다.

"미천한 신분에 어디 간들 다를 것도 없으나, 움직이기가 그리 쉽겠소. 게다가 지금 아이가 오래도록 외유 중이라 앞날이 아니 보입니다. 안산댁, 사또께서 어째서 나를 불러들이신 것 같으오? 아시면, 마음 준비라도 해두게 말씀해 주오."

"꽃각시 보살한테 사또께서 때때로 무녀들을 불러들인다는 말, 못 들었소?"

"들었습니다만, 왜 그리하시는지, 아이가 말을 하지 않았어요. 아마 모를 터이죠."

"왜 몰라요. 어머니 속상하실까 입을 닫은 게지. 내가 이 관아의 관비로만 이십여 해 살면서 다섯 번째 모시는 사또이시오. 아랫것들한테 특별히 혹독한 원은 아니신데, 괴상한 습벽을 가지신 듯해요. 신기가 드신 것 같거든."

마지막 말은 너무 낮아서 유을해가 새겨들어야 했다. 물론 반야를 통해 알고 있던 사항이었다. 반야는 사또의 그 신기를 죽이겠다고 나선 아이였다. 양반과 벼슬아치의 위세로 모자라 제게 내린 신기를 제 일신의 영달을 위해 써먹으려는 놈의 작태를 봐내지 못한 탓이었다. 달걀로 바위 치기일 노릇을 반야는 겁없이 제 요령껏 하고 있었다. 지금 유을해가 알고자 하는 건 사또가 그 신기로 인해 어찌 행동할 수 있는가 하는 것이었다. 체면이라는 게 있어 그걸 지키고자 하는 보통 양반들은 제 행위에 명분을 찾기 마련이었다. 김학주는 그 명분을 버린 자였다. 그래서 그가 더 무서운 것이었다.

"꽃각시 보살이 잘 본다고 하는데, 사또도 아주 잘 본다오. 서리들이며 군관, 포졸들이 사또를 얼마나 무서워하는지 몰라요. 관내 향리들이며 가세 번듯한 집들에서 벌벌 떨면서 재물을 싸다 바치는 듯해요. 내 여기 사는 동안 이번 사또처럼 형구를 자주 차리게 하는 걸 본 적이 없어요. 덕분에 관아 곡창이 그득한 건 물론이고, 부임한 지 두어 해 만에 사재도 한 산 쌓은 것 같소. 아마도 내직으로 옮겨 갈 방도를 마련하는 것이겠지. 여하튼 은샘댁, 사또가 금세 알아보고 물고를 낼 테니 이따 불려 들어가면 섣부른 말은 하지 마오. 술을 자주 드시는데, 술에 취하시면 눈이 더 밝아지는 듯해요. 내아로 들어오자마자 술을 드실 텐데, 까딱하다간 은샘댁 몸 상하리다. 그리고 이번에 몸 성히 집으로 돌아가거든, 부디 밤 봇짐이라도 싸요. 나 같은 팔자야 관에 묶여 옴짝달싹 못하는 몸이지만 은샘댁네는 도망치면 되지 않소. 나는 부엌에 가 봐야겠소. 은샘댁은 원이 부르실 때까지 예서 쉬고 계시오. 내 봐서 저녁상을 들여오리다."

낮게 말을 마친 안산댁이 유을해의 어깨를 다독이곤 방을 나갔다. 이십여 해 관비로 살고 있다는 여인의 방은 자그만 주막의 객방인 듯 한적하다. 횃대에 걸린 감색 치마와 노란 단색 저고리 한 벌, 허름한 반닫이와 그 위에 얹힌 무색 이불 한 채. 방 한구석에 놓인 반짇고리가 전부다. 사내 흔적이 없는 건 물론이고 자식의 흔적도 느껴지지 않는, 힘들고 쓸쓸하게 늙어 가는 갑장의 방이었다. 관에 묶인 관비나 자식에 묶인 무격이나 차꼬에 묶인 형상이긴 마찬가지. 마흔세 살의 동갑내기가 갈 데 없기는 같았다.

진작 내아에 들고도 제가 불러들인 천한 백성을 잊어버린 듯 잠잠하던 사또가 불안과 초조로 기진할 지경인 유을해를 불러들인 건 이경이나 되었을 때였다. 안산댁이 방문을 열어 주더니 유을해가 내실로 들어서자 뒤에서 문을 닫았다. 방 안에는 큼지막한 등불 둘에 촛불 두 자루가 더해져 있어 환하다. 방 안에는 사또와 그의 사노인 듯한 젊은 사내가 함께 들어 있었다. 스물댓 살 남짓한 젊은이가 절하고 일어난 유을해한테 사또 앞에 나아가 앉으라고 일렀다. 사또는 경상 맞은편에 앉은 유을해를 넌지시 바라보며 한참 동안 내버려두었다. 경상 양쪽의 촛불들이 내는 소리가 들릴 만큼 조용한데 젊은 종이 경상 위에 놓인 찻종지에다 술을 채웠다. 사또가 그 술을 소리 없이 들이켜곤 잔을 내려놓는다. 종놈이 다시 잔을 채워 놓았다.

반야가 이자한테 몇 번 불려 왔던가. 작년 동짓달에 시작되어 지난 유월에 떠나기까지 달마다 한두 번씩이었으니 열 번 가량 되는가. 반야는 그 낱낱을 기억할 텐데 유을해는 한참을 떠올려 봐야 하는 자신을 깨닫고는 불현듯 콧날이 시큰해진다. 반야가 제아무리 기가 센 점쟁이로 이름을 높였다고는 하나 기껏해야 스무 살의 어린 몸이었다. 딸자식이 이 자리에 와 앉기까지의 고통 대신 그 아이를 바라봐야 하는 고통만으로 눈물 흘렸던 자신이었다. 관아에 들어와 지금까지 몇 시진 동안도, 혹시 욕을 보고 나면 사온재를 어찌 볼 것인가 몇 번이나 생각했다. 진작 그를 따라 한양으로 갈 것을. 그의 아낙으로 살 것을. 반야한테 고집을 부려 은샘을 떠나야 했던 것을. 그 모든 사념이 어미로서보다 한 계집으로서의 후회였다.

"네 여식 별님이가 언제 돌아오리라 짐작하느냐?"

이대로 밤을 새려나 싶을 만치 긴 침묵 뒤 김학주가 거두절미한 채 나지막이 물었다. 유을해는 숙인 고개 위로 떨어진 물음에 눌려 고개를 더 숙인다.

"황송하옵니다, 사또마님. 쇤네 그 아이 돌아올 날을 어림하기 어렵나이다."

"네 여식이 한사코 제 신기 얕음을 내게 보여 주었느니라. 그러함에도, 그 아이가 어떻게 그런 이름을 얻었다 여기느냐?"

섣불리 말하다 몸 상하지 말라고 안산댁이 염려할 만큼 놈은 신기가 강하다 하였다. 신기로야 무서울 게 없는 반야조차도 놈을 적수로 여겼다. 반야가 그 앞에서 무기로 삼은 것은 신기 얕음이었다. 저항의 의지 없음이었다. 불가항력에 응할 방법이 그 수밖에 없었으리라는 걸 유을해는 깨닫는다.

"쇤네 시어미가 젊은 날 무녀 노릇을 했던지라 아이가 그걸 보고 자랐사옵고, 또 그 아이, 어린 날부터 총기가 높아 절집을 다니다 글자를 어렵잖게 익혔사옵니다. 경문과 역서를 읽고 왼 덕에 짐짓 점쟁이 노릇을 하게 된 듯하나이다."

"그래, 그 아이한테 식자가 들었음은 내 짐작하였다. 헌데 경문과 역서를 읽는다?『주역』을 읽을 수 있다는 말이냐?"

"절집을 다니며 경문을 익히다 보니 글 읽는 흉내를 내게 된 듯하옵니다.”

“그랬다! 그 아이 영특한 것은 내가 알아보았고, 너는 신기가 전혀 없구나. 헌데 너도 그 아이가 없으면 점쟁이 노릇을 한다던데?”

“아이 없는 것을 모르고 오는 손님들께 죄송하여 아이 빈 자리에 앉아 시간을 때우나이다. 손님들이 제가 무격도 점쟁이도 아닌 것을 모두 아시는지라 쇤네가 사주쟁이 노릇이라도 할 처지는 아니옵니다.”

“의원 노릇도 한다 들었다만?”

“아이 어릴 때 약사 보살이 들었노라 소문이 난 터라 어찌할 수 없이 해열이나 설사에 드는 약재를 준비했다가 찾아오는 사람들에게 나누어 주며 아이 이름값을 보충하였을 뿐 감히 의원 흉내를 내오리까.”

“우리 관내에 돌림병임이 틀림없는 증세가 곳곳에서 보이고 있다는 보고를 받는 중이니라. 위에다 품신했거니와 관내 의원들한테도 돌림병을 구제할 방법을 찾아보라 명했다. 의원 흉내를 내는 너한테도 혹여 무슨 수가 있느냐?”

“천하고 무지한 쇤네한테 어찌 그런 수가 있겠나이까. 부디 용서하오소서.”

“생김새도 그러하다만 말장난하는 품새가, 이제 보니 영락없이 그 어미에 그 딸년이었구나. 관장 앞에서도 기죽지 않고 답해대는 게 제법이야. 재미나다만, 내, 그 재미나 보자고 이 밤에 널 마주앉은 건 아니다. 네 여식, 별님이 내게 느껴지지 않는다. 아주 간 것이냐? 아니면 네가 떠나보냈더냐?”

마주앉은 상대의 영이 맑은지 흐린지 정도는 엔간한 사람도 다 보는 것. 남들 보는 정도만 볼 수 있는 유을해가 열두 거리 굿판의 사설을 다 왼다 해도 상대방 영기의 높낮이를 측정할 재간은 없었다. 그건 뭇기가 들린 사람들, 귀신을 볼 수 있는 사람들한테 해당되는 말이었다. 하여도 놈이 몇백 리 밖에서 움직여 다니는 반야를 느끼거나 볼 수 없을 거라는 건 유을해도 안다. 반야는 스스로 필요한 만큼 제 영기를 다스려 쓸 수 있는 아이였다. 이 시골구석에 앉은 위인이 느낄 수 있을 정도로 제 영기를 흘리고 다닐 허튼 반야가 아니었다. 흘러가는 대로 흘러갈 수 없는 것. 그게 그 아이가 서럽게 타고난 불운이기도 했다.

"아이가 심신을 보하고 영기를 높여 보고자 떠날 때 아니 돌아온다는 말을 한 적이 없사옵니다. 딸자식한테 얹혀사는 쇤네 또한 그 아이한테 떠나가라 할 만한 힘이 없나이다. 그저 몸이 약하여 어딘가에 엎디어 있지 않나 하옵니다."

"계집이 몸이 아프면 집에서 보양하는 게 자연스럽지, 제아무리 무녀란들 집을 나서서 치료를 할 리 없다. 그걸 알면서도 내가 그 아이의 여행을 허락한 까닭은 따로 있다. 그 연유를 짐작하느냐?"

"짐작치 못하나이다."

"그렇다 하여도 네, 만파식령을 모른다고는 못 하겠지? 대개의 무격들이 일 년에 한두 번 깊은 산을 찾아 기도하는 것은 만파식령의 현현을 간구하는 것일 터. 나는 별님이 그걸 찾아 돌아오기를, 그에 대한 향방이라도 알아 오기를 기다리는 중이다. 헌데 별님이 느껴지질 않아. 제 어미를 예 두고 설마 달아나진 않으리라 하면서도 내 심히 초조한 참이다."

"철없는 아이가 꿈에서나마 이야기 속의 귀물을 보겠사옵니까. 나리 부디 살펴 주옵소서."

"살피고 말 것도 없다. 네 여식이 언제 돌아올지 나도 너도 모르는데, 나는 당장 그 아이가 필요하다. 허면 내가 어찌해야 하겠느냐?"

열여섯 살에 명색이 양반집을 나서 무격의 집으로 들어선 이후 후회는 반야가 이자한테 불려 다니게 된 뒤에야 했다. 스스로를 위하여 그걸 후회함도 어미로서의 도리가 아니었다. 한 사내한테 모녀가 능욕을 당해야 할 끔찍함도 살아남기 위해서라면, 사는 게 자식을 위하는 일이라면 감당 못할 것도 없었다. 유을해는 이한신의 정인으로서의 자신을 힘겹게 접으며 머리를 조아린다.

"쉰네가 감히 나리의 뜻을 알겠나이까. 부디 천한 년의 목숨이나마 연명케 하여 주옵소서."

놈이 허허허, 소리 높여 웃다가 급작스레 머리를 감싸 쥐며 보료 위로 널브러진다. 놈의 종자가 달려들어 끌어안는데 놈은 으윽, 신음을 흘리며 종자 품에서 버둥댔다. 뭇기에 들렸으되 내림굿을 하지 않은 자의 정황임을 알아보면서도 유을해는 안절부절못했다. 천것에게 제 힘 보이기 싫어 나가라는 명을 내릴 법한데 놈은 종자 품에서 낮은 비명만 질러댄다. 뜬것들에 시달리는 것이다. 유을해는 뜬것들을 볼 수 있는 눈이 없었다. 하여도 무업을 익힌 세월이 스물일곱 해째였다. 귀신들도 제 집을 부수지는 않는 법, 놈에게 붙은 뜬것들이 놈을 죽음으로 몰고 가지 않을 것이라는 정도는 안다. 놈이 죽지 못할 것이면 걱정하는 시늉이라도 해야만 이 자리에 끌려온 값이 될 것이었다.

유을해는 앉은걸음으로 놈에게 다가들어 종자한테 안긴 김학주의 머리에 두 손을 댄다. 관세음보살 본심미묘 육자대명왕진언은 그

긴 이름에 비해 짧다. '옴마니 반메 훔.' 천상, 아수라, 인간, 축생, 아귀, 지옥. 그 육도의 중생들을 제도하여 육도의 문을 닫게 하는 진언을 귀신들은 꽤나 무서워한다고 했다. 귀신들이란, 제도 받고 싶지 않아 그리된 영들이라는 걸 반야한테 배웠다.

유을해는 버둥거리는 놈의 머리통에 손을 댄 채 옴 마니 반메 훔과 준제진언准提眞言을 번갈아 왼다. '나무 사다남 삼먁삼못다 구치남 다냐타 옴 자례주례 준제 사바하 부림.' 온갖 부처들을 성불시킨 부처 어머니들의 진언이라고 하나 지금 경우에 맞는 진언인지는 유을해도 모른다. 그저 떠오르는 대로 외는 것뿐이다. 놀랍게도 종자품에 안긴 놈의 버둥거림이 잦아든다.

유을해는 가만히 물러나 놈이 누운 보료에서 아까보다 멀찍이 앉아 하회를 기다렸다. 시린 머릿속으로 이한신이 찾아들었다. 유을해 앞에서 그는 사대부 노릇도 장부 노릇도 하지 않았다. 유을해 앞에서 한신은 그저 한 계집을 살뜰히 어여삐하고 그 계집에게서 예쁨 받기를 바라는 사내였다. 체면을 세우지 않아도 되는 두 사람은 그저 맘 가는 대로 서로를 대했다. 유을해가 턱을 쓰다듬으면 그는 앞뒤 분별하지 못하고 유을해를 끌어안았다. 그가 귓불을 물면 유을해는 온몸이 저려 그의 품을 파고들었다. 그와 함께 있을 때 유을해는 자신이 한 고운 계집이라는 자각만 하면 되었다.

"반야가 오래지 않아 돌아오지 않겠소? 아이가 돌아오면 집을 맡겨 놓고 사나흘이라도 우리 둘이 고즈넉이 보낼 방도를 찾아보아요."

한밤에 찾아든 그가 그리 속삭일 때 세상은 유을해에게 여우비 내린 날처럼 영롱했다. 그 정도면 여한 없이 살았다 할 수 있을 터였다. 오늘 맞은 세상이 먹빛인들 어떠리. 눈앞의 김학주가 언제 체신 잃고 몸부림을 쳤냐는 듯 몸을 세우고 앉아 게슴츠레한 눈으로 빙글거리며 유을해를 건너다보았다. 한참 후 그의 입이 열렸다.

"귀신을 못 보면서도 귀신을 다스릴 수 있다니, 네 재주가 용쿠나. 무녀답다. 여기 있는 동안 무녀들만 취하기로 한 나한테나, 살아 여길 나가야 할 너한테나 다행한 일이다. 네가 살아 못 나갈 이유가 없다. 하니 우선 술이나 한 잔 마셔라. 병술아! 저 사람한테 한 잔 그득하게 따라 주고 너도 한 잔 마셔라."

보료 옆 벽에 그림자처럼 붙어 있던 종자 놈이 고개를 숙이곤 일어나 술을 따라다 유을해한테 건넸다. 미타주만큼이나 독한 소주다. 이런 술을 자주 마신다면 놈은 무병이 아니라 술 때문에 죽을 수도 있을 것이다. 유을해가 술을 마시고 빈 잔을 건네자 종자 놈도 한 잔을 따라 들이켜고 술잔을 채워 김학주 앞에 놓는다.

"한 잔씩 마셨으니 흥이 날 것이다. 병술아, 눈이 부시니 불을 줄이고 어멈의 옷을 벗겨라. 어멈을 도와 옷을 벗게 한 연후 내 앞에서 놀아 보아라. 네놈은 계집에 굶주렸고 어멈은 사내에 굶주렸을 것이니 맘껏 놀아 보아. 대신 소리는 내지 말거라. 내가 그림을 보듯 움직여 보란 말이다."

잠시의 두통이나마 낫게 해준 은공에 대한 보답치고는 참말 어이가 없다. 병술이 놈이 경상 양쪽에 켜졌던 촛불을 손끝으로 눌러 끄고 앞창 앞에서 흔들리던 불도 껐다. 대청 쪽 문 앞에 서 있는 등만 남은 넓은 방 안이 어스름해진다. 병술이 유을해 앞에 와 무릎을 꿇고 앉았다. 김학주 놈에게 능욕을 당하는 것까지는 예상했던 유을해다. 종자를 내보내고 단둘이 된 방 안에서 벌어질 행태이겠거니 어림한 것으로도 끔찍했다. 그런데 놈이 보는 앞에서 놈을 대신한 놈에게 몸을 내줘야 한다니. 두 겹, 세 겹으로 당하는 겁탈이다. 예상은커녕 상상조차 해보지 않은 상황에 유을해는 넋이 반나마 나갔다. 불빛이 멀고 옅어 병술의 눈빛도 제대로 보이지 않는다. 엷고 넓은 두 그림자가 불빛 반대편 벽 쪽으로 커다랗게 늘어져 있는 게 보일 뿐이다. 느닷없는 사태에 옴나위없이 사로잡힌 유을해는 안쓰러운 눈빛으로 손을 뻗어 오는 병술의 얼굴만 바라본다.

지난달 하순, 난데없는 목수들이 들이닥쳤을 무렵 동마로는 공세포 무진 옥종을 통해 사신총령을 받았다. 사신계 칠요를 호위하라는 것이었다. 사신계에 칠요라는 존재가 계심을 처음 알게 되었던 그 순간에 반야가 그 칠요가 되었다는 사실 또한 알게 되었다. 웬만한 일로는 놀라지 않겠다 싶던 동마로였지만 그때는 숨이 턱 막혔다. 옥종 무진이 영을 받들라고 기척했을 때에야 간신히 정신이 들어 예를 차렸다.

"칠요께옵서 네 누이시라는 말씀 전해 듣고 나도 심히 놀라기는 했다. 어쨌든 칠요의 측근 호위는 칠요께서 데려오신다는 칠성부원들과 네가 맡게 되었다. 칠요의 인근 호위 또한 우리 선원이 수행해야 한다. 칠요께서 늦어도 세밑까지는 미타원으로 귀원하신다 하니 그 안에 동마로 너는 호위대장으로서 측근 호위의 방법을 찾아라."

칠요 호위대장! 보통 부령들은 네 사람 이상의 측근 호위를 두는데 그중 한 사람이 호위대장이 되는바, 칠요이며 칠성부령인 반야의 호위대장은 동마로가 맡으라는 명이 내려진 것이다.

기대한 바 없거니와 상상도 해본 일 없는 감투를 얻고 나서 동마로는 우선 담부터 쌓기 시작했다. 지석을 만수사 불목하니로 심어 집을 드나들게 했다. 스물다섯 살의 지석은 현무부 사품으로 품계는 동마로보다 낮아도 사람 그릇이 원만하고 깊었다. 옥종 무진이 지석에게 공세포 선원 신참 계원들의 선생 노릇을 시키는 까닭도 그 성정 덕이었다. 삼품 꺽진에게는 샘골 장터 밖 사거리에다 객점을 열게 했다. 자식이 셋인 꺽진은 평민으로 서른세 살이었다. 그의 안해 야문이는 천안 칠성부 소속의 계원이었다. 공세포 어름에 있던 그들의 집과 땅을 처분해도 객점을 짓기에는 턱없이 모자란 돈을 옥종 무진이 보충했다.

호위 준비는 마쳤지만, 칠요가 되어 돌아오는 반야를 어찌 대해야 할까. 동마로는 속이 울렁거리다 못해 머리가 지끈거렸다. 창평의 새임을 떠올리면 미안했고 그 몸안에서 자라고 있을 아이를 생각하면 기가 막혔다. 그들 곁으로 돌아가고 싶지 않아 버렸는데 지금은 돌아갈 수도 없게 되었다. 별별 궁리를 다 해보았자 신통한 수는 없었다. 방법이 없다 여긴 순간 때로 편해지기도 했다. 이렇게 된 게 오로지 내 탓만은 아니지 않느냐, 핑계가 생기는 것이다. 불가항력이었다고 핑계를 대는 자신에 대해서는 생각하기 싫었다. 새임에게서 도망치던 때, 아니 그전에 새임을 처음 안은 순간에 사내로서의 떳떳함은 없어졌다. 떳떳치 못하다는 건 안개 속에서 길을 잃은 것과 같은 듯했다. 동서남북이 보이지 않고 세상이 이전과 같은 색깔로 보이지 않는 것. 하다못해 장거리의 온갖 물건들조차도 예전 빛깔이 아닌 것.

장은 때늦게 겨우살이를 준비하려는 사람들로 북적인다. 인접한 고을 백성들이 죄 드나들어 노상 북적이는 온양 큰 장은 약상들과 포목점과 곡물상과 어물전 등, 점포들이 종류대로 모여 골목을 이루었다. 동마로의 심사는 막연하기만 한데 함께 온 나무와 강수는 장터 구경에 넋이 빠져 걸음 옮길 줄을 모른다. 몇 년 전 강수 놈이 버려졌던 채전 골목 근방이다. 파장 난 채전의 쓰레기 더미에 묻혀 낑낑대던 놈을 처음엔 강아지인 줄 알았다. 헤집어 본 놈의 몸은 열에 치어 사경이었다. 행색으로 보아 걸립패가 돌림병으로 여겨 버리고 달아난 듯했다. 놈을 품에 싸안고 집까지 내달아 갈 때 동마로는 열다섯 살이었다. 아이 몸의 열이 자신의 품에서 식을까 봐 얼마나 안달했는지 집에 도착할 즈음엔 온몸이 땀에 젖어 있었다. 어머니는 아이가 홍역인 것 같다고, 그 봄에 갓난 업둥이로 들어온 꽃님이를 서둘러 떼어 내 깨금네한테 안겨 놓고, 아이를 품으셨다.

강수가 사람들 틈에 섞여 보이지 않자 나무가 제자리에 선 채 몸을 이리저리 움직여 두리번거린다.

"아아, 아?"

새끼손가락을 움직이며 강수가 어디 갔냐고 묻는다. 그에게 강수를 뜻하는 표시는 새끼손가락이다. 키는 얼추 동마로만한데도 생각은 강수보다 어린 그였다. 꽃님은 물론이고 한 식구 된 지 몇 달 남짓 된 명일조차도 어느새 그를 보살펴야 할 사람으로 알았다. 가늘기만 한 몸피에 살집이라곤 없고 체모도 몇 가닥 없었다. 그는 큰 힘을 쓰지 못하고, 뛰지 못하고, 듣지도, 말하지도 못한다. 늘 허수아비가 걸어다니는 것 같은 나무는 미타원 밖에서는 천생 굶어 죽거나 얼어 죽거나 맞아 죽을 수밖에 없을 사람이다. 그래도 그 옛날 동마로는 그에게 업혀 와 어머니의 아들이 되고 그의 아우가 되었다.

"걱정 말고 가요. 금세 따라올 거예요."

새끼손가락을 세우고 말하는 입 모양을 보여 주니 대번에 알아듣고 희색이 된다. 그에게 어머니는 엄지고 반야는 검지다. 나머지 사람들은 모조리 새끼손가락이다. 동마로는 그의 팔을 붙들고 사람들 틈을 걷는다. 약방 앞에는 강수가 먼저 와 있다가 반긴다. 동마로는 둘을 약방 앞에 두고 안으로 들어섰다. 미타원에는 늘 어지간한 약재가 상비되어 있어야 했다. 인근 마을 사람들은 어디가 아프면 멀리 있는 의원에게 달려가는 대신 가까운 미타원으로 왔다. 덕분에 동마로의 약방 나들이가 잦았다. 정해 놓고 다니는 약방 주인 필갑은 동마로가 들르면 갑장인 듯 스스럼없이 굴었다. 동마로가 들어서자 필갑이 눈짓으로만 반기고는 젊은 손님과 이야기를 계속한다.

"푸닥거리를 했는데도 서방님 편찮으신 까닭을 몰라? 푸닥거리를 어떤 무녀가 했는데?"

"성화라고, 우리 댁에서 그중 가까운 무녀요. 하루 밤낮 푸닥거리를 했는데도 아무 효험이 없어서 온 집안이 난리 지나간 듯해요."

성화는 반야가 굿을 밀어주는 무녀들 중 한 명이다. 그네가 벌인 굿판을 반야와 함께 몇 차례 지켜본 적이 있는 동마로는 귀를 세우고 그들 곁에 멀찍이 앉는다.

"은새미 꽃각시 보살을 불러다가 물어보면 연유가 나올 텐데, 요새 그 보살이 집에 없는 모양이라."

"그 보살이 집에 없는 것도 그렇지만 그 보살은 원래 불려 다니지 않는 걸로 유명하지 않아요? 굿도 아니 한다고 하고. 얼른 약재나 주세요."

필갑이 약재 뭉치를 가져다 지금까지 말을 나누던, 어느 반가의 종자임직한 놈한테 건넸다. 그가 약방을 나가고 나서 필갑이 뒤늦게 동마로를 아는 체하였다.

"꽃각시 보살은 돌아오셨나?"

그는 익히 드나드는 동마로가 꽃각시 보살의 아우임을 알았다.

"아직이요. 헌데, 방금 그이는 어느 댁에서 나온 사람입니까?"

"송악산 문암골에서 드나드는 일꾼이네. 거기 전대에 부수찬을 지내신 댁이 있는데, 그 댁 젊은 서방님이 추석 뒤부터 이름 모를 병으로 시름시름 하신다 하네. 백약이 무효이고 이름난 의원이 소용없어 그 근동 무녀를 불러 푸닥거리를 한 모양인데 그도 효험이 없었던 것 같고. 꽃각시 보살이 돌아와도 그 댁까지 찾아가 서방님을 살펴 주지는 않겠지?"

성화는 신기보다 흥이 높은 편이나 굿을 잘하는 무녀라 했다. 뜬 것들이 들렸다면 물리칠 수 있었을 것이다. 의원이 소용없고, 굿도 효험이 없었다면 김 선비의 병인은 반야였다. 반야가 집을 비우고 동마로가 돌아온 뒤로도 김 선비는 미타원을 찾아왔다. 한가위 전까지 열흘이 멀다 하고 찾아와 하룻밤, 때로는 이틀씩 아래채에서 홀로 식객 노릇을 하고 갔다. 추석 뒤로는 발길이 뚝 끊어졌다. 이제 맘을 잡았구나 싶어 다행으로 여겼더니 앓고 있었던 것이다. 그가 미타원을 찾아다닐 때도 병색이 깃들여 가는 걸 느낄 수 있었다. 김 선비가 제 고집으로 병을 키워 가고 있노라고 어머니가 근심하는 것을 듣기도 했다. 다정도 병이라 했으니 병이 들 수도 있을 것이다. 그런데 다정으로 든 병과 고집으로 키워 가는 병은 어떻게 다른가. 동마로는 그 차이를 생각해 보기 무서워 도리질을 치고 만다.

"글쎄요. 언제 돌아올지 모르거니와 누이 하는 일에 감 놔라 배 놔라 할 처지도 아니어서 드릴 말씀도 없습니다. 여기 필요한 것들을 적어 왔습니다."

동마로는 유을해가 약재 이름을 적어 준 종이를 필갑에게 내민다. 필갑이 종이를 약방 일꾼한테 건네주고는 바짝 다가앉았다. 또 제 누이 자랑을 하려는 것인가. 동마로는 쓴웃음을 짓고는 문밖을 내다보며 딴청을 부린다.

의원인 그가 천민인 동마로를 매제감으로 눈여겨보는 까닭은 누이가 시집을 못 간 탓이었다. 그로서야 벼슬할 것도 아니니 누이를 시집보내는 데 신분을 따질 필요가 없는 것이다. 누이가 손끝 야무지게 바느질을 잘 한다 하였다. 음식 솜씨도 좋다 하였다. 한 살림할 만큼 혼수도 넉넉히 준비되어 있다고 하였다. 스물세 살이 되도록 시집을 못 간 필유곡절에 대해 그는 말하지 않았고 동마로도 묻지 않았다. 하지만 동마로는 필갑의 누이가 시집 못 간 까닭을 이미 들었다. 언청이였던 것이다. 천것들이 천것을 낳듯 언청이는 언청이를 낳기 마련, 시집가기 어려웠을 게 당연하였다.

"이리 만난 김에 내, 속 시원히 물어보겠네. 혹 우리 집으로 장가들 생각이 있는가?"

"저 상투 튼 거 아니 보이십니까?"

"상투야 장성한 사내가 맘먹으면 아무 때나 트는 것, 자네 장가 아니 간 걸 내가 왜 몰라. 우리 모친께서 자네 집까지 찾아가 살피고 오기까지 하신걸? 겨우 한 달 전이야. 그새 장가를 들었을 리는 없고, 속 시원히 솔직하게 말해 보아."

"진작 이리 말씀해 주시지 그러셨습니까. 설마 저 같은 놈을 그리 보아 주실 줄 몰랐지요. 애석하게도 저, 지난봄에 장가들었습니다. 왜, 제가 한동안 뜸했지 않습니까. 그때 처가살이를 하고 있었습니다. 누이가 돌아오면 처가에서 안사람을 데려올 것입니다."

"그랬어?"

"예. 송구하고도 고맙습니다."

"내가 벼르기만 하다 기회를 놓쳤구먼. 아섭네. 하는 수 없는 일이고."

새임과 엮이지 않았어도 그리할 수 없었을 것이다. 아니 모른다. 필갑의 누이가 어떤 연유로 혼인을 못했건 그 모든 걸 불문하고 그네에게 장가를 들었을지도. 동마로는 필갑이 건네주는 약재 보따리를 메고 약방을 나온다. 약방 앞에 쌓인 마른 쑥부쟁이며 인동덩굴 따위 뭉치들을 구경하던 강수가 이런 것도 약방에서 파는 게 신기하다는 듯 고개를 갸웃한다.

색색이 영롱한 포목전들을 지나 유기전으로 들어선다. 안성 유기 공장에서 물건들을 받아다 파는 유기전 주인 형손은 마흔네 살로 계원이었다. 삼품인 그는 장사꾼이라기보다 농사꾼인 듯 느리고 점잖았다. 옥종 무진이 때로 엄한 아버지 같다면 그는 삼촌 같이 스스럼 없고 임의로웠다. 동마로는 짐을 내려 놓고 황금색으로 빛나는 갖은 모양의 유기들을 바라보며 주인과 객들의 거래가 끝나기를 기다린다. 상민 복색의 젊은 내외가 그릇 두 벌을 사기 위해 값을 흥정하고 있었다. 환갑을 맞는 부모를 위해 돈을 여투었다가 유기를 구입하러 나온 듯했다. 그릇 값이 예상보다 높은 듯 깎아 달라면서도 미안해하는 사품이 그림 같다. 형손이 한 벌에 삼십 돈인 그릇 두 벌을 한 냥에 넘겨주는 모습도 보기 좋다. 내외가 종이에 싸인 두 벌의 그릇을 메고 온 망태에 담고는 환하게 인사하며 나갔다.

"그만큼이나 많이 깎아 줘도 남습니까?"

"남는 게 없지. 아직 스물 몇 살로 보이는 내외인데 부모가 환갑이라면 오죽 귀한 자식이었겠어. 귀히 자란 아들 싹수없기 십상인데, 부모 환갑에 방짜 유기 마련할 정도면 된 게지. 이문 안 남아도 배가 부르네. 자넨 오랜만의 행차구먼. 집은 다 지어 가는가?"

"집은 얼추 다 되어 말리는 중이고 담장은 반쯤 되어 갑니다. 잘 지내셨지요?"

"여일하지. 여일한 게 다행이고. 뭐 좀 먹고 돌아가려나?"

형손은 동마로가 여느 때처럼 들러 가는 길로 여겨 묻는 것이나 오늘은 용무를 가지고 왔다. 집안 공사를 벌이느라 돈을 얼마나 썼는지 동마로는 가늠하지 못했다. 목재와 인부들 품삯과 그들이 한철 먹어 치우는 양곡까지 아우르면 백 냥 넘는 돈이 들어갔을 거라고 어림만 할 뿐이었다. 그런데 오늘 아침 어머니가 부르시더니 장에 다녀오라며 돈주머니를 건네주었다. 그 묵직함에 동마로도 놀라 돈의 출처를 물었을 정도였다. 동마로는 보따리에서 돈주머니를 꺼내 형손에게 건넨다.

"전처럼 금물로 바꾸어 주십사, 하시더이다."

"자네 누이가 집을 비우신 지 한참인데, 이 많은 게 그새 어디서 생기셨을꼬?"

"이번 가을걷이를 끝으로 노루목 쪽에 있던 논을 없이 하신 모양입니다. 어차피 직접 농사지을 수도 없는데 괜한 욕심 부려 마련했던 것이라 한참 전부터 내놓고 계셨던 것 같습니다."

"하면 그 많은 식구들과 노상 끓는 객식구들 식량을 어찌 다 감당하시려고?"

"마련이 있으시겠지요. 부탁합니다. 번번이 수고를 끼쳐 송구하고요."

"그런 인사를 왜 해. 알았네. 내 최대한 싸게 사 놓음세. 자당께도 그리 말씀드리고. 다음 장에 들르게."

유기전 주인 형손이 금붙이를 사고판다는 사실을 동마로는 몇 년 전 어머니로부터 들었다. 온양 큰 장에 유기전을 벌인 형손이라는 이가 금붙이를 거래한다 하더라, 했을 때 뜨끔했다. 그가 계원임을 알았어도 금붙이를 거래한다는 사실은 몰랐다. 어머니는 손님으로 든 아낙들의 수다를 통해서 세상을 읽었다. 반야도 마찬가지. 어머니와 반야한테 손님들은 세상 소식을 물어들이는 새들이기도 했던 것이다.

요새 어머니 표정이 어두웠다. 관아에 불려 갔다 돌아오신 뒤부터였다. 무슨 일로 불려 가시었나, 여쭸을 때 어머니는 사또가 관내에 도는 돌림병의 조짐에 대해 묻더라고 하였다. 사또가 돌림병에 대해 물을 정도라면 의원으로서의 당신 입지가 섰다는 뜻인데 표정이 어찌 저러실까. 묻지는 못했다.

시월 스무닷새. 단풍이 막바지다. 색색으로 물든 만산의 나무들이 날마다 성글어 간다. 이러다 비나 한 차례 뿌리면 삽시에 겨울로 접어들 터이다. 비보다 눈이 먼저 내릴지도 모른다. 겨울이면 서너 차례 턱없을 만치 눈이 높게 쌓여 며칠씩 오도 가도 못하게 되기도 한다. 그전에 반야가 돌아오게 될는지. 그가 돌아오면 그를 어찌 봐야 할는지. 막막하다. 그 막막함 밑에서 요동치는 그리움은 막바지 단풍만큼이나 짙다. 캄캄한 밤에 공세포에서 돌아오다가 나뭇잎 바스락이는 소리가 반야의 발자국인가 싶어 우뚝 서 귀를 기울일 때가 있다. 자다가 반야의 숨소리가 들리는 것 같아 빈 신당 앞에서 서성이기도 한다. 밖에 나와 있으면 그새 반야가 집에 돌아와 있을 것 같아 마음이 조급했다. 집으로 향할 때의 걸음은 그래서 항상 바빴다.

걸음이 더딘 나무를 업고 뛰고 싶은 성마름을 애써 다독이며 집에 들어서니 해거름 녘이다. 반야는 아직 기척이 없는데 집에는 반야가 보냈다는 처자들이 어머니와 마주앉아 있었다. 동마로와 더불어 칠요를 호위하게 되리라 했던 칠성부 삼품 미리내와 오두기였다.

겨울, 귀환

섣달 스무아흐레 날. 낮부터 눈발이 날리더니 저녁이 되자 눈 천지가 되었다. 그 눈발 속에서 반야가 눈바람처럼 연풍을 타고 돌아왔다. 사온재의 시위들이 반야를 데려다 놓고는 오던 길을 되짚어 가뭇없이 사라졌다. 유을해는 놀라 입을 열지 못하고 신단에 절하는 반야의 거동을 바라본다. 원래도 컸던 눈이 얼굴 반만해진 것 같고 절을 올리느라 드러나는 손목은 가늘다 못해 금세 부러질 듯하다. 신전에 백팔배를 올리고 난 뒤 반야가 유을해를 향해 절하고 미리내와 오두기와 삼덕이 반야에게 절했다. 비로소 반야는 소슬한 얼굴에 웃음을 띄운다.

"오래 걸려 돌아왔습니다, 어머니. 심려 많으셨지요?"

가슴이 벅찬 데다 눈물이 나고 목이 멘 유을해는 말을 못하고 고개만 끄덕인다. 딸자식이면서도 하늘 아래 가장 높은 상전이자 지아비 같고 아들 같고 정인 같던 반야였다. 도저히 어찌해 볼 수 없는 애물단지 같기도 한 아이는, 보통 계집으로 태어났더라면 치르지 않아도 되었을 고행을 오래 홀로 치르고 돌아왔다.

"요새 절집들 인심이 박해졌더냐? 피죽도 못 얻어먹고 다닌 모양 새로구나."

유을해의 말에 반야가 웃는다. 딸이 웃으니 유을해의 가슴에 봄바람 같은 훈풍이 돈다.

"굶고 다니지는 않았는데 맛난 음식 만나기가 어렵더이다. 지금 몹시 허기집니다. 어머니, 맛난 것, 아, 우선 감밭골 홍시 하나 주시어요. 그 맛이 그리웠어요. 장떡을 만들어 주시고, 고비나물도 먹고 싶습니다. 묵 쒀 놓으신 게 있으면 많이 무쳐 주시고요."

지난가을 감밭골에서 감을 열 접이나 사들여 홍시로 만들었다. 하마 오늘쯤 오려나 했던 며칠 전부터는 설 준비를 겸해 하루 한 차례씩 묵을 쒔다. 말린 고비를 날마다 물에 불렸다. 유을해는 반야가 일일이 주문해 준 게 고마워서 삼덕을 데리고 서둘러 신당을 나온다.

어머니가 안채로 들어간 뒤에도 동마로는 그 자리에 선 채 신당 안의 반야를 쳐다보기만 한다. 반야는 눈을 맞추지 않는데, 미리내가 동마로를 향해 지금 인사하는 게 맞지 않냐는 듯 눈짓한다. 동마로는 신당 안으로 들어가 문을 닫고는 지석, 미리내, 오두기 옆에 서 반야를 향해 절을 올리고 앉는다.

"나 없는 새 어머니 모시고 식구들 돌보느라 고생들 많으셨어요. 낮에 일하고 밤에 수련하는 원칙이야 그대들이 나보다 잘 알 터, 수련에 힘쓰도록 하세요. 특히 동마로 무절은 선진이자 대장으로서 지석, 미리내, 오두기의 무술 연마를 돕고, 세 사람도 짬나는 대로 동마로를 좇아 수련을 하세요. 내 보위는 네 분이 의논껏 하시고. 정초, 초사흘 날 미시 무렵에 천안 칠성부 경엽 무진이 찾아오실 겁니다. 동마로, 그 자리에 옥종 무진을 청해 주세요. 청주 청룡부 석환 무진, 천안 태조산 주작부 자산 무진도 오시라 해주고요. 가까이 들 계시니 인사 나누었으면 한다더라고."

"예."

"말을 더 구해야겠으니 옥종 무진과 의논해 알아보세요. 앞으론 함께 움직여야 할 테니 서너 필은 더 있어야겠지요?"

"알겠습니다."

"나 없는 사이에 새 식구가 들어온 것 같은데, 몇 살이죠?"

"네 살인데 어머니가 명일이라 명명하셨습니다."

"명일, 이름 좋네요. 네 분이 의논하여 아이들이며 삼덕이 계에 들 수 있게 차근히 준비시키도록 하세요. 나는 꽃님이도 무예를 익히며 컸으면 좋겠어요. 어련히 알아들 하시겠지만, 집 뒤 숲 적당한 곳에 다 작은 수련장을 만드는 것도 좋을 거예요."

"그리하겠습니다."

"잠시 홀로 있고 싶으니 모두 나가시어 할 일들 하세요."

미리내와 오두기와 지석이 먼저 나간 뒤 반야는 한숨을 내뱉는다. 몹시 지친 기색으로 눈길이 마주친 것 같은데 반야의 눈은 동마로를 쳐다보고 있지 않다. 경상 위에 얹은 제 손등을 처음 보는 물건인 양 쳐다보고 있을 뿐이다.

"제게 따로 하실 말씀은 없으십니까?"

"무슨 말?"

반야의 싸늘한 말투에 동마로는 더 묻지 못하고 밖으로 나온다. 그사이 꽃님과 명일을 데리고 나온 강수가 동마로를 올려다보며 말한다.

"작은언니, 어머니가 큰언니께 절하고 명일이를 보여 주라고 하셨어요."

꽃님의 손에 홍시 다섯 개 앉은 접시가 위태로이 들렸다. 제가 들겠다고 고집을 한 모양이다.

"그래, 들어가 절해라. 대신 큰언니 지금 몹시 곤하시니 금세 나와야 해."

일시에 사신계 예비생들이 돼 버린 아이들이 신이 나서 신발짝을 팽개치고 신당으로 들어간다. 동마로는 마루 아래 흩어진 아이들의 신짝들을 가지런히 해놓고 담장 밑을 걸어 집 안을 돌았다. 반야가 타고 돌아온 연풍이 헛간 앞에 매어져 있다. 아까 돌아올 때 반야의 말 모는 솜씨가 상당했다. 연풍도 제 주인이 반야임을 아는 듯 익숙했다. 동마로는 연풍을 헛간 안으로 들여놓고 여물을 준 뒤 말 네 필이 들어갈 마구간을 어디다 지어야 할지 계량해 본다. 초가지붕을 이었을망정 미타원은 터가 꽤 넓다. 원래 만수사 땅이었다고 들었다. 할머니 동매가 당시의 주지 스님과 알던 사이여서 여기 자리를 잡았다고 했다.

어쩌면 할머니도 칠성부원이셨을지도 모른다. 그랬다면 반야가 칠요며 칠성부령이 되리란 사실까지도 예감하셨을 것이다. 부령이 거하면 그 자리가 본원이 되는 법. 집터가 이렇게나 넓은 까닭도 그 때문이었던 것이다. 하지만 설마 네댓 마리나 되는 말을 집 안에 들이게 되리라고 예상하셨을까. 컴컴한 담을 힘껏 밀어 본다. 돌 사이에 흙을 이겨 넣어 다섯 자 높이로 쌓고 이엉 대신 납작한 돌들을 얹었다. 사립짝 대신 문설주를 세워 판문을 달았고 안채 곁에서 계곡으로 내려가는 길에다 쪽문을 냈다. 담을 쌓고 문을 달며 금성 산성처럼 천 년을 버틸 수 있는 요새를 짓고 싶다는 생각을 하다가 어처구니없어 웃었다. 한 치 앞도 모르고 사는데 천 년을 지탱하여 무엇을 하랴.

아마도 반야의 목욕 수발은 오늘이 마지막일 터이다. 그걸 상기시키려는지 반야는 미리내와 오두기 대신 동마로에게 계곡 목욕 준비를 하라 일렀다. 동마로가 눈을 쓸어 낸 징검다리를 반야가 성큼성큼 건너갔다. 등불 하나 미리 가져다 놓은 둠벙 앞에 이르자 입은 옷 그대로 둠벙 속으로 쑥 들어가 앉는다. 일정하게 흘러넘치던 샘이 한 차례 출렁였다. 동마로가 하나 더 들고 온 등불을 둠벙 바로 곁에다 놓는 사이 반야가 댕기를 풀어 내민다. 동마로가 받으니 한 줄로 땋았던 머리를 마구 헤집고는 쾌자와 저고리 등, 몸에 걸친 것들을 하나하나 벗어 둠벙 밖의 동마로한테 척척 건넸다. 그러고 저는 물속으로 쑥 들어간다. 동마로는 물이 줄줄 흐르는 반야의 도령 복색들을 한 켠에 뭉뚱그려 놓고 저만치 바위 밑에 놓았던 또 하나의 등불을 가져다 들고는 둠벙 가에 섰다. 반야는 연해 물속을 드나들고 있었다. 잠겼다가 일어나고 또 들어갔다 나와서 후우, 큰 숨 내뱉기를 반복한다.

임인이란 자가 새삼 떠오른다. 생각해 보면 아주 어린 날부터 일 년이면 서너 차례씩 마주쳤던 자였다. 그가 늘 겉돌아 사귈 기회가 없었지만 한두 살 차이거나 비슷했을 터이다. 그자가 김 선비를 따라 미타원에 왔다가 주저앉은 게 작년 동짓달이라고 했다. 반야의 계곡 목욕을 수발했을 오월 초에 반야를 따라 한양에 갔다더니 돌아오지 않았다. 한양에 가며 김 선비를 버린 반야는 한양에서 돌아오며 임인을 버렸다. 지금까지도 반야는 제가 원하면 취할 수 있고 원하지 않으면 버릴 수 있는 사람이었다. 칠요가 되어 돌아왔으니 말할 것도 없다. 동마로는 자신이 반야의 의중 어느 쪽에 있는지 알고 싶지 않다. 등불 두 개의 빛을 받으며 물속을 들락거리는 반야는 제정신이 아닌 듯하다. 아니, 동마로 자신이 미친 것 같기도 하다. 들리는 거라고는 물소리와 주변의 나뭇가지 부딪는 소리와 눈이 흩날리는 소리뿐인데, 천지에서 반야의 흐느낌이 들리는 것 같지 않은가. 그 흐느낌들이 동마로의 몸속으로 스며들어 실핏줄 낱낱이 퍼져 나갔다. 진저리를 치는데 말소리가 들렸다.

"머리를 감아야겠어."

비누를 달라는 게 아니라 들어와 머리를 감기라는 말이다. 어린 날 동마로한테 반야의 머리 감기기는 제 머리 감기보다 쉬웠다. 커서는 머리 감기기뿐만 아니라 무엇이든 어려웠다. 어려우면서도 또한 쉬웠다. 그 어려움과 쉬움이 날카롭게 맞부딪친 칼처럼 동마로의 가슴을 벤다. 반야가 왜 자신을 호위로 삼았는지, 수시로 생각했다. 수백인지 수천인지 헤아릴 길 없는 사신계원이 있고 그중 누구라도 짚어 호위로 삼을 수 있는 반야였다. 그럼에도 굳이 동마로를 호위대장으로 삼은 그 속내를 가늠하기 어려웠다.

동마로는 물속으로 들어가 반야 등 뒤에 앉아 비누 묻힌 손을 머리속에 넣어 헤집는다. 엉덩이에 닿는 긴 머리카락을 낱낱이 매만진다. 머리를 뒤로 젖힌 반야는 눈을 감은 채 아무 소리도 내지 않는다. 다 감긴 머리를 말아 정수리에 얹어 놓은 동마로가 귀밑이며 목이며 겨드랑이며 젖가슴을 찬찬히 문지르는 동안에도 눈을 감은 채 제 몸을 내맡겨만 놓고 있다. 얇은 몸피가 물속에서 흔들리지 않게 제 상체를 안은 채 두 다리를 문지르고 엉덩이와 등을 씻는 동안에도 자는 듯 고요하다. 그런데, 반야의 허리 아래를 보독보독 문지르던 동마로는 불현듯 깔끄러운, 낯선 감촉을 느낀다. 살갗이 물에 불어 조글조글해졌다고 넘어갈 수 없는 미세한 이물감이 손끝에 만져진 탓이다.

동마로는 안고 있던 반야를 쑥 들어 올려 안고 불빛 가까이 다가든다. 눈 내리는 싸늘한 공기 속으로 들어 올려진 반야가 사정없이 떨지만 동마로는 반야를 안은 채 불빛에 그 몸을 비춰 본다. 맨몸에 둘린 가는 띠 같은 그것은 언뜻 보니 멍울 같다. 자세히 보니 멍울이 아니라 그림이다. 빛이 흐려 자세히 볼 수 없지만 틀림없이 색 그림, 아니, 문신이다. 수십 송이 꽃과 새와 나비들이 허리띠처럼 둘린 채 서로 잇대어 날고 있었다.

"이게 뭡니까. 속살이 왜 이래요?"

"입 다물어. 한 마디만 더 하면 죽어 버리라 명할 테다."

살기 어린 말투는 아니다. 동마로는 반야를 안은 채 물속으로 들어앉는다. 반야가 죽으라 하면 당장 죽을 수 있을지 의문이지만 반야한테 그 말을 하게 할 수는 없었다. 다시 물속에 잠겨 온몸 구석구석, 핏줄 한 줄기까지 샅샅이 맡기고 있지만 반야가 살비듬 한 톨만큼도 자신을 내주지 않고 있음을 동마로는 느낀다. 동시에 반야가 자신을 왜 곁에 두기로 했는지, 의문이 풀린다. 징벌이다. 아주 오래 지속될. 어쩌면 평생 동안 이어질지도 모를. 눈이 평생 계속될 것처럼 하염없이 내린다.

— 반야 1부 2권에 계속

사신계(四神界)				
사신총(四神總)				
사신경(四神卿)				
칠요(七曜)				
靑龍部(令)	白虎部(令)	七星部(令)	朱雀部(令)	玄武部(令)
청룡선원	백호선원	칠성선원	주작선원	현무선원
각(角)	삼(參)	광(光)	진(軫)	벽(壁)
항(亢)	자(觜)	양(陽)	익(翼)	실(室)
저(氐)	필(畢)	형(衡)	장(張)	위(危)
방(房)	묘(昴)	권(權)	성(星)	허(虛)
심(心)	위(胃)	기(璣)	유(柳)	여(女)
미(尾)	누(婁)	선(璇)	귀(鬼)	우(牛)
긴(箕)	규(奎)	추(樞)	정(井)	두(斗)

사신계 강령(四神界 綱領)

凡人은 有同等自由而以己志로 享生底權利라.
모든 인간은 동등하고 자유로우며 스스로의 의지로
자신의 삶을 가꿀 권리가 있다.

誓願語

不問如何境愚 當絶蟄扯默於四神界 不問如何境遇 當絶蟄扱順從於 四神總令.
어떠한 경우에도 사신계에 대해 침묵하고, 어떠한 경우에도 사신총령을 따른다.

만단사(萬旦嗣)

만단사령(萬旦嗣領)

부사령(副嗣領)

麒麟部(令)	鳳凰部(令)	七星部(令)	龜部(令)	龍部(令)
기린부	봉황부	칠성부	거북부	용부
一麒嗣子	一鳳嗣子	一星嗣子	一龜嗣子	一龍嗣子
二麒嗣子	二鳳嗣子	二星嗣子	二龜嗣子	二龍嗣子
三麒嗣子	三鳳嗣子	三星嗣子	三龜嗣子	三龍嗣子
四麒嗣子	四鳳嗣子	四星嗣子	四龜嗣子	四龍嗣子
五麒嗣子	五鳳嗣子	五星嗣子	五龜嗣子	五龍嗣子

만단사 강령(萬旦嗣 綱領)

人自有其願 須活如其相 有權獲其生.
모든 인간은 스스로 간절히 원하는 바 그 모습으로 살아야 하며
그런 삶을 얻을 권리가 있다.

願乎? 有汝在. 去之!
그대 원하는가. 거기 그대가 있느니. 그곳으로 가라.

誓願語

不問如何境遇 當絕對沈默於萬旦嗣. 不問如何境遇 當絕對順從於 萬旦嗣領令.
어떠한 경우에도 만단사에 대해 침묵하고, 어떠한 경우에도 만단사령의 명을 따른다.

반야 1

초판 1쇄 인쇄일 • 2017년 12월 10일
초판 1쇄 발행일 • 2017년 12월 15일

지은이 • 송은일
펴낸이 • 임성규
펴낸곳 • 문이당

등록 • 1988. 11. 5. 제 1-832호
주소 • 서울시 성북구 동소문로 65-2 삼송빌딩 5층
전화 • 928-8741~3(영) 927-4990~2(편)
팩스 • 925-5406
ⓒ송은일, 2017

전자우편 munidang88@naver.com

ISBN 978-89-7456-499-5 04810
978-89-7456-509-1 04810 (전10권)